Katharine Ashe

Professeure d'histoire, elle écrit de la romance historique Régence. Son roman *J'ai épousé un duc* a été finaliste du prix Romantic Times en 2013 dans la catégorie « Romance historique de l'année ». En 2014, elle est sélectionnée pour le RITA Award du meilleur roman. Ses romans ont été traduits dans de nombreuses langues.

Deux cœurs
dans la tourmente

DE LA MÊME AUTRICE AUX ÉDITIONS J'AI LU

Trois sœurs et un prince

1 – *J'ai épousé un duc*
2 – *J'ai adoré un lord*
3 – *J'ai aimé le prince des rebelles*

Le duc diabolique

1 – *Cœur de fripouille*
2 – *Un ami d'enfance*
3 – *À la recherche d'un souvenir*
4 – *L'énigme d'un sourire*

Le Falcon Club

1 – *L'Écossais et la lady*

KATHARINE

ASHE

LE FALCON CLUB – 2

Deux cœurs dans la tourmente

Traduit de l'anglais (États-Unis)
par Catherine Berthet

J'AI LU

Si vous souhaitez être informée en avant-première
de nos parutions et tout savoir sur vos autrices préférées,
retrouvez-nous ici :

www.jailu.com

Abonnez-vous à notre newsletter
et rejoignez-nous sur Facebook !

Titre original
HOW TO BE A PROPER LADY

Éditeur original
Avon Books, an imprint of HarperCollins Publishers, New York

À Laurie LaBean et Kimberly Van Horn,
deux personnes que j'admire profondément.
Je vous suis infiniment reconnaissante
pour vos encouragements, votre affection
et votre enthousiasme.

Et à Marquita Valentine, ma chère amie,
avec ma profonde gratitude.

Le cri d'une conscience alarmée ne poursuit-il pas l'homme sans relâche ?

Et le remords, qui le frappe sourdement de son fouet vengeur, n'est-il pas le premier bourreau ?

JUVÉNAL, *Satires*, XIII, Ier siècle après J.-C.
Cité dans *Le Livre des pirates*, XIXe siècle

Prologue

Devonshire, 1803

Les fillettes jouaient comme si rien de mal ne pouvait leur arriver. Aucun malheur ne pouvait les atteindre sur ces collines broussailleuses du Devonshire dominant l'océan, qu'elles connaissaient depuis toujours. Leur père était baron, elles portaient des jupes de mousseline blanche et des tabliers brodés de soie.

Le vent léger soulevait le bord de leurs jupons, dévoilant des jambes fines, et emmêlait leurs cheveux en faisant sans cesse tomber leur chapeau. L'aînée avait douze ans. Grande et mince comme un garçon, elle cueillait de délicates campanules pour en faire un bouquet. La plus jeune, petite et joyeuse, tournoyait sur elle-même en lançant des poignées de violettes. Elle courut vers le bord de la falaise, ses frisettes brunes voletant dans son dos. Sa sœur la suivit, l'air rêveur, en secouant ses boucles blondes.

Une voile apparut à l'horizon, très loin, à l'endroit où le bleu du ciel rencontrait celui de l'océan.

— Si j'étais marin, s'exclama la petite, je deviendrais le capitaine d'un grand navire et je ferais le tour du monde, juste pour le plaisir !

Serena secoua la tête.

— Les filles n'ont pas le droit d'être marins, Viola.

— Je m'en moque ! s'exclama celle-ci dans un éclat de rire.

— Si une fille pouvait devenir capitaine, ce serait toi, affirma Serena avec affection.

Viola courut vers sa sœur et lui entoura la taille de ses bras.

— Tu es une princesse, Serena.

— Et toi, un petit diable. C'est pour cela que je t'admire.

— Maman admire les marins, remarqua Viola en sautillant le long du bord. Je l'ai vue parler à l'un d'eux, quand nous sommes allées acheter des rubans à Clovelly.

— Maman est gentille avec tout le monde. Elle a dû lui donner l'aumône.

Ce n'était pas l'impression que Viola avait eue. Leur mère avait parlé plusieurs minutes avec cet homme, et quand elle était revenue vers la fillette, elle avait les larmes aux yeux.

— Peut-être voulait-il plus d'argent que maman ne pouvait lui en donner.

Le navire s'était approché des côtes. Il mit à l'eau une longue barque avec une douzaine de rameurs. Les deux sœurs regardaient. Habitant près du port, elles avaient l'habitude d'assister à ce genre d'événements, mais comme tous les enfants elles étaient curieuses.

— Tu crois que ce sont des contrebandiers, Ser ?

— C'est possible. Cook dit qu'elle en a vu mercredi au marché. Papa dit qu'il faut bien les accueillir, à cause de la guerre.

— Je ne reconnais pas ce bateau.

— Comment pourrais-tu reconnaître un bateau ?

Viola leva les yeux au ciel.

— À son drapeau, idiote.

La barque ballottée par les flots gagnait la plage, à une centaine de mètres en dessous de la falaise. Des hommes sautèrent dans les vagues, mouillant le bas de leur pantalon, et tirèrent l'embarcation sur le sable. Quatre d'entre eux se dirigèrent vers l'étroit sentier qui remontait sur le côté de la falaise.

— Ils ont l'air de vouloir venir par ici, dit Serena en se mordant les lèvres. Sur les terres de papa ?

Viola saisit la main de sa sœur. Voir des contrebandiers d'aussi près ? C'était un rêve. Elle les interrogerait peut-être sur leurs voyages, ou leur cargaison. Avaient-ils des objets précieux à bord ? Des trésors inestimables venus de pays lointains ? Ils auraient sûrement des histoires à raconter.

— Tiens ma main, Ser, dit-elle d'une voix tremblante. Nous allons leur souhaiter la bienvenue.

Le marin qui marchait en tête était robuste et avait une belle allure. Il n'était pas du tout sale ou répugnant, comme on imaginait les marins en général. Ses compagnons et lui se dirigèrent droit vers Viola et Serena.

— Par exemple ! s'exclama Viola. C'est l'homme auquel maman a fait l'aumône, l'autre jour.

Mais cela n'inquiéta pas les fillettes. Pas plus que le grand sourire du marin quand il jeta un coup d'œil à leurs doigts entrelacés. Car un amour si tendre et si profond unissait les deux sœurs qu'il ne pouvait rien leur arriver de mal.

1

Londres, 1818

Amis britanniques,

Le peuple de notre grand royaume ne doit pas tolérer qu'un penny de plus soit prélevé sur ses maigres moyens d'existence pour être offert aux riches oisifs. Aussi, je poursuis ma mission ! En cherchant des renseignements au sujet de ce mystérieux établissement situé au 14 ½ Dover Street, appelé le Falcon Club, j'ai déniché une intéressante information. L'un de ses membres est un marin qui se fait appeler Faucon de Mer.

Des oiseaux, et encore des oiseaux ! Quel sera le prochain ? Ma Mère l'Oie ?

Malheureusement, je n'ai pu apprendre le nom de son vaisseau. Mais je ne serais pas étonnée de découvrir qu'il fait partie de notre Marine royale, ou qu'il s'agit d'un corsaire en service commandé. Encore des fonds publics dépensés dans l'intérêt de privilégiés dont les possessions sont déjà gigantesques.

Je ne connaîtrai pas de repos tant que tous les membres du Falcon Club ne seront pas identifiés, ou bien tant que ce club ne sera pas démantelé, grâce à mes enquêtes.

Lady Justice

À Lady Justice
Chez Brittle & Sons, imprimeurs, Londres

Madame,

Votre acharnement à rechercher l'identité des membres de notre modeste club ne peut que nous flatter. Quel honneur pour nous de recevoir autant d'attentions de la part d'une dame à l'esprit aussi entreprenant !

Vous avez mis dans le mille. L'un de nous en effet est marin. Je vous souhaite bonne chance pour trouver de qui il s'agit, parmi les milliers d'Anglais sillonnant les mers. Mais j'y pense... peut-être pourrais-je vous aider ? Je suis l'heureux possesseur d'un modeste esquif. Je me ferai un plaisir de vous le prêter afin que vous puissiez prendre la mer et vous lancer à la recherche de votre proie. Mieux encore : je ramerai pour vous. Assis face à vous tandis que vous scruterez les vagues écumantes, je tomberai sans doute aussi amoureux de votre beauté que de votre intelligence opiniâtre. Car seule une beauté de sirène peut se cacher derrière un nom et un projet aussi impressionnants.

J'avoue mon immense curiosité. Je suis fortement tenté de mettre autant d'énergie à découvrir votre identité, que vous en mettez à dévoiler la nôtre. Vous n'avez qu'un mot à dire, madame, et en un instant mon bateau sera à votre service.

Bien à vous,

Faucon Pèlerin, secrétaire du Falcon Club

Sir,

J'ai glissé le nom de code de l'un de nos agents, dans une missive destinée à Lady Justice, afin qu'elle se lance à la poursuite d'un fantôme. Ses dossiers sont sans doute aussi vides que ses fanfaronnades, et elle doit contenter ses éditeurs.

Le nom « Faucon de Mer » est vraisemblablement obsolète. Voilà déjà quinze mois que je n'ai pas reçu de message de lui. D'après l'Amirauté, il détient toujours une commission de corsaire, mais il n'a donné aucune nouvelle depuis la conclusion de l'affaire écossaise, il y a plus d'un an. Même lorsqu'il travaillait pour le Club, il n'en a toujours fait qu'à sa tête. Je suppose qu'il a démissionné, comme nous l'avions subodoré. L'Angleterre pourra s'estimer heureuse s'il décide de rester loyal à la Couronne plutôt que de passer à l'ennemi.

Faucon Pèlerin

2

Jinan Seton regarda l'amour de sa vie, et son sang se glaça dans ses veines. Fouetté par la pluie, bousculé par le vent, il vit cette incarnation de la beauté partir en flammes tandis qu'une fumée noire se répandait sur l'océan.

Le plus gracieux petit schooner qui ait jamais sillonné les mers venait de sombrer.

Sa poitrine se souleva, et il contint un grognement. Les derniers vestiges de bois, de toile et de chanvre disparurent, avalés par des vagues vertes et écumantes. Des débris éparpillés remontèrent à la surface, morceaux de planches et de mâts, tonneaux vides, lambeaux de voiles. Un cadavre en miettes.

Le pont du brick américain se balançait. La pluie tombait plus dru à présent, dérobant à son regard le naufrage de son bateau à cinquante mètres de là. Il ferma les yeux, contenant sa peine.

— C'était un bon bateau, maître Jin, dit d'un air sombre le géant qui se tenait à son côté. Ce n'est pas votre faute.

Jin fronça les sourcils. Maudits soient ces corsaires américains qui tiraient sur toutes les voiles qu'ils voyaient !

— Ils se sont comportés comme des pirates, dit-il. Ils nous ont abordés avec une chaloupe et ont tiré sans prévenir.

Le géant secoua la tête.

Jin crispa les mâchoires. Ses bras se tendirent contre les cordes qui le tenaient prisonnier contre le mât du brick. Ces brigands payeraient pour ce qu'ils avaient fait. De la pire manière possible.

Jin se tordit le cou pour regarder par-dessus l'épaule de son timonier, cherchant ses hommes, les comptant. Matouba était attaché à une rambarde, Juan au gréement. Billy se battait contre un marin deux fois plus grand et plus gros que lui. Le géant Mattie l'empêchait de voir le reste du pont, mais il y en avait encore trente...

— Les autres sont montés dans les canots quand le bateau a pris feu, grommela Mattie. Ne vous inquiétez pas pour eux. Ces hommes ne sont pas des pirates, apparemment.

— Tu voudrais que je ne m'inquiète pas ? s'exclama Jin avec un rire dur. Je suis ficelé comme un rôti, et le *Cavalier* est au fond de la mer. Non, je n'ai pas un seul souci en tête !

— N'essayez pas de me duper. Je sais que vous tenez plus à nos gars qu'à votre bateau. Même si vous adoriez celui-ci.

— Tu te trompes, comme d'habitude, Matt.

Jin leva les yeux et vit le drapeau du Massachusetts qui pendait mollement sous la pluie. Il avait perdu son chapeau dans l'échauffourée, lorsqu'il s'était soudain rendu compte qu'ils avaient été attaqués par un corsaire américain, et non un vaisseau pirate comme il l'avait d'abord cru. La pluie dégoulinait le long de son nez. Il la recracha et regarda autour de lui.

Le pont du brick était jonché de débris et de corps. Des hommes des deux équipages gisaient au sol, et des matelots passaient entre eux pour évaluer leurs blessures à la hâte. Les voiles étaient déchirées, une vergue était brisée, les coups de canon avaient fait éclater le bastingage, et tout était noirci de poudre. Attaqué par surprise, le *Cavalier* s'était bien défendu. Mais le vaisseau yankee flottait toujours, alors que celui de Jin avait sombré.

Il ferma de nouveau les yeux. Ses hommes étaient vivants, et il avait de quoi acheter un nouveau vaisseau. Ou même une douzaine. Certes, il avait promis à l'ancien propriétaire du *Cavalier* de bien prendre soin de la goélette. Mais ce coup dur ne le découragerait pas.

— Nous en avons vu d'autres, marmonna Mattie en haussant ses sourcils broussailleux.

Jin lui lança un regard acéré.

— Je veux dire que *vous* en avez vu d'autres, rectifia son timonier.

Certes. Mais Jin ne s'était jamais senti aussi humilié. Personne ne pouvait le vaincre. Personne.

— Qui a fait cela ? grommela-t-il sous la pluie battante. Qui diable a bien pu nous tomber dessus aussi rapidement ?

— C'est Son Altesse, monsieur, claironna une petite voix.

Le gamin lui arrivait à la taille. Il était maigrichon, avec des taches de rousseur et des cheveux couleur carotte, et il lui manquait des dents. Souriant, il posa une main sur son cœur et s'inclina.

— Bienvenue à bord de l'*Orage d'Avril*, monsieur le Pharaon.

Jin se figea. L'*Orage d'Avril* ?

— Qui est le maître de ce vaisseau, petit ?

Le ton rude de sa voix fit tressaillir le gamin. Celui-ci vérifia d'un coup d'œil les liens qui maintenaient Jin et son timonier solidement attachés au mât de misaine, et se détendit un peu.

— Violette la Vile, monsieur.

— Cesse de ricaner, gamin, et va chercher ta maîtresse ! aboya Mattie.

Le gosse écarquilla les yeux et décampa.

— Violette la Vile ? marmonna Mattie en faisant la grimace.

Jin inspira longuement, mais son cœur battait à toute allure.

— Laisse-moi parler.

Mattie fronça son gros nez en chou-fleur, récalcitrant.

— Tu vas tenir ta langue, Mattie, insista Jin. Sinon, crois-moi, je trouverai un moyen de te faire taire malgré ces cordes.

— Oui, monsieur, capitaine…

— Bon sang, Mattie, si tu…

— Eh bien, eh bien. Qu'avons-nous là ?

La voix douce et veloutée lui fit l'effet d'un ruban de soie glissant sur sa peau. Mais quand elle apparut, de l'autre côté du timonier, Jin lui trouva une allure assez ordinaire. À travers le rideau de pluie, il put contempler pour la première fois la plus célèbre femme corsaire du Massachusetts, Violette la Vile.

La femme qu'il recherchait depuis deux ans.

Des matelots l'encadraient d'un air protecteur, la couvant du regard et jetant des coups d'œil furieux à Jin et Mattie. Elle avait presque une tête de moins que Jin. Vêtue d'un pantalon large et d'un long pardessus de toile informe, elle avait noué un épais carré de tissu noir sous son menton. Trois pistolets étaient accrochés à la ceinture qui lui entourait la taille, et un chapeau à large bord dissimulait ses traits. Elle n'avait pas grand-chose en commun avec sa sœur. Jin avait passé d'innombrables nuits dans différents ports, de Cap Cod à Veracruz, à faire boire des marins et des marchands jusqu'à ce qu'ils roulent sous la table, à soudoyer des hommes, dans l'espoir de retrouver la trace de la fille disparue quinze ans plus tôt.

Violette la Vile était Viola Carlyle. Elle avait été kidnappée à l'âge de dix ans par un contrebandier américain et tout le monde, à l'exception de sa sœur, la croyait morte.

Le bord de son chapeau se releva lentement. Un menton pointu apparut, puis une bouche moqueuse, un nez fin bruni par le soleil, et enfin des yeux encadrés de fines rides qui toisèrent Jin longuement. Arquant un sourcil, la jeune femme le salua avec un sourire narquois.

— Vous êtes donc le célèbre Jinan Seton dont j'ai tant entendu parler ? Le Pharaon.

La voix était traînante. Elle battit des cils, l'examina plus attentivement, puis hocha la tête en faisant la moue.

— Je suis déçue.

Mattie toussa et faillit s'étrangler. Jin étrécit les yeux.

— Comment savez-vous qui je suis ?

— Votre équipage. Vos hommes chantaient vos louanges alors même qu'ils perdaient la bataille.

Elle émit un rire de gorge, planta les poings sur ses hanches, et pivota vers les matelots qui se rassemblaient derrière elle.

— Regardez, les garçons ! La Marine britannique a envoyé la pire vermine des mers à ma poursuite !

Des cris, des hourras et des sifflets retentirent sur le pont. Les marins approchèrent en s'esclaffant, dévoilant des bouches édentées, brandissant des mousquets et des sabres. Elle leva la main, et le silence retomba. On n'entendait plus que le bruit des vagues battant contre la coque et le crépitement de la pluie sur le pont. Son regard affûté comme une dague revint se poser sur Jin.

— Je suppose que je devrais être flattée ? énonça-t-elle d'une voix veloutée.

Jin sentit sa gorge se serrer. Aucune femme n'aurait dû avoir une telle voix. Sauf au lit.

— Pourquoi avez-vous coulé mon navire ? demanda-t-il d'une voix dure. C'était le vaisseau le plus rapide de l'Atlantique. Quel genre de corsaire êtes-vous pour envoyer par le fond une telle merveille ? Vous auriez pu le garder pour vous, ou le vendre. Vous en auriez tiré un bon prix.

Elle se rembrunit.

— C'est vrai, j'aurais pu le garder ou le vendre. Mais j'avais l'impression que le maître du *Cavalier* n'aurait pas aimé que son navire tombe en d'autres mains que les siennes. Est-ce que je me trompe ? Bien sûr que non, ajouta-t-elle en souriant. Une fois libre, vous m'auriez harcelée pour le récupérer.

— Nos pays ne sont plus en guerre. Vous auriez dû nous laisser en paix quand vous avez compris qui nous étions.

— Vous ne m'avez pas laissé le choix. Vous avez envahi mon bateau sans y avoir été invités.

Jin secoua la tête, perplexe.

— Vous vous apprêtiez à vous lancer à l'abordage. Vous vous êtes comporté aussi sournoisement que des pirates. Pourquoi ?

— Nous vous prenions pour des idiots rêvant de gloire, répliqua-t-elle avec une désinvolture irritante. Quel genre d'imbécile s'attaque à un bateau corsaire américain ?

Violette la Vile haussa les épaules et ajouta :

— C'était trop drôle ! Voir sombrer le puissant *Cavalier*... Je n'ai pas pu résister.

Jin cligna des paupières, en proie à une colère qui lui tordait les entrailles. Bon sang de bonsoir ! Il aurait tout donné pour avoir un poignard et un pistolet. Ou peut-être une bouteille de rhum.

Elle eut un petit sourire suffisant.

Deux bouteilles. On lui avait dit que pour une femme elle était un excellent marin. Mais personne n'avait précisé qu'elle était folle.

— Qu'allez-vous faire de mon équipage ? demanda-t-il.

Une fois de plus, elle haussa les sourcils.

— Que croyez-vous ? Que je vais les vendre comme esclaves ?

Jin se raidit.

— Non. De toute façon, vous ne pourriez en vendre que la moitié.

C'est-à-dire la partie de l'équipage qui avait la peau brune.

— Je ne ferais jamais cela, espèce de barbare, répliqua-t-elle d'une voix toujours aussi douce.

Une bourrasque chassa la pluie fine. Le bateau pencha sur le côté, et la jeune femme se campa plus solidement sur le pont.

— Je vous ferai descendre à terre ce soir, en arrivant au port. Vous serez emmené en prison, et le constable décidera de votre sort.

— Le constable ? grommela Mattie.

— Pourquoi pas, mon gros ? Tu as peur de la loi ? Tu veux rester avec moi ? ajouta-t-elle avec un sourire en coin. J'aurais bien besoin d'une brute dans ton genre. Tu peux rester si tu veux, pendant que lord Pharaon ira moisir derrière les barreaux avec les autres.

Mattie devint rouge comme une betterave. Jin fut démangé par l'envie de lui envoyer son poing dans la figure. Mais il prit une inspiration pour se calmer. Il venait d'obtenir ce dont il avait besoin. La preuve qu'il s'agissait bien de Violette la Vile.

En vingt-neuf ans de navigation, Jin avait voyagé de Madagascar jusqu'à la Barbade. Il avait bu en compagnie d'hommes venant de Canton ou de Mexico, et avait entendu toutes les langues du monde. Rien ne lui avait jamais paru aussi doux que l'accent de Violette la Vile. Sa façon particulière de prononcer les A prouvait qu'elle avait grandi dans le Devonshire. Il avait peut-être perdu le *Cavalier,* mais il avait trouvé sa proie.

Son équipage croyait qu'elle était pour lui une sorte de butin à capturer sur ordre du gouvernement. Ce n'était pas cela du tout. Il accomplissait une mission personnelle. En ramenant Viola Carlyle en Angleterre, il payerait enfin sa dette à l'homme qui lui avait sauvé la vie.

— Merci, m'dame, marmonna Mattie en esquissant un salut malgré ses liens. Mais je reste avec mes camarades.

— Comme tu voudras. Et vous, pirate ? lança-t-elle à Jin. Je suppose que vous voulez qu'on vous détache ?

— En effet. Au plus vite.

— Ce n'est plus un pirate, marmotta Mattie. Plus depuis deux ans.

— Mais il me plaît de l'appeler ainsi. Visiblement, il n'aime pas cela. Il est aussi arrogant qu'on le dit.

Elle vint vers Jin d'un pas dansant, et se campa face à lui. Le bord de son chapeau lui effleura le nez tandis qu'elle scrutait longuement ses traits. Ses yeux avaient une couleur rare. Le bleu de ses iris était si sombre qu'il approchait du violet. Ce qui expliquait sans doute le nom qu'elle s'était donné.

Malgré la pluie qui tombait dru, son teint était doré par le soleil. Elle était loin d'avoir la pâleur délicate d'une dame anglaise. Ses lèvres étaient plus pleines qu'il ne l'avait cru au premier abord, soulignées par un grain de beauté sur le côté. Son nez fin et retroussé était parsemé de taches de rousseur.

Il soutint fermement son regard.

— Arrogant, répéta-t-elle en soupirant. Et décevant. J'avoue que je m'attendais à mieux.

— Je peux vous donner mieux, si vous voulez.

Il le ferait. Dès qu'il serait débarrassé de ces liens, il donnerait à Viola Carlyle ce dont on l'avait privée quinze ans auparavant.

Il lui rendrait sa famille.

Viola émit un petit rire.

— Oh, vraiment ?

— Je pourrais vous faire mal, même avec les mains liées dans le dos.

Sa voix était rocailleuse, son regard bleu glacier intense.

Elle avait entendu beaucoup d'histoires sur ce pirate, devenu corsaire britannique. Mais personne ne lui avait parlé de ses yeux. Les marins n'étaient que des idiots et ne remarquaient jamais ce genre de détail. Les membres de son équipage pouvaient lui dire dans quel sens soufflait le vent sur Nantucket Sound en décembre. Ils savaient faire la différence entre un nœud coulant et un nœud d'écoute double. Mais elle aurait parié qu'aucun d'entre eux n'aurait pu dire de quelle couleur étaient ses cheveux sous son chapeau. Pourtant, elle les connaissait depuis quinze ans et était leur capitaine depuis deux ans. Les marins n'étaient pas observateurs pour ces choses-là.

Malheureusement, elle n'était pas comme eux. Elle voyait bien que Jinan Seton était un exemplaire exceptionnel de beauté masculine.

— Je voudrais bien voir ça, dit-elle en souriant.

Narguer un homme ligoté à un mât n'était pas très charitable, mais celui-ci était trop beau pour être honnête. Le regard de Seton étincela.

— Vraiment ?

— Vantez-vous autant que vous voulez, pirate. Mes hommes savent faire des nœuds solides.

— Je n'en doute pas, répondit-il d'une voix grave. Vous me défiez ?

— Pourquoi pas ? Je suis entourée par soixante hommes valides, alors que les vôtres sont ficelés comme vous.

Les dents de Jin claquèrent sur le nez de Viola.

Elle fit un bond en arrière et plaqua une main sur son visage. Le géant laissa échapper un gros rire.

— Apparemment, on ne vous a pas tout dit sur le capitaine Jin. Pas vrai, mademoiselle ?

Furibonde, elle abaissa sa main et s'approcha de nouveau du corsaire. Des favoris noirs ombraient ses joues. Il était trempé, comme tous ceux qui se trouvaient à bord. Il pleuvait depuis trois jours.

Les yeux de Seton étincelaient comme du cristal. Elle le toisa.

— Je vous conseille de ne pas recommencer, dit-elle en posant le doigt sur son gilet.

Elle sentit ses muscles sous l'étoffe. Des muscles durs. Ce qui était courant chez les marins.

— Sinon, je vous ferai attacher à la coque du navire.

— Vous m'avez lancé un défi.

Il semblait s'amuser. Son regard glissa sur son nez endolori puis remonta vers ses yeux. Sa voix était basse, presque menaçante.

— J'aurais pu vous arracher le bout du nez.

— Il l'a déjà fait ! s'exclama joyeusement le géant. Et aussi des oreilles. Une fois, il a même tranché net le doigt d'un homme.

Viola ne put détourner son attention de ces yeux clairs.

— Le surnom de Pharaon ne vous convient pas. Vous êtes un animal féroce.

— Alors vous vous tenez beaucoup trop près de moi.

Ses cheveux noirs plaqués sur son nez et sur ses pommettes saillantes donnaient à son regard un air surnaturel. Avec son nez long et ses mâchoires carrées, il avait un physique d'aristocrate. Son accent était éduqué, mais il y avait dans sa voix une sonorité étrangère. Ses origines n'étaient pas purement anglaises.

Une rangée de dents blanches apparut entre ses lèvres. Des dents tranchantes. Elle devait prendre ses distances.

Elle ne le fit pas. Non seulement elle n'avait jamais reculé devant un ennemi, mais elle était fascinée. Il avait des lèvres parfaites, merveilleusement sensuelles. Un physique viril et sans défauts. Viola chercha au fond de sa mémoire l'image des lèvres d'Aidan. Impossible de la retrouver. Bien sûr, cela faisait des mois qu'elle ne l'avait pas vu. Mais elle était amoureuse d'Aidan Castle depuis dix ans et elle aurait dû se rappeler ses lèvres.

Celles de Seton s'étirèrent lentement en un sourire. Son souffle lui effleura le visage, se mêlant à la pluie. Il s'inclina légèrement en avant et murmura d'une voix veloutée, comme s'ils étaient au creux d'un lit :

— Je vais recommencer, si vous ne vous écartez pas.

— J'en suis sûre.

Elle se sentit frémir. Mais son père lui avait toujours dit qu'elle était impétueuse.

— Mais alors, je serai obligée de vous tuer. Et ni vous ni moi ne voulons en arriver là, n'est-ce pas ?

— Écartez-vous, si vous ne voulez pas en avoir le cœur net.

— Ne me tentez pas. Le poignard que je porte à la ceinture aime le sang des pirates.

— Ce n'est plus un pirate, mademoiselle, marmonna le géant.

Seton pencha la tête, et ses lèvres parfaites se retrouvèrent juste au-dessus d'elle.

— Il me semble, madame, que vous ignorez délibérément ce message.

Il sentait la pluie, le vent et l'eau salée. Et autre chose. Son odeur était masculine, mais différente de l'odeur de crasse et de sueur des marins. Il sentait… l'homme. Elle tenta en vain de bloquer sa respiration, mais ce parfum viril s'insinua en elle comme un poison.

— Je vous rappelle que j'ai coulé votre navire et que vous êtes mon prisonnier.

— Tuez-moi donc, si c'est ce que vous souhaitez, répondit-il en haussant les sourcils.

— Je le ferai peut-être.

— Sûrement pas.

— Qu'en savez-vous ?

— Vous n'avez jamais tué personne, lui chuchota-t-il à l'oreille. Vous ne commencerez pas avec moi.

Viola ne répondit pas. Cette canaille avait raison.

Il redressa lentement la tête. Elle en profita pour inspirer une bouffée d'air frais. Les traits de Seton étaient inexpressifs. Elle recula un pied, puis l'autre. S'il osait sourire, elle lui planterait son poignard dans le ventre.

Les yeux de Seton brillèrent de nouveau, comme s'il savait exactement ce qu'elle pensait.

— Vous ne croyez pas que vous dormirez derrière les barreaux ce soir, n'est-ce pas ? demanda-t-elle.

Il ne répondit pas.

— Maître Jin n'est pas du genre à raconter des mensonges, mam'zelle, bougonna le géant. Mais je ne crois pas qu'il veuille vous insulter devant vos hommes, vous comprenez ?

— Comment t'appelles-tu ?

— Matthew, mademoiselle.

— Eh bien, Matthew, apprends à tenir ta langue si tu ne veux pas que je la coupe.

Seton esquissa un sourire. Viola se tourna vers le gouvernail.

— Becoua, mets le cap vers le port !

— Oui, capitaine !

— Crazy ! ajouta-t-elle, appelant son lieutenant. Nous prendrons tous les biens de ces marins avant de les livrer au constable.

Le lieutenant aux cheveux blancs et à la peau tannée vint vers elle.

— Tous leurs biens, capitaine ?

— Tous, confirma-t-elle en croisant les bras. Commence par M. Seton, Crazy.

Elle comprit son erreur au moment où les mots franchirent ses lèvres. Après une longue période en mer, ses hommes étaient plus intéressés par de bons vêtements que par des armes ou de l'or. Et les marins du *Cavalier* étaient bien vêtus. Mais elle aurait dû laisser Seton de côté. Après tout, il était maître de son navire depuis des années, et son égal en mer.

La courtoisie voulait que les capitaines soient traités avec respect.

Il soutint son regard tandis que deux matelots dénouaient ses liens pour lui prendre sa veste, son gilet, sa chemise et enfin son pantalon. Pendant ce temps, il ne cessa de la défier, et elle finit par se détourner.

Par sainte Brigitte, c'était un dieu fait homme...

La pluie coulait sur ses larges épaules, son torse était mince et musclé, et une toison sombre disparaissait sous son caleçon. Après des années passées à bord du navire de son père, Viola avait vu des centaines d'hommes dévêtus. Les marins étaient généralement maigres et nerveux, parfois trop musclés par le travail. Jinan Seton, lui, avait un corps harmonieux. Parfait.

Elle respirait avec quelque difficulté. Visiblement, il y avait trop longtemps qu'elle n'avait plus vu Aidan...

— Le spectacle vous plaît, capitaine ? lança-t-il d'une voix forte et dure.

Satané fils de baleine à bosse ! Mais sa remarque était justifiée.

— Le temps vous convient, Seton ?

Il devait être aussi gelé qu'un iceberg. Son équipage également. Elle avait intérêt à les ramener à terre avant qu'ils meurent de froid.

— Il fait doux pour un début de printemps, vous ne trouvez pas ? rétorqua-t-il dans un sourire.

Matthew frissonnait, mais le Pharaon demeura imperturbable. Elle aurait pu s'approcher pour voir s'il avait la chair de poule, mais elle hésita. Le bateau se balança sous la houle et il affermit sa position, faisant saillir les muscles de ses bras et de ses jambes.

Une vague de chaleur transperça Viola. Le sourire de Seton s'élargit.

Elle lui tourna le dos et descendit sur le pont inférieur d'un pas nonchalant.

Dans sa cabine, elle déverrouilla l'armoire à pharmacie et en sortit de la poudre de racines, un onguent, et d'autres flacons qu'elle fourra dans les poches de son manteau, avec une paire de ciseaux et un épais rouleau de pansement. Elle serait occupée jusqu'au coucher du soleil, à soigner les plaies et les bosses. Mais elle n'avait pas repéré de blessures graves chez ses hommes, ni parmi l'équipage du *Cavalier*. Elle ajouta une aiguille et du fil à son matériel, et remonta.

Elle se mit à soigner les blessures, comme elle en avait l'habitude. Dès l'âge de dix ans, la première fois qu'elle avait traversé l'océan sur le bateau de son père, elle avait pris en charge cette responsabilité du capitaine. Son père disait que cela permettrait aux hommes de l'apprécier, et d'accepter sa présence à bord.

La plupart d'entre eux s'étaient vite habitués à elle. Elle avait tout fait pour être admise par l'équipage. Après tout, ce qui la consolait d'avoir perdu sa famille d'Angleterre, c'était de vivre cette aventure en mer. À l'époque, Viola avait tout fait pour convaincre son père de la garder à bord, plutôt que de la laisser à Boston avec sa tante déjà veuve et ses trois enfants braillards. Faveur qu'il lui avait accordée, chaque printemps et chaque été. À l'automne, il la ramenait dans sa petite maison de Boston où elle passait le reste de l'année. Là, tout en apprenant sagement ses leçons, elle attendait impatiemment son retour au mois d'avril.

Plus tard, quand elle avait grandi, elle s'était rendu compte qu'il aimait la garder à bord avec lui, car elle lui rappelait sa mère. Celle-ci avait été son unique amour. Quand elle avait connu Aidan Castle, elle avait fini par comprendre l'amour intense que son père avait éprouvé pour son épouse.

La pluie cessa alors que Viola fixait le dernier pansement. Elle renvoya le marin à son travail. L'équipage nettoya consciencieusement le pont et répara les dégâts. En fin de compte, le bateau ne s'en tirait pas trop mal. Connaissant son adversaire, Viola était même stupéfaite qu'ils soient sortis vainqueurs.

Toujours ligoté au mât de misaine, Seton avait fermé les yeux, la tête appuyée contre le bois. Mais elle n'était pas dupe. Un marin tel que lui ne se serait jamais endormi alors qu'il était prisonnier à bord d'un navire ennemi. Il réfléchissait sans doute à un plan d'évasion.

Il souleva les paupières et son regard se posa sur elle. Il ne souriait plus.

Viola savait qu'au cours des dix dernières années le *Cavalier* avait passé son temps à harceler des navires de commerce. Pendant la guerre avec Napoléon, il avait remporté quelques victoires contre les Français. Il lui était arrivé de capturer des bateaux américains qui vendaient des armes aux colonies françaises, mais jamais de navire appartenant à la marine. Quelques mois plus tôt, la rumeur avait couru que le *Cavalier* avait coulé un bateau pirate espagnol du côté de La Havane. Peu après, un boucanier mexicain avait été remis à un capitaine de la marine américaine, au large de la Trinité. C'était du bon travail.

Néanmoins, étant donné le passé du vaisseau et la réputation du Pharaon, si Viola remettait l'équipage aux autorités du port de Boston, Seton et ses hommes risquaient fort d'être pendus.

Elle jeta un coup d'œil à son lieutenant.

— Crazy, un pirate serait-il malhonnête, s'il décidait de garder le secret sur son identité afin de ne pas être pendu ?

— Pas du tout, capitaine, répondit l'homme d'un ton grave. Je dirais plutôt qu'il serait raisonnable, ajouta-t-il en jetant un rapide coup d'œil au maître du *Cavalier*.

Crazy lui avait tout appris sur la vie en mer, depuis qu'elle avait dix ans.

— Crois-tu que nos hommes pourront garder le secret ? demanda-t-elle à voix basse. N'auront-ils pas envie de se vanter ? Après tout, le *Cavalier* n'était pas n'importe quel navire.

— Ces hommes feraient n'importe quoi pour vous.

Il parlait avec sincérité. Les marins ne montraient jamais leurs émotions, quoi qu'ils éprouvent. Viola avait appris cela très tôt, et elle savait retenir ses larmes comme un homme.

— Alors, faisons cela. Mais ne dis rien à Seton, ni à son équipage.

Crazy hocha la tête et alla donner ses ordres aux matelots. Viola se détendit. Quand ils arriveraient au port dans une heure ou deux, elle raconterait au constable que le bateau était en train de faire naufrage, qu'elle avait pris l'équipage à son bord et avait attaché les hommes par précaution, mais qu'elle était persuadée qu'ils n'avaient pas eu de mauvaises intentions.

Les papiers du *Cavalier* avaient sombré avec lui. L'équipage serait détenu pour la nuit, mais cela ne se prolongerait pas davantage. À moins que Seton lui-même ne souhaite se vanter en révélant son identité.

Dans ce cas, s'il était pendu, Viola ne serait pas responsable. Le Pharaon aurait lui-même scellé son sort.

3

Le constable était un de ses vieux amis. Il goba toute l'histoire sans sourciller. Ou bien il fit semblant. Le sac d'or qu'elle avait pris sur un brigantin espagnol deux mois plus tôt et qu'elle avait glissé dans sa poche y était peut-être pour quelque chose.

Elle fit débarquer l'équipage du *Cavalier*, le conduisit à la prison du port, et se désintéressa de son sort.

— Vous avez fait ce qu'il fallait, mademoiselle Violette.

Crazy marchait à côté d'elle sur le quai éclairé par des lanternes. Dans les rues se bousculaient des marins, des dockers, des marchands et des femmes de petite vertu. Chants et rires s'échappaient des pubs, tandis qu'un voile de brouillard épaississait la nuit.

— J'ai échangé quelques mots avec les gars du *Cavalier*, reprit Crazy. Ce sont de braves types.

— À l'exception du capitaine.

— Les rumeurs sont ce qu'elles sont. Mais les hommes changent.

Viola lança un regard en coin à son lieutenant. Elle défit son foulard, se gratta la nuque. Ses jambes se réhabituaient peu à peu à la terre ferme. Le voyage de dix semaines n'était pas venu à bout de ses forces.

Elle apprécierait un bain chaud et des vêtements propres, mais elle avait hâte de lever l'ancre et de partir vers le sud.

Pour retrouver Aidan.

Elle aurait bientôt vingt-cinq ans. Elle avait décidé de lui annoncer qu'elle désirait vivre à terre au moins six mois par an. Cette fois, il l'épouserait. Elle en était sûre.

— Tu crois que ta femme te reprendra cette fois, Crazy ?

L'homme passa la main dans ses épais favoris blancs.

— Elle m'a promis qu'elle le ferait la dernière fois que je l'ai vue. Mais elle est un peu… inconstante, voyez-vous.

— Je te souhaite bonne chance. Nous te reprendrons à notre retour en août.

— C'est décidé, vous allez à Port-d'Espagne ?

Viola glissa une main sur son front pour repousser ses cheveux emmêlés.

— Mmm…, fit-elle, pensive, en fixant les torches qui éclairaient l'entrée des maisons.

— Vous n'avez pas eu de nouvelles de M. Castle dernièrement, n'est-ce pas ?

— Non, pas depuis décembre.

— Les planteurs ont beaucoup de travail, dit-il d'une voix sourde. Et il doit encore apprendre les ficelles du métier. Ce n'est pas tous les jours qu'un marin abandonne la mer pour devenir fermier.

— Ce n'est pas une ferme, Crazy.

Avec l'argent qu'Aidan avait économisé pendant les six années passées comme lieutenant à bord du navire de son père, il avait pu acheter cinquante hectares de canne à sucre.

— Vous verrez ce qu'il en est en arrivant là-bas.

— Tu veux bien jeter un coup d'œil à ma maison, en allant chez toi ? Les locataires sont de braves gens, mais je voudrais savoir s'ils ont besoin de quelque chose.

— Vous ne repartirez pas avant une quinzaine de jours. Pourquoi ne faites-vous pas vous-même un saut là-bas ?

— J'ai trop de travail. Il faut décharger la marchandise et nettoyer la carène. Je n'aurai pas le temps.

Ni l'envie.

— Vous n'aimez pas trop cette vieille maison, pas vrai ?

— Tu as vu la prison dans laquelle nous avons laissé ces gars ? demanda-t-elle en faisant un geste de la main. Pour moi, ça revient au même.

Crazy hocha la tête en riant.

— Vous n'avez jamais aimé être laissée à la traîne, n'est-ce pas, mademoiselle Violette ?

— Non, monsieur Crazy.

Mais son père l'y avait laissée pendant de longs mois, avec sa tante et ses trois petits cousins, alors qu'il se livrait à ses activités de contrebande. Puis en 1812, quand la guerre avait commencé, il était devenu corsaire pour le Massachusetts. Viola n'avait jamais aimé cuisiner, laver et coudre. Tout ce qui lui plaisait, c'était de lire les journaux, et aussi des récits d'aventures quand elle pouvait en trouver.

Chaque printemps, lorsqu'il la ramenait à bord, il affirmait qu'elle était née pour cela, qu'il ne pouvait plus la laisser à terre.

Serena lui avait toujours dit que sa vie était en mer. Serena... sa douce et belle sœur aînée, qui la croyait morte depuis longtemps, comme leur mère. Elle ne pensait sans doute plus du tout à elle, à présent. Comme elle serait choquée de voir ce qu'était devenue sa petite sœur, bronzée, fruste, menant une bande de marins dépenaillés au service de l'Amérique.

Après que son père l'avait enlevée sous les yeux de sa sœur, dans la propriété de l'homme qu'elle avait toujours pris pour son père, Viola avait espéré retourner en Angleterre. Elle avait écrit lettre sur lettre, les envoyant lorsque son vrai père n'était pas à terre, pour ne pas lui faire de peine. Fionn Daly était un marin endurci. Mais il fondait de tendresse pour les femmes qu'il aimait : sa sœur, Viola, et la mère de Viola qu'il n'avait jamais pu oublier bien qu'elle ait épousé un autre homme. L'attachement qu'il gardait pour elle était extraordinaire.

En six ans, Serena ne répondit jamais aux lettres de Viola. Aussi, à seize ans, celle-ci cessa d'écrire. Mais parfois elle pensait à elle. Elle aurait aimé avoir une longue-vue lui permettant de voir jusqu'au Devonshire. Serena devait être mariée maintenant, avoir une ribambelle d'enfants...

Viola ne le saurait sans doute jamais. Elle allait épouser Aidan. Et comme celui-ci refusait de regagner l'Angleterre tant qu'il n'aurait pas fait fortune, elle n'y retournerait pas de sitôt non plus. Sa vie était ici. En Amérique, avec Aidan.

— Bonne chance avec ta femme, Crazy. J'espère qu'elle te reprendra.

— Avec l'aide de Dieu, mademoiselle. Faites une prière pour moi, si vous avez le temps.

— Oh ! Dieu ne m'écoute plus depuis longtemps.

Elle lui fit un signe de la main et se dirigea vers la pension. Située dans une rue étroite et tranquille, à l'écart de l'agitation du port, celle-ci offrait la paix qu'elle ne pouvait trouver à bord de son navire. Toutefois, elle ne supportait pas ce silence plus de quinze jours.

Une vieille dame frêle vint lui ouvrir la porte.

— Madame Digby, votre tarte aux pommes me manquait.

— Mademoiselle Violette ! Soyez la bienvenue, vous êtes ici chez vous.

Violette n'était pas vraiment chez elle ici, mais les draps étaient toujours secs et n'étaient pas infestés de puces.

— Voilà pour votre dérangement, dit-elle en déposant une douzaine de pièces au creux de la main fripée de Mme Digby.

Elle s'engouffra dans l'escalier qui menait à sa chambre. La dépense était extravagante, mais Mme Digby lui offrait un confort appréciable.

Une fois dans la chambre, elle enleva ses vêtements alourdis par la pluie et l'eau salée. La servante vint allumer un feu, et Viola lui donna un penny. Puis elle entra dans la bassine en zinc, avec un broc d'eau chaude pour se laver devant la cheminée. Après avoir démêlé ses cheveux du bout des doigts, elle se sécha et se mit au lit. Elle aurait pu dormir jusqu'au dimanche, si elle n'avait pas été obligée de se lever tôt le lendemain matin pour s'occuper de la cargaison.

Paupières mi-closes, elle contempla la statuette posée sur la table de chevet. C'était ce qu'elle possédait de plus précieux en dehors de son bateau.

Son père avait échangé un service entier de plats en argent dérobé à un marchand hollandais, contre ce trésor. Son cadeau pour son treizième anniversaire. Pas plus haute que son index, la minuscule statuette était habilement sculptée et peinte avec précision avec du rouge, du bleu, du vert, du jaune, du doré. Elle représentait un roi égyptien.

Un pharaon.

Des années plus tard, quand elle avait entendu parler d'un pirate portant ce nom, un homme si cruel que même les flibustiers espagnols le redoutaient, elle avait eu envie de faire sa connaissance. De voir de ses propres yeux cette légende vivante. Récemment, quand elle avait entendu les rumeurs dans les tavernes du port, disant que le Pharaon s'attaquait désormais aux vaisseaux pirates, elle avait eu encore plus envie de le rencontrer.

C'était chose faite.

Et à cause d'elle, le puissant Pharaon dormait ce soir en prison. Grâce à elle, il serait libre le lendemain matin. S'il parvenait à tenir sa langue.

Elle s'endormit en souriant.

Jin s'éveilla en proie à de violents frémissements, qu'il s'efforça de contenir. Ils étaient dus en partie au froid, mais surtout aux barreaux qui se dressaient devant lui. Il détestait être enfermé.

Il se redressa contre le mur en inspirant longuement, luttant contre l'humidité qui pénétrait son corps et la panique qui l'affaiblissait. Les premières lueurs de l'aube filtraient par la minuscule fenêtre carrée au-dessus de lui. Dans la cellule voisine, ses hommes d'équipage dormaient encore, affalés sur le sol moisi. La plupart d'entre eux pouvaient dormir n'importe où. Lui aussi. Habituellement.

Il ne s'était plus retrouvé derrière les barreaux depuis douze ans. Il avait alors dix-sept ans. Cette fois-là, il avait lui-même repris sa liberté, et deux hommes l'avaient payé de leur vie.

Huit ans avant cela, il avait été traîné, enchaîné, sur l'estrade d'un marchand, sous le soleil brûlant de la Barbade. C'était un garçon de douze ans qui lui avait rendu sa liberté, en payant pour lui, en pièces d'or sonnantes et trébuchantes. Jin lui devait la vie. Depuis, chaque jour de liberté était pour lui un don inestimable qu'il dérobait au destin.

Un bruit sourd et régulier attira son attention. Dans un coin de l'autre cellule, Little Billy faisait rebondir un dé de bois contre le mur. Il tourna la tête vers Jin et sourit.

— Bonjour, capitaine.

À seize ans, Billy avait encore la silhouette dégingandée et le sourire d'un adolescent.

— Prêt à comparaître devant le juge ? ajouta-t-il.

— Nous ne verrons pas de juge, Billy.

Par pure habitude, le regard de Jin glissa sur les barreaux de la cellule, cherchant un point faible. Pour une fois, il ne serait pas nécessaire de s'évader. Ils seraient libérés dans quelques heures. Il avait entendu l'officier du port le dire la veille, quand il avait distribué quelques haillons à l'équipage pour remplacer les vêtements qu'on leur avait pris. La capitaine de l'*Orage d'Avril* avait menti au constable à leur sujet.

Cette femme était folle. Jin allait ramener une démente dans la respectable famille qui l'attendait en Angleterre.

Mattie bâilla à s'en décrocher la mâchoire. Il passa ses grosses mains sur son visage, secoua la tête, et lança à Jin un regard lugubre.

— Vous avez un plan, capitaine ?

— J'y réfléchis.

— Pourquoi vous ne payez pas ces gens pour pouvoir emmener la fille, capitaine ? suggéra Billy. Pour les débarrasser d'elle en la rachetant ?

— Tu dis n'importe quoi, répliqua Mattie en posant une lourde main sur l'épaule osseuse du garçon. Cette femme n'appartient à personne.

— C'est pourtant ce qu'il a fait avec la fille de La Corogne qu'il a gardée avec lui.

— Qu'est-ce que tu en sais ? grommela Matouba de sa voix de basse. Tu étais un môme, à l'époque.

— Il ne l'a pas gardée avec lui, rectifia Mattie. Maître Jin l'a rachetée à ce type qui la battait. Qu'est devenue cette petite Espagnole, capitaine ?

Jin haussa les épaules, mais il s'en souvenait très bien. Il n'avait oublié ni les visages ni les noms de tous ceux qu'il avait libérés. Il avait trouvé pour cette fille un poste de domestique chez une vieille célibataire respectable. C'était tout ce qu'il pouvait faire dans une ville étrangère. Dans les ports qu'il connaissait bien, c'était plus facile.

Chaque fois qu'il rachetait la liberté de quelqu'un, l'amas de rage et de désespoir qui se trouvait en lui et pesait comme une pierre s'effritait un peu. Mais ce n'était qu'un infime fragment qui partait, et cette pierre sombre tenait encore trop de place dans son cœur. Il devrait libérer des milliers d'esclaves pour qu'elle disparaisse.

— Capitaine, vous devriez acheter cinq ou six navires, conseilla Matouba. Avec tous ces équipages, vous pourriez capturer l'*Orage d'Avril* et escorter la dame jusqu'en Angleterre.

— Non. Elle doit me suivre de son plein gré.

Une femme telle que Violette la Vile ne viendrait pas autrement. À moins de la ligoter et de la laisser à fond de cale pendant tout le voyage, c'est-à-dire un mois. Mais Jin ne traitait pas les êtres humains de cette manière.

— Non, répéta-t-il. J'ai un autre plan.

Quand il avait commencé à chercher Viola Carlyle, il avait nourri l'espoir de la trouver cachée dans une petite maison sur la côte, rêvant de regagner l'Angleterre mais manquant de moyens ou de courage pour le faire. Mais après des mois de recherches, quand les indices l'avaient mis sur la piste de Violette la Vile, il avait été obligé de reconsidérer sa théorie. Son vrai père, Fionn Daly, avait été un piètre contrebandier avant de devenir un encore plus médiocre corsaire. Il ne l'avait sans doute prise à son bord que pour des raisons de commodité, afin qu'elle accomplisse les tâches domestiques, ce qui lui évitait de payer un marin supplémentaire. Aussi, Jin avait pensé qu'elle serait heureuse de retourner en Angleterre, pour reprendre sa place au sein de la bonne société.

Il se trompait. La capitaine de l'*Orage d'Avril* était sûre d'elle, audacieuse, et n'avait rien d'une dame. De toute évidence, elle ne le suivrait pas facilement. Jin devrait la convaincre. Mais Mlle Viola Carlyle finirait par retourner en Angleterre avec lui pour vivre selon son rang. Il n'en doutait pas une seconde.

De toute façon, il n'avait pas le choix.

Vingt ans plus tôt, Alex Savege lui avait sauvé la vie en payant pour sa liberté. Dix ans plus tard, alors que Jin n'était qu'un voleur empli de haine, en lutte contre le monde entier, Alex lui avait une fois de plus offert une porte de sortie. Il l'avait pris à bord du *Cavalier* et lui avait appris à être un homme.

Serena, la jeune épouse d'Alex, était persuadée que sa demi-sœur était encore en vie. Devenu lord, Alex n'avait plus besoin de l'aide de Jin sur le navire. Tout ce qui comptait pour lui, désormais, c'était le bonheur de sa femme.

Et donc, à l'insu de lord et lady Savege, Jin s'était mis à la recherche de Viola Carlyle. Afin de payer sa dette envers Alex. Il la rendrait à sa famille, fût-ce au prix de sa propre vie.

Le constable du port fit la moue, toisa Jin et demanda de l'or.

Jin lui présenta un chèque au porteur. Le constable ferma son bureau à clé et se rendit lui-même à la banque. Jin attendit tranquillement. Le compte de M. Julius Smythe à la Banque du Massachusetts était bien rempli.

Le constable revint rapidement, tout sourire.

— Félicitations, monsieur Smythe, dit-il en s'inclinant comme si Jin était vraiment le gentleman pour qui il se faisait passer. Vous êtes libre, ainsi que trois de vos hommes.

Sur les quais, ils furent accueillis par le soleil printanier qui jouait entre les mâts. Jin demanda à Matouba, Mattie et Billy d'aller se promener en attendant qu'il ait besoin d'eux. Billy et Matouba partirent en se chamaillant, comme d'habitude. Mattie lança un regard sombre à Jin, et finit par s'éloigner d'une démarche pesante.

Jin avança sur le quai déjà encombré de chariots, de marins et de marchands. Il finit par trouver ce qu'il cherchait. Un vaisseau flambant neuf, dont le bastingage n'était même pas encore fixé. Des bruits de marteaux lui parvinrent depuis le pont. Deux garçons répandaient du sable sur les planches, qui devaient encore être enduites de goudron et vernies.

Ce n'était pas le *Cavalier*. Rien ne pourrait jamais remplacer ce dernier. Mais c'était un beau bateau, petit et rapide. Exactement ce qu'il lui fallait.

Mais un homme ne pouvait se présenter pour acheter un bateau alors qu'il était dépenaillé après avoir passé la nuit dans les geôles du port. Jin tourna les talons et prit le chemin de la banque.

Deux heures plus tard, rasé de frais et vêtu proprement, Jin replia la lettre qui l'attendait à la banque depuis quatre mois, et la glissa dans la poche de son gilet. Il réprima un sourire.

Le vicomte Colin Gray était toujours à sa recherche.

Pendant des années, Jin avait travaillé pour la Couronne. Plus exactement, pour une organisation secrète qui se cachait au sein du Home Office. Le Falcon Club.

Le Falcon Club avait été dissous l'année précédente. Du moins, officiellement. Sur les cinq membres qu'il comprenait, quatre étaient toujours présents. Le collègue le plus proche de Jin, seul agent en contact avec leur chef Colin Gray, n'avait pas renoncé à la mission principale de l'organisation, qui consistait à rechercher des personnes disparues et à les ramener chez elles. Toutefois, ces personnes n'étaient pas n'importe qui. Le Falcon Club se consacrait aux personnes dont la disparition menaçait la paix du royaume, d'une manière ou d'une autre. Leur absence et leur retour parmi les leurs ne devaient pas être révélés au grand public. Pour la sécurité de l'Angleterre.

Jin n'avait pas quitté le Club. Pas vraiment. Mais pour le moment, il n'avait ni le temps ni l'envie de faire plaisir à Gray ou à l'Amirauté. Il avait enfin trouvé la proie sur la piste de laquelle il s'était lancé deux ans plus tôt. Une autre âme égarée, une femme disparue depuis si longtemps qu'elle ne voulait même pas retrouver son pays.

Il avança sur le quai et rejoignit le navire qui l'avait amené au port. L'*Orage d'Avril* devait avoir une vingtaine d'années. C'était un brick de taille moyenne à gréement carré, sans doute rapide mais trop lourd pour être facile à manœuvrer.

Son estomac se noua. Avoir été coulé par un tel navire, après avoir semé tant de vaisseaux sur l'Atlantique… c'était grotesque.

Son regard se posa sur une jeune femme empilant des cordes sur le quai à côté du bateau. Penchée sur sa besogne, elle lui tournait le dos, exposant un postérieur arrondi qui semblait fait pour les caresses. Un pantalon étroit mettait en valeur des jambes élancées et des mollets bien tournés. Une chemise de lin blanc plaquée sur ses épaules révélait une ossature délicate et des bras fins.

Comme les talons de ses bottes résonnaient sur les planches, elle regarda par-dessus son épaule. Elle marqua une pause, puis se redressa, ôta son chapeau et passa la main sur son front.

Jin sentit son sang s'échauffer. Obsédé par sa mission, il n'avait pas pris la peine de s'intéresser aux jolies filles ces temps-ci. Elle avait un front haut, de grands yeux sombres ourlés de longs cils, un nez retroussé, et une bouche rose qui était une invitation aux baisers. Quelques boucles brunes encadraient son visage, mais la masse de sa chevelure était retenue par un lien de cuir. Elle lui sembla vaguement familière. Et jolie. Beaucoup trop jolie pour travailler sur les quais.

— La maîtresse de ce vaisseau est-elle par ici ? demanda-t-il en désignant l'*Orage d'Avril*.

Elle hocha la tête, et ses yeux étincelèrent dans la lumière printanière. Jin sourit. Il y avait une éternité qu'il n'avait plus tenu une femme dans ses bras, et le regard audacieux de celle-ci était plein de promesses.

— Allez la chercher. Et vite.

— Plus vite que vous ne le croyez, matelot. Elle est devant vous.

Elle posa les poings sur ses hanches, et Jin repéra le grain de beauté à côté de ses lèvres.

Son sourire s'effaça. Il ne l'avait pas reconnue. Mais jamais il n'aurait imaginé qu'elle travaillerait sur les quais comme un simple marin.

Les lèvres sensuelles de Viola Carlyle s'étirèrent en une moue narquoise.

— Ils vous ont donc libéré ? Quelle bande d'idiots ! s'exclama-t-elle en riant. Je vois que vous avez trouvé des vêtements.

— En effet.

Et les siens moulaient à merveille son corps féminin.

— J'ai acheté ma liberté.

Avec celle de Mattie, de Billy et de Matouba. Le reste de l'équipage devrait attendre. Il ne fallait pas qu'on le voie jeter l'or par les fenêtres. Mais ses hommes avaient l'habitude d'être logés à l'étroit. Et comme il n'y avait pas de charges contre eux, le constable les relâcherait bientôt.

— Les responsables du port feraient n'importe quoi pour quelques pièces d'or, reprit-elle en secouant la tête.

— Surtout si elles sont accompagnées du message bienveillant d'une corsaire en qui ils ont toute confiance. Merci de votre aide.

Elle se redressa encore et le regarda longuement, de la tête aux pieds. Elle ne bougeait pas, mais tout dans son attitude dénotait l'arrogance. Sa main bronzée se posa sur le poignard accroché à sa ceinture.

Mais cette main était faite pour porter des gants de dentelle. Pour tenir un carnet de bal. Pour se glisser sous le bras d'un gentleman.

— Je n'aime pas voir des marins obligés de rester à terre, dit-elle. Même quand ce sont des pirates.

Sa réponse était franche, songea-t-il avec un brin d'admiration.

— Je ne suis plus pirate depuis des années, et je n'attaque pas les navires américains.

Sauf pendant la guerre, quand ces navires transportaient des fournitures pour les Français, ennemis de l'Angleterre. Le premier capitaine du *Cavalier*, Alex Savege, s'était par ailleurs attaqué aux bateaux des riches aristocrates anglais.

— Mais vous le savez, n'est-ce pas ?

— Peut-être.

— Nous ne sommes pas quittes pour autant. Vous avez coulé mon navire.

— Vous pensez que je vous dois quelque chose, matelot ? Mon navire, peut-être ? s'exclama-t-elle avec un rire amusé. Vous vous trompez.

Elle aimait rire. Et ce rire sensuel faisait à Jin l'effet d'une caresse.

— Votre bateau ne suffirait pas, rétorqua-t-il d'une voix dure. Vous devez me donner l'opportunité de récupérer ce que j'ai perdu. Et je n'ai plus de bateau pour le faire.

— Vous voudriez que je vous enrôle dans mon équipage ? s'exclama-t-elle en haussant les sourcils.

— Exactement. Ainsi que trois de mes hommes.

— Je ne peux pas le croire. Le Pharaon voudrait intégrer l'équipage d'un navire corsaire payé par l'État du Massachusetts ? À d'autres.

Jin ne trouva rien à répondre. Cette voix sensuelle le déstabilisait.

— Vous aviez assez d'argent pour acheter votre liberté et de nouveaux vêtements, ajouta-t-elle.

— J'ai dépensé tout ce qui me restait pour cela.

En réalité, il n'avait même pas dépensé le quart de ses économies.

— Et j'ai versé une avance pour le bateau que vous voyez là-bas, en cale sèche.

Elle émit un sifflement en hochant la tête. De toute évidence, elle avait complètement oublié l'éducation reçue pendant ses dix premières années.

— Il est très beau, admit-elle en examinant le bateau. Il sera rapide, aussi. Peut-être même plus que le *Cavalier*.

— Je devrai verser la somme restante quand il sera fini. J'ai entendu dire que vous comptiez mettre le cap au sud dans une quinzaine de jours.

— C'est exact. Mais je n'attaquerai personne en route, sauf si j'y suis obligée. Je dois transporter une cargaison.

— J'ai des capitaux à Tobago que je voudrais récupérer pour finir de payer ce navire. Vous me rendriez service en m'y emmenant, et je pourrais vous être utile à bord.

Elle parut soupeser cette proposition, et une lueur méfiante passa dans son regard. Puis elle lui tourna le dos pour se remettre au travail.

— J'y réfléchirai.

Jin fit un pas en avant et s'immobilisa juste derrière elle.

— Réfléchissez tout de suite.

Elle leva les yeux, et il vit son pouls battre sur son cou.

— Un pas de plus, matelot, et vous tâterez la pointe de mon poignard.

— Refusez-moi ce que vous me devez, madame, et vous le regretterez longtemps. Plus de temps qu'il n'en faudrait pour remettre en état ce vieux bateau déglingué.

Les joues de la jeune femme s'enflammèrent.

— Ce vieux bateau déglingué a coulé votre navire. Vos parents ne vous ont jamais appris les bonnes manières, Seton ?

Sa mère ne lui avait rien appris qui ait pu lui servir, après avoir été vendu comme esclave. Quant à son père, cet Anglais dont il n'avait jamais su le nom... eh bien, c'était une autre visite qu'il devrait rendre à Tobago.

— Je suppose que non. Allez-vous nous engager, mes hommes et moi ?

— Reculez, et je vous le dirai.

Il fit un pas en arrière, contenant sa satisfaction. Elle commençait déjà à céder. Ce ne serait peut-être pas aussi difficile qu'il l'avait cru...

Elle rabattit son chapeau sur son front.

— Mon lieutenant est parti en permission. Et ce matin, mon second et le cuisinier ont été engagés sur une frégate militaire. Est-ce qu'un de vos hommes sait tenir une casserole ?

Il fit un signe affirmatif.

— À vrai dire, reprit-elle, j'aurais bien besoin d'un lieutenant expérimenté. Mais cela risque de ne pas vous plaire. Vous avez l'habitude de diriger votre propre vaisseau, ajouta-t-elle en fronçant les sourcils.

— Je ne vous causerai aucun souci.

— J'en doute.

Jin se permit un sourire. Cette femme n'avait pas dû faire souvent d'erreurs dans sa vie.

— Ceci n'est pas un bateau de pirates, Seton. Mes hommes sont loyaux envers moi. Vous ne m'enlèverez pas le commandement, si c'est ce que vous espérez.

— Je ne veux pas vous prendre l'*Orage d'Avril*. Vous avez ma parole. Alors, vous m'engagez ?

Ce qu'il voulait, c'était faire monter Mlle Viola Carlyle à bord de son navire au mois de juillet, et faire voile vers l'Angleterre.

Elle l'observa attentivement.

— Je vais regretter cela, je le sens, dit-elle en lui tendant la main.

Il la serra. Sa paume était rugueuse, ses doigts minces, sa poigne ferme. C'était la main d'une dame, mais aussi d'un marin. De près, elle était encore plus jolie. Le soleil printanier mettait en valeur ses traits fins. D'après ses calculs, elle avait presque vingt-cinq ans. Mais malgré son teint doré par le soleil, elle avait encore l'allure d'une jeune fille. Peut-être était-ce à cause de l'étincelle dans ses yeux, qui révélait une invincible confiance malgré la dangereuse vie de marin qu'elle menait. Cette confiance, elle l'avait sans doute acquise pendant les dix premières années de sa vie, au cours desquelles elle avait vécu dans une parfaite insouciance.

— Vous ne le regretterez pas, dit-il.

Comment aurait-elle pu éprouver des regrets ? La place d'une dame était dans la maison d'un gentleman. Et Jin ferait tout ce qui était en son pouvoir pour qu'elle y retourne.

4

Viola accorda à son équipage quinze jours de permission. Les hommes en profitèrent pour aller semer la zizanie dans les tavernes du port, pendant qu'elle équipait son bateau, faisait de fastidieuses démarches administratives, et discutait avec l'employé du marchand dont elle allait transporter la marchandise jusqu'à la Trinité. Après avoir livré la cargaison et passé quelques semaines en compagnie d'Aidan, elle repartirait vers le nord pour pourchasser les ennemis de son pays adoptif. L'État du Massachusetts l'avait engagée pour le faire deux ans plus tôt, à la mort de son père. En réalité, elle était devenue la vraie capitaine du navire dès qu'il s'était senti affaibli par la maladie, bien avant sa mort. Mais il n'avait jamais voulu quitter son navire, ce qui avait permis à Violette d'être près de lui pour le soigner.

La marchandise fut enfin chargée à bord. Des barils de farine et de haricots, des jambons, des pommes, et une grande quantité de meubles. Le tout remplissait la cale, mais n'était pas lourd. Ils feraient le voyage très vite, en moins d'un mois, si elle s'y prenait bien et s'ils ne croisaient pas la route de brigands.

C'était justement pour cela qu'elle avait engagé le Pharaon. En cas de problème, elle aurait l'homme qu'il fallait pour lui prêter main-forte.

Quand elle embarqua avec une seule valise à la main, Seton était déjà au milieu du navire en train de lancer des ordres. Tout le monde obéissait avec diligence.

— Vous espérez mettre l'équipage dans votre poche pour organiser une mutinerie, Seton ?

— Non, sir, répondit-il en réprimant un sourire. Je fais simplement mon travail.

Elle fit un effort pour détacher les yeux de ses lèvres et inspecter le pont. Une douzaine de marins accomplissaient toutes les manœuvres nécessaires. Elle n'aurait pas fait mieux. Son équipage s'était naturellement soumis au commandement de Seton. Elle ne pouvait leur en faire reproche. Tout dans son attitude exprimait l'autorité. Il était à la fois sûr de lui et détendu. Viola avait mis des années à acquérir cette contenance, qu'il semblait posséder naturellement.

Le ciel était d'un bleu d'azur. Les eaux de la baie étaient calmes, la brise fraîche et prometteuse. Toutefois, un frisson d'inquiétude lui parcourut la nuque.

— Tout est en ordre ?

— Oui, sir.

— Tous les hommes sont à bord ?

— Oui, sir.

— Vous n'avez encore jamais navigué sous les ordres d'une femme, n'est-ce pas ?

— Non, sir.

Bien entendu. Elle n'avait rencontré qu'une seule femme capitaine de navire dans toute sa vie.

— Appelez-moi capitaine.

— Je vous appellerai comme vous voudrez.

Le ton de sa voix était plat, mais ses yeux scintillèrent.

Cet homme ne lui inspirait pas confiance. Les pirates avaient l'habitude de mentir.

Elle soutint son regard comme elle l'avait fait sous la pluie alors qu'il était ligoté, presque nu, au mât de misaine. Il portait un pantalon neuf, une chemise d'un blanc éclatant qui mettait en valeur sa peau bronzée, un gilet et un foulard de lin. Ses beaux traits arboraient un vague air de défi, comme s'il n'avait même pas besoin de se montrer menaçant.

Elle allongea le pas, rassurée par le poids du pistolet accroché à sa ceinture qui battait contre sa cuisse.

— Que regardez-vous, matelot ?

— Mon capitaine, madame, répliqua-t-il sans ciller.

— Remettez-vous au travail, Seton.

Il s'inclina.

Viola inspira longuement et se dirigea vers sa cabine. Ils n'avaient pas encore quitté le port, et déjà il se moquait d'elle. Elle avait fait une erreur en l'acceptant à bord. Mais il était trop tard pour avoir des regrets. Même s'ils étaient encore amarrés au quai. Elle aurait pu le renvoyer à terre sur-le-champ.

Quand ils seraient en pleine mer, elle pourrait jeter une partie de la marchandise par-dessus bord. Le bateau serait plus léger et ils atteindraient la Trinité plus rapidement. Ou bien, elle pourrait donner Seton aux requins.

Il n'avait jamais rien vu de tel. Et plus il observait, plus son étonnement grandissait.

Ils la vénéraient. Depuis le mousse jusqu'au géant qui tenait le gouvernail – à côté duquel le gros Mattie ressemblait à une poupée de porcelaine –, chaque homme de l'équipage la considérait comme une reine. Quand elle ne pouvait pas les entendre, ils parlaient d'elle avec déférence. En termes élogieux. Affectueux. Quand elle était sur le pont, ils lui obéissaient au doigt et à l'œil. Mattie et Billy, ces deux idiots, étaient déjà entichés d'elle. Même Matouba semblait tomber sous le charme.

Jin ne se laissait pas déstabiliser facilement. Mais là, il était stupéfait.

Dans une certaine mesure, il comprenait ces hommes. La plupart des marins n'avaient pas souvent l'occasion de voir des femmes. Et encore moins des femmes qui n'avaient pas les joues maquillées, des cheveux teints, et une peau pâle à force de dormir le jour et travailler la nuit. Quand elle ôtait son chapeau de sorcière, Viola Carlyle avait un teint éclatant. Ses cheveux étaient sombres et ses boucles satinées. Sa peau était douce, en dépit des années passées en mer. C'était une femme séduisante, même si elle dissimulait sous d'amples vêtements la silhouette gracieuse qu'il avait entrevue sur le quai. Ses hommes d'équipage ne pouvaient que l'admirer.

Mais il y avait autre chose dans leur attachement pour elle. Il suffisait de passer quelques jours en leur compagnie pour le comprendre.

— La capitaine a dit qu'elle nous ferait la lecture ce soir, comme pendant la dernière traversée, annonça un vieux matelot en escaladant une vergue.

— J'aime bien l'histoire du gars qui a reçu une flèche dans le talon, dit un jeune garçon brun. Sa mère aurait dû le tremper plus profondément dans cette rivière.

Ils rirent ensemble.

— Maître Jin, vous saviez que la capitaine savait lire ? lança le plus jeune avec fierté.

— Vraiment ?

C'était normal. Elle avait été éduquée dans la maison d'un gentleman.

— Oui, m'sieur. Elle nous a lu toute l'histoire de ce grand cheval de bois, et de ces idiots qui n'ont compris que trop tard le tour que les autres leur avaient joué.

Jin n'avait jamais entendu dire qu'une dame pouvait lire l'*Iliade*. L'histoire du talon d'Achille, et de tous ces guerriers assoiffés de sang, n'était pas convenable pour une dame de qualité. Mais un homme qui avait kidnappé sa fille et l'avait admise à bord d'un bateau de contrebandiers à l'âge de dix ans ne devait pas trop se préoccuper des convenances.

— Mais le plus souvent, elle nous lit des sermons, reprit le vieil homme en hochant la tête.

— La capitaine est très pieuse. Elle craint Dieu.

Dieu, peut-être, mais elle ne craignait pas Jin. Quand elle s'adressait à lui, elle levait le menton et le regardait droit dans les yeux. D'autre part, elle ne lui parlait que si c'était absolument nécessaire. Elle prenait ses repas seule dans sa cabine. De même, elle ne s'attardait pas sur le pont lorsque le temps était clair et que les hommes pouvaient se détendre en chantant ou en jouant de la musique. Était-ce dû à sa présence ? Jin n'aurait su le dire.

Quand elle le croisait sur le pont, elle ne s'arrêtait pas pour lui parler. Pour lui, c'était bon signe. Elle n'était pas à l'aise en sa présence. Et si elle le craignait, elle finirait par lui obéir. Comme ils le faisaient tous, aussi bien hommes que femmes.

— Que faites-vous là, Seton ? Vous attendez que quelqu'un fasse une statue de vous ?

La voix douce de Violette la Vile lui parvint du gaillard d'arrière.

— Oh, je fais erreur, reprit-elle, moqueuse. Vous êtes déjà immobile comme une statue : une autre serait superflue.

Non, elle ne le craignait pas encore...

Il leva les yeux. Sa silhouette se détachait dans les rayons obliques du soleil d'après-midi. Vêtue de grosse toile et coiffée de ce chapeau ridicule, elle avait l'air d'un sac de pommes de terre.

Mais il ne s'y trompait pas. Il avait vu ses courbes. Il les avait imaginées sous ses paumes.

— Je répare une voile déchirée, madame.

Elle était à contre-jour, et c'est à peine s'il distinguait ses yeux étrécis. Les dames ne plissaient pas les yeux. Elle devrait perdre cette habitude quand elle habiterait de nouveau l'Angleterre. Pourtant, cet air méfiant ne la rendait pas moins séduisante. Bien au contraire. Elle n'était que plus provocante.

— Elle n'est pas assez déchirée pour prendre le risque de la détacher maintenant, alors que le vent est favorable. Attendez la nuit.

Elle fit un geste et les marins cessèrent leur travail, se jetant des regards perplexes.

— Madame, sauf votre respect, répondit Jin d'un ton égal, le vent est insignifiant. Quand il augmentera ce soir, nous aurons besoin de cette voile.

— Vous contestez mes ordres ?

Jin inspira lentement. Pendant deux ans, il avait été seul maître à bord. Avant cela, il était indépendant la plus grande partie de l'année, quand Alex était à terre et qu'il commandait le *Cavalier* à sa place.

Mais avant d'avoir été recruté par Alex, le dernier commandant à qui il avait dû obéir n'avait cessé de le narguer, remettant en cause chacune de ses décisions. Cette attitude avait connu une fin brutale. Un jour, après avoir tenté de donner un coup de bâton à Jin, le capitaine pirate s'était malencontreusement vidé de son sang, à la suite d'une blessure infligée par son propre poignard.

Poignard que Jin lui avait brièvement emprunté.

Mais Viola Carlyle n'était pas une pirate. Elle n'aurait même pas dû être marin. Elle avait beau se comporter comme un bandit arrogant, en réalité elle était une dame. Et le but de Jin était de la soustraire à cette existence d'aventurière. Même si elle l'agaçait prodigieusement. Mais il fallait reconnaître qu'il n'avait jamais connu une femme marin à la voix douce comme du brandy, ayant tendance à dire précisément ce qu'il n'avait pas envie d'entendre.

Il ravala la réponse qui lui venait à l'esprit.

— Non, madame.

— Non, *capitaine*, rectifia-t-elle.

Jin se tourna vers les marins accrochés au mât.

— Monsieur French, monsieur Obuay, déroulez cette voile et descendez.

Les hommes remirent en place la toile déchirée. Sans regarder Viola, Jin se détourna et traversa le pont pour gagner le gaillard d'avant.

— Vous vous entendez bien avec la capitaine, hein ?

— Ferme-la, Mattie.

Jin fit signe à deux matelots qui se tenaient près du mât. Ils descendirent les drapeaux pour la nuit.

— Alors, c'est votre plan ?

— Tout à fait.

Il s'empara de la longue-vue. À l'aube, une voile était apparue à l'horizon, et Jin avait ordonné à Mattie de faire le guet, aidé par Matouba perché dans le nid-de-pie. Viola Carlyle était sans doute la femme la plus contrariante du monde, mais Jin ne laisserait personne s'en prendre à elle. Tant qu'il ne l'aurait pas mise en sécurité à bord de son propre bateau, aucun vaisseau, ami ou ennemi, ne s'approcherait d'elle.

Il scruta la ligne d'horizon qui s'assombrissait alors que le soir tombait. Pas la moindre voile en vue.

— Tu as vu quelque chose, aujourd'hui ?

Mattie s'adossa au bastingage.

— Des poissons. Des vagues. Des nuages.

— Des nuages ?

Le ciel parfaitement dégagé se teintait de rose et de violet.

— C'était pour voir votre réaction. Vous semblez préoccupé. Je me demandais si vous entendriez ma réponse.

— Mattie, répondit doucement Jin, j'ai tué des hommes pour moins que cela.

Mattie lui lança un regard noir, et fit la moue.

— Mais vous n'avez jamais tué une dame, n'est-ce pas ?

Jin tourna les talons, gagna l'écoutille et descendit à l'intérieur du bateau. L'air y était étouffant. Sous le plafond bas, seize lourds canons étaient alignés de chaque côté. Entre eux étaient suspendus des hamacs, dans lesquels les matelots se reposaient avant d'affronter une nuit de veille. L'*Orage d'Avril* était un vieux brick, plus lourd et moins élégant que le *Cavalier*. Les planches craquèrent sous ses pas quand il se dirigea vers le quartier des officiers où se trouvait la cabine du capitaine. Violette la Vile aimait passer la soirée sur le gaillard. Il pouvait donc remettre la longue-vue à sa place sans se retrouver nez à nez avec elle.

Il avança dans l'étroit couloir entre les couchettes… et manqua la heurter.

Son visage en forme de cœur était bien visible, sans le chapeau et le foulard qu'elle portait d'ordinaire. Ses boucles brunes repoussées en arrière révélaient un menton délicat, une bouche sensuelle et de grands yeux. Ceux-ci le fixèrent comme s'il était un monstre. Ses épais cils noirs s'abaissèrent sur ses iris violets, et une teinte rose se répandit sur ses joues.

Une vague brûlante déferla dans le ventre de Jin.

C'était gênant. Il n'avait pas besoin d'avoir à son bord une femme à la beauté troublante qui éveillait son désir. Il réagissait comme un marin croisant une jolie femme après une longue traversée.

Elle ne portait qu'une simple chemise de coton. Il n'y avait ni manteau ni gilet pour cacher ses sous-vêtements. Et la chemise ne dissimulait rien de ses seins ronds pressés contre le tissu. Des seins magnifiques, faits pour tenir dans la main d'un homme.

Une dame aurait dû être plus vêtue. Afin d'être moins… perturbante.

Moins fascinante.

Mais il n'y avait pas que ses seins qui le fascinaient. La courbe de ses lèvres, soulignée par le grain de beauté, le captivait. On eût dit qu'un artiste avait fait le portrait d'une jolie fille et, la trouvant trop parfaite, avait ajouté cette petite tache pour gâcher son travail. Obtenant l'effet inverse.

— Vous ne pouvez pas vous en empêcher, n'est-ce pas ?

Jin cligna des paupières et releva la tête. Il fit un pas en arrière.

— Je rapportais ceci, dit-il d'une voix rauque en montrant la longue-vue.

— Vous l'avez prise pendant mon absence, et vous espériez la remettre en place sans être vu ? suggéra-t-elle en arquant un sourcil. Faites attention, Seton. Vous vous comportez comme un traître.

— Une voile était visible à l'horizon, ce matin. J'ai demandé aux hommes de faire le guet.

Les yeux sombres de la jeune femme s'étrécirent.

— Et vous n'avez pas jugé utile de m'en informer ?

— Elle a disparu.

— Vous avez l'habitude d'agir à votre guise, je crois.

— Je préfère épargner à mon capitaine des soucis inutiles, quand elle a des choses plus importantes à régler.

Elle tendit la main pour récupérer la longue-vue, afin qu'il puisse remonter sur le pont et reprendre son poste. Loin d'elle, de ses lèvres roses et de sa tenue provocante. Il frémit de désir. Mais il n'avait jamais été homme à se laisser guider par les sens, et cela n'allait pas commencer maintenant.

Toutefois, ce n'était pas seulement la luxure qui le poussait vers elle. Son audace, sa langue bien pendue, et même l'adoration idiote de son équipage, tout cela faisait d'elle une femme exceptionnelle. Une femme différente de toutes celles qu'il avait connues.

Et il en avait connu beaucoup.

— Vos responsabilités sont considérables, murmura-t-il.

— Vous en faites un peu trop, matelot, rétorqua-t-elle en haussant les sourcils.

— Je m'efforce de servir mon capitaine, comme je m'y suis engagé.

Le désir et la tentation ne pouvaient le détourner de la mission qu'il préparait depuis vingt-deux mois.

— En montant l'équipage contre moi ?

Il lui lança un regard perplexe.

— Frenchie et Sam, précisa-t-elle. La voile déchirée.

— J'ai fait ce que vous vouliez que je fasse.

Elle posa les mains sur ses hanches gracieuses.

— Ils savaient que vous n'étiez pas de mon avis.

— Il me semble que cela n'a pas d'importance. Un capitaine doit passer outre l'avis de son lieutenant quand il le décide.

— *Un* capitaine ?

— *Une* capitaine, corrigea-t-il.

Elle se rembrunit, ce qui ne lui ôta rien de son charme. Bon sang. Il aurait préféré avoir affaire à un blanc-bec qu'il pourrait assommer d'un coup de poing.

— Vous n'y arrivez pas, n'est-ce pas ? lança-t-elle en élevant légèrement la voix. Vous ne supportez pas de devoir m'appeler capitaine ! Espèce d'arrogant fils d'Égyptien.

C'en était trop. Jin fit un pas en avant et la toisa de toute sa hauteur.

— Écoutez-moi bien, espèce de petite pimbêche trop gâtée, je suis peut-être sous vos ordres, mais je ne suis pas obligé d'accepter…

— Pimbêche ? s'exclama-t-elle. Aucun homme n'a jamais osé me traiter de pimbêche !

— Si l'un d'eux l'avait fait, vous seriez peut-être moins…

— Comment pouvez-vous savoir si j'ai été gâtée ou non ?

— Je vois bien comment vos hommes se comportent face à vous.

— Je vous avais prévenu que cela ne vous plairait pas.

— Qu'est-ce qui ne me plairait pas ?

Ses yeux qui lançaient des éclairs ? Ses lèvres pulpeuses ? Les lourdes boucles qui tombaient sur son front et cachaient la pureté de ses traits ?

— D'être sous mon commandement.

Sous elle. Au-dessus d'elle. Avec un tempérament comme le sien, il était sûr de tout aimer. Le regard de défi qu'elle lui lança lui enflamma les reins.

— Vous ne le supportez pas. Vous n'êtes qu'un vaniteux qui veut se faire passer pour un corsaire respectable !

Elle le considéra avec un sourire satisfait, et ajouta :

— Ah, ah ! Ça vous fait enrager.

Jin inspira, et parvint à réprimer son agacement.

— Je ne me fais pas passer pour un corsaire : j'en suis un.

— Vous croyez que parce que vous avez une mission de votre gouvernement britannique, vous n'avez plus d'instinct de pirate ?

— Je le crois, oui.

— Prouvez-le.

Il lui prit la main. Ses doigts étaient crispés, et il les déplia un à un. Il posa la longue-vue dans sa paume, et lui fit refermer les doigts dessus.

— Je ne prends pas ce qui ne m'appartient pas.

Elle semblait effarée, sa respiration accélérée. La réaction paraissait excessive, proche de la peur. Cela convenait très bien à Jin.

— Vous vous comportez ainsi parce que je suis une femme. Certains hommes n'acceptent pas de recevoir d'ordres d'une femme.

— Non, c'est parce que vous êtes une mégère. Et je ne suis pas n'importe quel homme.

Il tourna les talons. S'il restait dans cette maudite coursive une minute de plus, il pourrait être tenté de lui révéler la vérité.

Ce n'était pas parce qu'elle était une femme qu'il était sur des charbons ardents – une fort jolie femme, certes, dotée de lèvres à faire rêver un homme. Ce n'était pas parce qu'il avait été pirate pendant la plus grande partie de sa vie. Ce n'était même pas parce qu'il s'était promis de la ramener en Angleterre contre vents et marées. Au cours des deux années qu'il avait passées à chercher cette jeune fille enlevée de chez elle, Jin avait compris quelque chose de très troublant. Une chose à laquelle il s'autorisait rarement à réfléchir.

Elle avait une maison dans laquelle elle pouvait retourner. Elle avait une famille. Qu'après toutes ces années elle puisse encore le nier, qu'elle vive comme si cette famille n'existait pas, cela le mettait hors de lui.

Il ressentait de la colère, oui.

Dans sa jeunesse, il avait été dévoré par la rage. Depuis plus de dix ans, il s'efforçait de contenir ce sentiment. Mais sa fureur ressortait face à cette femme, qui ne comprenait pas que le cadeau qu'elle refusait obstinément représentait quelque chose qu'il avait toujours rêvé d'avoir.

5

— Vous avez l'air triste, m'dame. C'est à cause du temps, je parie.

Viola jeta un regard noir au mousse. Le gamin avait à peine sept ans, il était enthousiaste, plein de vie, comme elle lorsque son père l'avait fait monter à bord d'un navire pour la première fois. Ce bateau était le sien depuis deux ans maintenant. Elle y était chez elle. Et elle allait retrouver un homme avec qui elle espérait vivre un jour.

Elle ébouriffa gentiment les cheveux roux de Gui, dont le sourire réapparut. Il ressemblait beaucoup à Frenchie, son grand-père. Le garçon sauta de la rambarde sur le pont, en donnant une claque sur sa cuisse. Le vent emmêlait sa tignasse bouclée.

— Je sais ce qui vous remontera le moral, capitaine. Un peu du frichti qu'a préparé Billy.

Gui détala vers l'écoutille et disparut dans les entrailles du bateau.

Le frichti de Billy ne pouvait remonter le moral de qui que ce soit. Si ce gars avait déjà cuisiné une fois dans sa vie avant de mettre les pieds sur l'*Orage d'Avril,* Viola voulait bien lui céder tout le bateau pour un dollar !

Mais elle était en effet de mauvaise humeur. Aujourd'hui, elle avait déjà rabroué Sam, s'était éraflé le bras sur une corde, avait trébuché sur un seau. Il n'était pas encore midi et le ciel était chargé de gros nuages gris. Son esprit n'était pas plus clair que ce ciel orageux de début d'été, et cela la rendait grincheuse.

Elle savait parfaitement quelle était la cause de cette humeur. Ou plutôt *qui*. Le fautif se tenait sur le gaillard d'avant, lui tournant le dos comme toujours. Ses larges épaules et ses longues jambes se détachaient sur le bleu de l'océan. Apparemment, il aimait passer son temps libre à l'avant du bateau. Probablement parce que c'était le lieu où il était le plus éloigné d'elle.

Il n'avait pas aimé la façon dont elle lui avait parlé, trois jours plus tôt. Cela n'aurait plu à aucun homme. Elle n'aurait su dire pourquoi elle avait proféré ces insultes. Elle avait ouvert la bouche et des paroles mauvaises en étaient sorties, les unes après les autres. Il le méritait probablement, mais elle aurait dû être capable de tenir sa langue. Surtout quand il la regardait comme si…

Non. Ce devait être l'effet de son imagination.

Au début, Aidan avait eu le même regard, juste avant de l'embrasser. Les mêmes yeux ardents, comme s'il pensait à tout autre chose qu'à leur conversation. Mais elle ne savait rien de Jinan Seton. Il regardait sans doute de la même manière toutes les personnes qui s'opposaient à lui.

Il avait réussi à contenir sa colère. S'il perdait vraiment patience, elle pourrait l'accuser de mutinerie. Mais un homme tel que lui ne perdait pas souvent son sang-froid. Quand cela arrivait, ce devait être effrayant.

Ou excitant. Il lui avait agrippé la main, et la force de ses doigts l'avait perturbée.

Comme cela arrivait parfois quand elle l'observait de loin, il se retourna et croisa son regard. Sans hésitation, il descendit, traversa le pont et la rejoignit à l'arrière. Elle avait l'impression qu'elle pouvait l'appeler d'un coup d'œil. Et tel un serviteur zélé, il obéissait. Comme s'il souhaitait lui faire plaisir.

Ce n'était qu'un rêve. Sa sœur Serena avait été une rêveuse. Viola, elle, était une aventurière.

Et Jinan Seton représentait une sorte d'aventure...

Elle le toisa en levant le nez. Elle avait appris au cours de sa vie que ceux qui commandaient regardaient les autres de haut. Les gens honnêtes regardaient leurs semblables dans les yeux, et les malhonnêtes regardaient ailleurs.

— Les hommes ont parlé de faire escale à l'île St. George. Ils disent que vous l'avez déjà fait lors d'un autre voyage.

Il soutint son regard. Il avait repris ses distances, depuis le jour où il l'avait croisée dans la coursive. Violette fronça les sourcils.

— Il y a un endroit où ils aimeraient retourner, marmonna-t-elle.

Un bordel où les filles ne portaient que des bas résille et des sous-vêtements de dentelle. C'était du moins ce que lui avait raconté un marin. Viola, qui n'avait que dix-sept ans à l'époque et voulait savoir comment éveiller l'intérêt d'Aidan, avait failli donner de l'argent au marin pour qu'il retourne au bordel lui acheter des bas. Elle n'avait pas eu le courage de le faire. Plus tard, quand elle en avait parlé à Aidan, il lui avait pincé le menton en disant que ce n'était pas son genre.

Seton regarda l'horizon. Rien ne lui échappait. Il observait, calculait, prévoyait toutes les manœuvres.

— Pourquoi pas ? Une journée à terre ne nous retardera pas beaucoup, suggéra-t-il.

Mais cela laisserait aux hommes l'occasion de lui faire connaître ce bordel, songea-t-elle.

— Non, dit-elle, implacable. Nous devons poursuivre notre route. Les orages sont imprévisibles et je préfère ne pas perdre de temps.

— Imprévisibles ? répéta-t-il.

— Les orages de début d'été. Vous avez dû sillonner ces mers des centaines de fois, ajouta-t-elle en lui lançant un regard soupçonneux.

— Pas récemment. J'ai passé la plus grande partie du temps de l'autre côté de cet océan, ces dernières années. Principalement le long des côtes d'Angleterre.

Elle n'avait jamais rencontré un marin aussi compétent et sûr de lui, sachant très bien qui il était et ce qu'il voulait. Cela fit remonter en elle un vague et lointain souvenir. Celui d'un monde où les hommes avaient un sens inné de leurs privilèges. D'après ses souvenirs d'enfant, ces hommes traitaient non seulement les femmes avec respect, mais avaient aussi de la considération pour elles.

Le jour de ses sept ans, le baron l'avait emmenée jusqu'au vieux chêne pour lui montrer la balançoire qu'il avait fait installer pour elle. Sans même lui poser de question, il avait su que c'était ce qu'elle voulait par-dessus tout. Il avait pris sa petite main dans la sienne, et elle avait levé les yeux vers le visage souriant de cet homme qu'elle aimait comme un père. Car c'était ce qu'il avait été pour elle, alors qu'il savait depuis toujours qu'elle n'était pas vraiment sa fille.

Comme il était curieux que les manières d'un ancien pirate lui rappellent ainsi son père adoptif. Jinan Seton avait l'allure d'un gentleman, le comportement d'un homme cultivé, malgré sa profession. Peut-être était-ce, ajouté à son arrogance, ce qui lui valait son surnom de Pharaon.

Il semblait attendre sa réaction. Il avait le même regard intense que l'autre fois dans la coursive.

— Quoi qu'il en soit, reprit-elle en ignorant les battements de son cœur, vous savez que de simples matelots peuvent chercher à embobiner leur capitaine pour lui faire faire ce qu'ils souhaitent, sans songer aux conséquences.

— Quel genre de conséquences il…

— Capitaine ! cria un des marins. Une vergue s'est brisée !

— Encore ? marmonna-t-elle. Il faudra la faire réparer quand nous arriverons à la Trinité.

Elle partit vers la passerelle, mais Seton l'arrêta d'un geste.

— Je m'en occupe.

Il posa les yeux sur elle, et elle acquiesça d'un hochement de tête.

Il fit réparer la vergue. Elle le regarda entre les voiles, impressionnée comme toujours par son calme, son autorité. Les hommes exécutaient ses ordres sans renâcler. Cette tâche effectuée, il retourna sur le gaillard, comme si elle l'avait rappelé. Ce qu'elle n'avait pas fait, bien qu'un démon en elle ait souhaité qu'il revienne. Sans raison valable. Peut-être simplement pour le voir de près. À certains moments, sa beauté virile lui coupait le souffle.

Elle ne pouvait ignorer ce corps élancé qu'elle avait vu dévêtu, cette bouche sensuelle. Si elle avait été une femme ordinaire, il lui aurait fait perdre la tête.

À cette pensée, sa mauvaise humeur redoubla.

— Que voulez-vous, Seton ?

— Prendre vos ordres.

— Ce n'est pas vrai. Vous voulez me contrarier.

— Il me semble que vous y parvenez très bien toute seule.

Il croisa les bras, et ses lèvres parfaites esquissèrent un sourire. Il ne portait qu'un gilet sur sa chemise. Ses muscles apparaissaient sous le lin blanc. Les idées de Violette se brouillèrent.

— C'est à cause des hommes, marmonna-t-elle. Cela fait à peine plus d'une semaine que nous sommes partis, et ils veulent déjà retourner à terre.

— Il n'y a pas très longtemps que vous êtes rentrés de votre dernière traversée. Vous êtes un peu dure avec eux.

— Oui, peut-être.

Ce n'était pas une riposte très agressive, et le sourire de Seton s'élargit. Viola se dit qu'elle devrait avoir en réserve quelques réponses anodines, ne serait-ce que pour le voir sourire.

— Vous n'avez pas besoin de faire tout cela, dit-il lentement. Vous pourriez arrêter. Vendre l'*Orage d'Avril*, et oublier complètement les marins grincheux et les vergues brisées.

Elle eut un petit rire sec, en évitant de regarder les muscles de ses bras. Mais ses yeux clairs étaient captivants, sous les mèches noires qui retombaient sur son front.

— Quelle drôle d'idée ! Le soleil a dû vous taper sur la tête, Seton.

— Je pense simplement aux souhaits de vos hommes, qui n'ont rien à voir avec les vôtres.

Encore cette histoire de bordel.

— Les hommes n'ont pas besoin de faire escale cette semaine, répliqua-t-elle d'une voix précipitée.

Soudain, elle s'imagina devant lui, vêtue de bas résille et d'un corset de dentelle. Toute pensée cohérente s'échappa de son esprit.

— Ils ont besoin d'une plage de sable et de palmiers, et ils l'auront dans trois semaines, ajouta-t-elle sèchement.

Seton ne répondit pas tout de suite.

— Et vous, Viola Carlyle, de quoi avez-vous besoin ? dit-il enfin.

Elle se figea.

— Votre sœur est persuadée que vous êtes toujours vivante, mademoiselle Carlyle, continua-t-il sans la quitter des yeux. C'est pourquoi je me suis lancé à votre recherche. Je veux vous ramener chez vous.

6

— Je n'ai pas de sœur, répondit-elle d'une voix sourde.

— Vous en avez une, qui attend votre retour depuis quinze ans.

— Vous me prenez pour quelqu'un d'autre.

Elle pinça les lèvres, s'efforçant de contrôler son émotion.

— Pourquoi n'êtes-vous jamais retournée chez vous ?

Elle n'avait pas de réponse à cette question. Elle n'avait même pas pu en donner à son père mourant, quand il lui avait posé la question.

— Vous auriez pu retourner en Angleterre, ces dernières années. Vous avez un bateau, et des moyens financiers suffisants.

Seton ne la quittait pas des yeux. Imperturbable. Il aurait pu attendre encore une heure, un jour, ou même deux semaines qu'elle lui réponde.

— Je n'ai pas les moyens suffisants. Pourquoi croyez-vous que je travaille pour de riches marchands américains ?

— Vous admettez donc que vous êtes anglaise ?

— Je suis née en Angleterre. Mais cela ne fait pas de moi celle que vous pensez que je suis.

— Vous ne pouvez le nier.

— Bien sûr que si. Avez-vous des preuves de ce que vous avancez ?

— Je n'en ai pas besoin. Chaque fois que vous ouvrez la bouche, vous révélez vos origines.

Elle voulut répondre, puis se ravisa. Il s'adossa au bastingage, comme s'il avait tout le temps de poursuivre cette conversation. Ce qui était vrai. Il l'avait prise au piège à bord de son propre bateau, en plein milieu de l'océan Atlantique. Ce Pharaon était terriblement astucieux.

— Certaines de vos intonations vous trahissent, reprit-il. Et vous utilisez des mots qu'un marin ordinaire ne connaît même pas.

— Je lis beaucoup.

— C'est normal. Vous êtes la fille d'un gentleman. D'un aristocrate…

— Tout le monde sait que mon père était contrebandier.

— Et d'une dame de qualité.

Elle ne pouvait nier ce dernier point. Sa mère était née dans une famille qui possédait une belle maison et de vastes propriétés. Maria Harrell n'avait que dix-sept ans quand son père l'avait donnée en mariage au baron de Carlyle, un homme discret et cultivé. Elle était jolie, possédait une dot conséquente… mais elle était déjà amoureuse de Fionn Daly, un marin qu'elle n'aurait jamais dû rencontrer et auquel elle aurait encore moins dû donner son cœur.

Ils n'avaient jamais cessé de s'aimer. Quatre ans plus tard, alors que lord Carlyle assistait à une séance du Parlement à Londres et que lady Carlyle était restée chez elle s'occuper de sa première-née, Serena, l'Irlandais avait accosté au port et… ils avaient conçu Viola. Dix ans passèrent, puis Fionn revint encore une fois pour revoir sa bien-aimée et reprendre son enfant.

Viola tint sa langue. Son cœur battait trop fort pour qu'elle puisse s'exprimer posément. Son regard glissa sur les marins. Ils lui étaient tous fidèles. La plupart d'entre eux l'avaient connue enfant. C'était sa vie. Sa réalité. Le monde dans lequel elle était née lui semblait désormais à des millions de kilomètres.

Mais tous les hommes qui étaient à bord ne faisaient pas partie de sa vie. Le gros Mattie, qui se tenait à côté du mât, était un intrus chez elle. Tout comme les deux autres marins du *Cavalier*. Et Seton.

Elle pivota vers lui. Il ne la lâchait pas des yeux, comme s'il lisait dans ses pensées. Elle repoussa cette étrange sensation. Il ne savait rien d'elle. Il n'avait qu'un nom, qui appartenait au passé.

— Vos hommes savent-ils ? demanda-t-elle.

— Quoi ? Votre véritable identité ?

— Mon passé.

— Seulement les trois qui sont à bord.

— Et mes hommes d'équipage ? Vous le leur avez dit ?

— Non.

— Pourquoi ?

— Pourquoi l'aurais-je fait ?

Sa voix était ferme, sincère. C'était agaçant. Elle s'approcha de lui. Son beau visage se détachait contre le ciel.

— Qui êtes-vous ?

— Il n'est pas question de mon identité.

— Pourquoi étiez-vous à ma recherche ? En quoi mon retour en Angleterre vous concerne-t-il ?

— Votre sœur s'est mariée récemment. Son époux aimerait que l'on vous retrouve.

Traversée par un tourbillon d'émotions, elle éprouva un bref serrement de cœur. Il était monté à bord de son navire dans un but précis. Il avait quelque chose à y gagner.

— Vous croyez que le souhait d'un inconnu suffirait à me ramener en Angleterre contre ma volonté ?

— Je préférerais que vous veniez de votre plein gré.

Il prononça ces paroles simplement, mais une étincelle passa dans ses yeux. D'instinct, Viola fut tentée de reculer. Mais elle résista. Elle ne devait montrer aucune faiblesse. Un homme tel que lui utiliserait à son avantage toute manifestation de vulnérabilité.

— Vous pourriez simplement lui dire, ou leur dire, que je suis heureuse et en bonne santé. Et en rester là. Après toutes ces années, elle devrait se contenter de cette réponse.

À supposer qu'elle se soucie du sort de sa sœur. Serena n'avait jamais répondu aux lettres que Viola lui avait envoyées au début. Quand ses origines avaient été révélées, sa sœur aînée avait dû avoir honte. Et son pauvre père... le baron.

Un pli dur se dessina au coin des lèvres de Seton.

— Dites son nom.

— Son nom ? répéta-t-elle en battant des paupières.

— Le nom de votre sœur.

Son regard pénétrant la fit frissonner. Aux confins de sa conscience s'accrochaient des vestiges de souvenirs. Des salons lumineux dans lesquels flottait un parfum de lavande, de rose et d'œillet. De la dentelle, des soies couleur pastel, des rubans dorés dans les cheveux. L'odeur du bois, des falaises couvertes de mousse. Les livres poussiéreux de la bibliothèque, la cire qui sentait le thym et le citron. Les champs vert émeraude, parsemés de moutons blancs, les prairies couvertes de fleurs sauvages. Elle revit un sourire doux et affectueux, un joli visage encadré de boucles blondes. Sa sœur bien-aimée, sa meilleure amie, avec laquelle elle avait vécu chaque jour pendant dix ans, et qu'elle aimait toujours tendrement.

Tout cela lui revint en esprit sous le regard implacable d'un pirate égyptien.

Non, ce n'était plus un pirate. Un corsaire britannique. Envoyé à sa recherche ? Elle, la fille illégitime d'un contrebandier et d'une femme adultère aujourd'hui décédée ?

— Qui est le mari de ma sœur ?

— Le comte de Savege. Un voisin de lord Carlyle, dans le Devonshire.

L'estomac de Viola se contracta. Un lord ? Elle aurait dû se réjouir pour Serena. Elle lui souhaitait d'être heureuse avec son époux. Mais sa place n'était plus là-bas, désormais. Elle ne voulait pas y retourner.

— Il sera certainement déçu quand vous rentrerez bredouille. Mais, tout comte qu'il est, il n'a aucune autorité sur moi.

— Vous rentrerez avec moi.

— Non, riposta-t-elle en posant les poings sur ses hanches.

Cette posture l'aida à se ressaisir. Elle était chez elle, ici.

— Votre place est en Angleterre, affirma-t-il.

Elle eut un rire qui sonnait faux.

— Ma place est à bord de ce navire, avec mes hommes. Il faudra vous faire à cette idée, Seton.

Tournant les talons, elle descendit de la passerelle en lançant des ordres aux matelots. Mais elle sentait son regard sur elle, et elle était plongée dans la plus grande confusion.

Si sa place était ici, à bord du navire avec son équipage, pourquoi tenait-elle tant à s'établir dans une plantation des Tropiques avec Aidan Castle, même pour une partie de l'année ? Elle l'aimait, bien sûr. Elle l'aimait depuis que son père l'avait ramené à la maison un soir pour dîner, alors qu'il était employé chez un marchand de Boston. Ce soir-là, Viola avait découvert qu'elle avait un cœur de femme.

Elle n'avait que quinze ans, et espérait encore retourner un jour en Angleterre, sans savoir si c'était possible. Sa mère était morte. Sans elle, Viola n'était plus rien pour Charles Carlyle. Et Fionn affirmait qu'au contraire elle était tout pour lui. Elle était son unique enfant, son meilleur petit marin. Et un jour, ajoutait-il, elle deviendrait Mme Aidan Castle.

Il les avait souvent laissés en tête à tête. Il avait prêté à Aidan les fonds nécessaires pour acheter la plantation, alors même que la toile manquait pour les voiles de son bateau. De toute évidence, il regrettait d'avoir privé Viola d'une vie stable et respectable. Il voulait qu'un jour elle puisse avoir mieux qu'une vie de marin. Pour cela, il avait mis tous ses espoirs en Aidan Castle, un homme qui s'était fait lui-même, qui était né en Angleterre comme Viola, dont la famille appartenait à la noblesse anglaise, mais qui était désormais aussi américain que Fionn. Tout comme Viola. Son père lui avait présenté le mari parfait, alors qu'elle sortait à peine de l'enfance. Et telle une fille obéissante, elle était tombée amoureuse de celui qu'il avait choisi pour elle.

Mais alors, pourquoi n'était-elle pas plus enthousiaste à l'idée de retrouver Aidan dans quelques semaines ? Elle n'était pas idiote. Il ne lui écrivait plus depuis des mois. Mais quand il la reverrait, tout rentrerait dans l'ordre. Il lui demanderait sa main, comme il le laissait entendre depuis des années. Elle aurait dû être heureuse.

Le souvenir de Seton dans le couloir, si proche d'elle, la dissuada de rejoindre sa cabine. Elle descendit dans la cale. Dès qu'elle y mit les pieds, les planches usées et disjointes lui sautèrent aux yeux. Avec les tonneaux et les caisses entassés, les meubles enveloppés de toile, on se serait cru dans un navire marchand. Les deux marins qui gardaient le dépôt de poudre la saluèrent. Elle fit un signe de tête, en examinant la cargaison.

Pourquoi transportait-elle des marchandises jusqu'à la Trinité ? Pour l'amour du ciel, elle commandait un bateau corsaire. Elle aurait dû pourchasser des vauriens, au lieu de charrier des sacs de farine !

Elle inspira, perturbée par ses réflexions. C'était la faute de Seton. Tout allait très bien avant qu'il embarque sur l'*Orage d'Avril.* Elle pouvait toujours faire escale aux Bermudes et l'abandonner là-bas. Elle n'avait pas besoin de lui pour naviguer.

Elle n'avait pas du tout besoin de lui.

— Sam !

Le marin qui discutait avec son compagnon tressaillit.

— Capitaine ?

— Allez dire à M. Seton que nous allons accélérer l'allure.

— Oui, capitaine.

Sam se rua vers l'écoutille. Viola regarda pensivement la cale chargée de marchandises. Et pour la première fois de sa vie, elle se sentit prise au piège en pleine mer.

— Capitaine Jin ? J'ai réfléchi.

Billy versa une louche de ragoût dans un bol, et poussa celui-ci devant Jin.

Ce dernier s'installa devant une table minuscule. La cabine qui servait de cuisine faisait moins de cinq mètres carrés, mais c'était le seul endroit du bateau où Viola Carlyle ne mettait jamais les pieds.

Il n'avait pas besoin de faire un effort pour éviter que leurs chemins se croisent : elle s'en chargeait très bien. Depuis quatre jours, elle lui transmettait ses instructions par les hommes d'équipage. Ses révélations lui avaient fait, semblait-il, une forte impression. Maintenant, il devait garder l'avantage. Et aussi contrôler sa mauvaise humeur. Sa défiance l'irritait autant que si elle l'avait insulté personnellement. Il devait étouffer cette colère avant de l'approcher de nouveau.

— Tu as réfléchi à quoi, Billy ? s'enquit-il en prenant une cuillère de ragoût.

— À ces rebelles écossais que nous avons pourchassés en mer du Nord. Et au garçon que nous avons ramené d'Espagne, avant cela.

Jin avala une bouchée de ragoût insipide, et en reprit une cuillère. Il valait mieux se débarrasser au plus vite du repas. C'était aussi ce qu'il devrait faire avec Mlle Viola Carlyle. Mais il ne s'était pas attendu à un refus aussi catégorique.

Il aurait dû prévoir cette réaction, il s'en rendait compte à présent.

— Vraiment ?

— Oui, monsieur.

Billy ajouta une pomme de terre dans la marmite, sans l'éplucher, et remua le brouet.

— Nous ne leur avons pas pris le moindre butin, même si le gouvernement nous a tous bien payés. Mais je me demande à quoi servent ces missions.

Elles servaient à la justice. À aider ceux qui se trouvaient dans des situations désespérées. À servir la Couronne. Et le Falcon Club.

Deux ans auparavant, il avait mis de côté son travail pour ce club et s'était lancé à la recherche d'une autre personne disparue, que sa famille croyait morte depuis longtemps. Excepté sa sœur. Mais Serena Savege et Alex ignoraient sa quête. Il ne leur en avait pas parlé.

— Nous avons accompli ces missions parce que Sa Majesté nous le demandait, Bill.

Une vérité partielle était préférable à une absence de réponse. Peut-être n'aurait-il dû également révéler qu'une partie de la vérité à Viola Carlyle. Peut-être avait-il encore assez de marge de manœuvre pour inventer une histoire qui la convaincrait de la sagesse de ses intentions.

Non. Il avait passé une trop grande partie de sa vie empêtré dans les mensonges. Il n'allait pas recommencer, encore moins avec une dame. Si têtue soit-elle.

Il avala la dernière bouchée de ragoût et posa son bol sur le comptoir.

— C'était bon, monsieur ?

— Non. Mais continue de faire semblant de cuisiner, Bill, ajouta-t-il en lui tapant sur l'épaule. Tu te débrouilles très bien.

— Merci, capitaine.

— Billy…

— Merci, maître Jin, corrigea le garçon avec un clin d'œil.

Jin alla inspecter les canons, fit un signe de tête aux marins, et grimpa vers la passerelle. Parvenu au sommet des marches, il s'immobilisa. Assise sur le gaillard d'avant, Viola Carlyle était entourée de son équipage. Sa silhouette se découpait contre un ciel d'un bleu éclatant et des vagues écumantes. Parfaitement alignés, les hommes chantaient.

Au milieu de la journée. Alors que le bateau filait à une vitesse de dix nœuds.

Ils chantaient pour elle.

Le chant n'avait rien de remarquable, c'était une vieille chanson de marins, mais les voix étaient en parfaite harmonie. Viola avait repoussé son chapeau, révélant son visage. Souriante, elle regardait chaque chanteur tour à tour, et ses yeux scintillaient.

Pendant un instant, Jin demeura figé, envahi par une douce chaleur. Depuis le début, il ne s'était pas vraiment autorisé à admettre à quel point elle était jolie.

De toute évidence, ses hommes en étaient conscients. Tous les marins avaient les yeux fixés sur elle. Quarante hommes fascinés par leur capitaine, alors que le bateau continuait de fendre les flots à toute allure, comme s'il était manœuvré par des fantômes.

Le chant terminé, elle leva les mains pour applaudir en laissant échapper un rire sensuel. Un rire de bonheur et d'insouciance. Les marins tapèrent des pieds pour manifester leur joie. Mais Jin n'entendait qu'elle.

Puis son regard glissa sur lui, et toute joie s'effaça de son visage.

Il se crispa, osant à peine respirer. Même avec les sourcils froncés, elle était attirante. Jin eut envie de la tenir dans ses bras et de voir la passion remplacer la colère dans ses yeux.

Mais il ne pouvait pas faire cela.

Elle détourna le regard. Il s'avança tandis que les marins se dispersaient, lui laissant le champ libre. Les chanteurs se tapaient sur l'épaule en se félicitant mutuellement. Elle distribuait les éloges et les remerciements en souriant, et leurs joues burinées s'enflammaient. Jin leur assigna en passant des tâches qui auraient déjà dû être accomplies, et se dirigea vers leur capitaine.

— Jonah ! Tu te rappelles la petite réparation dont je t'ai parlé hier soir ? lança-t-elle.

Le marin qui se trouvait devant elle ôta sa casquette, tel un laquais s'adressant à un lord.

— Bien sûr, m'dame. L'évacuation dans la cale. Je vais nettoyer ça en un clin d'œil.

Il hocha vigoureusement la tête, et détala.

Jin le suivit des yeux un instant, puis se tourna vers la femme capable de faire exécuter sans rechigner par ses matelots les travaux les plus désagréables.

— De quoi était-il question ? s'enquit-il.

Elle rabattit son chapeau sur son front.

— Je vous souhaite aussi une bonne journée, marmonna-t-elle. Quelque chose vous a contrarié ? Ou bien vous êtes toujours d'aussi mauvaise humeur ?

— De mauvaise humeur ? C'est à vous que je devrais demander cela. Quand vous ne m'insultez pas, vous m'ignorez. Et que faisaient ces hommes ? Ils auraient dû travailler au lieu de chanter pour vous comme des idiots.

— Le bateau avance parfaitement, comme vous pouvez le voir.

— Si le vent avait changé brusquement, nous aurions chaviré.

— Mais il n'a pas changé et tout va bien, rétorqua Viola.

Il avait raison. Mais pendant un moment, elle s'était sentie heureuse en compagnie de ses hommes, soulagée de l'inquiétude que lui causait ce maudit corsaire. Et libérée de toute responsabilité.

— Mettez-vous en question mon aptitude à commander ce bateau ?

— Uniquement la façon dont vous dirigez son équipage. Quel genre de capitaine tolère un concert en pleine mer ?

— Un capitaine qui connaît mieux les marins que vous.

Elle voulut s'éloigner, mais il lui barra le passage.

— Ôtez-vous de mon chemin, Seton, si vous ne voulez pas sentir le canon de mon pistolet sur votre tempe.

— Ne menacez jamais un homme capable de vous rendre la monnaie de votre pièce, mademoiselle Carlyle, martela-t-il d'une voix dure.

Quelque chose avait changé. Pour la première fois depuis que cet homme réputé pour sa violence était monté à bord, elle eut peur. Elle ne craignait pas qu'il lui fasse du mal. Il voulait la ramener en Angleterre, chez son beau-frère. Mais une ombre avait remplacé l'intense clarté de ses yeux. Chez un autre, elle aurait pris cela pour de l'incertitude, ou même de la confusion. Chez Jinan Seton, ce monstre d'arrogance, c'était inquiétant.

Elle fit un effort pour se ressaisir.

— Si vous m'appelez encore une fois ainsi, je vous ferai jeter par-dessus bord.

— Si vous continuez à diriger ce bateau comme vous le faites, nous risquons de nous retrouver tous les deux à l'eau.

Elle l'observa en fronçant les sourcils et croisa les bras.

— Si vous voulez le savoir, c'est mon anniversaire aujourd'hui. Ce chant était un présent de l'équipage.

— Votre anniversaire ? répéta-t-il, désarçonné.

— Oui. J'ai vingt-cinq ans, et je suis majeure. Même en Angleterre, aucun homme n'aurait plus autorité sur moi.

— C'est cela qui vous tient à cœur ? Vous voulez affirmer votre autorité ? demanda-t-il en désignant les hommes d'équipage.

— Je dirige mon bateau comme je l'entends. Cela vous pose un problème, matelot ?

— Oui, quand vous mettez le vaisseau en danger. Vous traitez ces hommes comme des soupirants, ajouta-t-il en la fixant.

— Je les traite comme des membres de ma famille. C'est ce qu'ils sont pour moi.

Ils étaient sa seule famille, depuis que son père l'avait arrachée à celle qu'elle avait connue.

— Vous les charmez.

— Je leur fais accepter les travaux les plus difficiles.

— Jonah vous a presque remerciée de l'envoyer nettoyer la fosse. Vous profitez de son idiotie ?

— Jonah est loyal. Il exécute de bon cœur les ordres de son capitaine. Contrairement à certains que je ne nommerai pas, bien que nous sachions tous deux à qui je pense.

Jin secoua la tête, incrédule.

— Je suppose que si vous demandiez à Jonah de sauter dans la gueule d'une baleine, il le ferait sans hésitation ?

— Très drôle.

Elle le troublait. Elle le voyait à ses mâchoires crispées, à ses muscles tendus. Le Pharaon, d'ordinaire si sûr de lui, était agité. Cette idée la grisa comme un verre de gin. Sous son regard froid comme le cristal, elle se sentait audacieuse. Telle la jeune fille qu'elle avait été autrefois.

— Vous êtes jaloux de leur dévouement, Seton ? Si vous leur faites la lecture, ils vous regarderont peut-être de la même façon.

— Ce n'est pas ainsi qu'on dirige un bateau. Ces hommes sont presque amoureux de vous.

Son cœur tressauta, mais elle haussa les épaules avec désinvolture.

— Si tout marche bien, qui s'en plaindra ? Est-ce pour cela que vous regrettez que je vous évite ? ajouta-t-elle avec un sourire narquois. Seriez-vous aussi un peu amoureux de moi ?

— Seigneur. Pour qui me prenez-vous ? Pour un imbécile ?

— Il faut donc être un imbécile pour tomber amoureux de moi ?

— Oui. Et manquer singulièrement de perspicacité et de raison. Et être suicidaire, par-dessus le marché.

Piquée au vif, elle chercha une réplique et les mots franchirent ses lèvres presque malgré elle.

— Je parie que vous tomberez amoureux de moi si je le veux.

Il eut un rire dur.

— Vous pouvez toujours essayer. Je vous mets au défi.

— Vraiment ? Très bien. Que voulez-vous parier ?

Les mots continuaient de lui échapper sans qu'elle puisse les contrôler. Mais cette idée était tentante : elle avait quelque chose de dangereux et d'excitant.

Seton en demeura bouche bée. Et quelle bouche ! Par sainte Madeleine. Elle croyait presque sentir ses lèvres sous les siennes. Malheureusement, elle ne pouvait pas supporter cet homme.

— Vous êtes folle, n'est-ce pas ? dit-il, ébahi.

— Je relève toujours un défi. Comment croyez-vous que je sois parvenue jusqu'ici ? ajouta-t-elle en désignant le bateau d'un geste.

— Vous êtes sérieuse ? Ce n'est pas possible.

— Vous craignez que je gagne le pari ?

— Bien sûr que non.

— Alors, fixons-en les termes. Si je gagne, je prends votre nouveau bateau.

— Non.

— Et si vous gagnez, je rentre en Angleterre avec vous.

Il se figea. Viola fit un effort pour contrôler sa respiration. Que lui était-il passé par la tête ? Elle n'avait pas envie de retourner en Angleterre.

Mais il serait amusant de le voir au supplice tandis qu'elle s'efforcerait de le séduire. Elle n'y parviendrait pas, sans doute. Il avait un cœur de pierre, et une volonté de fer. Il gagnerait. Mais elle pourrait toujours reprendre la mer et retourner chez elle par la suite. Une fois qu'elle aurait vu Serena. Sa demi-sœur. La comtesse.

Oh, Seigneur, qu'avait-elle fait ?

— Combien de temps durera le pari ? finit-il par demander.

— Quinze jours.

— Quinze jours ?

— Il n'a fallu que quelques secondes à certains hommes pour tomber amoureux de moi, remarqua-t-elle en haussant les sourcils.

C'était ce qu'Aidan avait toujours dit.

Seton la dévisagea avec incrédulité.

— Je suis sûr que ces hommes sont aussi fous que vous.

Ces paroles la blessèrent. Elle s'emporta.

— Vous l'êtes peut-être aussi, canaille de pirate !

— Encore des insultes. Vous perdez pied.

— Pas du tout. Vous tenez le pari ?

Il l'observa un moment en silence, l'air énigmatique.

— Oui.

Elle avait un peu de mal à respirer. Mais elle était responsable de la situation. Et maintenant, elle allait devoir se rapprocher de cet homme, comme l'autre jour dans la coursive menant à sa cabine. Son sommeil était agité depuis cette rencontre.

— Vous regrettez déjà votre impulsivité, mademoiselle Carlyle ? demanda-t-il, les yeux brillants.

— Je vous ai dit de ne pas m'appeler ainsi à bord de mon bateau.

Il eut un sourire en coin et sembla recouvrer son assurance.

— Très bien. Énoncez vos conditions.

Ses conditions ? Il devrait s'adresser à elle avec respect et lui autoriser toutes sortes de libertés. Les joues de Viola s'enflammèrent. Il s'en aperçut, et une fossette se dessina au coin de ses lèvres.

— Vous devrez toujours rester à bord, dit-elle d'une voix précipitée. Même quand nous serons à quai. Jusqu'à la fin des deux semaines. À moins que je n'aille à terre : auquel cas, vous m'accompagnerez.

Elle le maudit intérieurement. Parce qu'il lui faisait dire des choses qu'elle n'aurait pas dû dire, et parce que sa beauté arrogante la troublait.

— Très bien.

Elle avait conscience que ses idées s'embrouillaient. Mais elle devait aller jusqu'au bout. C'était une question de fierté.

— Si vous descendez seul à terre, pour quelque raison que ce soit, je gagne automatiquement le pari.

— Inversement, si vous me chassez du bateau, vous perdez et je gagne ?

— Exactement.

Elle vit son regard calculateur. Elle avait fait une erreur. Une erreur colossale.

— À la fin des deux semaines, vous devrez me dire la vérité quant à vos sentiments, ajouta-t-elle. Pas question de mentir pour gagner.

— Naturellement.

— Pari tenu ? demanda-t-elle en tendant la main.

Il la lui prit et la serra. Viola s'embrasa. Sa poigne était solide, et elle eut envie de sentir cette main sur elle. Elle ne valait pas mieux qu'une grue, puisqu'elle laisserait un homme la toucher alors que son cœur appartenait à un autre.

— À la fin de ces deux semaines, Viola Carlyle, vous monterez à bord de mon navire et filerez en Angleterre avec moi, annonça-t-il d'une voix calme.

— À la fin des deux semaines, Seton, vous regretterez de vous être approché de Violette Daly.

Il relâcha sa main et s'éloigna d'une démarche nonchalante. Clouée sur place, elle le suivit des yeux jusqu'à ce qu'il disparaisse dans l'écoutille. Elle allait rendre sa vie intenable. Elle le couvrirait d'attentions, qui le forceraient à quitter le navire pour lui échapper. Puis elle irait retrouver Aidan, et ils reprendraient leur histoire là où elle en était la dernière fois qu'ils s'étaient vus. C'est-à-dire quand il l'avait tenue dans ses bras en disant qu'elle était la meilleure chose qui lui soit arrivée de toute sa vie.

Mais l'idée d'embrasser Aidan ne lui faisait pas battre le cœur.

Pas du tout.

7

Madame,

Nous avons tous été enchantés, mon père, mon frère et moi, par votre dernier pamphlet sur les déplorables conditions de travail des ouvriers du textile à Manchester. Vos exhortations continuent de pousser le peuple britannique à exiger plus de justice.

Toutefois, je dois vous demander, avec mes excuses les plus sincères, de retirer la sirène du bureau. Sa taille imposante et sa nudité mettent nos clients mal à l'aise et empêchent nos ouvriers de se concentrer. Si cela peut vous arranger, je me ferai un plaisir de procéder moi-même à son déplacement.

Josiah Brittle,
Brittle & Sons, imprimeurs

Cher monsieur Brittle,

Je suis terriblement désolée pour le dérangement causé par cette statuette. Je vous prie de la renvoyer à son expéditeur : Faucon Pèlerin, le Falcon Club, 14 ½ Dover Street, Londres.

Avec son chant mélodieux, cette sirène provoquera le naufrage, j'espère, des riches oisifs qui le méritent.

Cordialement,

Lady Justice

8

Viola Carlyle était une femme sans scrupule.

Du jour au lendemain, sa combativité agressive disparut et fut remplacée par des œillades provocantes et des battements de cils. Jin aurait trouvé cela amusant si elle n'avait pas été aussi douée. Convaincante. Comme si elle sollicitait vraiment ses attentions. Telle une actrice de théâtre, elle jouait le rôle d'une femme réservée mettant ses atouts en valeur. Elle le faisait avec beaucoup de finesse, aidée par un joli minois et une silhouette parfaite.

Une silhouette qu'il pouvait apprécier une fois de plus, comme lorsqu'il l'avait vue sur le quai.

Elle avait renoncé à son manteau informe, et revêtu un gilet seyant qui mettait en valeur ses seins ronds, sa taille fine et ses formes délicates. La ceinture de tissu qui tombait sur ses hanches retenait un petit pistolet, et une dague placée de manière à attirer l'attention sur son corps. Le chapeau avait été remplacé par une casquette, uniquement quand elle était sur le pont. Elle ne portait pas de couvre-chef à l'intérieur. Sa longue tresse brillait comme du satin au soleil, et le vent ramenait des mèches folles sur ses lèvres.

Elle ne fit pas l'erreur de lui abandonner le commandement. Elle maintint fermement le contrôle du navire et de l'équipage, laissant à Jin les fonctions ordinaires d'un lieutenant. Mais elle lançait ses ordres sans le narguer, d'un ton qui laissait entendre qu'elle avait toute confiance en ses capacités.

Elle était charmante, gracieuse, mais ni obséquieuse ni réservée. Elle était follement attrayante, comme une dame de qualité réservant ses faveurs à un homme digne d'elle.

Elle était astucieuse, et diablement manipulatrice.

Cela persuadait encore davantage Jin que sa place était dans la haute société. Sa beauté, sa coquetterie subtile associées à son calme et à son assurance trahissaient des origines aristocratiques. Elle était bien la fille de sa mère.

Mais Jin avait passé vingt ans à jouer à des jeux bien plus dangereux que celui-ci. Il savait comment gérer la situation. Il gardait ses distances.

Toutefois, elle ne lui facilitait pas la tâche. Elle se mit à prendre ses repas avec les hommes d'équipage. Quand Jin était sur le pont, elle s'arrangeait pour y être aussi. De toute évidence, la proximité lui semblait la clé du succès. Aussi, il arrivait souvent à Jin de s'éloigner d'elle. En vingt ans, personne ne lui avait dicté sa conduite. Mais sa présence le troublait beaucoup trop.

Après les nuages, le vent, et un seul jour ensoleillé, la pluie s'annonça. Il était dans sa cabine et s'apprêtait à se coucher quand Becoua apparut à la porte.

— Le ciel s'est un peu éclairci, monsieur. On peut même voir quelques étoiles. J'ai pensé que vous aimeriez le savoir, puisque la capitaine dort déjà.

— Merci, monsieur Maalouf.

Becoua tourna les talons, marqua une pause.

— Maître Jin, la capitaine sent les fleurs depuis quelque temps, n'est-ce pas ? Comme si elle mettait du parfum...

— Je n'ai pas remarqué.

Becoua croisa son regard, l'air perplexe. Jin secoua la tête.

— Retournez sur le pont, matelot.

Le maître d'équipage s'éloigna en traînant les pieds. Jin passa une main sur son visage et se massa la nuque. Il devait sortir, pour décider de la direction à prendre en fonction des étoiles. Le ciel ne s'éclaircirait peut-être plus avant plusieurs jours.

Le sextant était rangé dans la cabine de Viola Carlyle.

Elle s'y trouvait en ce moment. Il le savait car elle était passée devant sa porte, accompagnée d'un parfum de fleur et d'herbe fraîche. Effectivement, elle s'était mise à porter du parfum, une essence indienne. Une fragrance entêtante et sensuelle, qui même à quelques pas enivrait un homme.

Quelle effrontée !

Le reste du bateau sentait la sueur et la crasse, mais elle répandait dans son sillage le parfum d'un salon féminin. Jin regrettait amèrement d'avoir évité les bordels de Boston avant de s'embarquer pour cette traversée. Avec ses regards langoureux et son parfum envoûtant, elle lui embrasait les reins. Il lui en coûtait de ne pouvoir lui montrer ce qui arrivait quand on provoquait un homme qui n'avait pas eu de femme depuis trop longtemps.

S'il était frustré, les hommes d'équipage devaient l'être aussi. L'air désorienté de Becoua en était la preuve.

Quelle petite sorcière irresponsable ! Peut-être était-elle simplement démente, comme il l'avait cru à un moment.

Il alla frapper à la porte de sa cabine. Celle-ci s'ouvrit, révélant une femme aussi différente que possible de ce que devait être un capitaine de navire. Ses cheveux défaits retombaient autour de son visage comme une cascade de vison brun. Elle ne portait qu'un pantalon et une légère chemise blanche aux lacets défaits, qui laissait voir la naissance de ses seins. Elle tenait un livre ouvert dans sa main.

Un instant interloquée, elle battit des cils. Un voile rose se répandit sur ses joues, et elle eut l'air troublé. Puis elle posa le livre et afficha un sourire à la fois féminin et calculateur.

— Une visite à cette heure tardive, monsieur Seton ? Quel plaisir !

— Vous ouvrez toujours la porte à vos marins vêtue ainsi ?

Le sourire de Viola s'accentua.

— Pas du tout. Je vous attendais.

— Vous me chasserez plus sûrement de ce bateau avec des insultes.

— Il y a deux façons pour moi de gagner ce pari.

— Pour moi aussi, dit-il en appuyant une épaule au chambranle. Vous ne supporterez pas longtemps mon indifférence. Votre fierté prendra le dessus et vous me ferez débarquer par dépit.

— Ce serait peut-être le cas si vous étiez vraiment indifférent.

Son regard se posa sur la bouche de Jin, s'y attarda un instant avant de descendre sur son torse. Lentement, comme une caresse.

Puis elle le regarda droit dans les yeux.

— Mais vous ne l'êtes pas.

Il croisa les bras avec une nonchalance étudiée.

— C'est ce que vous aimeriez croire.

— L'autre jour dans la coursive, répondit-elle d'une voix sensuelle, vous aviez envie de m'embrasser.

— Si j'avais voulu vous embrasser, Viola Carlyle, je l'aurais fait.

— Vous mentez.

Il ne répondit pas et la regarda avec assurance.

Viola avait la gorge sèche. Elle aurait voulu que Seton disparaisse. Cette mascarade était insupportable. Plus elle le regardait en battant des cils, beaucoup moins vêtue qu'elle ne l'était en temps normal pour aller dormir, plus elle avait du mal à se convaincre qu'elle jouait la comédie. Quand il avait frappé à la porte, elle essayait de lire un livre qu'elle avait adoré étant petite. Mais elle passait son temps à imaginer ses lèvres sur les siennes.

— Que lisez-vous ? demanda-t-il comme si c'était la chose la plus naturelle du monde.

— Un livre, répliqua-t-elle sèchement. Vous essayez de faire la conversation ?

— Ah, la mégère est de retour. Je vais peut-être sauter par-dessus bord, dit-il avec un sourire narquois.

— C'est mon plus grand espoir.

Il eut le toupet de ricaner.

— Tout bien réfléchi, je préfère cette attitude. J'apprécie la franchise chez un marin.

— Mais pas chez une femme ?

Le regard de Jin se voila.

— Chez tout le monde.

Elle eut soudain la certitude qu'il avait été trahi par une femme. Et qu'il en avait souffert.

Viola fit alors quelque chose de très déraisonnable. Elle posa une main sur son torse, et s'entendit murmurer :

— Je suis toujours franche.

Elle l'était en ce moment. Malgré elle, elle avait envie d'être près de lui et de le toucher.

Son torse se souleva sous sa main, mais sa voix demeura égale.

— Vous jouez une comédie qui ne nous convient pas. Mettez fin à ce pari. C'est puéril, et vous savez que vous allez perdre.

Mais elle n'avait pas du tout l'impression d'être puérile. Elle ne se sentait pas comme une enfant. Bien qu'il maintînt ses distances, elle se sentait femme sous son regard clair et intense. Elle aurait dû retirer sa main. Sous le lin léger, il était tout en muscles.

— Et si je me moquais de perdre ?

Elle écarta les doigts et perçut sa chaleur, les battements de son cœur. En proie à une légère tension, elle effleura la dentelle de la chemise et en écarta les pans.

Une peau masculine, ferme et chaude. Poussant le tissu sur le côté, elle découvrit sa clavicule et une épaule brunie par le soleil.

— Ce qui me plaît, c'est peut-être le pari lui-même ?

Il lui agrippa le poignet et fit glisser sa main sous la chemise.

Elle en eut le souffle coupé. Pendant un instant, il la tint simplement ainsi, la paume plaquée sur lui. Puis il se pencha en avant et parla à voix basse :

— Vous n'êtes pas obligée de me ligoter à un mât pour me déshabiller, mademoiselle Carlyle. Je peux vous accorder ce plaisir quand vous le voudrez.

— Vraiment ?

Bonté divine, il devait la sentir trembler. Elle avait envie d'enfoncer les doigts dans sa chair, de lui ordonner de lui procurer ce plaisir sur-le-champ. Seigneur, elle voulait vraiment le sentir… davantage. Et éprouver encore ce délicieux et étrange frisson. Elle n'avait jamais ressenti cela. Pour aucun homme. Sauf Aidan, bien sûr. Probablement. Peut-être pas…

Que lui arrivait-il ?

— Vous n'avez qu'un mot à dire, capitaine, susurra-t-il.

Elle se figea. Dans cette pièce exiguë, elle inhalait son odeur. Une odeur délicieuse, enivrante, familière.

— Vous m'avez appelée capitaine ?

Il passa le pouce au creux de son poignet.

— En effet, confirma-t-il en étouffant un rire. Sans doute parce que je n'attends qu'un ordre de vous ?

Si elle tournait la tête, elle rencontrerait ses lèvres. C'était ce qu'elle désirait plus que tout. Plus que la raison. Plus qu'Aidan.

— Dites-moi plutôt ce qui vous a conduit jusqu'à ma cabine, ce soir.

Il desserra son étreinte, laissa sa main glisser sur son bras. Et, avec une douceur inimaginable, il se dégagea.

— Le sextant.

Elle cligna des paupières. Elle savait que ses joues étaient enflammées, et qu'il était conscient du trouble qu'il avait suscité en elle.

— Vous auriez pu le dire tout de suite.

Elle pivota pour cacher ses joues brûlantes, et posa son livre.

— Je trouvais amusant de vous taquiner, dit-il quand elle revint vers lui avec l'instrument.

— J'en suis sûre.

Elle arqua les sourcils, comme si elle ignorait qu'il savait la vérité. C'est-à-dire que, pendant quelques minutes, elle avait été sans volonté entre ses bras.

— Le ciel s'est éclairci ?

— Un peu, dit-il en prenant le sextant. Vous lisez Hérodote.

Ce n'était pas une question, juste une constatation, contenant un brin de surprise. Il chercha son regard, et elle éprouva de nouveau ce trouble étrange.

— C'est un livre écrit d'après ses *Histoires*.

Elle regretta que le col de sa chemise ne soit pas fermé. Elle aurait aimé être couverte de sa veste, boutonnée sous le menton. Elle aurait voulu se trouver n'importe où, sauf sous le regard acéré de cet homme. Elle n'était pas faite pour ce genre de situation. Comment pouvait-elle avoir envie de le toucher alors qu'elle en aimait un autre ?

— Vous connaissez Hérodote ?

Il fit un signe affirmatif.

— Eh bien, dit-elle avec une feinte désinvolture, nous avons donc quelque chose en commun, en dehors de ce pari. C'est extraordinaire.

Elle eut un sourire contraint.

— Merci, dit-il en soulevant le sextant.

Il tourna les talons et s'éloigna. Viola le suivit des yeux jusqu'à ce qu'il disparaisse dans le couloir sombre.

Fionn disait toujours qu'elle était trop impétueuse. Le baron lui disait autrefois, avec un bon sourire, qu'elle était imprudente. Ses deux pères avaient eu raison.

— Qu'en pensez-vous ?

Mattie posa les coudes sur la rambarde et se gratta la barbe. L'eau était sombre, parsemée de moutons. Le ciel était plombé, le vent humide.

Jin souleva la longue-vue et examina le vaisseau à l'horizon. À en juger par ses mouvements lents et désordonnés, il était à la dérive. Les voiles étaient repliées, un mât était tombé sur le pont, et un drapeau rouge et blanc claquait dans le vent. Le brick à gréement carré ressemblait à l'*Orage d'Avril*, mais il était plus grand et plus lourd. Sans doute un vaisseau marchand qui n'avait pas été entièrement dépouillé de sa cargaison. Victime des pirates ?

— Nous ne pouvons pas prendre de risques, dit-il doucement.

— Becoua ! cria la capitaine depuis le gaillard d'arrière. Gardez une allure régulière et dirigez-vous vers lui.

Sa voix était aussi séduisante que toute sa personne.

Jin se retourna et croisa son regard. Il devait la convaincre de ne pas s'approcher de ce vaisseau. Mais, après la scène à la porte de sa cabine, il ne serait pas raisonnable de trop s'approcher d'elle. Il évitait de le faire depuis trois jours.

Elle avait, elle aussi, gardé ses distances. Ce qui lui prouvait qu'il valait mieux songer à une autre méthode pour ramener Viola Carlyle en Angleterre.

Il ne lui était pas indifférent. Quand elle l'avait touché ce soir-là, il avait remarqué sa réaction. Si elle l'avait su, elle n'aurait peut-être pas été aussi audacieuse.

Mais peut-être en avait-elle eu conscience.

Elle dirigeait ce bateau comme un homme, lisait des livres que seuls les gentlemen cultivés connaissaient, et pourtant elle était la femme la plus ensorcelante qu'il ait croisée. Devant sa porte, alors que ses yeux scintillaient et qu'elle souriait, il avait été sur le point de faire ce qui lui était absolument interdit. Mais ce serait peut-être un moyen plus rapide de la ramener chez elle. Une femme sous l'emprise du désir faisait souvent tout ce que souhaitait l'homme qu'elle aimait. Il avait appris cela très tôt, en voyant le comportement de sa mère avec son père. Plus tard, il lui était arrivé de mettre cette leçon à profit.

Il ne voulait pas mentir à Viola Carlyle. L'espace d'un instant, ce soir-là, il avait vu quelque chose de différent dans ses yeux sombres. De la vulnérabilité. Et une certaine confusion.

Il aurait pu en tirer avantage. Mais il n'était plus homme à faire ce genre de chose.

— Vous n'allez pas pouvoir la convaincre, dit Mattie en plissant les lèvres. Elle ne vous écoutera pas.

— Dans ce cas, tu devrais essayer de lui parler. J'ai remarqué qu'elle t'aimait bien.

Mattie poussa un grand rire, et ses joues s'empourprèrent. Jin secoua la tête avant de reporter son regard vers l'horizon. Mais quand ils parvinrent à une demi-lieue du vaisseau, il n'y tint plus. Redressant les épaules, il rejoignit la jeune femme à l'arrière.

— Ce n'est pas prudent, dit-il en parcourant du regard l'étendue sombre.

— Je ne vous ai pas demandé votre avis.

— Il est de mon devoir de vous le donner, quand j'estime que c'est nécessaire.

— De toute évidence, ce navire est abandonné. Nous n'avons rien à craindre.

— Ce pourrait être une ruse.

Elle le regarda en haussant les sourcils.

— Oh ? C'est une tactique que vous connaissez ? Vous l'avez pratiquée quand vous étiez pirate, je suppose ?

Sa voix était très douce, son regard enjôleur. Il fut obligé de sourire. Ce mélange de mégère et de tentatrice qu'elle incarnait était explosif.

Elle battit des cils, puis détourna les yeux. Elle représentait à la fois l'innocence et la séduction sous son costume de marin. Il était idiot de ne pas avoir décelé le danger dès le départ. En vingt ans, il n'avait jamais senti les battements de son cœur s'accélérer alors qu'il se tenait sur le pont d'un bateau. C'était pourtant ce qui lui arrivait aujourd'hui.

— Si vous voulez atteindre la Trinité rapidement, reprit-il d'une voix rude, vous feriez mieux de poursuivre votre chemin. C'est plus prudent.

Elle posa les poings sur ses hanches.

— Que se passe-t-il ? Le Pharaon s'inquiète à l'idée d'une escarmouche ? Je ne peux pas le croire.

Elle garda les yeux fixés sur l'horizon et baissa la voix :

— Vous craignez que je meure ? Vous ne pourriez plus ramener votre trophée au comte ?

— C'est cela.

Le vent ramena ses cheveux sur son visage, et elle les repoussa.

— Eh bien, c'est une possibilité. Il faudra vous y faire.

— Je ne peux pas.

Elle plissa les lèvres, puis s'éloigna sans un mot.

De toute évidence, l'équipage de l'étrange navire avait essayé de se battre. Le pont était jonché de morceaux de voiles déchirées, et le bastingage noir de poudre portait la marque de boulets de canon. Le mât de misaine était brisé. Quatre corps recroquevillés gisaient sur les planches. Il s'agissait certainement d'un navire marchand. Le reste de l'équipage avait dû être emmené par les assaillants. Il valait mieux vivre une vie de pirate jusqu'au prochain port, plutôt qu'être tué sur place. Jin avait vu de nombreux marins faire un tel choix.

— Drôle d'affaire, grommela Mattie en le rejoignant. Que va-t-elle faire ?

Il désigna d'un signe Viola, qui lançait des ordres à ses hommes pour s'approcher du navire à la dérive.

— Monter à bord et les inviter à prendre le thé, je suppose, répondit Jin en descendant sur le pont principal. Ne faites pas cela, ajouta-t-il en s'approchant de la jeune femme.

— Taisez-vous, Seton. Ou je vous relève de vos fonctions.

— Vous m'avez engagé pour vous conseiller.

— Je vous ai engagé sous un prétexte. Gui, mon sabre ! Sam, Frenchie, faites descendre la chaloupe. Vous viendrez avec moi, ainsi que Stew, Gabe, et Ayo.

Les marins se pressèrent contre le bastingage, pour observer le pont de l'autre bateau.

— Dans ce cas, laissez-moi y aller à votre place, lança Jin.

— Je vous ai dit de vous taire.

— Un capitaine doit rester sur son bateau.

— Et laisser les autres s'amuser ?

— S'amuser ? Il y a des morts sur le pont.

Elle jeta un coup d'œil au garçon. Celui-ci lui passa un sabre à lame large, qu'elle fixa à sa ceinture.

— Gui, reste ici.

Le garçon se renfrogna et lança des regards furieux autour de lui, presque aussi convaincants que ceux de Mattie. Elle lui ébouriffa les cheveux, puis défit la sangle qui retenait le pistolet à sa ceinture, tout en continuant de distribuer des ordres. Malgré tout ce vacarme, Jin n'éleva pas la voix.

— Quel genre de marin se met en danger pour s'amuser ?

— Vous parlez comme ma vieille nounou.

— Parce que vous vous comportez comme une gamine capricieuse, qui ne sait pas ce qui est bon pour elle.

Elle se tourna vers lui, et il lut la détermination dans son regard.

— J'ai navigué pendant quinze ans sans vous, Jinan Seton. Je pense que je pourrai continuer de la même manière pendant encore au moins quinze ans.

Elle se faufila entre ses hommes pour atteindre la rambarde. Jin la suivit en jurant entre ses dents. Elle passa sur l'échelle la première, et se laissa glisser avec agilité jusqu'à la chaloupe. Les marins prirent les rames, et ils se dirigèrent vers le vaisseau. Quand ils parvinrent tout près, Sam lança une corde munie d'un crochet par-dessus le bastingage. Jin agrippa la corde, grimpa le long de la coque, puis fit descendre l'échelle.

Viola grimpa à bord, s'immobilisa au milieu du pont et contempla la scène.

— Maudits pirates, marmonna-t-elle.

Jin s'agenouilla près d'un des corps. Du sang séché collait ses cheveux. Sa chemise et l'épée qu'il agrippait encore à deux mains étaient couvertes de sang sec et bruni.

Il se redressa.

— Trois jours au plus. Les cadavres n'ont pas encore été attaqués par les rapaces.

— Nous sommes trop loin des côtes, dit Viola en se signant. Pourquoi les pirates n'ont-ils pas sabordé le bateau ?

— Peut-être parce qu'ils se cachent dans la cale en attendant le meilleur moment pour surgir, nous tuer jusqu'au dernier et s'emparer de notre vaisseau ?

— Peureux.

Il la regarda en silence, et elle sourit. Curieusement, en dépit des circonstances, son désir s'éveilla. Apparemment, elle n'avait pas froid aux yeux. Et quand elle souriait avec cet air de défi, elle était superbe.

— Les garçons ? lança-t-elle de sa voix mélodieuse. Qui veut descendre avec moi ? Nous allons voir ce que ces pauvres diables avaient préparé pour le dîner avant que le Seigneur les accueille dans un monde meilleur.

Jin s'avança vers l'écoutille des cabines. Les marins demeurèrent prudemment sur place. Viola le suivit.

— Vous n'êtes pas trop nerveux, Seton ?

— Traitez-moi encore une fois de peureux, mademoiselle Carlyle, et je vous tuerai moi-même. Quitte à endurer les foudres du comte.

Elle laissa fuser un rire de gorge. Il fallait reconnaître qu'elle était effrontée. Et très courageuse.

Ils baissèrent la tête et parvinrent sur le pont à canons. L'air était étouffant, tous les plats-bords étant fermés. Apparemment, pas un seul coup de canon n'avait été tiré depuis ce bateau. Il n'y avait pas de cadavres en vue. En revanche, des cages ouvertes étaient entassées sous le beaupré.

— Ils ont emporté les animaux vivants, mais ont laissé la cargaison et même l'eau.

Jin hocha la tête.

— Ils étaient sans doute pressés de se lancer à la poursuite d'un autre navire.

— Donc, vous ne craignez plus qu'ils nous sautent dessus comme des vampires assoiffés de sang ? Je suis désolée que vous soyez déçu.

— Finalement, je vais sans doute être obligé de vous tuer de mes mains, rétorqua-t-il avec un sourire en coin.

— Essayez, pour voir.

Elle contourna la rampe, et descendit au niveau inférieur. Jin lui emboîta le pas.

— Vous voulez inspecter la cabine du capitaine ? demanda-t-il.

— C'est inutile. Il était sur le pont.

— Comment le savez-vous ?

— Je le connaissais.

Détournant le regard de la tresse satinée qui se balançait dans son dos, il examina le vaste espace où étaient disséminés des tonneaux et des sacs de toile dont le contenu se répandait sur le sol.

— Qui était-ce ?

— Jason Pettigrew. Un ami de mon père, répondit-elle, les mains sur les hanches. Fionn avait pris le commandement d'un brick pour lui, juste avant la guerre. Jason disait toujours…

Elle s'interrompit, et fronça les sourcils.

— Vous étiez à bord de ce brick ? s'enquit-il pour l'encourager à continuer.

— Fionn m'emmenait presque toujours avec lui.

— Depuis le début ?

— Oui. Est-ce un interrogatoire, Seton ? Voulez-vous que je m'asseye pour vous raconter ma vie ? Ou bien vous pourriez simplement lire mon journal intime. Mais pour un homme comme vous, il paraîtrait sûrement insipide.

— Je pense qu'il doit être aussi fascinant que celle qui l'a écrit.

Elle leva vers lui un regard méfiant, pivota sur ses talons et remonta vivement les marches de l'écoutille. Jin la suivit et en profita pour admirer le balancement de ses hanches.

— Voulez-vous que je demande aux hommes de transférer la cargaison à bord de l'*Orage d'Avril* ?

— Uniquement l'eau douce. Nous avons suffisamment de provisions.

— Et qu'allons-nous faire des corps ?

Surprise, elle lui jeta un coup d'œil. Il soutint son regard, impassible. Elle le croyait inhumain, songea-t-il, et peut-être ne se trompait-elle pas vraiment.

— Dites aux garçons de découper des voiles pour les envelopper. Nous les inhumerons à la tombée du jour.

— À vos ordres.

Elle tendit à Sam son pistolet et son sabre. Puis elle déboutonna son gilet, ôta ses chaussures, et alla se pencher par-dessus la rambarde. Jin se rembrunit.

— Que faites-vous ?

Avec un petit sourire, elle plongea dans les flots.

9

Jin se précipita pour la rattraper, mais il était trop tard. Les mains crispées sur la rambarde, il la vit disparaître dans les eaux grises.

— Que diable…

— La capitaine a un grain, monsieur, c'est sûr, commenta Sam.

— Un grain ? s'exclama-t-il, effaré. Que fait-elle ?

Son cœur battait la chamade et la panique le submergea, comme les vagues qui avaient englouti Viola Carlyle. Il scruta l'océan.

— Je ne sais pas, monsieur. Elle doit chercher quelque chose. Mais elle a de bons poumons.

— Retournez au bateau, dit-il en empoignant l'échelle.

Il vécut alors les minutes les plus longues de sa vie. Bien plus angoissantes que les heures qu'il avait passées enchaîné au fond d'un navire négrier, vingt-deux ans plus tôt. Les secondes s'égrenèrent lentement. Il enleva sa veste, prêt à plonger à son tour. Enfin, la tête de Viola réapparut entre les vagues, et il poussa un soupir de soulagement.

Elle revint vers le bateau, ses bras fendant l'écume, les cheveux collés sur son crâne. Elle tenait entre ses dents une corde couverte d'algues.

Jin se pencha sur le côté de la chaloupe pour l'attraper. Aidé de M. French, il la hissa à bord. Dégoulinante, elle reprit son équilibre, mais Jin ne la relâcha pas. Elle retira la corde de sa bouche et ramena devant elle l'objet accroché à l'autre extrémité. Son visage et ses vêtements étaient couverts d'un mélange d'algues et de boue verdâtre. Elle tremblait de froid.

Jin l'enveloppa dans sa veste.

— Vous tenez quoi, là, capitaine ?

— Un trésor, Ayo.

Viola sourit au marin. Seton la tenait fermement par le bras. Il la fit asseoir sur un banc, la relâcha, et les hommes se mirent à ramer. Elle était contente d'avoir la veste de Seton sur les épaules. L'eau était glacée. Elle avait l'habitude de plonger, mais elle était restée sous l'eau plus longtemps que prévu. Le claquement de ses dents résonnait dans sa tête.

Seton gardait le silence, l'air sombre. Elle lui jeta un coup d'œil en coin, et posa sur ses genoux le coffret qu'elle avait récupéré sous la coque du navire marchand. Un muscle tressauta sur la joue du lieutenant.

En quelques minutes, ils eurent regagné l'*Orage d'Avril.* Trempée et glacée jusqu'aux os, elle grimpa sur le pont. Seton ordonna aux marins de transporter à bord les réserves d'eau du navire marchand, et Viola se dirigea vers l'écoutille. Il la suivit, mais ne dit rien avant d'être à l'écart des marins massés sur le pont. Quand elle posa le pied sur la première marche, il parla enfin, d'une voix posée.

— Je suppose que Pettigrew vous avait parlé de ce coffret.

Elle dévala les marches en serrant la boîte contre son cœur. Elle avait perdu son poignard en arrachant les clous qui maintenaient le coffret contre la coque. La lame avait échappé à ses doigts engourdis.

— Évidemment.

— Son contenu doit être très précieux.

Il la suivit jusqu'à sa cabine avec un calme apparent. Mais elle n'était pas dupe.

— Je connais ce genre d'objet, reprit-il. Un coffre d'apparence banale, contenant un trésor. Je sais que certains sont capables de prendre des risques insensés pour récupérer ces choses-là.

— Je n'ai pas pris de risques. Il m'est arrivé de rester plus longtemps sous l'eau.

— Sam me l'a dit.

Il se tenait juste derrière elle, et tendit le bras pour ouvrir la porte de la cabine. Elle baissa la tête pour passer sous son bras et alla vers sa table de toilette. Seton entra également.

— Ce n'était tout de même pas raisonnable.

Viola passa un linge sur ses joues.

— Je savais ce que je cherchais, et je l'ai trouvé rapidement. Mes hommes connaissent mes…

Il lui agrippa l'épaule et la fit pivoter sur elle-même.

— Je ne suis pas l'un de vos hommes, et je ne savais pas que vous aviez l'habitude de plonger dans les vagues.

Ses yeux clairs comme du cristal scintillèrent et il enfonça les doigts dans sa chair. Elle se dégagea d'un mouvement brusque.

— Vous êtes une vraie mère poule, Seton. Trouvez quelqu'un d'autre à harceler.

Son regard bleu la fixa avec intensité. Soudain, elle sentit ses jambes se mettre à trembler. Ses doigts se crispèrent sur la table de toilette.

— Sortez.

— Bon sang. Vous vous comportez parfois comme si vous étiez possédée.

— Possédée par le regret de vous avoir engagé ?

— Que contient cette boîte, Viola ?

Viola. Il l'appelait Viola. Et non Mlle Carlyle, ou capitaine.

L'air lui manqua. Elle devait être folle. Ou idiote. Le simple fait de l'entendre prononcer ce mot suffisait à la troubler. Aucun homme ne l'avait appelée par son vrai prénom depuis quinze ans. Même pas son père.

— Une lettre.

— Quel genre de lettre ?

— Une lettre pour sa femme et ses enfants, avoua-t-elle en haussant les épaules. Rien de très important, à vrai dire. Il m'avait dit qu'il clouait toujours un coffret à la coque du bateau, avant de faire une traversée. Si des brigands prenaient son bateau et le jetaient par-dessus bord, quelqu'un finirait par trouver la lettre et l'envoyer à sa famille.

Il inspira brusquement, mais ne dit rien.

— Je lui disais qu'il y avait toutes les chances pour que le coffret pourrisse au fond de l'eau avec son contenu, enchaîna-t-elle. Mais il répondait que s'il y avait une seule petite chance pour…

Sa voix s'éteignit. Elle tremblait de froid, à présent.

Seton entrouvrit les lèvres pour parler, mais se ravisa.

— Pourquoi me regardez-vous comme cela ? lança-t-elle.

— Vous avez risqué votre vie pour récupérer la lettre d'un mort destinée à sa famille ?

— Je vous ai dit qu'il n'y avait aucun risque…

Il lui agrippa les épaules et l'attira contre lui, penchant la tête vers elle. Épuisée, elle fit un effort pour ne pas fermer les yeux.

— Vous allez encore me mordre le nez, Seton ?

— Non.

Viola découvrit alors que sa bouche était encore plus parfaite qu'elle ne le croyait. Il l'embrassa. Loin de le repousser, elle se demanda comment prolonger ce moment le plus longtemps possible.

Ce n'était pas un simple baiser. Leurs lèvres se joignirent et demeurèrent ainsi. Trop longtemps. De façon trop intime. Comme s'il avait eu autant envie qu'elle de ce baiser. Comme si le moindre geste pouvait dissiper la magie de l'instant. Comme s'il voulait laisser son empreinte sur elle. Aidan ne l'avait jamais embrassée de cette façon. Aidan l'embrassait brièvement, comme s'il était pressé de passer à autre chose.

Ceci était différent. C'était un acte de possession. C'était à la fois un soulagement et une certitude. Un besoin d'être proche. Comme pour souligner cette intimité, il glissa une main sur sa nuque afin d'affermir son étreinte. L'idée d'être sa prisonnière lui plaisait. Il représentait la force, la chaleur, et elle ne désirait rien d'autre au monde.

Il finit par desserrer son emprise, mais ce fut seulement pour prendre une inspiration, avant de couvrir de nouveau sa bouche de la sienne.

Il était évident qu'il ne cherchait pas seulement à l'éblouir. Il savait exactement comment faire naître le désir chez une femme. En quelques secondes, la sensation d'intimité céda la place à un enivrant nuage de sensualité.

Il porta son attention sur une lèvre, puis sur l'autre, et elle s'enflamma. Ouvrant la bouche, elle s'offrit sans réserve. Il lui renversa la tête en arrière et la caressa lentement, jusqu'à ce qu'elle se presse contre lui. Elle se haussa sur la pointe des pieds et, du bout de la langue, il traça le contour de ses lèvres. Une vague de plaisir déferla dans son corps.

Elle poussa un gémissement.

Il enfouit les doigts dans ses cheveux, explorant sa bouche. La vague brûlante se répandit tandis qu'il plongeait en elle, la faisant frémir de tout son être. Il fit glisser sa main sur son cou, et elle eut l'impression de s'enflammer comme une torche.

Il s'écarta et, pendant un instant, ses lèvres demeurèrent au-dessus des siennes. Ils étaient tous deux haletants.

— J'ai réussi à vous imposer le silence durant une minute, dit-il à voix basse.

— Plus d'une minute. Sûrement.

Sa main forte reposait toujours sur son cou. Elle était petite mais, pour la première fois de sa vie, elle avait l'impression d'être délicate. Comme une vraie dame.

Mais une vraie dame n'aurait pas eu envie de toucher ces lèvres viriles du bout de la langue. Cependant, Viola se retint de le faire, malgré la perfection de cette bouche toute proche de la sienne.

Il sourit. Ses mains retombèrent. Viola demeura clouée sur place alors qu'il sortait de la cabine, refermant la porte derrière lui.

Ses genoux cédèrent. Elle se laissa tomber sur le fauteuil derrière elle. Elle aurait dû être furieuse, avoir envie de lui arracher les yeux. Mais elle l'avait laissé l'embrasser, sans la moindre protestation.

Il y avait très longtemps qu'elle n'avait pas embrassé un homme, et elle n'avait pas résisté.

La prochaine fois, elle le ferait.

Il ne recommencerait pas. C'était une erreur. Jin le savait, même si son corps était encore embrasé. Ses lèvres étaient douces et chaudes, et elle semblait avoir eu besoin de ce baiser. Et de bien plus encore.

Mais il n'aurait pas dû le faire. Cette idée de la séduire pour la ramener de son plein gré en Angleterre n'était pas réaliste. Il ne pouvait pas contrôler le désir de Viola s'il ne parvenait pas à maîtriser le sien. Alors qu'elle était trempée et débraillée après son plongeon dans la mer, elle avait posé sur lui son regard sombre et la flèche du désir l'avait atteint en pleine poitrine. Il avait été *obligé* de l'embrasser. Et s'il avait réussi à en rester là, c'était uniquement parce qu'il s'était rappelé qu'en dépit des apparences elle était une dame.

Jin n'était pas un gentleman. Il était le fils illégitime d'une femme qui se souciait si peu de lui qu'elle avait accepté qu'il soit vendu comme esclave. Il avait commis de sang-froid des actes qui n'avaient rien d'honorable. Il n'était pas le genre d'homme à vouloir toucher une lady. Même si elle reniait ses origines et répondait avec passion à ses baisers. D'autre part, son rôle était de la ramener chez elle, en Angleterre. Point final.

Toutefois, il n'était pas non plus du genre à nourrir des regrets. Il fallait simplement qu'il ne commette plus l'erreur de s'approcher d'elle.

C'est pourquoi il garda ses distances. Et elle ne chercha pas à l'en empêcher. À bord de ce bateau de taille modeste, ils parvinrent donc à s'éviter mutuellement. Ce qui serait plus difficile sur son bateau beaucoup plus petit, quand ils feraient voile vers l'Europe. Mais il songerait à ce problème le moment venu.

Ils contournèrent la Barbade, aperçurent une frégate américaine puis la perdirent de vue sous la pluie qui tombait dru. Jin comptait les jours. Le déluge dura vingt heures, trempant les voiles et tous les équipements, tandis qu'un vent fort les poussait vers l'ouest. Les hommes ne se plaignaient pas, stimulés par la constante bonne humeur de leur capitaine. Matouba lui-même redescendit du nid-de-pie trempé comme une soupe, mais souriant de toutes ses dents à la jeune femme.

La nuit précédant leur arrivée au port, la pluie cessa complètement, cédant la place au vent du nord. Jin s'empara de la carte et s'installa sur le gaillard d'avant pour l'étudier à son aise. Mais il connaissait déjà ces îles, leurs criques, les plages et les montagnes. Il avait passé une grande partie de sa jeunesse à naviguer de l'une à l'autre, acceptant de petits emplois quand il le pouvait, chapardant pour manger quand il n'en trouvait pas.

Dans seize heures, ils seraient au port. Deux jours plus tard, les deux semaines seraient écoulées, et il ramènerait Viola Carlyle à sa famille.

Ses pas résonnèrent derrière lui sur le pont. Elle se déplaçait avec assurance, et il reconnaissait sa démarche ainsi que le parfum fleuri et épicé qui la précédait. Il connaissait sa voix veloutée, le parfum de ses lèvres, la texture délicate de sa peau dans le creux de son cou. Il connaissait aussi sa détermination et l'étincelle d'incertitude dans ses prunelles sombres. Il la connaissait mieux qu'il ne l'aurait voulu.

Il se retourna et croisa son regard. Ces deux jours allaient paraître une éternité.

10

Le fait d'éviter Seton n'avait pas eu l'effet qu'elle espérait. Elle le trouvait toujours aussi splendide que quatre jours plus tôt, quand il l'avait embrassée dans sa cabine. Les rayons obliques du soleil couchant assombrissaient ses traits qui se découpaient sur un ciel virant du bleu cobalt au bleu lavande. Un tableau saisissant, qui ne l'aidait pas à calmer ses nerfs.

Prenant une inspiration, elle posa les poings sur ses hanches.

— Je ne veux plus que vous m'embrassiez.

Il haussa les sourcils, avec un air d'infinie patience.

— Ne me regardez pas comme si vous ne saviez pas de quoi je parle, grommela-t-elle.

— Je n'ai pas l'intention de vous embrasser de nouveau.

— Je ne crois pas que vous en aviez l'intention l'autre jour, mais vous l'avez fait tout de même.

Il rit en secouant la tête.

— Vous ne pouvez pas vous empêcher de me chercher querelle à tout propos, n'est-ce pas ?

Elle avait prévu une approche plus aguichante. Dédaigner ses faveurs pour qu'il les désire désespérément et lui déclare sa flamme. Ainsi, elle aurait gagné le pari. Crazy, son lieutenant, lui avait expliqué un jour qu'un homme devenait fou quand une femme qu'il désirait se refusait à lui.

Mais Seton n'avait pas l'air désespéré du tout. Il semblait juste un peu amusé. Les choses ne se passaient pas comme prévu. Elle fit la moue.

— Je ne cherche pas querelle à quelqu'un quand je suis d'accord avec lui, ce qui n'est jamais le cas avec vous.

La lumière dorée du soleil couchant se refléta dans les yeux de Seton. La gorge de Viola se noua.

— Y a-t-il quelque chose dont vous désirez discuter ? demanda-t-il avec un calme irritant. Je veux dire, concernant le bateau ?

— Quand nous aurons jeté l'ancre à la Trinité et déchargé la cargaison, vous m'accompagnerez dans une plantation, sur la côte.

— Dans quel but ?

— Nous allons rendre visite à un homme avec lequel mon père était en affaires. Un vieil ami.

— Je peux rester à bord.

Jusqu'à ce que les deux semaines du pari soient écoulées, voulait-il dire. Mais elle ne tenait pas à perdre, et elle avait encore une carte à jouer : Aidan Castle. D'après Crazy, c'était une autre façon de rendre un homme fou de désir. Le mettre en compétition avec un autre.

— Vous viendrez avec moi. Vous pouvez emmener Mattie, si vous voulez. Pour vous protéger.

Elle sourit, en haussant les sourcils. Mais elle n'obtint pas la réaction attendue. Il garda les yeux fixés sur elle.

— Je n'ai pas besoin que l'on me protège de vous, Viola Carlyle.

— Au début de ce voyage, je ne vous ai pas vu une seule fois sur le pont au coucher du soleil. Mais cela fait cinq jours que vous venez, à la même heure. Depuis que vous m'avez embrassée. Il n'y a qu'une seule explication à cela : vous avez envie de me voir. Vous êtes sûr de ne pas avoir besoin de protection ? ajouta-t-elle en hochant la tête.

— Pourquoi n'êtes-vous pas au gouvernail ? C'est généralement là que vous vous tenez le soir, n'est-ce pas ?

— Et maintenant, vous voulez vous débarrasser de moi. C'est intéressant.

— Si vous le dites.

Il esquissa un sourire. Soudain, le soleil enflamma l'horizon, projetant des étincelles dans le ciel sombre.

C'était étrange. Ils connaissaient leurs habitudes, comme tous les marins vivant sur le même navire. Mais en réalité, elle ne savait pas grand-chose de lui. La plupart de ses hommes d'équipage se confiaient à elle. Ils la considéraient comme une sœur, une fille, ou même une mère. Mais cet homme gardait ses secrets. Le Pharaon n'avait pas besoin de confident. Ses traits durs et réguliers, la façon dont il se tenait, les épaules droites, sur ses gardes… tout cela révélait un homme parfaitement indépendant.

Elle ne savait rien sur Jinan Seton. Sauf que ses rares sourires lui faisaient voir les étoiles.

Elle cligna des paupières et se ressaisit.

— Pendant les premières années que j'ai passées à bord, c'était le seul moment où Fionn m'autorisait à monter sur le pont, expliqua-t-elle.

Elle s'assit sur le mât de beaupré. Seton posa sur elle un regard sans expression. C'était son navire, et elle pouvait s'asseoir où elle voulait. Et elle voulait s'asseoir près de lui dans le soleil couchant.

Cela lui paraissait naturel.

Si elle restait là assez longtemps, peut-être sourirait-il de nouveau.

— J'ai de bons souvenirs de cette époque, dit-elle.

— Ce ne sont pas vos seuls bons souvenirs, j'espère.

— Non. J'en ai beaucoup. Mais...

Il attendit, comme toujours. Il savait garder le silence et écouter. Comme sa sœur Serena, calme et rêveuse. Tout le contraire de Viola, qui était une boule d'énergie incontrôlable.

Son regard se porta vers l'horizon.

— Le crépuscule est un moment spécial.

C'était le moment de la journée le plus troublant. Quelle que soit la direction vers laquelle pointait la proue du bateau, il lui semblait qu'aucun port n'était en vue. Rien ne l'attendait. Au crépuscule, Viola se sentait perdue sous le ciel changeant, comme si elle pouvait s'envoler et disparaître, balayée par le vent. À cet instant, elle avait la sensation que seul le gouvernail la maintenait sur le pont, la gardait en contact avec la réalité.

C'était absurde. Mais Jinan Seton faisait aussi surgir ce sentiment en elle.

Elle pouvait l'admettre maintenant, en regardant ses yeux briller dans le clair-obscur. Depuis qu'elle l'avait rencontré, une sorte de nostalgie s'était insinuée en elle et ne la quittait plus. Et curieusement, elle aimait ce sentiment.

— Et vous, Seton ? demanda-t-elle en s'appuyant sur ses mains. Quels sont les souvenirs d'enfance que vous préférez ?

Son regard passa lentement sur elle, et elle sentit sa peau s'enflammer. Puis il la regarda dans les yeux.

— Sans doute le moment où le garçon qui venait de m'acheter m'a fait descendre de l'estrade du marchand d'esclaves pour enlever mes chaînes et me rendre ma liberté, mademoiselle Carlyle.

Pendant de longues secondes, elle eut du mal à respirer.

— J'imagine, dit-elle enfin, dans un souffle.

Une minute s'écoula, pendant laquelle on n'entendit que la voix des marins portée par la brise. Puis elle demanda :

— Vous avez connu votre famille ?

— Ma mère.

— Seulement votre mère ?

— Elle a regardé son mari me vendre aux marchands. Il avait remarqué que le gamin qui traînait dans les quartiers des serviteurs ressemblait un peu trop à sa femme et à un Anglais qui avait vécu à Alexandrie sept ans plus tôt. Il l'a battue pour la faire avouer. Puis il l'a punie, et moi aussi.

— Les pirates barbaresques.

Des brigands des mers qui auraient vendu n'importe qui pour un peu d'argent. Même un jeune garçon.

Il posa sur elle un regard impénétrable.

— Vous voyez, mademoiselle Carlyle, nos histoires se ressemblent. Mais il y a une différence importante. Vous comprenez peut-être maintenant pourquoi votre réticence à regagner l'Angleterre me paraît exaspérante.

Les battements de son cœur s'accélérèrent.

— Cela n'a rien à voir avec votre histoire.

Le vent rabattit ses cheveux sur ses lèvres, mais elle demeura immobile, incapable de faire un geste.

— Vous devez faire savoir à votre famille que vous allez bien, insista-t-il.

— Et vous ? Avez-vous prévenu votre mère quand vous naviguiez autour du monde en attaquant d'autres bateaux ?

— Quand j'ai enfin pu retourner à Alexandrie, elle était morte.

Viola se leva.

— Ils n'ont pas besoin de me voir. Vous pouvez le leur dire. En fait, vous serez obligé de le faire, car je ne partirai pas avec vous.

— Pourquoi ? s'enquit-il, imperturbable.

— Ma place n'est pas auprès d'eux. Elle est là où je me rends maintenant, et personne ne pourra m'inciter à agir autrement.

Peut-être était-ce un mensonge. Car lorsqu'elle regardait ses yeux clairs, elle craignait de se plier à sa volonté, le moment venu. Elle n'aurait pas dû le questionner sur son passé. Cet homme n'était pas ce qu'elle voulait. Elle voulait Aidan Castle, qui lui avait toujours dit qu'elle était faite pour lui.

Seton ne dit rien. Comme toujours, quand elle avait justement besoin qu'il dise quelque chose pour faire dévier ses idées.

— Demain en arrivant au port, reprit-elle, vous m'accompagnerez à la plantation comme je vous l'ai demandé.

— Très bien.

— Si vous ne le faites pas, vous aurez déclaré forfait et j'aurai gagné le pari.

— J'irai avec vous, car tant que vous ne serez pas dans la maison de votre sœur, je ne vous quitterai pas des yeux.

Une impression de fragilité la tenailla. Il lui donnait la sensation d'être faible, alors qu'elle s'était sentie forte toute sa vie. La fille la plus forte et la plus audacieuse de toute l'Angleterre, disait le baron. La plus imprudente aussi.

Des années après l'avoir enlevée, Fionn avait appris par un vieil ami contrebandier comment sa famille anglaise avait réagi après sa disparition. Ils l'avaient crue assez casse-cou pour escalader la falaise seule. Ils pensaient qu'elle était morte en s'écrasant sur les rochers et en tombant dans la mer.

Viola ne leur en voulait pas. Enfant, elle agissait souvent sans réfléchir. Mais ce n'est pas ce qui s'était passé ce jour-là. Fionn Daly s'était arrangé pour éloigner sa sœur Serena, puis il avait emmené Viola sur son bateau. Il s'était servi d'elle comme appât, pensant que sa mère la suivrait. Il se trompait.

D'après Seton, Serena n'avait jamais cru qu'elle était morte. Pour le lui trouver, elle pouvait facilement se rendre en Angleterre avec son bateau, puis repartir et reprendre le cours de sa vie, avec son équipage et Aidan.

La panique s'empara d'elle. Non, elle ne devait pas faire ça ! Si elle retournait en Angleterre, elle risquait de ne plus vouloir retrouver la vie qu'elle s'était construite à bord de l'*Orage d'Avril*. De ne plus revoir les gens qu'elle aimait et l'homme qu'elle voulait épouser. Tout cela serait perdu. Comme cet autre monde qu'elle avait perdu autrefois. Elle avait appris à vivre sans lui. Elle s'était battue pour étouffer ses souvenirs, ordonner à son cœur d'oublier. Et peu à peu, jour après jour, la mer était devenue son seul horizon.

— Soyez maudit, Jinan Seton.

Il eut un rire sans joie.

— Je crains que vous n'arriviez un peu tard, mademoiselle Carlyle. Il y a déjà des années que j'ai signé un pacte avec le diable.

Elle déglutit, la gorge serrée, puis se redressa brusquement et s'éloigna.

11

Poissonnerie Odwall Blankton, quai Billingsgate

FACTURE
10 livres de maquereau fumé
20 livres de soles
1 douzaine de homards vivants
2 livres d'œufs d'esturgeon
3 douzaines d'huîtres
20 citrons

À livrer à : Lady Justice,
chez Brittle & Sons, imprimeurs, Londres

Carte jointe :
Madame, avec mes compliments.
Faucon Pèlerin

12

— Matthew ?

Viola manœuvra le gouvernail. Le vent soulevait ses cheveux. Ils approchaient de l'île couverte de collines et de montagnes verdoyantes. Dans une heure, ils auraient atteint Port-d'Espagne.

— Oui, m'dame ?

Mattie tira sur la visière de sa casquette et ses joues burinées se colorèrent. Ce géant était aussi timide qu'une demoiselle.

— Êtes-vous des chasseurs de primes ? C'est ce que vous avez fait, quand le *Cavalier* a cessé d'être un bateau pirate ?

L'homme fronça le nez et se gratta l'oreille.

— Nous ne sommes que des marins, m'dame.

— Sauf cap'taine Jin ! lança Billy, assis sur un rouleau de cordage. Il nous envoie toujours à la recherche de quelqu'un qui s'est perdu, et qu'il faut ramener chez lui.

— Vraiment ?

Cela expliquerait beaucoup de choses. Notamment sa détermination.

Il l'avait peut-être embrassée pour l'encourager à lui obéir. La plupart des hommes considéraient les femmes comme des idiotes. Toutefois, Viola ne pensait pas que Jinan Seton avait cette opinion d'elle. Il la croyait un peu folle, certes, mais il ne la prenait pas pour une imbécile. Sinon, le Pharaon ne se serait pas placé volontairement sous son autorité.

— Peu importe où ils se trouvent, claironna Billy. Et qu'ils veuillent venir ou non. Le capitaine Jin ne renonce jamais. Il ramène toujours l'homme qu'il cherche. Ou la femme, m'dame. Je veux dire, capitaine.

Viola sourit. Billy avait l'air un peu simplet, mais en réalité il avait l'esprit vif. Il savait que Seton était là pour elle. Mattie et Matouba le savaient aussi.

Ces trois-là étaient d'une discrétion surprenante, pour d'anciens pirates.

— Quel genre de personnes recherche-t-il, en général ?

Il s'était donc lancé à sa poursuite. Cette idée lui fit éprouver un léger malaise. L'ancien pirate avait été payé pour la retrouver. Payé par le comte, son beau-frère ?

Toutefois, il ne l'avait pas embrassée comme s'il était payé pour cela. Il avait eu *envie* de le faire. Il en avait ressenti le besoin. Elle en était certaine.

— Toutes sortes de gens, répondit joyeusement Billy.

Le vent était froid et les hommes étaient contents que le voyage se termine. Viola, elle, était nerveuse. Elle aurait dû penser à Aidan. Elle aurait dû être folle de bonheur à l'idée de le revoir après des mois de séparation. Et elle l'était. Bien sûr.

Mais un autre homme occupait ses pensées.

— Oh, vraiment ?

— Parfois, ce sont des dames. D'autres fois, des gentlemen.

— Des dames et des gentlemen ?

Faisait-il cela régulièrement depuis qu'il avait renoncé à sa vie de pirate ? Ramenait-il chez eux des gens qui avaient été enlevés comme elle ?

Mattie la regarda sous ses épais sourcils.
— Certains... sont des canailles.
— Comme ces Écossais que nous avons pourchassés dans le Nord, dit Billy en hochant la tête.
— Des dames, des gentlemen, et des canailles ? Vous avez dû être très occupés.
Les deux marins acquiescèrent d'un signe de tête.
Viola les observa attentivement.
— Je suis sûre que vous avez des lieux préférés dans tous les ports où vous passez. Et des filles aussi, ajouta-t-elle en souriant.
Les joues de Billy s'enflammèrent.
— D'accord, Billy, peut-être pas toi. Mais vous, Matthew, vous avez bien une femme quelque part ?
Le visage du géant s'assombrit.
— Il en a une jolie à Douvres ! déclara Billy.
— Elle a beaucoup de chance, commenta Viola. Comme la femme de votre capitaine, sûrement.
— Le capitaine n'a pas de femme, m'dame, dit Billy en se grattant le crâne. Il ne garde jamais une femme plus d'une nuit.
Viola demeura sans voix.
— Le capitaine ne se lie pas avec les femmes, grommela Mattie. Ce n'est pas son genre.
— Ah ? Non, bien sûr, fit-elle d'un air entendu.
Elle reporta son attention sur la côte. Elle n'avait rendu visite à Aidan qu'une seule fois depuis qu'il avait acheté la plantation. Le toit n'avait même pas été encore posé sur les murs de la maison. Celle-ci devait être terminée. Il ne lui ferait pas l'amour dans un coin de la cuisine, sur des branches de palmier infestées de moustiques.
À vrai dire, cette fois-là il était fatigué, soucieux à cause d'une querelle entre le régisseur et les hommes qui travaillaient dans les champs. Il avait pris son plaisir

rapidement avec elle, puis il était parti régler ces problèmes, la laissant insatisfaite. Rêvant d'autre chose.

En réalité, elle ne connaissait rien d'autre. Elle s'était donnée à lui à dix-sept ans, quand Fionn était tombé malade et qu'elle était allée chercher du réconfort auprès d'Aidan. Par la suite, il n'avait jamais insisté pour faire l'amour. C'était un gentleman.

Son regard glissa sur la côte vallonnée. Avant qu'elle quitte cette île, la première fois, il l'avait embrassée et avait dit qu'elle était la personne la plus importante dans sa vie, et qu'il l'avait toujours aimée. Il avait promis de lui écrire. Quelques mois plus tard, une lettre était arrivée, dans laquelle il renouvelait ses promesses d'un avenir commun. Il souhaitait toujours l'épouser. Cependant, elle devait lui laisser le temps d'établir solidement les bases de sa nouvelle vie avant de le rejoindre. Il lui fallait s'habituer à sa situation de propriétaire terrien. Puis il la ferait venir auprès de lui et ils se marieraient.

Cinq mois s'étaient écoulés avant que la lettre suivante lui parvienne. Il y parlait du mauvais temps, des travailleurs grincheux, des taxes accablantes, et il l'assurait encore une fois de son amour. Ensuite, elle n'avait eu droit qu'à un bref message lui disant qu'il avait bien reçu sa lettre concernant sa prochaine visite, et qu'il l'attendait avec impatience.

L'île d'un vert émeraude était éblouissante dans le soleil du matin. Viola inhala l'odeur de la végétation luxuriante, et attendit de sentir le frémissement familier dans son ventre à la perspective de revoir Aidan. Mais rien ne se produisit.

— Matthew, vous connaissez ce port ?

L'homme acquiesça.

— Nous sommes venus deux fois par an, pendant longtemps.

— Vous pouvez y diriger le navire ?
— Oui, capitaine.
— Merci, dit-elle en lui laissant le gouvernail.

Elle lui sourit et descendit de la passerelle. Accoudé au bastingage, Seton la regarda.

— Vous donnez de mauvaises habitudes à mes hommes. Toutes ces bonnes manières les perturbent. Ils auront le cœur brisé la prochaine fois que je leur refuserai quelque chose.

Il sourit, et un fourmillement crépita dans le ventre de Viola. Elle s'accrocha à la rampe. Cela n'aurait pas dû arriver. Elle aimait Aidan, et elle allait le voir dans quelques heures. Elle n'aurait pas dû penser à autre chose. Mais elle ne pouvait détacher les yeux de son beau lieutenant.

Le sourire disparut, et l'expression de Seton devint grave.

— Que se passe-t-il ? demanda-t-il en la rejoignant au pied des marches. Quelque chose vous inquiète. Dites-moi ce que c'est.

— Ce n'est rien, répondit-elle d'une voix étranglée. J'ai la tête qui tourne. J'ai oublié de déjeuner.

— Nous allons entrer dans le port. Vous ne souhaitez pas rester sur le pont ?

— Oui. Oui, bien sûr...

Il posa sur elle un regard interrogateur. Mais son cœur battait si fort qu'elle ne trouva rien à dire. Pivotant sur ses talons, elle grimpa sur le gaillard d'avant.

Elle y demeura jusqu'à ce qu'ils aient contourné le cap et se soient engagés dans le port. Puis il fallut annoncer leur présence aux officiers du port qui approchaient en bateau. Viola était un corsaire respecté, faisant escale dans un port allié. Elle était parfaitement à l'aise pour régler les formalités.

Seton lui facilita la tâche. Comme toujours, le Pharaon contrôlait l'équipage, distribuant calmement quelques ordres. Le reste du temps, il se tenait en silence à son côté, solidement campé sur ses jambes, les mains dans le dos, attendant ses instructions.

Seuls quelques bateaux étaient amarrés dans le port. Un vieux sloop et une goélette se balançaient sur les eaux calmes, à côté de quelques barques de pêcheurs.

Une fois les documents de douane signés et la cargaison de l'*Orage d'Avril* notée dans les registres, les tonneaux et les caisses furent débarqués. Viola descendit chercher son sac de voyage. Peu de marins étaient encore à bord quand elle remonta. Une poignée d'hommes restaient pour surveiller le bateau.

Assis sur un tonneau, ses longues jambes étendues devant lui, Seton guettait son apparition.

Il se leva et alla vers elle.

— Êtes-vous toujours la dernière à quitter le navire lors des escales ?

— Oui.

Il hocha pensivement la tête et fit mine de prendre son sac. Elle eut un mouvement de recul.

— Je vous interdis de faire ça ! Vous n'êtes pas mon domestique.

— Non.

— Alors, pourquoi porteriez-vous mon sac ?

Il se balança sur ses talons.

— Vous niez être une dame, on dirait.

— Ici, je suis seulement capitaine.

— Je vois.

— Vraiment ?

— Je commence à comprendre, dit-il en hissant son propre sac sur son épaule. J'espère que vous ne prendrez pas cela pour de l'impertinence, mais j'ai commandé une voiture, ajouta-t-il avec désinvolture.

Il comprenait donc qu'elle doive faire ses preuves chaque fois, dans chaque port. Il fallait qu'on la voie se comporter comme n'importe quel autre capitaine. C'était sa vie depuis la mort de son père, deux ans plus tôt.

— Merci. Je dois d'abord me rendre à l'auberge, de l'autre côté de la rue.

— Comme vous voudrez. Madame, dit-il en lui faisant signe de passer la première sur la passerelle.

— Ne vous inclinez pas devant moi.

— Vous pourriez cesser de distribuer des ordres, maintenant que nous sommes à terre.

Elle lui jeta un coup d'œil en coin. Une cicatrice creusait sa joue gauche. Viola eut le souffle coupé. Elle crut voir des étoiles, au beau milieu de la journée.

— Si cela ne vous plaît pas, marmonna-t-elle, vous n'êtes pas obligé de rester.

— Mmm. Vous ne me prendrez pas au piège, répliqua-t-il sans se départir de son sourire.

Ils traversèrent la rue, qui était peu encombrée. Un soleil brûlant enveloppait la ville, éclairant des nuages de poussière.

— Je vous ai rarement vu aussi joyeux, commenta-t-elle, narquoise. Pour un homme dont la vie est en mer, vous semblez content de retrouver la terre ferme.

L'auberge, un bâtiment de trois étages aux hautes fenêtres, avait été fraîchement repeinte. Des maisons élégantes s'alignaient de part et d'autre de la rue, donnant une indéniable allure de prospérité à la petite ville. Cette colonie anglaise était en plein essor.

Seton marqua une pause pour lui permettre de le précéder dans l'escalier menant à la porte d'entrée.

— Je crois que, tout simplement, j'aime bien mon capitaine, dit-il doucement.

Elle se tourna vers lui en écarquillant les yeux.

— Que faites-vous ?

— J'entre dans l'auberge que vous souhaitez visiter, répondit-il en haussant les sourcils.

— Je veux dire… ne me faites pas de compliments.

Il secoua la tête, leva les yeux au ciel, et pénétra dans le bâtiment à sa suite.

Viola alla vers le bureau, sortit sa bourse et fit signe à Seton de l'attendre dans la salle voisine. Il obéit sans un mot. Mais quelque chose lui disait qu'il n'avait pas tout à fait confiance en elle et qu'il la pensait capable de s'échapper.

Comment aurait-elle pu s'échapper, alors que son bateau était à quai, son équipage dispersé en ville et probablement déjà bien éméché ?

Elle paya pour une chambre, et l'aubergiste la conduisit à l'étage dans une pièce d'allure modeste. Viola défit ses bagages. Une servante lui apporta de l'eau chaude. Elle se lava les mains, le visage, et but un peu d'eau fraîche contenue dans un pichet. Puis, avec l'aide de la jeune fille, elle peigna ses cheveux et changea de vêtements. Quand ce fut terminé, elle donna une pièce à la servante qu'elle congédia.

Debout devant le petit miroir ovale, elle examina son reflet et soupira, découragée. C'était toujours pareil. Elle était ridicule.

Son visage était bruni par le soleil, ses boucles indisciplinées, et elle détestait cette robe. Mais la couturière de Boston lui avait dit qu'elle était à la dernière mode. Le corset étroit soulevait ses seins, les manches bouffantes couvraient à peine ses épaules. La couleur était acceptable, avec un fond brun et des rayures noires. La couturière lui avait proposé un tissu jaune pâle brodé de petites fleurs, mais Viola avait refusé. Elle avait un châle pour cacher la robe, un lainage beige passe-partout que lui avait tricoté la femme de Crazy.

Elle glissa ses pieds dans les mules fines et inconfortables que son père lui avait offertes six ans plus tôt, et rangea son pantalon, sa chemise et ses chaussures dans son sac. Au moment de sortir, elle croisa de nouveau son reflet dans le miroir et s'arrêta.

Peut-être était-ce un effet de la chaleur. Ou le fait que la servante avait peigné ses cheveux en arrière. Mais ses joues étaient rayonnantes, ses yeux brillants.

Ce qui ne l'empêchait pas d'être ridicule.

Seton allait se moquer d'elle. Ou bien il garderait le silence et la comparerait en pensée aux vraies dames vers lesquelles il voulait la ramener. Des dames nobles, comme sa sœur Serena. Et il la trouverait pathétique.

Cela importait peu, puisqu'elle n'irait pas en Angleterre avec lui, et ne serait pas obligée de se tenir à côté de ces dames. Elle resterait ici, et épouserait Aidan Castle. Aidan la connaissait depuis qu'elle avait quinze ans, et il se moquait bien qu'elle porte une jupe ou un pantalon. Pourquoi s'était-elle changée avant d'aller chez lui ?

Mécontente, elle descendit l'escalier. Elle aurait dû se moquer de l'opinion d'Aidan Castle, ou de Jinan Seton. Elle aurait voulu pouvoir ignorer le souhait que ce dernier remarque son changement d'apparence.

Il se tenait seul dans la salle de l'auberge, au milieu d'autres hommes qui buvaient, mangeaient et discutaient. Adossé au mur, les bras croisés, les yeux fermés, il semblait parfaitement à l'aise. Et pourquoi se serait-il inquiété ? De Lisbonne à New York, en passant par Port-au-Prince, tous les marins redoutaient le Pharaon et le respectaient. Il n'avait rien à craindre.

Comme s'il avait senti son regard sur lui, il souleva les paupières. Son regard clair se posa directement sur elle, glissa sur sa robe. Ses lèvres s'entrouvrirent. Il s'écarta du mur et décroisa les bras.

Il ne paraissait pas déçu. Ni moqueur.

Au contraire.

Viola avait les nerfs en pelote. Une vague de chaleur se répandit dans son ventre, mais ses doigts étaient glacés. Il avait beau dire qu'il ne voulait plus l'embrasser, elle avait beau prétendre qu'elle n'avait pas besoin de ses baisers…

Ils mentaient tous les deux.

Elle était ravissante. Les boucles ramenées au-dessus de sa tête ressemblaient à un nid d'oiseau, la couleur de sa robe était hideuse, son accoutrement était un désastre. Mais les vêtements révélaient les lignes de son corps. Une beauté à couper le souffle. Mince, avec ces courbes parfaites, ce petit menton arrogant et ce cou de cygne, elle avait tout à fait l'allure de la dame de qualité qu'elle était en réalité.

Le silence s'abattit sur la salle, et tous les hommes la regardèrent se diriger vers lui. Mais elle avait une démarche de marin. Ses pieds se prirent dans l'ourlet de sa robe et elle trébucha. Il dut lui prendre le bras pour l'empêcher de tomber.

— Bon sang, marmonna-t-elle en se dégageant.

Il sourit, et elle eut un haut-le-corps.

— Quoi ? Ne me regardez pas comme ça.

— Comme quoi ? Comme une belle femme qui m'a choisi parmi tous les hommes présents dans cette salle ?

Elle battit des cils. Puis se rembrunit.

— Gardez vos flatteries pour d'autres, Seton. Je ne me laisserai pas troubler.

— Ce n'était pas mon intention.

— Apparemment, vous faites beaucoup de choses sans en avoir l'intention.

— Êtes-vous troublée ?

— Dans vos rêves.

Elle fit une moue, et il s'efforça de se ressaisir. Dans ses rêves, elle lui offrait ses lèvres au goût de miel. Dans ses rêves, elle l'attirait entre ses jambes et s'offrait totalement à lui.

— Je me demande bien où est passée l'ingénue parfumée qui tentait de me séduire à bord, murmura-t-il.

Elle écarquilla les yeux, l'air candide.

— Elle n'est pas très loin. Pourquoi ? Vous faisait-elle de l'effet ?

Il éclata de rire.

— Combien de femmes habitent ce corps, Viola Carlyle ?

— Une seule, comme j'ai essayé de vous le faire comprendre.

— Une occasion spéciale ? demanda-t-il en montrant la robe.

Il évita de poser les yeux sur ses seins, à peine cachés par un ruban de dentelle surmontant le décolleté. Il risquait de se mettre à baver comme les autres hommes dans la salle.

Elle noua un affreux châle sur ses épaules.

— Je suis une femme, Seton. Une femme a le droit de porter une jupe quand elle en a envie.

— Je croyais que pour vous, le sexe de quelqu'un n'avait pas d'importance ?

— C'est ce que je pense.

Il jeta un coup d'œil à la douzaine d'hommes autour d'eux qui ne devaient pas être de cet avis. Puis son regard se reporta sur ses lèvres pulpeuses. Il aurait aimé effleurer de la langue le grain de beauté au coin de sa bouche, le creux de son cou, le bout de ses seins. Il aurait pu faire cela pendant une nuit entière.

— Votre expression fâchée ne va pas avec votre toilette, commenta-t-il. Vous devriez peut-être vous changer de nouveau ?

— Et vous, vous devriez subir le supplice de la planche et plonger au milieu d'un groupe de requins affamés.

Elle passa devant lui, effleurant son bras au passage. Submergé par une vague de chaleur, Jin demeura un instant figé sur place.

Peut-être ne l'avait-elle pas fait exprès. Ou peut-être ignorait-elle qu'une dame ne touchait jamais un gentleman. Bien qu'elle ait passé quinze ans avec des marins, peut-être ne savait-elle pas ce qui se passait chez un homme quand une belle femme le touchait.

— Les requins sont toujours affamés, mademoiselle Carlyle, chuchota-t-il en lui emboîtant le pas.

Elle se retourna aussitôt.

— Ne m'appelez pas ainsi. Ni dans cette salle, ni quand nous arriverons à la plantation. S'il vous plaît. Promettez-moi que vous ne le ferez pas, ajouta-t-elle en cherchant son regard.

— C'est important pour vous ?

— Je ne peux pas vous obliger à tenir parole, je le sais. Mais je sais aussi que si vous me faites une promesse, vous la tiendrez.

— Comment pouvez-vous en être certaine ?

Elle battit des paupières.

— Je le sais, c'est tout.

— Eh bien, je vous donne ma parole.

Elle cligna de nouveau des yeux, puis tourna les talons et sortit de l'auberge.

13

Pendant tout le trajet vers l'intérieur de l'île, elle cacha son visage sous le bord de son chapeau de paille, et ne dit rien. Jin observa ses épaules raides sous l'épais châle qu'elle portait comme une armure, malgré la chaleur de l'après-midi.

Elle était transformée. Ce n'était pas une question de vêtements mais d'attitude. Tandis que l'océan disparaissait derrière les collines, et que les cris des oiseaux et la senteur pénétrante de la végétation devenaient plus forts, sa nervosité grandissait.

Elle voulait le silence, et il le lui accordait volontiers, attendant tranquillement ses explications.

Le cocher tourna dans une allée bordée de yuccas géants, et le but de leur voyage apparut. La demeure de deux étages était imposante. De style anglais, elle avait des murs blancs et était entourée d'une large véranda. Des champs de canne à sucre bien tracés s'étendaient sur les flancs des collines environnantes.

Devant ce spectacle, Viola laissa échapper une petite exclamation de surprise.

— À qui appartient ce domaine ? demanda Jin.

— À Aidan Castle. Il était autrefois commis à Boston, puis il a travaillé sur le navire de mon père pendant quelques années, avant d'acheter cette propriété.

Son regard passa lentement sur la maison et les dépendances.

— La dernière fois que je suis venue, il n'y avait pas de toit. La maison est impressionnante.

L'attelage s'arrêta devant le porche, et un serviteur apparut à la porte d'entrée. Jin sauta sur l'allée de gravier, puis se retourna pour tendre la main à Viola. Elle commença par l'ignorer, s'empêtra dans ses jupons et finit par accepter son aide avec un soupir exaspéré. Une fois descendue, elle relâcha rapidement ses doigts.

— Bonjour, madame, dit le serviteur.

— Bonjour. Dites à M. Castle que Violette Daly est là, s'il vous plaît.

Le serviteur s'inclina et disparut à l'intérieur.

Jin lui offrit de nouveau la main pour l'aider à gravir les marches du perron, mais elle agrippa la rampe et monta seule. Il se tint en arrière, et la regarda s'essuyer les paumes des mains plusieurs fois sur sa jupe, avant de rajuster son châle et son chapeau.

La porte se rouvrit. Un homme sortit sur le porche d'une démarche assurée. Vêtu d'une veste de lin et d'un gilet de soie, il semblait avoir à peu près l'âge de Jin. Plus large d'épaules, mais un peu moins grand que lui. Ses mains et son visage étaient brunis par le soleil. Son attention se porta aussitôt sur la jeune femme.

Celle-ci se dirigea vers lui, la main tendue.

— Ma chère Violette ! s'exclama-t-il en l'attirant contre lui.

Elle lui entoura la taille de ses bras et pressa le visage contre sa veste.

Jin garda le silence. Le soleil couchant baignait la véranda de ses rayons orangés. Une brise légère faisait bruire les branches de canne à sucre et soulevait les jupons de Viola.

Elle ne lui avait pas dit la vérité, bien entendu. Apparemment, c'était pour Aidan Castle qu'elle avait changé de vêtements.

Il était toujours aussi robuste, solide. Et il émanait de lui cette senteur si familière de crème à raser et de tabac. Viola eut presque l'impression que son père était là, et que si elle levait les yeux elle verrait Fionn derrière Aidan.

Celui-ci la relâcha, et elle put l'observer. Il n'avait pas changé. Des boucles châtain clair tombaient sur son front, un peu trop longues, comme s'il avait oublié de les couper. Ses traits étaient les mêmes, réguliers et halés. Un nez un peu large, des lèvres pleines et bien dessinées, une fossette sur le menton, des yeux noisette qui lui souriaient.

— Le voyage s'est bien passé, j'imagine ?

Sa voix était tellement familière. Elle l'avait entendue chaque jour jusqu'à ce qu'il quitte le bateau de son père, quatre ans plus tôt, pour devenir planteur.

— Sans le moindre incident.

— Je m'en doutais. En cette saison, nous pensions que vous échapperiez au mauvais temps.

Il semblait content de la voir, et ne la quittait pas des yeux.

— Nous ?

— Vous vous rappelez mon cousin Seamus ? Il est venu me rendre visite au printemps, et n'est pas reparti, expliqua-t-il avec ce rire léger et plein d'assurance qui l'avait soutenue dans les moments difficiles. Mon oncle et ma tante tenaient à ce qu'il quitte l'Irlande, bien sûr. Avec toutes les bêtises qu'il a toujours faites.

— Et donc... il est là ?

Viola n'avait rencontré Seamus Castle qu'une seule fois, des années plus tôt, à Boston. Un jeune homme effronté.

— Il m'a beaucoup aidé à diriger les ouvriers. Mais ne restons pas ici, en pleine chaleur. Entrez, venez prendre un rafraîchissement.

Il lui prit la main, marqua une pause et regarda derrière elle.

— Ah. Pardonnez-moi. Ce monsieur est...

— Mon lieutenant, pendant que Crazy est en congé. Aidan, je vous présente Jinan Seton.

— Ravi de faire votre connaissance, monsieur Seton, dit Aidan en tendant la main.

— Tout le plaisir est pour moi, répondit Jin.

— Votre nom me dit quelque chose.

— Vraiment ? fit Jin en relâchant sa main.

— Je suppose que c'est un nom assez répandu dans ces régions ?

— Oui, je pense.

— Vous êtes anglais ?

— M. Seton est corsaire de la Marine royale, expliqua Viola. Il est mon lieutenant, en attendant...

— En attendant que mon nouveau bateau soit prêt, précisa Jin.

— Ah, bien sûr. Toute personne naviguant avec Violette est la bienvenue chez moi, déclara Aidan en faisant un geste vers la porte. Je vous en prie. Je vais vous présenter mes invités.

Viola entra dans le vaste hall, et jeta un coup d'œil à la dérobée à l'homme avec lequel elle était venue ici. Il portait une chemise blanche, un pantalon bien coupé et une veste qu'elle n'avait encore jamais vue.

Ces vêtements mettaient en valeur sa silhouette élancée et ses larges épaules. Il semblait aussi à l'aise que dans les vêtements ordinaires qu'il portait à bord. Pendant le trajet en voiture, elle s'était efforcée de ne pas le regarder, et n'avait pas remarqué ses habits.

Elle avait surtout remarqué ses yeux. Et ses mains. Et sa bouche.

Ce qu'il portait importait peu. Il était beau de toute façon, même à moitié nu. Son regard remonta vers son visage, et elle constata qu'il l'observait.

Aidan lui offrit le bras. L'espace d'un instant, elle demeura sans réaction, incapable de chasser l'image de Jin ligoté au mât, torse nu sous la pluie.

— Violette ?

— Oh, fit-elle en rougissant.

Elle posa le bout des doigts sur le bras d'Aidan.

— Ma chère, dit-il en riant. Vous êtes merveilleuse.

Il la fit entrer dans un salon. C'était une pièce ravissante, décorée de manière sobre, dans un goût très anglais. Une autre pièce de la maison qu'il avait fait meubler sans avoir son avis, bien qu'elle doive y demeurer un jour…

Quatre personnes s'y trouvaient déjà. Affalé dans un fauteuil, Seamus Castle s'amusait à faire glisser entre ses doigts une épaisse chaîne de montre en or.

— Bonjour, mademoiselle Violette, lança-t-il en inclinant légèrement la tête.

C'était un homme séduisant. Il avait un grand front et des cheveux bouclés, comme Aidan. Mais sa bouche avait une expression perpétuellement boudeuse, et ses paupières lourdes cachaient en partie ses iris verts.

— Quel plaisir de vous revoir.

La dernière fois qu'ils s'étaient vus, cinq ans plus tôt, il avait réussi à la coincer dans une alcôve et avait posé les mains sur ses seins. Le genou de Viola avait violemment heurté le pistolet accroché à sa ceinture. Elle avait eu mal pendant plusieurs jours, et lui aussi sans doute, car il avait poussé quelques jurons.

— Monsieur et madame Hat, permettez-moi de vous présenter Mlle Daly et M. Seton, dont le navire vient d'arriver au port.

Viola comprit au premier coup d'œil que les invités d'Aidan étaient de riches marchands. Les gens de New York, de Philadelphie ou de Boston avaient tous la même allure. Les hommes étaient trop bien nourris et corpulents, les femmes prenaient un air excessivement supérieur, et ils étaient trop habillés pour ces latitudes.

Engoncé dans son col amidonné et une volumineuse veste de laine à revers, M. Hat se leva pour serrer la main à Seton.

— Ravi de faire votre connaissance.

— Monsieur. Madame, répondit le marin en s'inclinant devant Mme Hat.

Cette dernière avait un sourire pincé et une robe de taffetas brodée de perles noires. Un vêtement excessivement cher, et loin d'être adapté au climat. Elle toisa Viola et Seton, et fit un signe de tête. La plume noire accrochée dans ses cheveux se balança.

— Et voici Mlle Hat, ajouta Aidan avec un sourire.

La jeune fille, qui ne devait pas avoir plus de dix-sept ans, avait la beauté diaphane d'un ange. Viola la dévisagea en se demandant comment elle pouvait avoir des boucles blondes aussi impeccables. Elle était aussi grande que sa mère, mince comme une liane, avec des yeux bleus et une épaisse rangée de cils blonds. Elle fit une révérence, et les plis de sa jupe blanche glissèrent contre ses jambes. Ses mains étaient d'une blancheur de lys.

— Monsieur. Mademoiselle. Je suis enchantée de faire votre connaissance, chuchota-t-elle.

Seton s'inclina poliment. Son allure était celle d'un parfait gentleman anglais.

Aidan conduisit Viola vers un fauteuil.

— M. Hat est propriétaire d'une affaire à Philadelphie, Violette. Il est ici pour affaires et espère développer son commerce. Par chance, il a pu venir avec sa famille. N'est-ce pas, Seamus ?

L'Irlandais grimaça un sourire.

— Bien sûr, cousin. C'est toujours un plaisir d'avoir des dames pour égayer une réunion.

M. Hat tapota la main de sa fille.

— Je voulais que ma petite Charlotte voie un peu de pays, avant d'accorder sa main à l'heureux élu qui partagera sa vie.

Mlle Hat baissa les yeux en rougissant, mais ne se départit pas de son doux sourire.

Le serviteur qui les avait accueillis présenta un plateau à Viola. Celle-ci prit un verre en souriant.

— Merci.

— Pauvre de moi, monsieur Castle ! s'exclama alors Mme Hat, en gardant les yeux fixés sur les pieds de Viola. Je crains d'avoir été négligente ces deux derniers jours. J'ignorais que dans les îles les dames remerciaient les serviteurs. Je corrigerai cette erreur, dorénavant.

— Il est vrai que les relations entre les domestiques et leurs maîtres sont plus libres ici que dans le Nord, madame, répondit Aidan en riant. Mais je suis certain que nul ne pourrait vous reprocher d'être négligente.

Le regard de la femme remonta et s'arrêta sur les genoux de Viola. Celle-ci baissa les yeux et constata que sa jupe était remontée sous ses genoux. Ses mollets couverts de bas bon marché étaient parfaitement visibles.

La rougeur envahit ses joues. Les mains moites, elle tira sur le tissu coincé sous ses fesses, et dut se lever légèrement pour le ramener sur ses jambes.

La voix de Seton brisa le silence.

— Castle, j'ai cru comprendre que vous ne possédez pas ce domaine depuis longtemps. Je connais plusieurs planteurs à la Barbade et en Jamaïque, mais personne sur cette île. Comment se portent les affaires ici ?

— Très bien, en fait. Perrault, mon voisin le plus proche, n'est pas très communicatif, bien que le même ruisseau abreuve ses terres et les miennes. Mais je n'ai pas de problème avec lui. Si les travailleurs de la plantation étaient moins exigeants, je serais un homme heureux, ajouta-t-il dans un sourire.

— Je te l'ai toujours dit, cousin, déclara Seamus d'une voix traînante. Les hommes ne savent pas faire bon usage de la liberté qu'on leur accorde. Tu devrais employer des esclaves sur tes terres, et non des ouvriers salariés.

— Je ne suis pas d'accord avec toi, Seamus, répliqua Aidan en secouant la tête.

— Il devient difficile de trouver de jeunes esclaves à Philadelphie, fit remarquer M. Hat. C'est pour le mieux. Il n'y en a aucun dans mes entrepôts, bien entendu. Mais ce satané Français, Henri, s'en sert pour décharger ses bateaux et nous fait concurrence.

— Ce n'est pas une bonne façon de travailler, marmonna Aidan.

— Mais cela fait gagner du temps, déclara Seamus en croisant les bras. Qu'en dites-vous, Seton ? Le Parlement devrait-il suivre les abolitionnistes et libérer les esclaves, ou bien devons-nous nous montrer rationnels et maintenir l'ordre ?

— Un homme doit agir selon sa conscience, répondit Jin en soutenant le regard de Seamus. La loi, quelle qu'elle soit, n'y changera rien.

— Bien dit, murmura Aidan, les sourcils froncés.

Les joues de Viola demeuraient enflammées. Le regard désapprobateur de Mme Hat n'avait pas disparu, et sa fille la dévisageait avec curiosité.

Seton l'avait tirée d'affaire en détournant la conversation. Il était le seul homme de sa connaissance qui vivait entièrement selon ses idées. Sans se laisser influencer. Cela l'effrayait et l'excitait à la fois.

À la tombée de la nuit, la douce brise du crépuscule disparut. Le silence enveloppa la plantation, les tiges de canne à sucre cessèrent de se balancer et le chant des oiseaux se tut. Ils dînèrent dans la salle à manger, où la chaleur était étouffante. Viola n'avait pas d'appétit.

Les Hat l'ignoraient. Mme Hat complimenta leur hôte sur le repas. M. Hat bombarda Seton de questions sur l'activité du port de Boston, auxquelles Viola aurait mieux su répondre que lui. Mlle Hat picorait délicatement dans son assiette, en gardant les yeux baissés. Seamus ingurgitait des verres de rhum tout en lançant à Seton des regards méfiants.

Après le repas, les Hat annoncèrent leur intention de visiter la ville le lendemain.

— Monsieur Castle, j'espère que vous nous accompagnerez, dit Mme Hat avec un sourire condescendant.

— Naturellement, madame. C'est avec plaisir que je vous ferai découvrir les plus belles boutiques. Le marchand de bois est un ami proche, précisa-t-il à l'intention de M. Hat. Il connaît personnellement le propriétaire de ce bosquet de bois rare dont je vous ai parlé hier. Je vous le présenterai.

— Très bien, très bien, dit M. Hat en se levant. À demain donc, Castle.

Mme Hat prit le bras de sa fille, Mlle Hat fit une révérence, et ils regagnèrent leurs chambres. Seamus lança à Viola un sourire insolent.

— Eh bien, mademoiselle Violette. Maintenant que vous êtes la seule femme présente, allez-vous nous distraire ? Jouer un petit air au piano ?

Aidan s'éclaircit la voix.

— Violette ne joue pas, dit-il en offrant le bras à la jeune femme. Puis-je vous conduire à votre chambre, ma chère ?

Elle acquiesça d'un signe de tête, et jeta un coup d'œil à Seton. Ce dernier s'inclina.

L'air était lourd dans l'escalier. La maison était belle, mais elle n'était pas adaptée à la chaleur qui régnait dans ce pays. Elle aurait eu sa place dans une contrée plus froide comme l'Angleterre. Toutefois, la décoration était élégante. Aidan avait travaillé dur pour obtenir ce résultat, et elle devait être fière de lui.

Il lui prit les mains.

— Je suis heureux de vous revoir, Violette. Vous m'avez manqué.

— Oui. Cela faisait si longtemps.

Tout à coup, il haussa les sourcils.

— Ma chère, je me souviens maintenant. Je sais pourquoi le nom de Seton me paraît familier.

— Je me doutais que vous finiriez par vous rappeler, avoua-t-elle, la gorge sèche.

— Vous saviez, quand vous l'avez engagé. Alors pourquoi l'avez-vous fait ? demanda-t-il d'un ton légèrement accusateur.

— C'est compliqué.

Elle ne voulait pas lui dire qu'elle avait coulé le *Cavalier.* Aidan n'avait plus rien à voir avec son travail. Pourquoi devrait-elle lui donner des détails ?

Il pressa ses mains entre les siennes.

— Cela ne me plaît pas.

— Le gouvernement britannique lui a pardonné son passé de pirate, Aidan. Il est au service de la Couronne désormais, et cela devrait vous encourager à lui accorder votre confiance.

— Non. Votre sécurité me préoccupe, et je n'approuve pas la présence de cet homme à bord de votre navire. Fionn serait de mon avis. Un léopard peut être mis en cage, mais la captivité ne change pas sa nature.

Viola était en partie d'accord avec lui. Un homme ne changeait pas. Depuis qu'elle avait quinze ans, celui-ci la courtisait et acceptait l'adoration qu'elle avait pour lui comme si elle était naturelle. Mais il n'allait pas au bout de ses promesses. À bord du navire de son père, il lui avait expliqué qu'il ne pouvait pas se marier avant de s'être établi et de pouvoir offrir une maison à sa famille. Or il possédait cette plantation depuis quatre ans.

Après des mois sans courrier, et deux ans sans visite, il croyait pouvoir lui dire comment mener sa vie. Et lui donner des conseils qu'elle ne demandait pas. Elle voyait tout cela clairement, à présent.

Jin Seton espérait aussi qu'elle agirait comme il le voulait. Mais elle lisait dans ses yeux qu'il avait de la considération pour elle, et qu'il la trouvait attirante.

Elle voyait chez lui de l'admiration, du respect. Or Aidan ne l'avait jamais regardée de cette façon.

— Je pense que vous vous trompez à son sujet, dit-elle.

— Les pirates sont des voleurs et des menteurs, Violette. Vous avez tort de lui faire confiance.

— Je suis la seule à pouvoir en juger, répondit-elle en dégageant ses mains. Merci pour ce dîner. Bonne nuit.

Sans cesser de froncer les sourcils, il se pencha pour l'embrasser sur la joue.

— Je suis content que vous soyez là, ma chère.

Elle hocha la tête. Il demeura immobile un moment, puis redescendit.

Viola tapota du bout des doigts l'endroit de sa joue où il avait posé les lèvres. Elle l'aimait. Il connaissait tout d'elle, de son père, de sa vie en mer. Il ne partageait plus cet aspect de son existence, bien sûr. Mais il faisait partie de son passé, et elle savait depuis des années qu'il ferait partie de son futur. Il était son avenir. Pourtant, son attitude lui paraissait… étrange. Même ce baiser superficiel était étrange.

Cela passerait peut-être dans quelques jours. Tous les amis avaient besoin de temps pour se retrouver. N'est-ce pas ?

Elle se tenait près de la fenêtre, et la chaleur l'enveloppa. Le lit chargé de draps de dentelle ne lui semblait pas accueillant. Dès qu'elle avait vu les autres invités, elle avait su qu'Aidan ne coucherait pas avec elle. Il ne le faisait jamais quand il y avait d'autres personnes. Mais cela lui était égal. De toute façon, il faisait trop chaud et elle ne se sentait pas à l'aise. Le sommeil ne viendrait pas facilement.

Des livres de sermons et des journaux étaient entassés sur une petite étagère. Elle en prit un et s'assit à côté de la lampe. Mais le journal ne parvint pas à la distraire. Des gouttes de sueur coulaient le long de son nez. Elle alla à la fenêtre, l'ouvrit et fit entrer un nuage d'insectes.

— Oh ! s'écria-t-elle en refermant la fenêtre avec un bruit sec.

Il n'y avait pas un brin d'air. Peut-être était-ce pour cette raison qu'Aidan avait pu acheter une telle étendue de terres. Avec cette humidité, le prix du terrain ne devait pas être très élevé. S'il faisait aussi chaud en juin, l'été devait être insupportable. Mais elle avait connu toutes sortes de privations pendant ses années en mer. Si elle devenait sa femme, elle supporterait la chaleur et les moustiques.

Toutefois, elle n'était pas obligée de subir ces désagréments pour le moment. Elle trouverait sans doute de l'air dans le jardin. D'autre part, elle avait besoin de bouger. Le bruit de la mer et le balancement du bateau lui manquaient déjà. Ici, dans cette maison, elle ne pouvait pas respirer.

Elle prit son châle, au cas où elle rencontrerait Mlle Hat et sa mère, et descendit au rez-de-chaussée. La porte d'entrée était verrouillée, mais une porte-fenêtre du salon donnait sur la véranda. Elle l'ouvrit et sortit.

Puis elle recula aussitôt dans l'ombre.

Le jardin s'étendait jusqu'aux champs de canne à sucre. Il était parsemé de vieux arbres et de buissons exotiques, et entouré d'une clôture blanche garnie de plantes grimpantes. Des fleurs tropicales s'élevaient dans la lumière argentée de la lune. Le chant des insectes emplissait l'obscurité.

Près d'un fromager, un homme et une femme marchaient côte à côte. La robe blanche de Mlle Hat scintillait sous les rayons pâles de la lune. L'homme cueillit une fleur et la lui offrit. Il parlait doucement, et le timbre familier de la voix d'Aidan parvint jusqu'à Viola. Il prit la main de Mlle Hat aussi délicatement qu'un objet de porcelaine fine, la porta à ses lèvres, et l'embrassa.

Puis il l'embrassa sur les lèvres.

Viola eut l'impression d'étouffer. Une nausée soudaine lui serra la gorge. Elle pivota vivement sur elle-même… et heurta le torse de Jin.

Celui-ci lui agrippa la taille, la dévisagea, puis jeta un regard rapide dans le jardin. Les yeux de Viola s'embuèrent. Brusquement, elle se rendit compte qu'avec Jin Seton elle n'avait jamais cette horrible sensation de faiblesse.

Avec Aidan, elle avait l'impression de ne pas être celle qui convenait. De toute évidence, Charlotte Hat était la femme qu'il lui fallait. Belle, raffinée, elle avait une dot confortable et une famille de qualité. Il pouvait se promener dans le jardin à minuit avec elle et lui embrasser la main. Alors qu'il faisait à Viola des promesses qu'il ne tenait jamais.

Elle leva les yeux, vit dans les prunelles de Jin de la compréhension et une étincelle de colère.

Son estomac se noua. Avec lui, elle se sentait vivante. Capable d'une foule de choses.

— Violette ?

Ses mains se resserrèrent autour de sa taille. Il n'accorda pas un regard au couple dans le jardin. Son attention était entièrement fixée sur elle.

Elle sentit une larme rouler sur sa joue.

— Non, chuchota-t-elle.

Elle ne voulait pas qu'il l'appelle ainsi. Elle voulait qu'il l'appelle par son vrai nom.

Échappant à son étreinte, elle s'essuya la joue et s'enfuit à l'intérieur.

14

Le sommeil la fuyait. Allongée sur le lit, elle contemplait l'obscurité étouffante et retenait ses larmes. Pleurer ne l'aiderait pas. Cela prouverait simplement qu'elle était aussi idiote que n'importe quelle autre femme.

Mais elle n'était pas n'importe quelle femme. Elle était Violette la Vile, capitaine de son propre navire, à la tête de cinquante hommes d'équipage totalement dévoués, corsaire de l'État du Massachusetts. Elle était assez forte et intelligente pour gérer cette situation, ayant surmonté mille problèmes, erreurs et déceptions pendant ces années passées en mer. La femme qui avait coulé le *Cavalier* n'allait pas se mettre à pleurer comme une madeleine, simplement parce que l'homme qu'elle aimait depuis dix ans avait embrassé une autre femme, une jeune fille à marier.

Plutôt mourir.

Mais elle souffrait, et elle détestait cela. En un instant, son futur avait changé, et son passé aussi. Aidan lui avait si souvent promis le mariage. N'avait-il jamais eu l'intention d'honorer sa promesse ? Avait-elle été idiote de croire un instant qu'il le ferait ? Pire encore, son père avait-il su la vérité ?

Les yeux secs, elle s'efforça de contenir des sanglots douloureux. Quand elle entendit les cris, elle crut que c'était le fruit de son imagination. Mais ils se rapprochèrent, devinrent stridents.

Elle se leva d'un bond et courut à la fenêtre. Au loin, elle vit un champ de canne s'embraser et de la fumée s'élever dans le ciel sombre.

Jetant son châle sur son épaule, elle enfila ses mules, dévala l'escalier et sortit sur la véranda.

Un désordre indescriptible régnait autour de la demeure. Des hommes couraient en tous sens, tirant des animaux derrière eux, tout en hurlant. Seamus et Aidan lançaient des ordres, dominant le vacarme. Un âne se mit à braire désespérément. L'air était chargé de fumée.

Aidan vint vers elle et lui prit les mains.

— Violette, il faut que vous alliez avertir M. et Mme… Ah ! Ils sont là. Merci, Seton.

Viola se retourna et croisa le regard de Jin. Les doigts presque translucides de Mlle Hat lui agrippaient le bras, tandis qu'il la conduisait vers l'allée où ses parents les avaient précédés, en vêtements de nuit.

— Que se passe-t-il, monsieur Castle ? demanda Mme Hat. Risquons-nous d'être atteints par le feu, ici ?

— Pas du tout, madame. Mes hommes font tout ce qu'ils peuvent pour contenir les flammes. Nous brûlons souvent le sommet des tiges dans les champs, afin de faciliter la récolte. Ils ont l'habitude.

— Toutes les plantations sont en train de brûler, Castle, dit Jin. De toute évidence, vos hommes sont dépassés. Qui aurait eu intérêt à provoquer cet incendie ?

— Ces maudits salariés qui veulent obtenir davantage de privilèges ! s'exclama Seamus. Ce sont eux.

Les idées folles de mon cousin ont anéanti tout le travail que nous avions accompli.

— Il n'y a qu'un seul champ en feu, assura Aidan en passant une main dans ses cheveux. Les hommes versent de l'eau pour que le feu ne se répande pas dans les champs voisins.

— Tu te trompes, Aidan.

Seamus, le visage écarlate, cracha les mots avec mépris.

— Si tu avais pris des esclaves, comme tout le monde, cela ne serait jamais arrivé.

— Je ne vais pas obliger des hommes à travailler pour rien, quand tant d'autres souhaitent être engagés pour un salaire !

Seamus désigna d'un geste le champ en feu, les animaux paniqués, le nuage de fumée âcre qui recouvrait tout.

— Tout le monde voit qu'ils souhaitent travailler, n'est-ce pas ?

Jin regarda par-dessus l'épaule de Viola, et s'éloigna de quelques pas. La jeune femme se retourna. Billy courait vers eux, suivi de Matouba.

— On les a vus, capitaine ! cria Billy. On les a vus mettre le feu et s'enfuir !

— Où sont-ils allés ?

— Vers la route, répondit Matouba.

— Au nord ? Ils sont partis vers le port ?

— Oui, capitaine.

Aidan était en train d'enlever sa veste. Son regard passait des flammes qui gagnaient du terrain aux yuccas qui formaient une haie entre le champ et le jardin.

Viola posa la main sur le bras de Matouba.

— Pourquoi des ouvriers de M. Castle seraient-ils allés vers le port ?

— Ce ne sont pas des ouvriers, madame.

— Que voulez-vous dire ? s'exclama Seamus.

— Ce sont des marins, monsieur, répondit Billy. Ils parlaient néerlandais, comme les gars qui chargeaient ce sloop sur les quais ce matin.

Aidan blêmit.

— Seigneur… Perrault.

— Votre voisin ? s'exclama Viola.

— Bon sang, Aidan ! Qu'est-ce que je te disais ? Vous deux, là ! cria Seamus à deux hommes qui couraient vers le champ en feu. Inondez les fossés le long des champs. Les étincelles ne doivent pas atteindre la maison.

Il partit en courant, et Jin se dirigea vers la maison.

— Vous avez des chevaux ?

— Oui, m'sieur ! claironna Billy. Ils sont près de la route.

— Où allez-vous ? cria Viola. Que faites-vous ?

— Je vais chercher mes affaires, lança Jin pardessus son épaule.

— Seigneur, il faut garder le contrôle de la situation, dit Aidan d'une voix tremblante. Violette, je vais vous demander de veiller sur Mlle Hat et ses parents. Ils n'ont pas l'habitude de ce genre de situation, et il ne faut pas qu'ils paniquent. Cela ne ferait que rendre les choses plus difficiles.

— Aidan, pourquoi croyez-vous que votre voisin ait joué un rôle dans cet incendie ?

— Violette…

— Dites-moi.

— Les natifs de Curaçao parlent néerlandais. Perrault est le seul planteur de la région qui a recours à leurs services.

— Pourquoi ferait-il cela ? Il vous déteste ?

— Ma chère, cela n'a pas d'importance pour le moment. Je vous demande d'emmener les Hat dans la maison et de les rassurer. Faites cela pour moi, je vous en prie.

Viola regarda ses yeux suppliants, et elle eut le cœur lourd.

— Je vais me rendre au port, décida-t-elle. Matouba et Billy disent que les incendiaires sont repartis là-bas. Le sloop que nous avons vu est sans doute le leur. Si l'*Orage d'Avril* peut les rattraper, je vous rapporterai la preuve que votre voisin est coupable.

— Non, Violette ! Cette affaire ne vous concerne pas. Laissez agir ces hommes, et restez ici pour m'aider. Mlle Hat est fragile et innocente. Elle est si jeune ! Elle a besoin d'être réconfortée.

Viola ravala les sanglots qui l'étouffaient.

— Je suis désolée, Aidan. Les Hat devront se passer de moi.

Pivotant sur ses talons, elle regagna la maison. Alors qu'elle atteignait la véranda, Jin en sortit en bouclant sa ceinture à laquelle étaient accrochés son pistolet et son poignard.

— Vous ne venez pas ?

— J'arrive, répondit-elle, le cœur battant.

— Vous n'avez pas le temps de vous changer, dit-il en jetant un coup d'œil à sa robe. Vous pouvez monter en amazone ?

— On va voir.

Et sans attendre, elle le suivit dans l'allée.

Les incendiaires ne pensaient pas qu'ils seraient poursuivis. Viola descendit du cheval sur lequel elle était montée avec Billy. Sa jupe était en lambeaux, car elle l'avait déchirée pour monter à califourchon.

Des voix leur parvinrent depuis les quais. Des hommes riaient, contents du travail accompli. Ils parlaient en néerlandais.

Viola voulut s'avancer, mais Jin lui prit le poignet, la retenant dans l'ombre d'un bâtiment.

— Mais…

— Billy, cours à la taverne chercher nos hommes d'équipage. Ensuite, gagnez l'*Orage d'Avril* aussi vite et silencieusement que possible.

— Oui, m'sieur ! lança le gamin en détalant.

— Il n'y a pas un souffle d'air, ce soir, marmonna Matouba d'une voix grave.

— Nous allons nous tenir prêts à tirer et les menacer, chuchota Viola.

— Nous serons jetés en prison si nous tirons sur les quais, grommela Matouba d'une voix sourde.

— Ce ne serait pas la première fois pour vous.

Elle leva les yeux vers Jin, et son estomac se contracta. Un bref sourire apparut sur ses lèvres. Mais son regard resta fixé sur les marins et le bateau qui s'apprêtait à partir au milieu de la nuit. Les incendiaires ne semblaient pas craindre le moins du monde d'être découverts.

Éclairé par plusieurs lanternes, le pont du petit vaisseau était parfaitement visible depuis les quais. Jin, Matouba et Viola se faufilèrent dans l'ombre jusqu'à leur navire, et montèrent silencieusement à bord. Les autres larguaient déjà les amarres.

— Non, chuchota Viola. Ils ne nous échapperont pas.

Becoua se précipita derrière elle, suivi d'une douzaine de membres d'équipage.

— Bonsoir, capitaine.

Les hommes s'éparpillèrent sur le pont, éclairé uniquement par les rayons de lune. Ils sentaient le rhum à plein nez et titubaient en chargeant les boulets dans les canons. Ils étaient ivres. Ivres, et en permission, mais ils étaient venus quand même.

Viola remonta sur le pont. Le bois grinça lorsqu'un marin ouvrit un sabord trop brusquement. Le bruit résonna dans le port.

À cinquante mètres de là, tout mouvement cessa à bord du sloop. Puis un cri retentit dans l'obscurité. Le mouvement reprit, suivi d'autres cris.

— Quels sont vos ordres, capitaine ? demanda Jin.

Le cœur de Viola battait à tout rompre. Elle devait montrer à Aidan de quoi elle était capable. Elle n'était peut-être pas une dame délicate dont on embrassait la main, mais elle connaissait son métier. Elle n'échouerait pas.

— Vous parlez néerlandais ? ajouta-t-il.

— Je crois qu'il est trop tard pour parlementer.

Le bruit du canon retentit, des étincelles jaillirent, suivies par un nuage de fumée.

Jin lança des ordres. Les boulets incandescents déchirèrent la nuit. Des flammes surgirent, aussitôt éteintes, sur les deux bateaux. Les marins juraient, et les canons grondaient encore et encore.

Au bout de quelques minutes, Viola comprit qu'il était trop tard. Le sloop fendait l'eau aussi souplement qu'un dauphin. Seul un aussi petit vaisseau pouvait filer aussi vite sans l'aide du vent. Il se dirigea vers le large.

Sur le pont de l'*Orage d'Avril*, des flammèches retombèrent.

Les cloches des alarmes retentirent dans la rue principale du village. Les autorités du port étaient réveillées.

Viola ne pouvait plus rien faire. Le sloop, désormais hors d'atteinte, tira une dernière salve dans l'eau.

— Les hommes sont déjà dans la chaloupe, annonça calmement Jin. Voulez-vous que nous les poursuivions à la rame ?

Les mains crispées sur le bastingage, Viola regarda les lanternes du sloop disparaître dans l'obscurité.

— Bon sang.

— Oui, ou non ?

— Non ! Bien sûr que non. Nous ne les rattraperons jamais. Vous me prenez pour une imbécile ?

Elle se retourna pour examiner le pont jonché de débris.

— Bon sang !

— Les dégâts ne sont pas importants. Les hommes auront tout nettoyé et remis en état demain.

Elle le savait. Le sloop n'avait pas tenté de les couler, cherchant seulement à les retarder pendant qu'il filait. Les incendiaires leur avaient échappé.

De l'agitation sur la passerelle d'embarquement attira son attention. Un homme vêtu d'une veste visiblement enfilée à la hâte, une perruque grise posée de guingois sur son crâne, grimpa sur le pont. Il était flanqué de deux soldats en uniforme rouge, portant un mousquet sur l'épaule.

— Qui est le maître de ce navire ? demanda l'homme à la perruque, du ton pointilleux dont seul un officier anglais pouvait faire preuve dans les circonstances présentes.

Viola s'avança vers lui, la gorge nouée.

— C'est moi. Que puis-je faire pour vous, monsieur ?

— Vous ? s'exclama-t-il en jetant un coup d'œil à sa jupe déchirée. Est-ce vrai ?

— Cette dame est Violette Daly, monsieur, capitaine de l'*Orage d'Avril* en provenance de Boston, déclara Jin avec un accent anglais prononcé.

— Sait-elle qu'elle vient d'écoper d'une amende de cent cinquante livres pour avoir tiré des coups de canon dans le port ?

— Je ne serais pas étonné qu'elle le sache.

— Bon sang, mon vieux ! Croit-elle pouvoir faire cela au milieu de la nuit sans attirer l'attention ? Toute la ville est réveillée ! Ma femme a eu une peur bleue !

— Mlle Daly avait de bonnes raisons de tirer.

Le capitaine du port finit par reporter son attention sur elle.

— Il vaudrait mieux pour vous que ces raisons soient bonnes, mademoiselle !

Viola sentit la moutarde lui monter au nez. Aucun homme n'avait le droit de lui parler comme à une petite fille. Surtout pas alors qu'elle venait de subir le deuxième plus grand chagrin de sa vie.

— Un sloop plein d'incendiaires vient de quitter le port, expliqua-t-elle, faisant un effort considérable pour contrôler sa voix. Ils ont mis le feu aux champs de M. Aidan Castle. Nous les avons pourchassés jusqu'ici et avons tenté de les intercepter, malgré le manque de vent.

— Des incendiaires ? répéta l'homme, les yeux arrondis de stupeur. Et vous n'avez pas réussi à les rattraper ?

Viola pinça les lèvres.

— Si vous aviez été à bord pour nous aider, je suis sûre que nous aurions réussi, monsieur. Je suis désolée que vous soyez arrivé trop tard.

— Écoutez-moi bien, ma petite dem…

Jin s'interposa.

— Je suppose que vous êtes pressé de retourner au lit, monsieur. Nous pourrions reporter cette discussion à demain matin. Je suis certain que Mlle Daly y consentira.

— Restez en dehors de cela, Seton, grommela-t-elle.

— Il y a au moins une personne raisonnable à bord de ce bateau, déclara le responsable du port d'un ton sec. Je veux vous voir dans mon bureau à 9 heures demain matin, mademoiselle, ajouta-t-il en pointant un doigt vers Viola. Et si j'apprends que vous avez levé l'ancre pendant la nuit, je n'hésiterai pas à lancer un navire à vos trousses pour vous faire payer cette amende et vous jeter en prison.

Viola réprima la réponse qui lui venait à l'esprit, et acquiesça d'un signe de tête. Avec un dernier coup d'œil à sa robe et un hochement de tête désapprobateur, l'homme tourna les talons et redescendit à terre, les deux soldats dans son sillage.

Viola se tourna vers Jin.

— Depuis quand parlez-vous à ma place ?

— Je voulais vous aider.

— Je n'ai pas besoin de votre aide.

Les rayons de lune semblèrent se refléter dans ses yeux clairs.

— Je vous prie humblement de différer cette discussion…

— Il n'y a rien d'humble chez vous, espèce d'arrogant…

— Jusqu'à demain matin, ajouta-t-il.

— Bon sang ! Cent cinquante livres…

Elle n'avait même pas cinquante livres à bord du bateau. Elle se dirigea vers l'écoutille pour gagner sa cabine. Le seul endroit qui lui appartenait, et où aucun homme ne pouvait lui donner d'ordres.

Une voile tombée sur le pont bloquait le passage.

— Débarrassez-moi de cela ! cria-t-elle aux marins les plus proches.

Ils obéirent, mais lentement, alourdis par l'alcool et fatigués par la bataille. Elle balaya le pont du regard. Les hommes étaient abattus, les yeux vitreux. Elle savait qu'ils étaient aussi déçus qu'elle d'avoir échoué. Mais il y avait autre chose. Les yeux sombres et doux de Becoua se posèrent sur elle avec…

Ce ne pouvait pas être de la pitié. Elle ne le supporterait pas.

— Non ! fit-elle en agitant la main. Non ! Partez. Quittez ce navire, et ne revenez que lorsque je vous l'ordonnerai.

Ses mains tremblaient. Elle était épuisée par les émotions, les divers sentiments éprouvés tout au long de la journée.

— Partez, tous ! Sauf vous, Seton.

Elle ne pouvait le chasser du navire. Elle avait encore une journée devant elle. Elle pouvait gagner leur pari. Comment ? Elle n'en avait aucune idée. Il était imperturbable. Aussi indifférent à ses tentatives de séduction qu'à son impolitesse. Elle ne lui faisait aucun effet.

Il la fixait de ses yeux bleus, l'expression indéchiffrable, et se tenait parfaitement immobile tandis que les hommes descendaient à quai en silence. Le petit Billy était le dernier, et elle l'arrêta au passage.

— Comment as-tu su que nous étions à la plantation de M. Castle, Billy ?

Le garçon haussa les épaules.

— Le capitaine nous l'avait dit, madame, répondit-il avant de descendre.

Elle inspira longuement. Cette peur glacée qu'elle avait ressentie était pire que tout. Elle ne l'avait connue qu'une seule fois dans sa vie, plusieurs mois après que Fionn l'avait enlevée. Le jour où elle avait fini par comprendre qu'elle aurait beau le supplier, il ne la ramènerait jamais en Angleterre.

Elle retourna vers l'écoutille. La voile principale était tombée, entortillée dans les cordages. Elle était beaucoup trop lourde pour qu'une seule personne puisse la soulever. Viola l'agrippa tout de même à deux mains et tira, trébuchant sur les cordes entremêlées.

— Laissez, Viola, vous allez vous blesser. Je peux rappeler quelques hommes pour la soulever, dit Jin avec douceur.

— Bon sang de bonsoir ! s'écria-t-elle en agitant le bras. Donnez-moi votre épée.

Elle tendit la main.

— Vous n'avez pas besoin d'épée, répliqua-t-il.

— Vous ne savez pas ce dont j'ai besoin !

— Oh, si...

Son regard était éloquent. Il avait vu le couple dans le jardin. Il avait vu Viola pleurer. Il comprenait. Ses traits fermes se découpaient dans les rayons de lune, modèle de beauté masculine.

Le cœur de la jeune femme battait la chamade. Elle avait besoin de lui. Et non d'Aidan. Elle désirait tellement Jin Seton qu'elle croyait sentir le goût de ses lèvres.

— Vous ne savez rien, marmonna-t-elle, têtue.

Il la fixa longuement.

— C'est encore une enfant, dit-il à mi-voix. Comment pourriez-vous vouloir d'un homme qui désire une femme comme elle ?

Le souffle court, elle lui tourna le dos et marcha sur la voile. Elle agrippa la rampe de l'écoutille et bondit, se laissant tomber à l'étage inférieur. Il la suivit sans difficulté, comme s'il faisait ce genre d'exercice tous les jours. Ce qui était d'ailleurs possible.

— Viola...

— Qui prétend savoir ce que je veux ? L'homme qui dit ne pas avoir envie d'embrasser une femme, alors que tout montre le contraire ?

Les yeux de Seton s'assombrirent.

— C'est vous, maintenant, qui vous comportez comme une enfant. Castle pourrait installer une nursery chez lui.

— Espèce de bâtard arrogant, cracha-t-elle.

Il lui agrippa le poignet, la plaqua contre son torse et l'embrassa. Sans tendresse, en prenant violemment possession de sa bouche. Son baiser était passionné, vorace, et ne tolérait aucune résistance.

Elle ne lui en opposa aucune. Elle ne voulait pas qu'il mette fin à ce baiser. Jamais. Elle lui offrit ses lèvres, perçut sa force, son désir, se laissant enivrer par les sens.

Puis il interrompit le baiser et leva la tête. La main de Viola, prisonnière de la sienne, perçut le battement de son cœur. Il fit glisser sur elle un regard lourd de désir mêlé d'incertitude. Dans le silence, elle n'entendait que le bruit de leurs respirations.

N'y tenant plus, elle leva la main et passa les doigts dans ses cheveux, laissant échapper un soupir.

Il resserra les doigts sur son poignet.

Elle se hissa sur la pointe des pieds, et il l'embrassa de nouveau, sans la moindre hésitation. Viola se soumit sans hésiter à sa volonté. Il lui prit le menton, et elle entrouvrit les lèvres. Puis il envahit sa bouche de sa chaleur.

L'attirant contre lui, il fit courir ses mains sur son cou, ses épaules, la courbe de sa taille, ses hanches. Elle gémit en sentant ses doigts sur sa cuisse. Une vague brûlante les enveloppa. Il lui souleva la jambe et lui fit éprouver la force de son désir. Elle cueillit alors son visage à deux mains, cherchant sa langue, l'attirant en elle.

— Vous avez dit que vous n'aviez plus l'intention de m'embrasser.

— Ceci n'est pas un baiser, dit-il en la poussant contre la cloison pour se presser contre elle.

Sa main remonta sur sa poitrine, s'empara d'un sein.

Ciel. Cela faisait des semaines qu'elle avait envie qu'il la touche ainsi. La sensation était presque trop puissante, trop sublime. Elle tira sur sa veste, et il la fit glisser sur ses épaules. Elle eut envie de s'accrocher à lui, et fit passer sa jambe autour de son mollet. Elle chancela et il la rattrapa, puis il l'allongea sur le sol recouvert d'un morceau de toile.

Il reprit ses lèvres et sa main s'aventura sur sa cuisse, relevant sa jupe. Elle ne fut pas surprise par son ardeur : elle éprouvait un désir aussi intense. Elle se cambra contre lui et il la serra dans ses bras en l'embrassant, les doigts crispés sur son genou.

Soudain, il s'écarta.

— Viola… je ne vous forcerai pas. Si vous ne vous donnez pas à moi, je partirai.

— Vous quitteriez… le bateau ? demanda-t-elle d'une voix tremblante.

— Si vous le souhaitez.

Il reprit sa bouche et elle s'abandonna à son baiser. Tout était en train de basculer.

— Je ne le souhaite pas, dit-elle en prenant ses lèvres avec plus de force, et en les mordillant. Pas maintenant, précisa-t-elle à la hâte.

Il sembla se contenter de cette réponse, et lui caressa l'intérieur de la cuisse. Et elle s'offrit à lui, car c'était ce qu'il attendait et ce qu'elle voulait. Elle ne pouvait tout simplement pas rester loin de lui.

Écartant les jambes, elle l'attira vers elle et le sentit se presser au plus secret de son corps. Il la pénétra d'un puissant coup de reins, avec un grondement de plaisir. Elle enfonça les doigts dans ses épaules, et il se mit à aller et venir en elle.

— Non... Oh, non.

Il s'immobilisa, haletant, les mains crispées sur ses hanches.

— Viola... il est trop tard pour dire non.

— Non. Oui. *Oui...*

Elle se cambra. Jin l'embrassa, toujours immobile en elle. Puis il reprit ses mouvements.

Elle avait cru savoir ce que cela faisait de coucher avec un homme. Elle l'avait déjà fait.

Mais pas ainsi. Chaque fois qu'il pénétrait en elle, il cherchait à provoquer son plaisir. Il la guidait de ses mains, comme s'ils devaient ne former plus qu'un, plongeant plus profondément jusqu'à ce qu'elle gémisse en sentant le plaisir s'épanouir au plus intime d'elle-même. Celui-ci déferla brusquement et la submergea. Elle ne pensait pas pouvoir ressentir cela un jour. La jouissance fut dévastatrice. Elle inspira, arquant désespérément son corps pour mieux le recevoir. Il la poussa contre la toile, les mains plaquées de part et d'autre de son buste, et elle fut saisie d'un long frémissement. Alors il pressa la joue contre la sienne, en la pénétrant profondément. Elle poussa un cri, et il lui prit la main.

Son torse était collé à sa poitrine, et elle sentit avec délices sa semence se répandre en elle. Rien ne l'avait préparée à cette sensation exquise, et elle ne put réprimer un rire de bonheur.

Il s'écarta. Elle ouvrit les yeux et le contempla. Des gouttes de sueur coulaient sur sa joue, dans son cou, et disparaissaient sous sa chemise. Le tissu plaqué sur sa peau révélait chaque détail de son torse parfait.

Il reboutonna son pantalon et lui tendit la main.

— Viens.

Viola avait la gorge serrée, la bouche sèche.

— Où ? Que voulez-vous ? demanda-t-elle d'une voix étranglée.

Jin se pencha et cueillit son visage entre ses paumes, posant le pouce sur ses lèvres.

— Que crois-tu que je veuille ? chuchota-t-il.

Viola déglutit. Elle voulait la même chose que lui. Encore. Immédiatement. Elle se sentait comblée, et cependant le désir resurgissait dès qu'elle posait les yeux sur lui.

Il lui prit la main.

— Venez.

Il recula, mais les genoux de Viola tremblaient. Elle ne pouvait plus bouger.

— Tout va bien ? s'enquit-il en fronçant les sourcils.

— Oui. Non… Peut-être.

Ses mâchoires se crispèrent, il eut brusquement l'air inquiet.

— Vous l'aviez déjà fait ? J'espère que je n'ai pas…

— Non ! s'exclama-t-elle en rougissant. Bien sûr, je l'avais déjà fait…

Elle regrettait de ne pas porter son pantalon, son pistolet et son poignard. Elle se sentait exposée, totalement à son désavantage.

— Il y a longtemps, précisa-t-elle. Et pas tout à fait comme cela.

Pas du tout comme cela. Comment était-ce possible ? Elle avait fait plusieurs fois l'amour avec l'homme qu'elle adorait depuis des années. Mais ce qu'elle venait de faire, une seule fois, dans une coursive avec celui-ci, avait balayé tous les souvenirs des étreintes précédentes.

— Non ? fit-il en souriant.

Viola se rembrunit. L'idée que lui, de son côté, avait fait cela très souvent ne lui plaisait pas du tout.

— Vous êtes un peu étourdie ?

— Ne vous moquez pas de moi, Seton.

— Je ne me moque pas.

— Si vous osez le faire, je vous transpercerai avec…

— Je suis flatté.

— Ne vous trompez pas. La vérité, c'est que je ne l'avais jamais fait sur le sol d'une coursive. Mes jambes et mon dos sont ankylosés.

— Naturellement, répondit-il. Je suis tout de même flatté.

Il ne la croyait pas. Et il n'avait pas tort.

— Vous êtes plus qu'arrogant.

Il eut un sourire désarmant, et bien sûr elle fut éblouie. Elle était complètement idiote.

— Je ne peux pas faire autrement. Venez maintenant, dit-il en lui enlaçant la taille pour l'obliger à se lever. J'aurai besoin d'entendre d'autres flatteries avant la fin de la nuit.

Elle se sentait bien dans ses bras. Et il avait vraiment envie de recommencer. Elle s'accrocha à lui. Ses jambes en coton ne la portaient plus.

— Vous avez besoin d'aide pour avancer ?

— En fait, oui.

— Et vous ne voulez pas que je vous porte ? ajouta-t-il avec un petit sourire.

— Absolument pas.

Il éclata de rire. Puis il lui saisit les bras, les fit passer autour de son cou, se tourna et la hissa sur son dos. Viola laissa échapper un rire et pressa les genoux contre ses hanches.

— Naturellement, je vous offre une occasion unique de m'étrangler, dit-il en se dirigeant vers la cabine.

— Plus tard, peut-être. En attendant, j'ai besoin de vos services.

Ils n'avaient que dix mètres à parcourir. Mais très vite, Viola sentit sa patience lui échapper. Elle lui embrassa le cou, chercha sa joue. Le parfum de sa peau, la texture rude de sa mâchoire firent surgir en elle une nouvelle vague de désir. Elle tendit le cou pour atteindre ses lèvres parfaites. Il lui accorda ce qu'elle voulait, mais trop brièvement, puis il la déposa sur ses pieds devant la porte de la cabine.

Elle entra et s'assit pour enlever ses chaussures. Tout en ôtant ses bas, elle leva les yeux. Il se tenait sur le pas de la porte, le regard fixé sur son bureau. Il n'y avait qu'un seul objet sur la table : la longue-vue qu'il avait empruntée un jour. Elle l'avait taquiné en prétendant qu'il l'avait volée, et il avait répondu qu'il ne prenait pas ce qui ne lui appartenait pas.

Il finit par poser les yeux sur elle. Le regard enflammé avait disparu. Il était pensif.

Un frisson glacé dévala le dos de Viola. Pendant le voyage, il l'avait souvent regardée de cette façon, sur le pont. Jamais quand il se tenait aussi près d'elle. Ce regard était distant. Lorsqu'il la regardait ainsi, un sentiment de solitude l'enveloppait, tel un vent puissant au large du Maine.

— L'entrevue de demain avec les autorités du port sera désagréable, dit-elle pour rompre le silence. Je n'ai pas cent cinquante livres à ma disposition.

— Vous ne les avez pas ici, ou pas du tout ? demanda-t-il.

— Les deux.

— J'ai des biens à Tobago. Je vous prêterai cette somme.

— Vous avez cent cinquante livres ? À Tobago ? Mais pourquoi ?

— Pour des occasions comme celle-ci.

La gorge de Viola se noua.

— Jin, je ne peux pas accepter...

Il la prit dans ses bras, l'attirant à lui.

— Ce n'est rien.

— Mais cent cinquante...

— Ce n'est rien.

Leurs lèvres se joignirent de nouveau, malgré la distance, les soucis, l'étonnement, ou peut-être à cause de tout cela. Ils s'embrassèrent comme s'ils ne l'avaient encore jamais fait, puis comme s'ils ne pouvaient plus s'arrêter. Les vêtements furent rapidement ôtés. Sa robe, la chemise de Jin, son jupon. Le corset résista un peu à leurs efforts. Il posa les mains sur ses seins, et elle gémit tandis qu'il les caressait à travers la chemise. Et soudain, ils n'eurent plus de temps à perdre avec les vêtements. Jin l'entraîna vers le lit et dévora ses lèvres comme s'il n'avait pas encore été satisfait ce soir.

Elle fit glisser ses paumes sur son dos, pressa son ventre contre lui. Il était prêt pour elle. Elle ne savait pas qu'un homme pouvait prendre une femme plusieurs fois dans la même soirée.

Mais elle avait pleuré devant lui, à cause d'Aidan...

Elle interrompit leur baiser, glissa les doigts dans ses cheveux, et recula la tête. Seigneur, il était si beau avec ses prunelles dilatées par le désir et sa bouche sensuelle.

— Est-ce que vous faites ça par pitié ? Parce que j'ai pleuré un peu plus tôt, à la plantation ?

Il couvrit ses lèvres des siennes pour toute réponse. Son corps était chaud, il avait le goût du danger et de la tentation.

— Vous le faites pour ça ? insista-t-elle en le repoussant.

— D'après vous ?

Il posa la main sur un sein, avec assurance.

— Je ne sais pas quoi penser.

— Alors, oui, dit-il en se penchant pour prendre la pointe du sein entre ses dents, à travers l'étoffe de la chemise.

— Oh..., fit-elle en frémissant. Oui, quoi ?

— Oui. Je n'avais pas autant envie de vous avant ce soir.

Il fit remonter sa chemise jusqu'à la taille, prit sa cuisse pour la faire passer sur ses hanches, et se pressa intimement contre elle.

— C'est de la pitié.

Il caressa un mamelon du bout du pouce, la rendant folle de désir.

— J'ai pitié de vous, Viola Carlyle, et je veux vous réconforter.

Elle lui agrippa la taille et arqua son corps contre le sien. Il laissa fuser un grognement de plaisir, et elle prit conscience du pouvoir qu'elle détenait sur lui.

— Je crois que vous mentez, murmura-t-elle.

Il lui captura la main.

— Bien sûr que je mens.

Il fit descendre sa main vers le bas de son ventre, et l'incita à replier les doigts sur son sexe. Sa peau était satinée. Il était dur et brûlant. Fermant les yeux, il guida ses doigts sur lui, la faisant frissonner. Puis il la relâcha et enfouit les doigts dans ses cheveux.

— Viola ?

— Oui ? chuchota-t-elle, sans cesser de le caresser.

— Prenez l'initiative. Faites ce que vous voulez. Mais je vous en supplie, ne me faites pas attendre trop longtemps.

— Ce que je veux ? Vraiment ?

— Oui.

— D'accord. Allongez-vous sur le dos, matelot.

Il entrouvrit les yeux et esquissa un sourire.

— Très bien, capitaine, dit-il en faisant ce qu'elle lui demandait.

Cela semblait lui convenir. Mais après tout, elle était son capitaine et il lui devait obéissance. Comme l'excellent lieutenant qu'il avait été sur le navire, il lui donna la preuve de ses compétences exceptionnelles.

Quand elle finit par émerger de la brume du plaisir pour se retrouver assise à califourchon sur lui, alanguie, elle contempla ses lèvres et fut une fois de plus éblouie.

Elle se blottit au creux de son épaule, la joue pressée contre son torse, enivrée par l'odeur de la fumée, le goût du sel, et le parfum de son corps masculin. Elle eut la sensation que sa respiration ralentissait, que sa poitrine se soulevait régulièrement. Mais il avait plaqué une main sur ses reins et la maintenait solidement contre lui.

Aidan ne l'avait jamais tenue ainsi. Il la quittait tout de suite après avoir fait l'amour.

— Tu me tiens contre toi… Tu ne pars pas ?

— Je suis trop épuisé pour bouger, murmura-t-il d'une voix sourde.

Il n'avait pas eu l'air épuisé quelques minutes plus tôt. Mais un homme était capable de sortir de la tombe pour faire l'amour, et il y avait entre eux une attirance extraordinaire. Ce qui expliquait pourquoi, depuis qu'elle avait rencontré Jin Seton, elle avait cessé de penser à Aidan. La bonne société abreuvait les jeunes filles de mensonges, mais les hommes savaient la vérité. Le désir était plus fort que tout. Son père et sa mère en étaient la preuve.

Elle posa la main sur son ventre dur et plat, trempé de sueur. Il parut retenir sa respiration, puis la relâcher lentement. Viola perçut ses frémissements, et son cœur se gonfla de bonheur.

— Tu devrais partir, tu sais, s'obligea-t-elle à dire d'une voix dure.

— Je sais. Tu m'ordonnes de sortir de la cabine ou de quitter le bateau ?

La coque craqua. Le chant nocturne des insectes résonnait dans les arbres autour du port, se mêlant au clapotis de l'eau.

— J'ai gagné, chuchota-t-elle. Tu es amoureux de moi.

— Ne crois pas cela.

— Mais je vais gagner. Alors j'aurai ton nouveau bateau, tu retourneras d'où tu viens et tu me laisseras tranquille.

Il la repoussa et la fit rouler sous lui, si vite qu'elle n'eut pas le temps de cacher sa surprise. Ses mains larges et viriles se posèrent sur son visage et il la regarda dans les yeux.

— Mets-toi bien cela dans la tête, Viola Carlyle. Je ne partirai pas sans toi.

— Tu perdras le pari, Seton. Tu as déjà perdu.

Il la contempla longuement. Puis, de manière tout à fait inattendue, il l'embrassa. Son baiser était doux, merveilleux, comme si la situation s'inversait et qu'il voulait qu'elle tombe amoureuse de lui. Puis il s'écarta et s'allongea de nouveau.

— Dors maintenant, petite mégère.

— Ne me donne pas d'ordre.

Il rit doucement.

Il ne la reprit pas dans ses bras, mais il resta à côté d'elle.

15

— Diable !

Le couteau tomba en tintant sur le quai. Occupé à réparer le plat-bord, Jin retira vivement sa main. Le sang coulait sur sa paume, une fine ligne rouge la traversant de part en part.

— Diable ! répéta-t-il.

Mais c'était bien fait pour lui. Voilà ce qui arrivait quand on faisait une nuit blanche.

Billy lui lança un regard curieux.

— Faites attention, capitaine.

Jin passa sa main intacte sur son visage, puis se massa la nuque en regardant le sang s'accumuler au creux de sa paume. Le soleil de la fin de matinée dardait ses rayons sur l'eau qui clapotait contre les flancs du navire. Quelques semaines plus tôt, il avait posé les yeux sur l'*Orage d'Avril* et commis une terrible erreur en s'imaginant qu'il pourrait facilement venir à bout de Viola Carlyle. Celle-ci n'était pas femme à se rendre facilement. Même en faisant l'amour, elle ne se départait jamais d'une certaine défiance.

La chaleur lourde de la nuit s'était dissipée, laissant place à un vent du nord. Au-delà du port, les vagues étaient chargées d'écume, et la brise faisait claquer les voiles repliées. Si ce vent continuait ainsi, leur voyage vers l'Angleterre commencerait sous de bons auspices.

Encore un jour. Elle partirait peut-être à regret, mais elle le suivrait quand il lui aurait dit ce qu'il fallait.

Une tête rousse apparut à son côté.

— Il vaut mieux soigner ça, monsieur, dit le mousse.

— Merci, Gui. Je m'en occupe.

L'expression du gamin était moins animée que d'ordinaire. Les marins avaient regagné le vaisseau au cours de la matinée, l'air penaud.

Ils avaient été en permission cette nuit. Et pourtant, ils étaient tous venus présenter des excuses à leur capitaine, parce que les incendiaires s'étaient échappés. Cette femme les avait ensorcelés.

Campé sur le pont, Jin ôta son foulard et l'enroula autour de sa main blessée.

— Sale estafilade, déclara Gui.

— En temps normal, le capitaine n'est pas aussi maladroit, répondit Billy, amusé. Il faut reconnaître qu'il n'a pas dormi la nuit dernière. Moi-même, je n'arrive jamais à fermer l'œil après une bataille.

Jin crispa les doigts sur le tissu. Il n'aurait pas dû succomber à cette femme passionnée et déterminée.

Il n'en était pas fier.

Elle avait cru qu'il avait pitié d'elle. Les dents serrées, il enroula étroitement le tissu autour de sa main, provoquant une douleur aiguë. Non, il ne ressentait aucune pitié pour cette furie. Il avait seulement voulu effacer cette expression égarée dans ses yeux violet foncé. Et assouvir son désir. Désir qui le taraudait encore maintenant. Sa bouche, ses mains, ses jambes fuselées. La seule pensée de son corps... de sa voix. Ses gémissements de plaisir...

Il cligna des paupières et déglutit.

— Capitaine ? Vous vous sentez bien ?

— Réparez ce plat-bord ! répliqua-t-il d'une voix rude.

Il aurait préféré être simplement séduit. Mais il y avait quelque chose de plus, et il refusait d'y réfléchir. Un homme dont les poignets portaient encore la trace des chaînes n'était pas fait pour une dame dont la place était dans les salons londoniens. Il lui rendrait la vie qu'elle méritait et payerait ainsi ses dettes. Rien, ni l'obstination de Violette ni son propre désir, ne pourrait faire obstacle à sa décision.

Il se pencha pour se remettre au travail, mais son foulard était trempé de sang et sa main glissa sur le bois.

— Bon Dieu.

— Vous ne devriez pas jurer ainsi, lança derrière lui une voix douce comme du velours.

Elle avait remis ses vêtements de marin, son manteau informe et son chapeau à large bord.

— Billy, Gui, vous pouvez partir, dit-il avec l'ombre d'un sourire.

Les garçons détalèrent. Il resserra le tissu autour de sa main.

— Comment s'est déroulé votre rendez-vous ? demanda-t-il.

— Vous saignez. Il faut vous soigner.

— Que vous a dit le capitaine du port ?

— J'ai des pansements dans mon...

— Bon sang, répondez-moi !

— Je n'obéis pas aux ordres. Et je ne dirai rien tant que vous ne m'aurez pas laissée vous soigner.

Elle jeta un coup d'œil au couteau.

— Vous vous êtes coupé avec cette vieille lame ? Cela pourrait s'infecter. Vous risquez de perdre la main.

Une main qu'il aurait aimé poser sur sa joue, puis faire glisser sur ce corps qu'il avait exploré pendant la nuit. Il se remit au travail.

— Je la ferai remplacer par un crochet, pour faire peur aux femmes qui me harcèlent.

Elle mit les poings sur ses hanches, et la brise souleva ses tresses, les rabattant sur son visage.

— Vous êtes de mauvaise humeur. Vous n'avez pas dormi ?

— Vos ronflements m'en ont empêché, répliqua-t-il, acerbe.

Ce n'était pas la plus fine des remarques, et elle faisait ressortir ce qu'il y avait de pire chez lui. Il n'était plus qu'un fou tenaillé par le désir.

— Je ne ronfle pas.

— Bien sûr que si. Ne me dites pas qu'aucun homme n'a encore eu le courage de dire à Violette la Vile qu'elle ronfle comme un sonneur ? riposta-t-il.

— Aucun homme n'avait encore passé la nuit dans mon lit.

— Je ne vous crois pas. Vraiment ?

Elle soupira. Le pouls de Jin s'emballa, comme la veille lorsqu'il avait cru qu'il l'avait déflorée. Il parvint à se dominer pour ajouter :

— Bien sûr, je comprends. Une reine ne laisse pas ses valets la regarder dormir, n'est-ce pas ? Vos serviteurs ne doivent pas vous voir aussi vulnérable.

Encore moins un ancien esclave que son premier maître avait traité d'animal, en raison de la violence qui l'habitait.

— Et vous, vous êtes le roi des goujats, grommela-t-elle.

Il grimpa les marches de la passerelle. La tête lui tournait. Une folle pulsion le poussait à retourner vers elle pour lui dire la vérité. Jamais les caresses d'une femme ne lui avaient fait autant d'effet. Au point qu'il n'avait pu quitter son lit.

Il était resté pour la regarder dormir.

Il avait observé sa respiration, ses lèvres pulpeuses, son menton volontaire, ses traits délicats adoucis par le sommeil. Mais il n'avait pas le droit de la garder dans ses bras. Et, sans réclamer encore une fois ce qu'il désirait tant, il s'était obligé à partir.

Il entendit ses pas derrière lui.

— Il faut que vous veniez avec moi chez le capitaine du port. Je lui ai dit que je pourrai lui donner l'argent plus tard, mais il ne m'a pas crue. Seul votre nom a retenu son attention. Apparemment, votre réputation vous précède. Vous êtes bien connu dans les ports anglais.

Il pivota sur lui-même.

— C'est normal. Je vous rappelle que je détiens une commission de la Marine royale.

Elle s'approcha de lui. Très près, comme le premier jour quand il était prisonnier. Aussi près que la veille quand ils avaient fait l'amour. Elle darda sur lui un regard sombre.

— J'avoue que c'est difficile à croire. Il paraît improbable qu'un homme tel que vous accepte d'être lié par un contrat.

Une étincelle jaillit dans ses yeux. Le cœur de Jin battait à tout rompre. C'était impossible. Ce n'était pas une femme pour lui. Elle méritait beaucoup mieux.

— Ne faites pas d'erreur, Viola, s'obligea-t-il à répondre. Je n'agis qu'en fonction de mes intérêts.

Elle retrouva sa froideur.

— Dans ce cas, vous feriez mieux de m'accompagner au plus vite chez le capitaine du port. Sans quoi vous serez jeté en prison avec tout l'équipage. Je suis sûre que cela ne servirait nullement vos intérêts, lança-t-elle en s'éloignant. Mais avant tout, je vais soigner cette blessure. C'est un ordre, lieutenant.

La gorge serrée, il la regarda disparaître sur le pont inférieur. Un silence étrange régnait à bord. Il se rendit compte que les marins avaient cessé de travailler pour le regarder.

Il lança quelques ordres, et alla rejoindre Mattie qui réparait le plat-bord. Le géant secoua la tête en fronçant les sourcils.

— Que lui avez-vous dit ?

— Rien.

— Vous lui avez dit quelque chose de désagréable ? Vous avez fait quelque chose que vous n'auriez pas dû faire ? Vous l'avez agacée ?

— Tu n'es qu'un idiot transi d'amour, comme les autres.

Mattie se renfrogna.

— Je n'aime pas qu'on maltraite les dames. Et celle-ci ne le mérite pas.

Jin le fixa durement.

— Décide tout de suite si tu es de mon côté ou non, Mattie. Mais si tu te mets en travers de ma route, je te conseille de ne plus te séparer de ton poignard quand tu dors.

Le visage buriné du marin blêmit.

— Ça fait quinze ans que nous naviguons ensemble, capitaine. Vous ne feriez pas ça.

— Méfie-toi quand même.

Jin descendit par l'écoutille, en proie à une colère intense. Il proférait des menaces, à présent. Et envers un homme qu'il connaissait depuis qu'il était gamin ! Mais Mattie savait mieux que personne de quoi il était capable. Il l'avait vu de ses yeux. De telles images ne s'effaçaient pas de la mémoire. Jamais. Tout comme de telles souillures ne pouvaient s'effacer de l'âme d'un homme.

Il traversa la coursive pour gagner la porte de la cabine du capitaine. La pièce était propre, l'ordre y régnait. Le lit dans lequel il avait couché avec la jeune femme avait été parfaitement refait. Le sextant ne se trouvait plus sur la table. Il avait été remplacé par un coffret à médicaments en bois, dont chaque tiroir était soigneusement étiqueté.

Il prit une bouteille d'alcool à côté du coffret, en aspergea le foulard noué autour de sa main, puis déroula le tissu et plia les doigts. Du sang se remit à couler de la blessure. Il ferma le poing et les yeux, inspirant le parfum de Viola, un mélange fleuri et féminin.

— Vous craignez que ça pique ?

Elle se tenait sur le pas de la porte, son chapeau à la main. Jin pressa le tissu sur la coupure.

— Vous avez peur de vous évanouir à la vue du sang ? rétorqua-t-il sur le même ton moqueur.

— Cela fait treize ans que je suis devenue une femme, Seton. J'ai certainement vu plus de sang que vous.

— Charmant, répondit-il en versant un peu plus d'alcool sur sa main. Il faudra sans doute renoncer à cette délicieuse franchise quand vous serez de retour dans la maison de votre père, dans le Devonshire.

Elle n'eut qu'une seconde d'hésitation.

— La maison de mon père m'appartient, et elle se trouve dans le Massachusetts.

Le sang se mit à couler de plus belle. Elle s'empara d'un carré de coton, lui prit la main et le pressa contre sa paume.

— Quelle incompétence. Vous êtes maître de votre navire depuis des années et vous ne savez même pas soigner une blessure ?

Il savait parfaitement le faire, bien entendu. Il avait soigné plus de blessures qu'il ne pouvait les compter. Mais pour l'instant, il se moquait de celle-ci.

L'air sombre, elle s'empara d'une boîte, saupoudra son contenu sur le coton, puis reposa celui-ci sur sa paume. Ses gestes étaient habiles, efficaces, ses doigts fermes.

— Vous ne pensez pas du tout à eux ? s'enquit-il alors qu'elle se concentrait sur son travail. Vous n'êtes pas émue à l'idée que ceux qui vous considèrent comme une fille, ou une sœur, espèrent toujours votre retour ? Qu'ils pensent que vous faites partie de leur famille ?

Elle ouvrit un autre compartiment du coffret et prit un petit pot fermé avec de la cire.

— Vous ne savez rien.

— Détrompez-vous.

Avec des gestes rapides et doux, elle appliqua le baume sur sa main, posa un morceau de tissu propre sur la plaie, avant de le fixer avec une bande de lin. Puis elle s'essuya les mains, remit le médicament dans le coffre, glissa la clé dans sa poche et posa les poings sur les hanches.

— Évitez de serrer le poing. Ne vous servez pas de cette main si vous n'y êtes pas obligé, sauf pour des tâches anodines.

Elle battit des cils, comme si elle avait quelque chose de précis en tête.

Pour la première fois de la journée, Jin sourit.

— Et si j'y suis obligé ?

Elle détourna vivement les yeux.

— Je connais un bon maréchal-ferrant qui vous fera un crochet dans la semaine.

Elle souleva le coffret et le posa sur le sol, au pied de son lit. Malgré le manteau informe qui cachait ses courbes, il ne put s'empêcher de la contempler. Il aurait pu passer des heures à la regarder sourire, marcher, s'asseoir à l'avant du navire alors que le vent emmêlait ses cheveux…

Une vague de chaleur déferla en lui. Mais ce n'était pas du désir – pas seulement. Son cœur se mit à battre avec une force qu'il n'avait éprouvée qu'une seule fois, vingt ans auparavant. Cette fois-là, il courait comme un fou dans les champs de canne à sucre pour échapper à ses bourreaux. Ils gagnaient du terrain. Il était faible et affamé, ses pieds nus ensanglantés. Quand ils l'avaient rattrapé, il s'était battu.

— Pourquoi refusez-vous de retourner chez vous, Viola ? Vous ne pouvez pas avoir envie de vivre ainsi toute votre vie.

Il désigna la minuscule cabine et ajouta :

— Vous pourriez avoir tellement plus. Vous étiez née pour vivre autrement.

Au lieu de répondre, elle demanda :

— M. Castle est-il venu ici, pendant que j'étais chez le capitaine du port ?

— Non.

Elle alla vers la porte, mettant son chapeau.

— Les gens parlent du feu, en ville. Apparemment, il s'est propagé dans un deuxième champ, mais personne ne sait s'il a atteint la maison. J'espère que tout le monde va bien là-bas.

Elle ressortit sur le pont. Il la suivit. Les marins la saluèrent et elle leur sourit, mais elle était préoccupée.

Son esprit était ailleurs. Et son cœur aussi, apparemment, songea-t-il. Avec Aidan Castle.

— J'ai envoyé Matouba, dit-il. Il reviendra bientôt nous donner des nouvelles.

Elle lui lança un coup d'œil et monta sur le pont supérieur. Autour du cabestan, les marins tiraient de longues perches en chantant une vieille chanson. Jin donna diverses instructions. Puis, ignorant le regard noir de Mattie, il suivit la maîtresse du navire à terre.

Le capitaine du port contourna son bureau en tendant la main.

— Si j'avais su hier soir qui vous étiez, monsieur Seton, j'aurais insisté pour vous inviter à déjeuner aujourd'hui. Vous viendrez donc dîner ce soir, avec Mlle Daly, naturellement. Quel dommage. Vous avez manqué de peu le capitaine Eccles. Il est parti à La Havane. Il sera désolé de ne pas vous avoir croisé.

— Je ne pense pas connaître le capitaine Eccles, monsieur.

— Bien sûr que si.

L'homme avança un fauteuil pour Viola et lui fit signe de s'asseoir. Elle s'exécuta gracieusement, ses yeux violet foncé fixés sur lui.

— D'après Eccles, la dernière fois que vous vous êtes rencontrés, il était encore sous les ordres du capitaine Halloway.

— Ah, oui ! C'était le second de Halloway à bord du *Command*.

— Cette sale affaire avec le pirate Redstone et le comte. Quel était son nom, déjà ? Poole ?

Le capitaine du port haussa les épaules, avant de fouiller dans le tiroir de son bureau.

— Une excellente histoire, qui nous a énormément divertis, ma femme et moi. Eccles m'a prié de vous remettre ceci, si par hasard vous passiez dans ce port. Il est extraordinaire que cette occasion se présente une semaine à peine après son départ.

Il tendit une enveloppe scellée par-dessus le bureau. Jin la prit et la glissa dans la poche de son gilet.

— Je vous remercie de votre invitation à dîner, monsieur. Mais au sujet de cette amende... me permettez-vous d'aller chercher cette somme à Tobago, et de vous la remettre dans la semaine ?

— Bien sûr, bien sûr. Nous ne sommes pas des sauvages, répondit l'officier en riant. Mais vous ne partirez pas avant demain. Pas avant d'avoir dîné avec nous, et goûté à la fameuse tourte de mon épouse. Un homme n'a pas vraiment vécu tant qu'il n'a pas fait cette divine expérience.

Il les raccompagna à la porte en se tapotant l'estomac.

— Au fait, Seton, je vous félicite d'avoir capturé l'*Estella* l'hiver dernier. Ces pirates cubains s'étaient enfuis en emmenant deux vaisseaux chargés de marchandises. Et peut-être un troisième dont la disparition fut constatée plus tard et dont nous ne retrouvâmes jamais la trace. Des hommes violents, d'après ce qu'ont rapporté les rares survivants.

Il secoua la tête et donna une tape sur l'épaule de Jin.

— C'est une bonne chose d'avoir un navire comme le *Cavalier* dans les parages. Où se trouve cette belle goélette en ce moment ?

— Elle n'est pas disponible, monsieur.

— Au bassin de carénage, je suppose. Remettez-la vite à l'eau, elle sera utile aux honnêtes gens. Et ne soyez pas en retard pour le dîner, sinon je me ferais gronder par mon épouse. Nous vous attendons ce soir à 19 heures pile.

Il referma la porte derrière eux.

Ils se retrouvèrent dans la rue, au milieu des passants et des chariots. Viola se tourna vers lui.

— Les Anglais sont les gens les plus étranges que je connaisse. Ils savent que vous étiez un pirate, n'est-ce pas ?

Sous le ciel d'un bleu d'azur, la tension de Jin se dissipa. Cela faisait dix ans qu'il s'entraînait à ce jeu. Faire comme si son passé n'existait pas, comme s'il n'avait jamais été esclave, meurtrier et voleur.

— Oui, ils savent.

— Je suppose qu'ils préfèrent vous avoir comme allié que comme ennemi.

Il ne vit aucune raison de répondre.

— Je dois aller au magasin de vêtements, reprit-elle. Ma robe a été déchirée hier soir, et... Vous pourriez peut-être m'attendre à l'auberge ?

— Comme vous voudrez.

Il ne put s'empêcher de la suivre des yeux dans la rue. Deux femmes munies d'ombrelles s'écartèrent prestement sur son passage. Elles la dévisagèrent, puis se penchèrent l'une vers l'autre en murmurant.

Jin gagna l'auberge, entra dans la salle et sortit la lettre de sa poche. Installé à une table d'angle, il fit passer la lame de son couteau sous le bord de l'enveloppe.

Ce n'était pas une lettre de l'Amirauté. Elle ne venait pas non plus du vicomte Colin Gray, le chef du Falcon Club. L'écriture était délicate. Elle appartenait à un autre membre du Club, leur seul agent féminin. Une dame disposant d'assez de fonds et de connexions pour envoyer des douzaines de lettres à travers l'océan Atlantique dans l'espoir de le retrouver. Cette dame n'aurait pas fait cela sans une bonne raison.

De toute évidence, Constance Read avait besoin de lui.

12 avril 1818, Londres

Cher Jin,

J'espère que cette lettre vous trouvera en bonne santé. Mais je ne perdrai pas de temps en politesses inutiles. J'irai droit au but.

Notre ami Wyn ne va pas bien. Il ne veut pas l'admettre, mais il parle comme toujours par énigmes et je ne peux pénétrer ses pensées. J'ai peur pour lui. Je suis certaine que Colin vous a contacté car il a un projet pour vous en Orient. J'écris pour vous demander d'emmener Wyn avec vous, de lui donner un objectif et des distractions afin de le guérir. Je suis persuadée, Jinan, que vous êtes le seul dans notre petit groupe d'amis qui puisse l'aider à effacer le passé et à redevenir un homme neuf.

J'espère que vous reviendrez rapidement en Angleterre.

Affectueusement,

Constance

Wyn Yale était né au pays de Galles, mais il se trouvait plus à son aise à Londres, à Paris ou même à Calcutta. Il n'avait même pas l'âge de Jin. Désormais, d'après Constance, le Gallois ne se sentait bien nulle part.

Des cinq membres du Falcon Club, Wyn était le mieux adapté à leur travail. Il avait l'art de retrouver les personnes disparues et de les ramener chez elles. Colin, vicomte Gray et secrétaire du Club, était le chef. Un homme fait pour le pouvoir, non pour agir dans l'ombre. Leam Blackwood était entré au Falcon Club à regret, évitant ainsi pour un temps ses responsabilités en tant que pair écossais, qui pesaient lourd sur ses épaules. Il avait à présent quitté son poste, mais avant cela il avait invité sa jeune cousine, Constance Read, à se joindre à eux. Celle-ci s'était lancée tête baissée dans leur mission, voletant d'une réception à l'autre, charmant tout le monde par son esprit et sa beauté, et recueillant de précieux secrets. Quant à Jin, il avait pu satisfaire, grâce au Falcon Club, son besoin de rédemption.

Mais Wyn était un espion dans l'âme. Il méritait mieux que ce que le Club pouvait lui proposer – tout comme Viola Carlyle méritait mieux qu'un ancien pirate.

Jin parcourut de nouveau la lettre de Constance. Elle lui écrivait car elle estimait qu'il pouvait venir en aide à leur ami gallois. En effet, il était le seul autre homme du groupe à avoir déjà tué de sang-froid.

Il aiderait Wyn et tranquilliserait Constance. Dès aujourd'hui, il écrirait au Gallois à Londres et enverrait la missive avant son départ pour l'Angleterre avec Viola. Il proposerait à Wyn une mission que ce jeune idiot à l'esprit chevaleresque ne pourrait refuser. Il le connaissait bien. À son arrivée en Angleterre, Wyn l'attendrait et se tiendrait prêt à l'aider.

Il alla vers la cheminée, et jeta la lettre de Constance dans les flammes.

— Une lettre d'amour de quelqu'un qui ne vous plaît plus, Seton ? Vous êtes peut-être déjà trop occupé en ce moment.

Aidan Castle se tenait derrière lui, une cravache entre ses doigts gantés. Il ressemblait exactement à ce qu'il était devenu : un planteur relativement prospère. Un homme distingué et bien mis, sans élégance excessive. Mais ses traits étaient tirés. Lui non plus n'avait pas dormi.

— Prenez donc un verre avec moi, Castle, proposa Jin en lui montrant une chaise. Vous devez en avoir besoin, après la nuit que vous avez passée.

— J'en boirai sans doute plus d'un, si cela ne vous fait rien.

Une jeune servante leur apporta une bouteille.

— Je vous remercie pour l'aide que vous m'avez apportée hier soir, reprit Castle, les doigts crispés sur son verre. J'ai vu votre homme, Matouba, tout à l'heure. Il m'a mis au courant pour le sloop. Maintenant, bien sûr, toute la ville sait ce qui s'est passé.

— Qu'est-il arrivé après notre départ ?

— Les flammes n'ont pas atteint la maison. Mais le feu s'est répandu dans une grange de stockage, dans l'écurie et deux autres champs, avant que nous soyons parvenus à le maîtriser.

Il secoua la tête et avala une longue gorgée d'alcool.

— Il y a de la cendre et des traces de fumée partout. La maison devra être nettoyée de fond en comble.

Jin lui servit un autre verre. Castle le vida et se renversa dans son fauteuil, lâchant enfin sa cravache.

— C'était sûrement Perrault, dit-il.

— Pourquoi ?

— Il est du même avis que mon cousin. D'après lui, si des planteurs comme moi continuent de faire travailler des hommes libres, nous subirons des pressions pour faire abolir l'esclavage. D'autre part, il fait parfois affaire avec des hommes de Curaçao. Aucun autre planteur de la région ne fait cela. La plupart considèrent ces gens comme des mercenaires.

Jin acquiesça. Il lui était arrivé de travailler avec ces hommes qui parlaient néerlandais.

— Ça pourrait être une coïncidence.

Castle secoua la tête.

— Perrault m'a déjà menacé. C'est ainsi que les gens réagissent quand leurs intérêts sont en danger.

Le regard de Castle devint plus aiguisé. Puis, changeant brusquement d'attitude, il s'empara de la bouteille et se servit un autre verre.

— Comment va Violette ? Cet incident a dû l'affecter. À peine arrivée, elle se retrouve plongée en plein chaos.

Jin observa les traits tendus de Castle. Il eut un peu pitié de lui. Mais il éprouva une autre émotion, plutôt dérangeante. En dépit de son attitude envers Mlle Hat, cet homme avait de l'affection pour Viola.

— Étant donné la profession de Mlle Daly, j'imagine qu'elle est habituée aux situations difficiles. Elle s'inquiétait surtout pour votre sécurité et celle de vos invités.

— Elle vous l'a dit ? Êtes-vous son confident ?

— Seulement pour certaines choses.

La suspicion et la jalousie qu'il avait devinées la veille dans les yeux de Castle réapparurent. Brusquement, tout devint clair. Cet homme allait devenir son allié sans le savoir.

Il choisit soigneusement ses mots.

— Il m'a semblé que vous lui en vouliez de se lancer à la poursuite des incendiaires. Vous la connaissez depuis longtemps : vous deviez savoir qu'elle le ferait.

Castle secoua la tête.

— À vrai dire, Seton, je ne sais pas quoi penser d'elle. Je ne l'ai jamais su.

Il rit, comme s'ils venaient d'échanger une plaisanterie entre hommes. Mais Jin devina que lui aussi choisissait ses mots avec prudence.

— Elle a toujours été ainsi, continua Castle. Volontaire, entêtée, se méprenant sur ce qu'elle voit et ce qu'elle entend.

Jin n'était pas tout à fait d'accord sur ce dernier point. Cependant, en s'efforçant de la dépeindre sous un mauvais jour, Castle lui offrait une parfaite opportunité d'aborder le sujet qu'il désirait.

— C'est peut-être dans sa nature, suggéra-t-il. Et à cause de son éducation.

— Son éducation ? releva Castle avec un regard étonné. Fionn était un homme du commun, mais il avait une bonne intelligence. Vous l'avez connu ?

— Je ne connais que son père adoptif. L'homme qui l'a élevée comme sa fille, jusqu'à ce qu'elle quitte l'Angleterre.

Castle le considéra avec stupeur.

— Un père adoptif ? Je ne comprends pas. Sa mère était anglaise, bien entendu. Mais après sa mort, Fionn et sa sœur ont élevé Violette.

Jin fut parcouru d'un frisson de satisfaction. Castle ne connaissait pas la véritable identité de Viola.

Maintenant, il allait savoir. Jin se servirait de lui, comme il se servait des gens depuis des années pour atteindre ses objectifs. Castle fréquentait les Hat pour leur fortune et leurs relations. Mais il reporterait rapidement son attention sur Viola quand il apprendrait qui était sa vraie famille. Il la pousserait à retourner vers eux.

En la jetant dans les bras de cet homme, Jin se libérerait du désir de la tenir dans les siens. Il aurait ce qu'il voulait, sa mission serait accomplie. Et Viola aurait aussi ce qu'elle désirait. Aidan Castle avait travaillé de façon exemplaire pour acquérir une modeste fortune et un statut social. Il n'avait jamais tué un homme pour atteindre son but, il n'avait pas menti ni volé. Et il avait de l'affection pour elle.

— Jusqu'à l'âge de dix ans, époque à laquelle Fionn Daly l'a emmenée en Amérique, Viola a vécu dans un domaine sur la côte du Devonshire. Sa mère, fille d'un gentleman fortuné, commit une infidélité envers son mari. Mlle Daly est le fruit de cette union adultère.

La stupéfaction se peignit sur les traits de Castle. Puis il prononça deux mots. Jin éprouva un sentiment de triomphe. Et aussi quelque chose de beaucoup moins agréable.

— Un… domaine ?

— Le mari de sa mère était baron. Il s'appelait Carlyle, précisa-t-il après une légère pause. Il lui a donné le nom de Viola, et bien qu'il ait toujours su qui était son père, il n'a jamais cessé de la considérer comme sa fille.

Castle ouvrit la bouche, puis siffla entre ses dents.

— C'est donc la fille d'un aristocrate… Bonté divine, je ne l'aurais jamais deviné !

— Non ?

— Comment aurais-je pu le savoir ? Je l'ai toujours vue à bord d'un navire. Le plus joli petit marin de l'Atlantique, c'est sûr. Mais… une aristocrate ? Comment le savez-vous ? Elle vous l'a dit ?

— J'ai fait la connaissance de sa famille avant de quitter l'Angleterre. En fait, je suis venu jusqu'ici pour la ramener chez elle. Chez lord Carlyle.

La précision était inutile. Les yeux de Castle brillaient. Il était à la fois abasourdi, soulagé, surexcité. Le regard qu'il posait sur Jin était moins méfiant, maintenant qu'il comprenait.

En fait, il ne comprenait rien, car Jin redoutait à présent de devoir renoncer à Viola pour lui donner la vie à laquelle elle avait droit.

— Est-ce que j'interromps votre conversation ?

L'intéressée apparut soudain à côté d'eux, un gros paquet sous le bras. Jin se leva, imité par Castle.

— Comment allez-vous, Aidan ? demanda-t-elle d'un ton radouci. Et votre cousin ? Et les Hat ? On m'a dit au magasin que le feu avait finalement été maîtrisé avant l'aube.

Castle jeta un rapide regard à Jin, puis il prit la main de la jeune femme.

— Nous allons tous bien. M. et Mme Hat et leur fille se sont installés à l'auberge. Et vous… Violette ?

— Je suis désolée de ne pas avoir pu attraper les responsables, Aidan. Les dégâts doivent être importants ?

— Nous avons perdu un quart de la récolte, et la maison est inhabitable, répondit-il avec un petit rire désolé. Je ne peux plus vous offrir l'hospitalité.

— Cela paraît sans importance, étant donné les circonstances, marmonna-t-elle.

Jin sortit une pièce de sa poche et la posa sur la table.

— J'ai du travail. Je suis obligé de vous quitter, Castle, dit-il en prenant son chapeau. Mademoiselle Daly, à tout à l'heure.

— Merci pour le verre, Seton, répliqua Castle. Et pour la conversation.

Jin sortit, et Viola le suivit des yeux. Elle n'avait pas envie qu'il s'en aille. Mais il s'était montré contrariant aujourd'hui, agissant et parlant de façon déroutante. Cependant, quand elle le regardait, son corps s'enflammait malgré elle. Et cela la rendait maussade.

Elle se tourna à regret vers l'autre homme, qui ne faisait plus autant partie de sa vie et qui posait sur elle un regard intense.

— Pourquoi me regardez-vous ainsi ?

— Que voulez-vous dire ?

— Comme si vous me voyiez pour la première fois. Alors que nous avons passé toute la soirée d'hier ensemble.

Avant qu'elle le voie embrasser Mlle Hat.

— Je ne comprends pas ce que vous voulez dire, Violette. C'est absurde.

Il fit mine de lui prendre le menton, mais elle esquiva son geste.

— Qu'allez-vous faire, maintenant ?

— À quel propos ?

— Votre plantation, bien entendu.

Il jeta un coup d'œil autour d'eux, puis sembla prendre une décision.

— Voulez-vous faire quelques pas avec moi ? Je suis si fatigué que je crains de m'endormir si je reste assis, expliqua-t-il avec un petit rire.

— Vous ne vous êtes pas endormi en parlant avec M. Seton. Vous paraissiez en grande conversation. De quoi parliez-vous ? s'enquit-elle alors qu'il lui prenait le bras pour la faire sortir de la salle.

— De vous, naturellement.

Viola se rembrunit.

— Est-ce si difficile à croire ? reprit-il, amusé. Nous n'avons pas grand-chose en commun, en dehors du fait que nous avons tous deux passé du temps en mer avec vous.

Ils avaient plus en commun qu'il ne le croyait : ils avaient été ses amants. Les joues de Viola s'enflammèrent, et elle fut contente de pouvoir se cacher sous le bord de son chapeau.

Ils sortirent dans la rue, et il la conduisit vers une allée menant aux quais. Beaucoup de gens se promenaient.

— Permettez-moi de porter votre paquet, dit-il en prenant le ballot contenant sa nouvelle robe et quelques sous-vêtements. Qu'avez-vous acheté ?

— Rien d'intéressant. Aidan, je vous en prie, parlez-moi de la plantation.

— Il n'y a pas grand-chose à dire. Il faudra un peu de temps pour que la maison redevienne confortable.

Ils s'engagèrent sur un chemin bordé de palmiers et de yuccas. Des insectes bourdonnaient. Des mouettes tournoyaient dans la brise.

— Vous pensiez pouvoir bénéficier de mon hospitalité, aussi permettez-moi de vous offrir une chambre à l'auberge ce soir, suggéra-t-il en souriant.

— Je n'attendais rien d'autre que votre compagnie, dont j'espère pouvoir jouir de toute façon. Et quoi qu'il en soit, je dispose de ma cabine à bord de l'*Orage d'Avril*.

Aidan s'arrêta à l'ombre d'un palmier.

— Je n'avais pas l'intention de porter atteinte à votre honneur, ma chère, précisa-t-il. Ni d'exiger une familiarité que vous ne souhaitez pas partager avec moi.

Il s'exprimait à voix basse, avec une intimité qui troubla Viola.

— Depuis quand vous souciez-vous de mon honneur ?

— Je vous en prie, soyez mon invitée à l'auberge ce soir, insista-t-il. Je resterai à la plantation, bien sûr, pour superviser le travail des ouvriers. Mais j'aurai l'esprit plus tranquille en vous sachant confortablement installée ici. Je reconnais ce papier, dit-il en désignant le paquet. Vous avez fait des emplettes chez la couturière.

Elle acquiesça d'un hochement de tête.

— Porterez-vous une nouvelle robe ce soir ?

— Oui, pour dîner chez le capitaine du port. Il nous a invités, M. Seton et moi.

— C'est un grand privilège.

— Il nous a promis une excellente tourte. Aidan…

— Demain, alors. Porterez-vous votre nouvelle robe pour moi demain ? Je vous emmènerai en promenade sur la côte, et nous déjeunerons dans le plus joli salon de thé que vous puissiez imaginer. Plus beau qu'à Boston, et même qu'à Londres.

— Je me moque des salons de thé londoniens. J'ai du travail, et vous devez en avoir beaucoup aussi. Et vos invités…

Il lui prit la main, l'attirant vers lui.

— Rien de tout cela n'a d'importance, maintenant. Vous êtes avec moi, et nous allons pouvoir faire des projets d'avenir.

Ses yeux noisette la contemplaient avec tendresse, et Viola sentit son cœur s'emballer.

— Oh, Aidan… cessez, je vous prie, répondit-elle en retirant sa main. Je vous ai vu embrasser Mlle Hat dans le jardin, hier soir.

Il pâlit.

— Vous m'avez vu ?

— Oui. J'étais sortie.

— Ce n'était rien, Violette.

— Ce n'est pas l'impression que j'ai eue.

Il s'assombrit, et ses épaules se raidirent.

— Eh bien… si je l'ai embrassée, c'est parce que vous m'avez poussé à le faire.

— Quoi ? Je viens de traverser une partie de l'océan pour vous voir !

— Je croyais que vous aviez une cargaison à livrer ?

— Je n'ai pris ces marchandises que pour financer le voyage. Je dois payer mon équipage. Mais vous avez peut-être oublié ce genre de détail prosaïque ?

— Peut-être. Mais n'oubliez pas que je vis seul ici depuis des mois. J'espérais qu'à votre arrivée...

Il s'interrompit, passa les mains dans ses cheveux bouclés, et la regarda dans les yeux.

— Quand je vous ai souhaité une bonne nuit hier soir, je vous ai trouvée... distante.

Viola écarquilla les yeux. Et se revit dans les bras d'un homme aux yeux clairs comme du cristal.

— J'ignorais que vous attendiez cela de moi hier soir, parvint-elle à murmurer. J'ai pensé que vous préfériez rester discret, à cause de vos invités. Nous ne sommes pas mariés.

— Je n'attendais rien, naturellement. Pardonnez-moi, je me suis mal exprimé. Mais Violette...

— Vous auriez dû m'avouer franchement vos sentiments pour Mlle Hat. Être confrontée à une telle scène le soir de mon arrivée... Je dois avouer que ce fut très douloureux.

Aidan lui prit les mains.

— Violette, je vous en prie. J'ai perdu la tête. Ses parents souhaitent cette union, et ils sont venus pour cela. Je ne ressens rien pour elle. Mais je vous ai vue avec Seton, et cela m'a fait penser...

Elle dégagea de nouveau ses mains et fit un pas en arrière.

— Que voulez-vous dire ?

— Quand je vous ai conseillé de vous méfier de lui, vous l'avez défendu.

— Je vous ai simplement suggéré de ne pas le juger sans le connaître.

— Vous le connaissez donc ? demanda-t-il en plongeant le regard dans le sien. À quel point le connaissez-vous, Violette ?

Ses joues s'enflammèrent malgré elle. Elle n'avait pas l'habitude de mentir, mais elle se demandait si elle devait le faire maintenant. Aidan ne lui avait pas été fidèle. La nuit dernière, elle avait vraiment cru qu'il ne souhaitait plus l'épouser. Toutefois, elle ne voulait pas blesser l'homme qu'elle aimait depuis si longtemps, et qui avait été son ami pendant des années avant de devenir son amant.

— C'est quelqu'un de bien.

Elle en était persuadée, malgré le passé de Jin. Cela se voyait dans son comportement avec l'équipage. Il n'était jamais cruel, toujours juste et respectueux. Et maintenant qu'elle savait pour quelle raison il l'avait recherchée, il se montrait honnête avec elle. Il ne faisait pas de fausses promesses. Il ne lui disait que la vérité et lui exposait ses intentions.

— J'ai confiance en lui.

— Confiance, répéta Aidan en pinçant les lèvres. Vous le regardez comme si…

— Comme si ?

— Quand vous le regardez, je ne vous reconnais pas.

— Comment pourriez-vous me reconnaître ? Vous savez très peu de choses sur moi. Nous avons à peine échangé quelques lettres ces derniers temps, et nous ne nous sommes vus qu'une seule fois en quatre ans.

Il lui prit les mains et les serra si fort que cette fois, elle ne put se dégager.

— Alors, vous avez peut-être raison : nous ne nous connaissons plus suffisamment. Mais nous pouvons faire renaître la familiarité d'autrefois. Restez quelque temps ici, avec moi. Vous ne manquerez de rien.

— Vous venez de dire que votre maison n'était plus habitable.

— Nous la réparerons et l'aménagerons ensemble. Comme nous en rêvions il y a des années.

— Et que deviendront Mlle Hat et ses parents ?

Il baissa la tête.

— Ils devraient quitter l'île bientôt. Mais, même s'ils ne le faisaient pas, cela n'aurait pas d'importance. Ma chère Violette je vous demande pardon pour cette infidélité insignifiante. Cela ne se reproduira pas, je vous le promets.

Cette infidélité n'avait rien d'insignifiant pour elle. En un instant, son monde s'était écroulé. Ou peut-être ce baiser avait-il simplement creusé une fissure qui existait depuis longtemps. Jin Seton avait rempli le vide de sa vie. Pendant un moment, dans ses bras, elle avait oublié la solitude qui l'accompagnait depuis des années.

Pourtant, cet homme avec qui elle avait rêvé de passer sa vie insistait maintenant pour que ce rêve devienne réalité.

— Je n'ai pas confiance en vous.

— Mais vous pourriez apprendre à avoir de nouveau confiance, n'est-ce pas ?

— Voulez-vous toujours m'épouser, Aidan ?

— Bien entendu, ma chère Violette. Vous êtes ce qu'il y a de plus beau dans ma vie. Vous l'avez toujours été.

Il avait déjà prononcé ces mots, à de multiples reprises. Elle contempla ses mains pressant les siennes. À vrai dire, sa présence lui était encore familière, mais cette familiarité semblait gênante désormais.

— Lâchez-moi, je vous prie.

Il obéit aussitôt.

— J'ai du travail. Une nouvelle cargaison à embarquer, afin de payer le voyage de retour. Il se peut que nous rencontrions un pavillon ennemi en route et que nous prenions un butin, mais je ne peux pas compter sur le hasard, naturellement.

— Mais vous serez ici chez vous dorénavant, Violette.

— J'ai besoin de temps pour réfléchir.

Elle n'avait pas prévu de retourner aussi vite à Boston.

— Je sais que ce n'était qu'un baiser insignifiant, ajouta-t-elle. Je vous crois…

— Je vous assure.

— Mais cela change beaucoup de choses pour moi.

Elle n'était plus la jeune fille naïve d'autrefois. Et elle lui cachait aussi une grande partie de la vérité.

— Nous pourrions nous retrouver ici demain, ou après-demain, et parler de cela. Mais pas tout de suite.

Il hocha la tête, voulut reprendre ses mains, mais elle eut un mouvement de recul.

— À demain, donc.

Il se pencha et l'embrassa sur la joue. Mais elle ne releva pas la tête et, au bout d'un moment, il tourna le dos et s'éloigna.

16

Alors que le soleil commençait sa plongée vers la mer, Viola reçut une invitation écrite de l'épouse du capitaine du port. Elle était en train de déballer sa nouvelle robe du papier quand le message arriva, avec un autre. Les mains moites, elle l'examina à la lueur de la lampe. Il y aurait six autres invités avec eux ce soir, parmi lesquels deux officiers de marine et leurs épouses.

Elle déplia l'autre missive, envoyée par Aidan.

Un coup fut frappé à la porte de la cabine. Elle ouvrit, découvrit Jin Seton, et sentit ses genoux se mettre à trembler. C'était ridicule.

Il portait une veste simple et élégante qui semblait avoir été faite sur mesure. Sa chemise, sa cravate et son gilet étaient blancs, et son beau visage était rasé de frais.

— Vous n'êtes pas encore habillée ?

— Je n'irai pas, bredouilla-t-elle en croisant les mains derrière son dos. Je... je...

Il haussa les sourcils, l'air interrogateur.

— J'ai un autre rendez-vous ce soir. Avec...

Il leva la main pour lui intimer le silence. Elle regarda sa paume blessée, qu'elle avait soignée afin de pouvoir le toucher de nouveau. Sur le moment, elle n'avait pas compris pourquoi elle insistait. Mais elle voyait plus clair en elle-même, à présent. Et elle se disait qu'elle ne pouvait accompagner cet homme à un dîner. Elle ne savait plus comment se comporter en société. En fait, elle n'avait jamais appris. Mais elle devinait que cet ancien pirate savait. Il n'aurait aucun mal à se conduire comme l'égal des invités.

— Vous n'avez pas d'explication à me donner, dit-il. Vous faites ce que vous voulez. Je vous excuserai.

— Merci. Que… que direz-vous ?

— J'inventerai une excuse plausible, afin que nos hôtes ne se sentent pas insultés par votre absence. Je suppose que vous tenez à rester dans les bonnes grâces du capitaine du port.

— Je suis désolée. J'ai reçu une autre invitation à dîner… avec M. Castle, à l'auberge. Je n'ai pas pu vous prévenir plus tôt.

— Je vous souhaite donc une bonne soirée.

— Il a retenu des chambres pour nous tous, vous savez, dit-elle en brandissant la lettre. Pour les Hat, pour vous, et pour moi. Il espère que vous accepterez, puisqu'il ne peut nous offrir l'hospitalité chez lui, comme c'était prévu.

Jin inclina la tête de côté.

— Dois-je comprendre que si je préfère rester à bord, vous considérerez que je ne respecte pas les conditions de notre pari ?

— Certainement, répliqua-t-elle en souriant.

— Dans ce cas, n'ayez crainte. Je dormirai à l'auberge ce soir.

Il fit mine de sortir, puis se retourna et ajouta :

— Mais je ne serai pas l'invité de M. Castle. Je payerai ma chambre.

— Vous avez autant de fierté que d'arrogance, n'est-ce pas ?

Il la dévisagea un instant.

— La fierté n'a pas grand-chose à voir avec cela. Bonne nuit, Viola.

Elle resta une minute sur le pas de la porte, écoutant les craquements du navire, silencieux en l'absence des marins. Puis elle prépara un petit sac. Il n'était pas prévu qu'elle dîne avec Aidan. Il lui demandait simplement dans sa lettre d'accepter sa proposition et de se reposer à l'auberge, pendant qu'il ferait nettoyer la maison pour qu'elle puisse revenir y loger rapidement. Les Hat étaient sûrement à l'auberge aussi, et ils y dîneraient probablement. Mais elle ne pensait pas qu'Aidan viendrait leur tenir compagnie. Pas après les promesses qu'il lui avait faites cet après-midi. Il semblait sincèrement désolé, et prêt à prendre un nouveau départ avec elle.

Donc elle irait là-bas, prendrait un bain et se laverait les cheveux. Ensuite, elle dormirait dans des draps propres, sur un matelas bien sec, et se réveillerait fraîche et dispose. Demain matin, le pari serait terminé, et elle devrait être en forme pour discuter avec Seton quand il lui demanderait de l'accompagner en Angleterre.

Elle avait toujours l'intention de gagner.

En plus de la robe, elle avait acheté une nouvelle chemise, serrée à la taille par une cordelette et nouée par des rubans sur la poitrine. Une fois dans sa petite chambre, elle prit un bain, puis enfila ce nouveau vêtement. Elle peigna ses cheveux mouillés, qui ne séchèrent pas rapidement à cause de l'humidité tropicale. Les boucles collaient à son front et à sa nuque.

Elle alla à la fenêtre et ouvrit les volets. La brise souleva ses cheveux et plaqua le tissu de la chemise sur ses seins. Elle songea à la bouche de Jin sur elle. Une vague de chaleur déferla dans ses membres et se répandit entre ses jambes. Son corps était encore prêt à le recevoir.

C'était irritant… et délicieux.

Agrippant le rebord de la fenêtre, elle contempla les eaux noires de la baie. Les mâts de l'*Orage d'Avril* s'élevaient vers le ciel, plus haut que tous les autres.

Alors qu'elle observait le vieux brick de son père à la lueur de la lune, un chagrin familier resurgit en elle, tel un fantôme. Le navire était bon à mettre au rebut, mais elle n'avait pas les fonds nécessaires à l'achat d'un nouveau bateau. Sans celui-ci, elle serait obligée de se faire engager sur le navire d'un autre capitaine. C'était hors de question, bien entendu. Les femmes ne pouvaient occuper qu'un seul poste à bord d'un navire. Celui de prostituée.

Il faudrait qu'elle capture au moins quatre ou cinq bateaux ennemis pour envisager d'acheter un navire de la même taille que l'*Orage d'Avril.* Mais les occasions étaient rares maintenant que la guerre était terminée. Si elle restait dans les Caraïbes, elle pourrait peut-être s'emparer d'un ou deux bateaux pirates, cubains ou mexicains. Mais en s'attaquant à ce genre de proies dans des eaux inconnues, elle risquait de se faire tuer, ou pire encore.

Elle avait besoin de ce bateau qui se trouvait en cale sèche à Boston. Le nouveau bateau de Jin Seton. Pour cela, il fallait qu'il perde le pari.

Il avait été en colère contre elle un peu plus tôt, parce qu'il la désirait. C'était évident. Elle n'était pas assez idiote pour ne pas s'en rendre compte. Mais il ne voulait pas qu'elle se rapproche de lui. Peut-être parce qu'il la désirait trop ? Plus qu'il ne l'aurait voulu ? Au point de tomber amoureux d'elle et de perdre le pari ?

Elle avait encore une chance de gagner. Si elle se donnait une nouvelle fois à lui, il finirait par tomber amoureux.

Elle pouvait au moins essayer.

Ses doigts tremblèrent sur le volet. Elle sortit de sa poche la montre de son père, dont elle avait dû vendre la chaîne longtemps auparavant pour acheter du matériel. 22 heures. Il avait dû arriver à l'auberge. Mais elle ignorait quelle chambre était la sienne.

Son pouls se mit à battre plus fort. Elle ne pouvait tout de même pas aller le trouver dans sa chambre et le séduire. N'est-ce pas ?

Si, elle pouvait le faire. À condition de découvrir le numéro de sa chambre. Mais il n'était pas question de se renseigner auprès de l'aubergiste.

Elle alla se pelotonner sur son lit, en proie à des tremblements nerveux. Elle trouverait une solution. Les yeux fermés, elle se mit à réfléchir. Mais ses lèvres lui apparurent en pensée, ses mains, sa mâchoire, ses yeux. Elle se rappela la façon dont il l'avait regardée et touchée, comme s'il ne pouvait se rassasier d'elle. Elle aurait voulu qu'il ne relâche jamais son étreinte. Que cela ne finisse jamais. Jamais…

Elle fut éveillée en sursaut, par des voix dans le couloir. La lampe était toujours allumée sur sa table de chevet, mais la bougie posée sur la cheminée s'était éteinte. Elle secoua la tête, tendit l'oreille.

Son estomac se noua. C'était lui. Et… M. Hat ?

Elle se leva, gagna la porte à pas de loup et pressa l'oreille contre le battant. Un rire lui échappa, qu'elle réprima aussitôt. Pour l'amour du ciel, ils avaient fait l'amour la veille dans une coursive. Elle n'avait pas besoin de se cacher.

Mais ce soir, c'était différent. Si elle allait vers lui et s'il l'acceptait, ils ne pourraient pas dire qu'ils avaient cédé à une impulsion.

Elle ne perçut pas de voix de femmes, uniquement les deux hommes. Ils se souhaitèrent une bonne nuit. Les doigts tremblants, elle tira le verrou et fit tourner la poignée, avant de jeter un coup d'œil dans le couloir.

Jin se trouvait à quelques mètres de là, mais son regard se posa directement sur elle. Puis il reporta son attention sur M. Hat.

— Bonne nuit, Seton. Ravi d'avoir fait votre connaissance.

— Je vous souhaite de faire un bon voyage avec votre famille, monsieur.

Jin tourna les talons, et alla jusqu'au bout du couloir. Parvenu devant la dernière porte, il sortit sa clé et entra dans la chambre. M. Hat avait disparu. Viola referma sa porte et alla s'asseoir au bord du lit. Elle tremblait de tous ses membres.

Ce n'était pas du tout comme la nuit précédente. Elle ne pouvait pas faire cela.

Mais si elle le faisait et gagnait le pari…

Sa respiration était saccadée. Un peu oppressée, elle posa les pieds sur le sol, se leva et gagna la porte.

Le corridor n'était éclairé que par une applique. La chambre de Jin semblait se trouver à des kilomètres. Mais elle était Violette la Vile. C'était elle-même qui s'était donné ce nom prétentieux, bien entendu. Il lui était resté, car elle avait tout de suite capturé plusieurs bateaux pirates. Avant cela, elle avait aidé son père à arraisonner de nombreux navires ennemis. Pour l'amour du ciel, elle avait même coulé le *Cavalier* ! Elle était donc capable de conquérir son capitaine.

Elle alla jusqu'à sa porte, actionna le loquet et entra.

Jin était assis dans un fauteuil, à côté d'une petite table. Son regard acéré se riva sur elle. Il tenait un livre dans sa main blessée, et l'autre était posée sur la poignée de la dague cachée dans sa botte.

— Ne la lancez pas ! s'écria-t-elle, ne plaisantant qu'à demi. Même si vous en avez envie.

Lentement, il extirpa la lame de sa cachette et la posa sur la table.

— Pas maintenant. Même si j'en ai eu envie à certains moments.

Il posa son livre et se leva. Il avait enlevé sa veste et son gilet, et une paire de bretelles était accrochée à son pantalon. Il ne portait plus de cravate, le col de sa chemise était ouvert. La lueur dorée de la bougie révélait les muscles de son cou. Elle eut un peu de mal à respirer.

— Pourquoi n'avez-vous pas fermé votre porte à clé ?

— J'ai oublié de le faire.

— Vraiment ?

— Je suis fatigué. Et préoccupé par la soirée que j'ai passée.

Il semblait parfaitement sincère. Comme toujours.

— Parce que vous pensiez que j'allais venir ?

— Pourquoi êtes-vous debout ? demanda-t-il, soudain méfiant. Vous semblez avoir déjà dormi.

— Vraiment ?

— Oui, vos cheveux, répondit-il avec un geste vague.

Viola porta une main à ses cheveux emmêlés, qui avaient séché pendant qu'elle dormait. Seigneur. Comment séduire un homme dans ces conditions ? Elle n'avait pas eu de mère pour lui apprendre ce genre de chose.

Elle ne pouvait que se fier à son instinct. Ayant vécu avec des marins pendant des années, elle savait ce que les hommes aimaient chez les femmes. Ses mains se posèrent sur son cou, elle dénoua le ruban de sa chemise et ouvrit le col.

— Alors, ne regardez pas mes cheveux.

Sa voix était altérée. Elle repoussa le vêtement sur ses épaules et se tint devant lui, le buste nu, le cœur battant. Mais elle ne tremblait plus. Elle était sûre d'elle, tout à coup.

Il ne fit pas un geste, ne jeta même pas un regard à ses seins. Une lueur brilla dans ses yeux clairs.

— Viola. Non.

— Non ?

— Vous n'obtiendrez pas ce que vous voulez de cette manière.

Il savait qu'elle souhaitait encore gagner leur pari, et il lui refusait tout espoir. Mais le désir illuminait ses yeux comme une flamme bleue. Les muscles tendus de son cou et de ses bras révélaient qu'il luttait contre la tentation.

Elle prit une inspiration pour se donner du courage. Encore une fois. Puis elle leva la main et fit glisser un doigt entre ses seins. Aidan lui avait demandé une fois de se toucher. Elle ne l'avait pas fait, honteuse de ne pouvoir lui plaire simplement en étant nue devant lui. Mais ce soir, sous le regard de Jin, il lui semblait que faire glisser ses doigts sur un sein, sur un mamelon, était la chose la plus naturelle du monde. Elle *devait* lui plaire. Elle le voulait. Et bizarrement, ce n'était pas difficile, bien qu'un peu audacieux.

Il vint vers elle. Il repoussa sa main et dit d'une voix rauque :

— Laisse-moi faire.

Viola se remit alors à trembler doucement. De pur désir. Il lui ôta une manche de sa chemise, puis l'autre, l'effleurant à peine. Puis il concentra son attention sur la cordelette à sa taille. Avec des gestes délicats il dénoua la ganse, pencha la tête et inspira l'odeur de sa peau. Elle battit des paupières. Elle avait tellement envie qu'il la touche. Ses mamelons étaient durs et tendus.

Enfin, il fit glisser la chemise sur ses hanches. Le vêtement tomba sur le sol. Elle ne portait rien d'autre.

Elle posa les mains sur sa taille et tira sur sa chemise, qu'il fit passer par-dessus sa tête. Un peu étourdie, Viola tenait à peine debout. Elle ne l'avait pas bien vu la nuit précédente, dans l'obscurité. À présent, la lumière dorée faisait scintiller la peau de ses larges épaules. Elle tendit la main vers son entrejambe, mais il l'arrêta.

— Non.

— Non ?

— Pas encore. Va doucement.

Mais elle avait terriblement envie de le toucher.

— Je croyais que je pouvais poser mes conditions ? protesta-t-elle.

— Ça, c'était hier. Ce soir, tu es venue à moi. Tu t'es mise volontairement entre mes mains. Ce soir, c'est moi qui dicte mes conditions.

Il lui caressa la joue du dos de la main, et passa les doigts sur le grain de beauté qui ornait ses lèvres.

— Sais-tu à quel point tu es belle ? Même avec tous tes vêtements. Tu n'as pas besoin de les enlever pour séduire, ajouta-t-il d'une voix grave.

— Les hommes me regardent avec concupiscence.

Et ils se croyaient facilement amoureux, car ils confondaient amour et désir. Elle comptait précisément là-dessus en ce moment.

— Mais les hommes sont des créatures lubriques, précisa-t-elle en fermant les yeux.

— C'est exact.

Ses doigts glissèrent dans son cou et elle frissonna.

— Tu me regardes d'une façon différente.

— Vraiment ? fit-il en effleurant ses seins.

— Ou… oui…

Ses doigts caressèrent un sein, sans toucher au mamelon.

— Comment est-ce que je te regarde ?

— Je ne sais pas. Je ne… Oh, Jin, je…

Il fit passer son pouce sur la pointe dressée. Frémissante, elle lui emprisonna le bras.

— Oh… refais ça.

— Si je le fais, crois-tu que tu pourras tenir debout ? s'enquit-il, amusé.

— J'essayerai.

Il recommença. Des vagues de plaisir déferlèrent dans le corps de la jeune femme. Il suffisait d'une caresse aussi légère pour qu'elle fonde de désir.

— Je ne suis pas sûre de pouvoir rester debout, finalement.

Il la souleva et la transporta sur le lit. Alors qu'il enlevait ses bottes, son regard passa sur son corps nu, et elle vit sa respiration s'accélérer. Leurs lèvres s'unirent.

Ils retrouvèrent l'intimité de la veille. C'était à la fois nouveau et familier. Il cueillit son visage à deux mains tandis qu'elle lui agrippait les épaules. Il ne perdit pas de temps à la taquiner, et prit tout de suite possession de sa bouche. Ses doigts glissèrent sur ses joues, explorant son visage, puis sa gorge et ses épaules. Chaque caresse la faisait trembler et augmentait son besoin de le sentir en elle. Elle écarta les jambes en espérant qu'elle n'aurait pas à le supplier. Puis il effleura un mamelon du bout de la langue, et elle poussa un cri.

Elle oublia toutes ses hésitations et ses réticences. Elle glissa les mains dans ses cheveux, et plus rien n'eut d'importance. Plus rien ne comptait à part sa bouche sensuelle, et ce désir qui dépassait tout ce qu'elle avait pu éprouver jusque-là.

Ses doigts s'insinuèrent sous la ceinture de son pantalon. Il lui agrippa la main et la porta à ses lèvres. Son regard était brûlant.

— Non, dit-il d'une voix rauque.

— Non ? Mais...

Il reprit ses lèvres, et elle s'abandonna à sa chaleur, éprouvant la dureté de son corps viril sous ses mains. Alors, lui saisissant les épaules, il la fit agenouiller et l'embrassa encore. Ses mains brûlantes descendirent sur sa taille. Et il la toucha. Elle eut l'impression que le monde basculait.

La veille, il ne l'avait pas touchée ainsi. Leurs étreintes avaient été trop rapides, aussi violentes qu'un orage d'été. Mais à présent il la touchait intimement, prenant son temps, et cela changeait tout.

Elle n'avait jamais vraiment pensé à sa féminité. Son corps était fait pour éprouver du plaisir avec un homme, certainement, mais elle découvrait quelque chose d'entièrement nouveau.

Il la caressa doucement, alors que leurs lèvres étaient toujours unies. Sa respiration était aussi saccadée que la sienne. Elle leva la tête vers lui, les yeux fermés, et gémit de plaisir. Il devait savoir qu'en la touchant il la contrôlait, qu'elle ferait tout ce qu'il lui demandait. Éperdue, elle se pressa contre lui, sans se soucier de perdre le contrôle.

— Viola, ouvre les yeux. Regarde-moi.

Elle souleva ses paupières lourdes.

— Oui, murmura-t-elle dans un soupir. Pourquoi ?

Il la pénétra de ses doigts.

— Je veux que tu voies que c'est moi qui te donne du plaisir.

Avec un gémissement, elle se pressa contre lui, attirant ses doigts plus profondément en elle.

— Bien sûr, je sais que c'est toi.

Elle l'embrassa.

— Jin, prends-moi maintenant. Je ne peux plus attendre.

— Tu devras patienter.

— Non !

Pourquoi lui refusait-il cela ?

— Non seulement tu devras patienter, dit-il en la renversant contre le matelas, mais tu le demanderas encore et encore.

Il s'insinua entre ses jambes et posa les lèvres sur elle.

Elle ne se contenta pas de demander. Elle supplia. Elle implora.

Elle n'avait jamais connu cela. Elle n'avait jamais éprouvé ce qu'il lui donnait maintenant. Pourtant, chaque fois qu'il l'amenait au bord du précipice, chaque fois qu'elle croyait qu'il allait enfin lui donner ce qu'elle désirait, il se dérobait au dernier moment. Sa langue habile la rendait folle de désir, ses doigts lui faisaient perdre la raison.

— Je t'en prie, gémit-elle en agrippant les draps. Laisse-moi te donner autant de plaisir.

Ces mots semblèrent le décider.

Il la pénétra d'un puissant coup de reins, l'enveloppant de son corps et de sa chaleur. Elle noua les bras autour de ses épaules. Ils étaient parfaitement unis. Enfin. Ils demeurèrent immobiles un instant.

Puis il passa les doigts dans ses cheveux, l'embrassa sur le front, sur les joues, dans le cou. Sa main remonta sur son buste et s'empara d'un sein. Étouffant une exclamation, elle murmura son nom et se pressa contre lui.

Puis, lentement, il se mit à aller et venir en elle. Sans surprise, ce rythme langoureux ne put se prolonger bien longtemps. Elle l'attira en elle, il plongea dans sa chaleur, et ils s'unirent avec une passion étourdissante, mêlant leurs souffles et leurs cris.

Quand ce fut terminé, elle se sentit extraordinairement satisfaite et totalement épuisée. Quatre zébrures roses apparaissaient sur chaque épaule de Jin.

— Je t'ai griffé, balbutia-t-elle.

— En effet, sorcière !

N'ayant visiblement pas eu son content de baisers, il se pencha pour capturer ses lèvres. La caresse de sa bouche fit resurgir en elle un doux frémissement.

— La plaie de ta main s'est rouverte, remarqua-t-elle en lui caressant le bras. Il faudra sans doute que tu portes un crochet, en fin de compte.

— Mais cela en valait la peine.

Il roula sur le dos et lui prit la main. Pendant un moment, il ne fit pas un geste. Puis il se pencha au-dessus d'elle et ramena la couverture sur ses épaules. Sans un mot, il se rallongea sur le dos.

Elle se redressa sur le côté pour le regarder.

— Je n'ai pas vraiment froid.
— Tu trembles.
— Parce que je suis épuisée.
— Alors, il faut dormir.

Dans la lueur faiblissante de la lampe, il était d'une beauté époustouflante. Ses boucles noires tombaient sur son front, ses longs cils cachaient ses prunelles claires. La tache écarlate avait grandi sur le pansement qui lui entourait la main.

— Je voudrais d'abord soigner ta blessure.
— Cela attendra.

Sa voix était profonde, comme s'il sombrait déjà dans le sommeil.

— Tu ne veux pas que je m'en aille tout de suite ?
— Non, répondit-il sans ouvrir les yeux.

Elle s'assit, laissant les couvertures glisser sur ses genoux.

— Je dois refaire ce pansement, décréta-t-elle.

Son bras décrivit un arc de cercle et sa main retomba près d'elle, paume vers le haut.

— Comme tu voudras, petite harpie.

Le cœur de la jeune femme se serra. Il avait l'air heureux. Tout simplement.

Faire l'amour rendait les hommes heureux. Viola le savait, pour avoir passé toute sa vie au milieu d'eux. Les hommes étaient pour la plupart des créatures simples. Quand ils étaient satisfaits, c'est-à-dire quand ils avaient bien mangé ou avaient couché avec une femme, tout allait bien. Toutefois, même si elle connaissait assez mal Jinan Seton, elle savait qu'il n'était pas aussi simple que les autres. Il n'était pas facile de le rendre heureux.

Elle descendit du lit, alla fouiller dans ses bagages et trouva ce qu'elle cherchait. Des pansements propres et un onguent. Elle retourna vers le lit et lui déplia les doigts.

Il sembla dormir pendant qu'elle le soignait. Pourtant, la plaie devait être douloureuse, car la coupure était profonde. Elle guérirait. Viola refit le pansement et plaça sa main blessée sur la courtepointe. Puis elle plongea les doigts dans le pot d'onguent et l'étala sur les zébrures qu'elle avait laissées sur ses épaules. Sa peau était lisse, ses muscles fermes. Elle avait envie d'inhaler son odeur, de continuer à le toucher. Mais après avoir étalé le baume sur son autre épaule, elle s'écarta.

La caresse d'une main sur ses hanches nues la surprit.

— Tu ne dois pas te servir de ta main blessée, dit-elle, la gorge serrée.

— Embrasse-moi.

— Je n'obéis pas aux…

— Voudriez-vous m'embrasser, je vous prie, mademoiselle Carlyle ?

Elle se pencha et fit ce qu'il demandait, tandis que ses doigts s'aventuraient le long de sa cuisse. Quand elle se redressa, il avait toujours les yeux clos, mais un sourire se devinait sur ses lèvres.

— Merci, murmura-t-il.

— Pour les soins, ou pour le baiser ?

Il sourit tout à fait.

Elle fit remonter les couvertures sur eux, ferma les yeux et s'abandonna au sommeil.

17

Viola sourit, étira ses membres délicieusement endoloris et finit par ouvrir les yeux. Le soleil pénétrait dans la chambre à travers les tentures, projetant une lueur jaune et brumeuse.

Elle s'assit brusquement sur le lit.

Sa chemise était posée sur un fauteuil. Mais la chambre était vide. C'était comme si l'homme avec qui elle avait fait passionnément l'amour, quelques heures plus tôt, n'avait jamais été là.

Viola resta un moment figée sur le lit. De toutes les folies qu'elle avait faites dans sa vie, la pire était sans doute de ne pas avoir prévu cela. Dans son égarement, elle n'avait pas pensé qu'au moment où le pari prendrait fin il la quitterait. Quelles que soient les circonstances.

À présent, les meurtrissures de son corps lui paraissaient beaucoup moins délicieuses. Son estomac se noua, ses membres étaient en coton. Elle se sentait mal.

Elle quitta le lit et attrapa sa chemise qu'elle enfila avec un peu de difficulté. Les lacets s'accrochèrent dans ses cheveux, et elle dut tirer sur le tissu. Son instinct de marin lui disait qu'il devait être encore très tôt et qu'elle ne rencontrerait sans doute personne dans le couloir. Mais son instinct lui avait aussi fait croire que Jin serait là à son réveil. Apparemment, il n'était pas aussi fiable qu'elle l'avait cru.

La main sur la poignée de la porte, elle marqua une pause.

Le pari était terminé. Il était parti. Mais cela ne signifiait pas qu'elle avait perdu. En fait, elle avait peut-être gagné. S'il tombait amoureux d'elle, il était censé le lui avouer, lui céder son nouveau navire et la laisser définitivement tranquille. En ce moment même, il comptait peut-être faire voile vers Tobago afin de récupérer la somme qui lui permettrait de payer le joli schooner qui l'attendait à Boston. Il se pouvait qu'il soit parti pour remplir correctement les conditions du pari.

Ou peut-être pas.

Elle gagna sa propre chambre, remit son pantalon et sa veste. Puis elle prit son sac et jeta son manteau sur son épaule. Après avoir rendu la clé à l'aubergiste, elle glissa une pièce dans la main de la servante et sortit.

L'embarcadère n'était qu'à cinquante mètres de là. Assis au soleil sur le quai, à côté de la barque qui se balançait sur l'eau, Sam mâchonnait un brin de paille. Il bondit sur ses pieds en la voyant, et tira sur sa casquette.

— Bonjour, capitaine. Comment était cet hôtel ? Je n'ai jamais dormi dans une auberge.

— Bonjour, Sam. C'était très confortable, merci.

Elle monta dans la barque, et Sam rama jusqu'au navire. Elle éprouva un sentiment de triomphe. Jin devait être à bord, car dans le cas contraire Sam ne l'aurait pas attendue sur le quai.

Elle gravit la passerelle et posa les pieds sur le pont. Elle était chez elle.

— Tu peux prendre ta matinée, Sam. Mais reviens me chercher à midi pour me ramener à terre.

Comme elle l'avait dit à Aidan, elle devait négocier le transport d'une cargaison pour payer son voyage de retour à Boston.

Elle traversa le pont. Le vieux Frenchie sommeillait sur le gaillard, et deux autres marins travaillaient en bas. En dehors de cela, le bateau était désert.

Mais Jin Seton était là.

Il apparut par l'écoutille, et Viola sentit sa gorge se nouer. Il avait la même allure que d'habitude. Vêtu simplement, sobre, superbe. Parfait.

Quand il la vit, il s'immobilisa. Ils se dévisagèrent. Les mâts et les voiles projetaient leurs ombres sur le pont ensoleillé. Le cœur battant à tout rompre, elle alla à sa rencontre. Ils s'arrêtèrent à quelques mètres de distance. Par quels mots pouvait-elle engager la conversation ?

Il le fit à sa place.

— Quand serez-vous prête pour partir ? demanda-t-il, l'air grave.

— Je suppose que c'est votre façon de dire que vous avez gagné le pari ? répliqua-t-elle d'une voix étranglée.

Il la dévisagea sans répondre.

Il lui avait fait l'amour et elle lui avait donné du plaisir. Mais quand ils avaient fait ce pari, il lui avait promis de dire la vérité. Et la vérité était celle-ci : elle n'avait pas réussi à le rendre amoureux. Elle devait se plier aux règles qu'ils avaient établies, quoi qu'il lui en coûte.

— Je serai prête dans environ une semaine. Moins de quinze jours, s'entendit-elle déclarer. Je dois mener quelques négociations concernant la cargaison que le navire transportera jusqu'à Boston. Et faire des arrangements avec les hommes d'équipage. Becoua commandera le bateau jusqu'à Boston, et le confiera ensuite à Crazy.

— Je regrette de devoir vous ramener chez vous contre votre volonté. J'aurais aimé que les choses se passent autrement. Je suis… désolé.

Il parlait avec une douceur et une sincérité qui atteignirent Viola en plein cœur.

Il était désolé pour elle. Désolé qu'elle ait perdu le pari. Qu'elle n'ait pas réussi à atteindre son cœur.

Elle était encore plus désolée que lui. Car maintenant, la vérité la frappait en plein visage. Au début, elle avait souhaité gagner pour la raison qu'elle lui avait exposée : elle ne voulait pas retourner en Angleterre. Mais en réalité, elle avait espéré gagner car cela aurait voulu dire qu'il l'aimait. C'était cela qu'elle voulait. Elle le voulait, lui. Il la comblait, chassait la solitude qui la faisait souffrir le soir, comme un orage que lui seul pourrait faire disparaître. Elle était amoureuse de lui. Elle s'était donnée à lui le soir de l'incendie non pour être réconfortée, mais parce qu'elle était éprise. Elle était tombée amoureuse bien avant l'arrivée à Port-d'Espagne.

Elle avait joué, et elle avait perdu.

— Je ne reviendrai pas sur les conditions du pari, si c'est cela qui vous inquiète, assura-t-elle.

— Je sais que vous ne ferez pas machine arrière.

Il éprouvait peut-être de la pitié, mais elle fut frappée par son attitude distante.

Et brusquement, sa colère surgit. Avec d'autant plus de force qu'elle s'attendait à ce dénouement. Au fond de son cœur, elle avait toujours su, même la nuit dernière, qu'elle perdrait. Pourtant, elle était allée le retrouver. *Idiote*.

— J'ai loué un sloop, annonça-t-il. Je partirai ce matin pour Tobago et je récupérerai l'argent nécessaire pour payer l'amende. Et aussi pour acheter un bateau. J'ai entendu parler d'un navire à vendre à Scarborough.

— Je me doutais que vous n'attendriez pas de récupérer votre schooner à Boston.

Elle se moquait qu'ils traversent l'Atlantique à bord d'une yole ou d'une frégate. Rien n'avait d'importance. Elle ne pouvait que se reprocher d'avoir été aussi stupide.

Elle était lasse d'aimer des hommes qui ne lui rendaient pas son amour. Aidan ne l'avait jamais aimée. Il savait prononcer des mots doux, avoir des gestes d'affection, mais ce n'était pas de l'amour. Elle en avait pleinement conscience, à présent. L'homme qui se tenait devant elle n'avait jamais prononcé de tels mots ni fait de tels gestes. Et pourtant, elle le désirait plus qu'elle n'avait jamais désiré Aidan.

Sa propre faiblesse la mettait hors d'elle. Son obstination. Son aveuglement. À partir de maintenant, elle n'aimerait plus jamais. C'était terminé. Ne pas être aimée en retour était trop douloureux. Son cœur était en lambeaux.

— Nous devrons partir avant la saison des orages, reprit-il. Il vaut mieux ne pas trop tarder.

— Bien sûr.

Il faudrait qu'elle écrive à Mme Digby et à Crazy pour les prévenir qu'elle serait absente assez longtemps. En attendant, elle devait prendre en charge une cargaison, afin que son équipage puisse rentrer avec quelques sous en poche. Elle avait beaucoup à faire, et aucune raison de s'attarder sur le pont à se lamenter sur ses erreurs. Mais son corps semblait ne pas pouvoir s'éloigner de lui. Il était le pôle Nord et elle n'était qu'une malheureuse aiguille de boussole. Dépitée, elle essuya ses mains moites sur les jambes de son pantalon.

— Je dois régler mes affaires, pour que tout soit prêt quand vous reviendrez de Tobago, dit-elle d'un ton brusque. Vous serez parti environ une semaine ?

— Oui.

— Très bien. À bientôt, Seton.

Elle passa devant lui et se dirigea vers la coursive où ils avaient fait l'amour. Elle savait qu'il la regardait descendre vers les cabines. Et elle espérait qu'il était accablé par la culpabilité à l'idée de l'obliger à faire quelque chose qu'elle ne voulait pas.

Mais il n'était pas idiot. Il avait toujours su que les choses finiraient ainsi. Comme il l'avait dit dès le début, ce pari était un enfantillage.

Et elle avait perdu.

Elle l'avait perdu, lui avant même de le posséder. Et la colère ne pourrait jamais apaiser son chagrin.

— Monsieur Julius Smythe ?

Jin leva les yeux de son verre de rhum.

— Lui-même.

Sa voix était maussade. Mais tout était terne dans cette taverne ombragée par les palmiers, au fin fond de Tobago. L'auberge était si proche de la falaise que le bruit des vagues s'écrasant sur les rochers vingt mètres plus bas dominait tous les autres. De temps en temps, il percevait le cri d'une mouette. Et plus fréquemment, les protestations de sa propre conscience.

Il observa le nouveau venu. De taille moyenne, avec des cheveux bruns et bouclés, une peau sombre et des yeux vifs, il aurait pu être anglais, africain, indien ou espagnol. Un métis sans signe distinctif, au physique passe-partout. Quelqu'un qu'on ne remarquait pas. Ce qui le rendait excellent dans la carrière qu'il avait choisie. Et très utile à Jin depuis qu'ils s'étaient rencontrés, des années auparavant.

Joshua Bose tendit la main. C'était un jeu auquel ils se livraient à chacune de leurs rencontres, au cas où ils auraient été surveillés.

— Je m'appelle Gisel Gupta, dit Joshua, qui avait apparemment décidé d'être indien, cette fois. Ravi de faire votre connaissance, monsieur.

Jin lui désigna la chaise de l'autre côté de la table.

— Voulez-vous prendre un verre, Gupta ?

— Merci, monsieur.

Joshua s'assit avec raideur au bord de la chaise, posa une fine serviette de cuir sur la table et la tapota du plat de la main.

— J'espère que votre voyage jusqu'à Tobago s'est déroulé dans de bonnes conditions.

— Très bonnes.

Le sloop que Jin avait loué à Port-d'Espagne était rapide.

— Monsieur Smythe, à l'époque de notre dernière rencontre, j'avais reçu de fausses informations sur la localisation de l'objet que vous recherchez.

Jin ne manifesta aucune surprise ni déception. Il avait espéré que cette fois Joshua lui apporterait le coffret. En fait, il avait même prié pour que cela se produise. Mais les prières d'un homme comme lui n'avaient pas grande valeur pour Dieu. Seuls les actes comptaient. Et dernièrement, ses actes n'avaient pas été d'une grande moralité. Mais peut-être que, tout simplement, Dieu n'existait pas. Ce qui aurait expliqué beaucoup de choses...

— Ah, dit-il d'un ton bref.

— Les renseignements que j'ai obtenus de mon contact à Rio ne me satisfaisaient pas, vous comprenez. Il m'indiquait que l'objet avait changé de mains à Caracas en octobre 1812. Alors qu'en fait, d'après l'itinéraire que je vous ai communiqué en août dernier, il semblait impossible que son transporteur se trouve dans cette région, à ce moment-là. En fait, il se trouvait à Bombay.

— Bombay, répéta Jin.

Ces détails ne l'intéressaient pas. Mais Joshua insistait pour les lui fournir. L'homme adorait cet aspect de son travail, et il ne pouvait en parler à personne d'autre que lui. Tout ce que Jin voulait, c'était le contenu de cette boîte. En supposant qu'après seize ans il subsiste encore quelque chose. Néanmoins, il jouait le jeu. C'était une stratégie dans laquelle il était devenu très habile. Comme le jeu auquel il avait joué trois jours plus tôt avec Viola Carlyle, à bord de l'*Orage d'Avril*, avant de quitter la Trinité.

L'aubergiste déposa un verre sale sur la table, et vit que celui de Jin était toujours plein. Fronçant le nez, il posa la bouteille sur la table d'un geste brusque, avant de tourner les talons.

Joshua prit un mouchoir dans la poche de son gilet à motifs cachemire. Il essuya soigneusement le verre, replia le mouchoir et le remit dans sa poche. Puis il poussa le verre vers Jin pour qu'il le remplisse. Après une gorgée, il le reposa sur la table.

— Comme je le disais, je n'étais pas satisfait. Aussi me suis-je rendu en personne à Rio pour poursuivre l'enquête. Et j'ai le plaisir de vous annoncer que j'ai découvert ce que nous cherchions ! conclut-il avec un grand sourire.

Le cœur de Jin eut un soubresaut. Ses doigts glissèrent légèrement sur le verre.

— Vraiment ?

— Oui. Et puis-je vous dire, monsieur, à quel point je suis heureux de vous fournir le renseignement que vous m'avez chargé de découvrir il y a trois ans ?

— Je vous en prie.

Une vague se fracassa contre le rivage, projetant une gerbe d'écume et de vapeur dans le ciel pur. Le vent agita les lourdes feuilles des palmiers qui entouraient l'auberge et les protégeaient du soleil brûlant. Quelle que soit l'issue de son enquête, ce moment resterait gravé dans son esprit.

— Où est la boîte, Gupta ?

— Elle est entre les mains de Son Excellence l'évêque Frederick Baldwin, appartenant à l'Église anglicane, répondit Joshua en se redressant sur sa chaise. Dans sa maison de Londres, monsieur. Elle s'y trouve depuis plusieurs années, et fait partie d'une collection de trésors provenant d'Orient.

Londres. Elle n'était donc pas dans un pays lointain. Elle n'avait pas disparu, n'avait pas été détruite avec le reste des possessions de sa mère quand celle-ci était morte, cinq ans après que son mari s'était débarrassé de son petit bâtard.

La boîte se trouvait à Londres. Et Jin serait à Londres à la fin de l'été, une fois qu'il aurait ramené Viola dans sa famille du Devonshire.

— Merci, Gupta, dit-il en se levant. Où dois-je déposer l'argent que je vous dois ?

Joshua écarquilla les yeux. Jin aurait sans doute dû manifester plus de satisfaction. Mais pour le moment, il n'en avait pas la force.

Son compagnon se leva en secouant la tête, et glissa la serviette de cuir sous son bras.

— À l'endroit habituel, monsieur Smythe.

Jin lui tendit la main.

— C'est un plaisir de faire affaire avec vous, monsieur Gupta.

— Et réciproquement, monsieur. J'espère que vous n'oublierez pas Gosel Gupta, la prochaine fois que vous aurez besoin de lui.

— Je vous contacterai.

L'homme fit mine de s'éloigner, mais Jin le rappela.

— Gupta, attendez... En fait, j'ai encore besoin de vous. À Boston.

— Oui, monsieur. Boston est une belle ville.

— Je voudrais que vous retrouviez un marin et que vous l'interrogiez. Son nom est Crazy.

Deux minutes plus tard, il regarda Joshua se faufiler entre les tables, traverser un chemin caillouteux et enfourcher son cheval, avant de disparaître au bout de la route.

Il posa les yeux sur son verre de rhum toujours intact. Il aurait pu s'accorder un moment pour célébrer cette petite victoire. Pendant trois ans, il avait payé Joshua pour retrouver le coffret. Depuis vingt ans, il n'avait cessé d'y penser, imaginant que cette boîte contenait son salut, la clé du mystère de son identité. Et maintenant, elle était à portée de main... Mais le rhum ne lui disait rien. Pas plus que tous les alcools qu'il avait eus sous le nez depuis trois jours.

Trois jours. Et son parfum délicieux s'attardait encore autour de lui. Trois jours, et il ne parvenait toujours pas à chasser les souvenirs qui embrasaient ses sens. Ces trois jours lui paraissaient une éternité.

Il avait encore envie d'elle. Il voulait sentir sur lui ses mains, ses lèvres douces. Voir ses yeux s'assombrir de désir lorsqu'il la possédait. Bon sang, il aurait voulu la tenir dans ses bras tous les jours pendant un mois. Pendant un an ! Il s'enjoignait de ne plus penser à elle. En vain.

Castle suivrait Viola en Angleterre, il en était sûr. Il avait croisé le planteur se dirigeant vers le bateau, alors qu'il quittait Port-d'Espagne.

C'était lui qui avait manigancé cela, pourtant il n'était pas satisfait. Castle était un sale opportuniste.

Non, il était injuste. Castle n'était pas un mauvais bougre. Jin en avait beaucoup appris sur lui pendant le dîner chez le capitaine du port, en parlant avec les officiers de marine. Castle était le fils d'une modeste famille du Dorset, appartenant à la petite noblesse anglaise. Il avait tout intérêt à s'allier à l'aristocratie en épousant Viola.

Jin était un bâtard. Un homme sans famille ni maison. Un mercenaire. Un voleur. Un meurtrier qui ne pourrait jamais expier le mal qu'il avait fait. D'autant plus qu'il commettait encore des actes qui n'étaient pas en accord avec sa conscience.

Viola ne souhaitait pas retourner en Angleterre, renoncer à sa vie en mer. Et pourtant, il l'obligeait à le faire. Certes, elle méritait mieux qu'Aidan Castle, mais elle aimait cet homme depuis longtemps. Jin aurait pu se rassurer en se disant qu'il faisait une bonne action, s'il n'avait pas été autant torturé par son propre désir.

Si le vent leur était favorable, le voyage durerait un mois, tout au plus six semaines. Le joli petit brick qu'il avait acheté la veille leur permettrait de voyager confortablement. Mais le temps allait lui paraître diablement long, car il devrait garder ses distances. S'il la touchait de nouveau, il serait malhonnête envers elle comme envers lui. Il n'était pas l'homme qu'il fallait à Mlle Viola Carlyle.

Quand elle était entrée dans sa chambre à l'auberge pour le séduire, il s'était dit que passer une deuxième nuit ensemble serait sans conséquences. Mais il avait eu une envie folle de lui prendre la main et de la supplier de ne jamais repartir. La panique qui l'avait envahi à ce moment-là ne s'était pas encore tout à fait éteinte.

— Capitaine Seton ?

Jin toucha la dague dissimulée sous sa manche, dont il ne se séparait jamais. Il se retourna.

— Ah ! Je ne savais pas que j'aurais la chance de vous trouver aussi vite ! On m'a dit sur le quai que vous étiez parti dans cette direction il y a moins de deux heures.

L'officier de marine avança vers l'auvent de l'auberge. Il montait un beau cheval pommelé et portait un uniforme bleu et blanc orné de nombreux galons dorés. Derrière lui, deux autres officiers arrêtèrent leur monture à quelque distance. Le vent agitait les plumes de leurs chapeaux.

Jin relâcha la poignée de sa dague.

— Que puis-je pour vous ?

L'officier retira son chapeau et salua, sans descendre de cheval.

— Capitaine Daniel Eccles, à votre service, monsieur.

Eccles. Le second de Halloway, quand la Marine royale avait fini par attraper le pirate Redstone. Jin le salua à son tour.

— À votre service également, capitaine.

— Puis-je boire un verre avec vous ? suggéra Eccles avec un grand sourire.

— Naturellement.

Eccles fit signe à ses compagnons de mettre pied à terre et les présenta. Ils avaient belle allure dans leur uniforme. Très différents des marins de l'*Orage d'Avril.* Mais les hommes qui vivaient en mer se ressemblaient tous un peu, dans le fond. Ces deux-là étaient des gentlemen, tout comme Eccles.

— C'est donc votre bateau qui est amarré à Scarborough, dit Jin en les regardant boire. Il est impressionnant.

— J'ai de la chance. Mais je n'ai pas vu le *Cavalier* dans le port. Où est-il ? À Crown Point ?

— Il a été coulé.

Eccles élargit les yeux, et les deux autres officiers échangèrent un regard de stupéfaction.

— Coulé ? Le *Cavalier* ? Je ne pensais pas que c'était possible. Pas avec vous aux commandes.

— J'avoue que c'était inattendu… Où allez-vous ? J'ai appris par le capitaine de Port-d'Espagne que vous naviguiez dans les parages depuis des mois.

— J'espère qu'il vous a remis la lettre que j'avais laissée pour vous ?

— En effet. Je vous remercie.

— Quand mon amiral me confie une tâche, j'obéis, bien entendu. Vous avez des amis influents à Whitehall, Seton. Je serais presque jaloux.

— Un homme qui possède un navire comme le vôtre ne peut être jaloux de personne, Eccles.

— Vous avez raison ! admit l'officier en riant. En fait, nous devons repartir bientôt en Angleterre. Notre voyage tire à sa fin. Nous attendons des ordres, et ensuite nous rentrerons chez nous.

Jin se pencha lentement en avant, et finit par prendre son verre de rhum. Il tenait une solution.

— Capitaine Eccles, j'ai moi-même reçu une mission délicate, pour laquelle j'aurais besoin d'aide. Vous pourriez peut-être m'aider.

— Si c'est dans mes possibilités, naturellement. Je serais ravi de rendre service à l'homme qui est passé de la piraterie à une vie d'honnête homme. Redstone n'en aurait pas été capable.

Il posa sur Jin un regard grave. Eccles connaissait la véritable identité de Redstone. Le pirate, qui s'était attaqué aux vaisseaux de pairs du royaume fortunés, n'était pas oublié. Ni totalement absous. La situation était ironique. Car Jin avait été capitaine du *Cavalier* alors qu'Alex Savege, sous une autre identité, était maître du navire. Et pourtant, désormais Jin était un héros, tandis qu'Alex demeurait considéré comme un scélérat en dépit de ses ascendances nobles.

— Merci, dit-il, imperturbable. J'ai l'honneur de devoir conduire une dame de la Trinité jusque dans le Devonshire. C'est la fille de lord Carlyle, et je suis certain qu'elle serait beaucoup plus à son aise à bord de votre navire, en compagnie d'officiers de marine.

Eccles hocha la tête.

— Nous disposons de cabines destinées aux dames. Elles sont modestes mais convenables. Mon épouse voyage avec nous, et elle sera enchantée d'avoir une compagnie féminine. Nous rejoindrez-vous à bord ?

— Je vous suivrai à bord de mon propre navire.

— Parfait. Plus nombreux nous serons, mieux cela vaudra en cas de menace.

Jin vida son verre de rhum. L'alcool lui brûla la gorge.

— Eccles, auriez-vous de la place à bord pour un autre passager ? Une de mes connaissances à la Trinité voudra sans doute faire le voyage jusqu'en Angleterre.

— Nous pouvons le prendre à notre bord, si vous le souhaitez, dit Eccles en levant son verre. Vos amis sont les bienvenus. Qui est-ce ?

— Un planteur. Né en Angleterre mais américain d'adoption. C'est un ami de cette dame. Il s'appelle Castle.

L'homme passerait un mois en mer avec elle, à sa place. Comme Viola l'aurait voulu si Jin n'avait pas bouleversé sa vie. Ses yeux se posèrent sur le verre de Joshua, resté sur la table. Au bout de trois ans, ses recherches au sujet de son père allaient bientôt aboutir. Et après deux ans d'enquête, Viola Carlyle cesserait enfin d'être au centre de ses préoccupations. Sa mission était terminée, il avait payé sa dette.

Eccles leva son verre pour porter un toast.

— À l'Angleterre.

— À l'Angleterre, répéta Jin en portant son regard sur la mer agitée.

18

Chers concitoyens de Grande-Bretagne,

L'arrogance de l'aristocratie ne cesse de nous stupéfier. Prenez connaissance du message suivant, que j'ai reçu hier du Faucon en chef :

« Madame,

J'ai le grand plaisir de porter cette nouvelle à votre connaissance. Faucon de Mer est de retour en Angleterre, et par conséquent disponible si vous désirez lui faire mordre la poussière. Toutefois, une fois que vous aurez fait sa connaissance, je crains que vous ne vous intéressiez plus aux autres membres de notre petit club insignifiant. Comme de nombreux capitaines, il a tendance à faire tourner toutes les têtes. S'il devait faire tourner la vôtre, je souffrirais de ne plus être l'objet de votre attention. Si par hasard vous apprenez son vrai nom, je vous en prie, faites-moi l'honneur de me communiquer le lieu et l'heure de votre rendez-vous. Il se peut que je me cache dans les buissons pour y assister et pleurer la perte que je m'inflige en ce moment. Cependant, il faut donner à une dame ce qu'elle désire. Et si je puis satisfaire vos désirs de cette manière, je le ferai volontiers, dussé-je en souffrir.

Votre dévoué

Faucon Pèlerin, secrétaire du Falcon Club »

Il s'adresse à moi comme si j'étais une demi-mondaine qu'il pouvait charmer par de sottes flatteries. Il s'imagine que les femmes, incapables de raisonner, sont des idiotes écervelées.

Notez bien ceci, Faucon Pèlerin : vos fausses cajoleries me laissent indifférente. Je découvrirai l'identité de Faucon de Mer, ainsi que la vôtre, et je les révélerai au grand jour. Je livrerai vos noms aux pauvres citoyens de Grande-Bretagne dont vous gaspillez l'argent pour vous livrer à des jeux de petit garçon.

Lady Justice

19

— C'est… plus grand que dans mon souvenir.

Viola contempla par la fenêtre du carrosse la maison qui se dressait devant elle.

Ce n'était pas une maison, c'était un château !

Savege Park était un immense bâtiment surmonté de nombreuses cheminées. L'océan se reflétait sur les vitres de douzaines de fenêtres donnant à l'ouest. À l'est, les fenêtres servaient de miroirs aux collines d'un vert émeraude parsemées de moutons blancs.

La maison de campagne de sa sœur, comtesse de Savege.

À quelques kilomètres de là, caché derrière un promontoire, se trouvait Glenhaven Hall, le manoir du baron de Carlyle où Viola avait passé les dix premières années de sa vie. Mais quand ils avaient débarqué à Exmouth, Jin lui ayant laissé le choix, Viola avait décidé de venir d'abord voir sa sœur, avant de rencontrer l'homme qui n'était pas vraiment son père.

Elle était fatiguée par le voyage, ses membres étaient endoloris par les cahots de la voiture, et elle avait les nerfs à fleur de peau.

— Quel dommage que votre ami, M. Castle, ne soit pas là, dit le gentleman assis à côté d'elle.

M. Yale, un ami de Jin, était toujours poli, bien qu'un peu caustique parfois, et il avait certainement un petit verre dans le nez. Ce qui ne l'empêchait nullement de s'exprimer comme un gentleman, et n'effaçait pas la lueur d'intelligence dans ses yeux gris. Il lui avait tenu compagnie et l'avait distraite pendant le voyage en voiture.

Jane, la grande perche au visage terne que Jin l'avait obligée à prendre comme servante au départ de la Trinité, ne disait jamais un mot.

Jin avait décidé de faire le voyage à cheval, et galopait derrière eux.

Pour un homme qui jurait, six semaines plus tôt, de ne jamais la quitter des yeux jusqu'à ce qu'elle soit chez sa sœur, il était étrangement absent. Ils ne s'étaient vus qu'une seule fois avant de quitter la Trinité. C'est là qu'il lui avait présenté Jane, et avait annoncé qu'elle voyagerait sur un navire de la Marine royale.

Pendant le voyage, elle l'avait simplement aperçu, au loin, à bord de son propre navire. Les deux bateaux étaient puissants, et ils n'avaient croisé aucun ennemi. La frégate du capitaine Eccles possédait cent vingt canons, et le bateau que Jin avait acheté à Tobago était remarquable. Il n'était pas aussi beau que le *Cavalier*, mais bien meilleur que l'*Orage d'Avril*. Viola ne s'était pas inquiétée, mais elle se sentait perturbée.

La présence à bord d'Aidan ne l'avait pas aidée. Elle avait été abasourdie lorsqu'il avait annoncé, à Port-d'Espagne, qu'il devait se rendre en Angleterre pour voir sa famille. Une fois à bord, sa sollicitude l'avait rapidement irritée – et, comme elle s'y attendait, la compagnie de son cousin Seamus était pénible. Les officiers de marine et l'épouse du capitaine Eccles lui avaient procuré une agréable distraction. Mais la plupart du temps, elle restait dans sa cabine pour lire. Elle n'aimait pas voyager à bord d'un navire qui ne lui appartenait pas.

Et maintenant, Jin tenait sa promesse et la ramenait chez elle. Depuis un mois, il n'était plus qu'une ombre. Bientôt, il serait complètement sorti de sa vie.

C'était mieux ainsi. Elle ne pourrait pas l'oublier s'il restait dans les parages.

— Oui, je suppose que cela plairait à M. Castle, dit-elle en se tournant vers Wyn Yale.

Sur les quais d'Exmouth, Aidan avait lancé un coup d'œil au beau Gallois qui devait les accompagner, Jin et elle, jusqu'à Savege Park. Son expression s'était durcie. Viola ne comprenait pas la cause de cette jalousie. L'homme était beau et élégant, avec ses cheveux noirs et son costume qui lui donnaient un air un peu mystérieux. Mais il n'arrivait pas à la cheville de Jin, selon elle. Cependant, Aidan avait été nerveux à l'idée de la quitter pour se rendre dans sa famille. Il lui avait répété plusieurs fois à quel point il était désolé de ne pas être là quand elle retrouverait sa sœur et son père.

— Il a eu sûrement l'habitude de ce genre de maison, murmura-t-elle. Puisqu'il est anglais.

— Comme vous, bien sûr, répondit M. Yale avec un regard en coin.

Il sauta souplement à terre, et lui tendit la main. Elle parvint à descendre sans se prendre les pieds dans l'ourlet de sa jupe. Malgré les douces remontrances de Mme Eccles, elle avait porté son pantalon pendant tout le voyage. Elle ne s'était changée que lorsqu'on l'avait prévenue qu'ils arrivaient au port. Elle détestait se sentir faible.

L'homme responsable de ce sentiment mit pied à terre, confia son cheval à un valet vêtu d'une livrée noir et or, et vint vers eux. Ses habits de gentleman lui allaient bien. Ils étaient simples, mais semblaient de meilleure qualité que ceux de M. Yale.

Elle croisa son regard impassible et sentit son estomac se contracter.

La porte de la maison fut ouverte à la volée, et une femme apparut en haut des marches du perron. Elle était superbement vêtue, coiffée avec élégance, et son aspect était familier malgré les quinze années de séparation. Viola reconnut ses yeux, ses longs doigts fuselés plaqués sur ses joues, sa jolie bouche ouverte d'étonnement.

— Viola ? murmura-t-elle. Viola ?

Viola acquiesça d'un petit signe de tête.

Serena dévala l'escalier, ses jupes flottant autour d'elle, et la prit dans ses bras. Elle était plus grande que Viola, qui enfouit le visage au creux de son épaule en inhalant son parfum. Nouant les bras autour de la taille de sa sœur, elle ferma les yeux. Elle n'avait pas pensé à ce qui se passerait quand elles se reverraient, mais elle ne s'attendait pas à cet accueil, à cet amour.

Serena desserra son étreinte, s'écarta et posa la main sur la joue de Viola.

— Je ne sais pas par quoi commencer, dit-elle en la regardant.

Ses yeux étaient remplis de larmes.

— Je pourrais dire que tu es devenue une beauté, mais tu as toujours été belle. Je voudrais te poser des centaines de questions, mais tu dois être fatiguée par ce long voyage. Je suis stupéfaite. Je n'arrive pas à croire que c'est toi, ajouta-t-elle en la reprenant dans ses bras.

— C'est bien moi, chuchota Viola. Je suis désolée.

Serena haussa les sourcils.

— Désolée ? Mais pourquoi ?

— De ne pas être revenue plus tôt.

Le sourire de Serena disparut, mais non la douceur de son regard.

— Oh, Viola, nous avons tellement de choses à nous dire ! Quinze ans à rattraper, fit-elle en prenant sa main. Mais avant tout, je dois des remerciements à ces messieurs. Monsieur Yale, je suis heureuse de vous voir. J'espère que vous resterez quelque temps avec nous.

Elle fit une révérence parfaite. Sa robe élégante et ses cheveux blonds scintillaient à la lumière de la lampe qu'un serviteur avait apportée, car le soir tombait.

— Merci de nous avoir ramené ma sœur.

— Ce fut un plaisir, lady Savege, répondit M. Yale en s'inclinant.

Serena alla vers Jin, et lui serra les deux mains.

— Comment pourrais-je vous remercier ? dit-elle d'une voix étouffée.

Les yeux de Jin brillèrent dans la pénombre avec un éclat que Viola n'avait jamais vu.

— Vous n'avez pas à me remercier.

— En fait, il n'y a rien que je pourrais dire pour exprimer ma reconnaissance.

— Je suis justement récompensé.

Viola avait du mal à respirer. Le regard de Jin la bouleversait toujours, mais cette fois c'était pire que tout. Car tout à l'heure, quand le comte l'aurait dédommagé, il partirait.

— Mademoiselle Carlyle, puis-je vous escorter à l'intérieur ? demanda M. Yale en lui offrant le bras.

Serena tournoya sur elle-même.

— Oh non, monsieur ! Je ne la laisserai pas en d'autre compagnie que la mienne, tant que je ne l'aurai pas eue au moins une semaine pour moi toute seule !

Passant un bras autour de la taille de Viola, elle lui fit gravir les marches.

— Mon époux s'est absenté, mais il rentrera dans la semaine, j'espère. Quand j'ai reçu le message de Jinan, j'ai envoyé une lettre à Alex pour lui demander d'écourter son voyage. Il sera heureux de faire ta connaissance. Mais il ne faut pas que ce que t'a dit M. Seton à son sujet t'influence. Tu dois te faire ta propre opinion.

— M. Seton ne m'a rien dit au sujet de lord Savege.

— Cela ne m'étonne pas de Jinan, répondit sa sœur en riant doucement. Entrez, messieurs. M. Button va vous servir des rafraîchissements dans le salon, pendant que les valets s'occupent des bagages.

Une armée de valets en livrée transportaient les malles, ou attendaient les ordres de Serena qui entraînait Viola vers l'escalier. Le hall était carrelé de marbre, les marches couvertes de tapis orientaux et éclairées par des douzaines de chandeliers. Dans la galerie se trouvait un portrait de la maîtresse des lieux. Avec un bébé.

Viola contempla le tableau. Serena portait une luxueuse robe dorée, son cou et ses cheveux étaient ornés de diamants. Elle serrait dans ses bras un minuscule enfant habillé de blanc. La mère posait sur le bébé endormi un regard empreint de tendresse.

— Oh, ne regarde pas ce tableau idiot. Alex a insisté. Il est très fier d'être papa. Mais j'ai détesté poser, et Maria aussi. Elle n'a cessé de s'agiter.

— Tu as une fille…

— Ta nièce, précisa Serena, en resserrant le bras sur sa taille.

— Tu l'as appelée Maria.

— Comme maman. Viens, maintenant. Mme Tubbs a préparé la plus jolie chambre pour toi. Avec un bain chaud et une bonne tasse de thé. Quand tu seras habillée, nous dînerons. Si tu en as la force. J'ignore pourquoi Jinan a insisté pour faire ce voyage en un jour. Exmouth est à plus de quatre-vingts kilomètres, et il y a toutes ces collines à franchir. Tu dois être exténuée.

— Pas vraiment.

Viola écarquillait les yeux comme une enfant en regardant autour d'elle.

Le corridor était interminable. Elles tournèrent plusieurs fois, gravirent des marches et en descendirent d'autres, avant de s'arrêter enfin devant une porte de chêne sculpté.

La chambre n'était pas aussi vaste que le pont de l'*Orage d'Avril*, mais elle n'en était pas loin, surtout en comptant le cabinet de toilette adjacent. Partiellement garnis de panneaux de bois, les murs étaient peints d'un rose délicat. Le lit à baldaquin était somptueux. Avec la table de bois doré et le miroir étincelant, la pièce semblait tout droit sortie du pays des fées.

— Est-ce que c'est ta chambre ? demanda Viola.

— Non, idiote. C'est la tienne. Ton bain est prêt, et une servante va venir t'aider. Mais j'aimerais rester avec toi, si tu le veux bien.

Viola se tourna vers le couloir.

— Je crois que Jane est…

Mais Serena lui prit le bras et l'entraîna dans la pièce, refermant la porte derrière elles.

— Mme Tubbs est ma gouvernante, et c'est une personne adorable. Elle veillera à ce que Jane ait un bon dîner et puisse se reposer. Elle reviendra à ton service demain matin. Pour ce soir, je te prête ma femme de chambre. J'espère que cela te convient ? Je suis désolée, j'aurais dû te demander ton avis, mais j'ai pensé qu'après ce long voyage…

Serena se mordit les lèvres, un geste qui lui était familier et que Viola retrouva tout au fond de sa mémoire.

— Viola ?

— Mmm ?

— Tu ne te sens pas bien, dit Serena d'une voix tremblante. C'est l'épuisement, bien entendu.

Elle alla vers la table sur laquelle était posé un plateau avec des tasses en porcelaine et une assiette de biscuits. Serena servit le thé, et la porcelaine tinta entre ses doigts.

— Il faut que tu boives un peu de thé. Cela t'aidera à te sentir mieux, j'en suis sûre… Oh, mon Dieu. Mes nerfs me jouent des tours. Mais c'est la première fois que je revois ma sœur que j'ai crue morte pendant quinze ans.

Elle se détourna, et Viola vit ses épaules trembler.

— Oh, Ser, non…

Quand Serena se retourna, son visage était strié de larmes. Elle posa la tasse, et les deux femmes s'étreignirent. Elles restèrent un long moment blotties l'une contre l'autre.

Serena envoya un message d'excuses aux messieurs, et fit servir un souper léger dans la chambre de Viola. Celle-ci prit un bain, enfila sa chemise et son pantalon de batiste, lisant dans les pensées de sa sœur. Elle avait toujours deviné ce que pensait Serena, même quand elles étaient toutes petites.

— Mes vêtements de nuit ne te plaisent pas.

— Ce sont des vêtements de nuit ? Oh, je suis soulagée. J'ai cru que tu comptais te promener dans la maison vêtue ainsi. Les domestiques auraient été scandalisés, ajouta-t-elle en riant.

Viola rit aussi. Puis elle se rappela comment Jin l'avait trouvée dans sa cabine, le soir où il était venu chercher le sextant. Son amusement disparut aussitôt.

— Pardonne-moi, dit Serena en lui caressant la joue comme le faisait leur mère, autrefois. Je ne sais pas de quelle façon tu as vécu pendant tout ce temps. Tu risques de me trouver assez stupide. Jinan dit que tu as passé beaucoup de temps en mer.

— Je sais, ma peau est très brune, dit Viola en posant la main sur son visage.

— Non. Pas à ce point. Ta peau était toujours lumineuse quand nous étions petites.

Viola n'y tenait plus. Il fallait qu'elle pose la question qui lui brûlait les lèvres.

— Ser, pourquoi n'as-tu jamais répondu à mes lettres ?

— Quelles lettres ?

— Celle que je t'ai écrites, les premières années.

— Il n'y a pas eu de lettres. Je n'ai rien reçu. Tu m'as écrit ?

La gorge de Viola se noua douloureusement.

— Elle n'a pas dû les envoyer.

— Elle ?

— Ma tante. Je vivais avec elle et ses enfants. Je m'occupais d'eux.

Serena lui prit le visage à deux mains.

— Vi, raconte-moi tout. Depuis le début.

Elle commença par parler de Fionn. Serena précisa que son père avait su la vérité. Tout le monde croyait que Viola était morte, excepté elle. Leur mère était allée attendre toutes les nuits au bord de la falaise, sous la pluie. Quinze jours plus tard, elle avait été emportée par une mauvaise fièvre.

Puis Serena lui parla de la seconde épouse du baron, aujourd'hui disparue, et des enfants d'un premier mariage qu'elle avait laissés derrière elle. Diantha, qui avait seize ans, et la petite Faith, qui vivait toujours à Glenhaven Hall. Charity, l'aînée des demi-sœurs de Serena, s'était mariée, et son demi-frère, sir Tracy Lucas, possédait un domaine dans l'Essex.

Viola raconta à son tour, sans omettre le rôle qu'avait joué Aidan dans son histoire ni le réconfort qu'il lui avait prodigué quand Fionn était tombé malade.

— Tu aimes beaucoup M. Castle, n'est-ce pas ?

— Oui.

C'était la vérité. Il aurait été injuste de renier leur passé.

— Où est-il à présent ?

— Il a fait le voyage avec nous jusqu'à Exmouth. Il est parti dans le Dorset pour voir sa famille dont il a été séparé pendant des années. Il m'a dit qu'il nous rendrait visite ici, si cela ne te fait rien.

Serena posa sa tasse de thé, et reprit la main de sa sœur.

— Bien entendu. Vi, accepterais-tu de reporter la visite à notre père pendant quelques jours ? Nous pourrions rester toutes les deux, avant le retour d'Alex.

— Et que feront M. Yale et M. Seton ?

— M. Yale sera très heureux de séjourner ici. Il trouvera à s'occuper. Et Jinan partira vraisemblablement demain matin. Il ne reste jamais longtemps chez nous. Ni ailleurs, dois-je dire.

Avec un sourire de conspiratrice, elle ajouta :

— Nous aurons la maison pour nous seules.

Viola éprouva une sensation de vide. Mais le regard affectueux de sa sœur la réconforta.

— C'est une idée merveilleuse.

Cette nuit-là, elle dormit sur le divan. Le lit était trop grand, trop moelleux : elle ne s'y sentait pas à l'aise. De crainte de blesser sa sœur, elle froissa les draps le lendemain matin, et s'assit sur l'oreiller de dentelle pendant que sa servante la coiffait, pour donner l'impression qu'elle l'avait utilisé. Jane garda les lèvres pincées.

— J'ai mal au dos, bredouilla Viola.

— Bien sûr, mademoiselle, répondit Jane en tirant sur une mèche rebelle.

— Aïe !

— Croyez-vous que lady Serena gigote ainsi quand sa femme de chambre la coiffe ?

Viola lui lança un regard noir dans le miroir.

— Avez-vous parlé ainsi à M. Seton quand il vous a engagée ? Lui avez-vous fourni des références ?

— Non, et oui à la deuxième question, mademoiselle.

Ses lèvres étaient fines et fripées. Lorsqu'elle eut terminé, Viola regarda son reflet et fut partagée entre le rire et les larmes.

Fronçant le nez, elle arracha les épingles de sa coiffure, et s'empara d'une brosse qu'elle passa dans ses cheveux. Quand ses boucles furent répandues sur ses épaules, elle les rassembla pour les nouer en queue de cheval. Puis, levant le nez d'un air effronté, elle passa devant Jane et descendit dans la salle du petit déjeuner.

Elle se perdit en route. Elle s'arrêta trois fois pour demander son chemin aux valets qu'elle croisa. Finalement, elle atteignit la salle à manger sans trop savoir comment. C'était un très joli salon. De hautes fenêtres laissaient entrer le soleil matinal.

— Bonjour, mademoiselle Carlyle.

M. Yale posa son journal et se leva pour la saluer.

Campé près de la fenêtre, Jin se retourna et lui fit un simple signe de tête.

La confusion s'installa dans l'esprit de Viola. Il ne s'inclinait pas devant elle, alors qu'ils se trouvaient dans la demeure d'un comte. Il était insupportable. Mais elle était heureuse de le revoir.

Le regard de Jin glissa sur sa chemise, son gilet et son pantalon, et l'ombre d'un sourire se dessina sur ses lèvres. Elle tressaillit. Elle avait toujours l'apparence d'un marin, même si elle avait rangé ses armes dans sa malle. Mais à l'intérieur, elle était comme une de ces crèmes pâtissières que Serena lui avait fait goûter hier soir. Et c'était une délicieuse sensation. Pendant si longtemps, elle avait voulu s'endurcir, devenir une femme de fer. Mais elle n'avait jamais vraiment aimé cela. Ce n'était pas dans sa nature.

Toutefois, il était malheureusement dans sa nature de tomber amoureuse d'hommes qui ne l'aimaient pas.

— Je pensais que vous seriez parti, maintenant, dit-elle.

— J'ai l'intention de le faire sous peu, répondit Jin. J'espérais pouvoir prendre mon petit déjeuner avant mon départ.

— Où allez-vous ?

M. Yale émit un petit rire narquois.

— C'est un peu comme si vous demandiez à un requin ce qu'il pense manger pour le dîner. M. Seton va où il a envie d'aller, mademoiselle Carlyle. Et personne ne connaît ses intentions. N'est-ce pas, mon ami ?

Jin s'approcha du buffet pour prendre une tasse.

— Tu espères me suivre à la trace, Yale ? demanda-t-il en remplissant la tasse de café. Je pensais que tu y avais renoncé.

— Une vieille habitude, répondit M. Yale en balayant cette idée d'un geste de la main. Puis-je demander à l'un de ces messieurs de vous servir un assortiment de gourmandises, mademoiselle Carlyle ?

Il lui présenta une chaise et désigna les deux valets.

Viola avait mangé un peu trop de gâteaux à la crème la veille. Cela ne convenait pas à un estomac habitué aux biscuits de mer infestés de charançons.

— Seulement du thé.

Elle s'assit, consciente que les quatre hommes présents avaient les yeux fixés sur elle. Gênée, elle s'éclaircit la voix.

— Comment se fait-il que vous vous connaissiez, tous les deux ?

— Un vieil ami nous a présentés, expliqua M. Yale.

— Qui donc ?

Elle se leva pour prendre la tasse des mains du valet. Leurs doigts se heurtèrent, le thé se renversa, le poignet de sa chemise et les gants du valet prirent une teinte brune.

— Oh, je suis désolée ! s'exclama-t-elle en attrapant une serviette pour lui essuyer la main.

— Ce n'est rien, mademoiselle, bredouilla l'homme en rougissant.

— Je n'aurais pas dû… Pardon.

Le valet s'inclina, et sortit. M. Yale s'approcha de la desserte et servit une tasse de thé.

— Le vicomte Colin Gray nous a présentés. C'est un homme sérieux et responsable. Quelqu'un de bien. Et comme il m'a fait connaître notre ami ici présent, il m'a indirectement permis de vous connaître aussi. Ce dont je lui suis reconnaissant.

Il posa la tasse de thé devant elle, en souriant.

— Je ne peux croire que ces compliments soient sincères, monsieur Yale.

— Ils le sont, mademoiselle Carlyle. Ce n'est pas tous les jours qu'un homme a la chance d'admirer une ravissante jeune femme qui a su faire quelque chose de sa vie. J'ai trouvé votre conversation délicieuse, hier. Grâce à vos histoires de bateaux, je n'ai pas vu le temps passer.

— Je vous remercie.

Elle lança à Jin un regard en coin, mais il garda les yeux fixés sur sa tasse.

— Je dois avouer que je ne me rappelle pas très bien de quoi nous avons parlé, ajouta-t-elle. Mais j'ai bien aimé cette histoire au sujet de la sœur de lord Savege, qui a fait la connaissance de son mari alors qu'ils étaient retenus dans une auberge à cause d'une tempête de neige… Mais j'étais fatiguée, il me semble.

Ou plutôt préoccupée, à la pensée d'un homme qu'elle ne parvenait pas à chasser de son cœur.

— Ah, oui, soupira Yale. Nous avons fait ce voyage à vive allure. Notre ami commun ici présent est impitoyable. Il se soucie peu de l'avis des autres, et encore moins de celui des dames.

Son regard narquois passa vivement de Viola à Jin.

— Ah, tu es là !

Serena entra dans le salon, vêtue d'une robe de mousseline bleue garnie de dentelle. Agrippant la main de Viola, elle considéra avec stupeur sa manche humide.

— Qu'avez-vous fait, monsieur Yale ? Vous avez renversé du thé sur ma sœur ? Maraud !

— Ce mot ancien me plaît ! s'exclama Yale. Mademoiselle Carlyle, j'accepte le rôle de maraud. Voulez-vous prendre celui de la damoiselle en détresse ? Vous me remettrez sur le droit chemin, et votre sœur portera sur moi un regard plus indulgent.

Viola aurait voulu sourire, mais elle en était incapable.

— M. Yale n'a pas renversé le thé, Serena. C'est moi qui me suis montrée maladroite, bien sûr.

— Peu importe, tu ne peux rester ainsi une minute de plus. Viens, ma chérie, dit Serena en prenant sa sœur par la main. Tu vas te changer, et nous prendrons le petit déjeuner sur la terrasse en regardant la mer. Il y a une agréable petite brise, aussi nous n'aurons pas trop chaud.

Elle fit passer le bras de Viola sous le sien.

— Jinan, M. Button m'a dit que vous aviez déjà demandé votre cheval. Pourquoi partez-vous si vite ? Vous pourriez au moins rester jusqu'au retour d'Alex.

— Je regrette, madame, répondit Jin en s'inclinant. J'ai des affaires à régler à Londres.

Le cœur de Viola se serra. Son accent était tellement anglais. Et son attitude parfaitement formelle.

— Les affaires, toujours les affaires, marmonna M. Yale. Malgré tous tes serments et tes annonces.

— Je te demande pardon, Yale. Je ne me rappelle pas avoir fait d'annonces.

— Je remarque que tu ne nies pas avoir fait de serments.

— C'est exact. Mais tu ennuies les dames avec tes discours. Lady Savege, dites à votre mari que je reviendrai dès que possible et que j'ai hâte de le voir.

— Parfait, répondit Serena. Allons-y, Viola.

Viola hocha la tête. Jin la regardait.

C'était un au revoir.

— Faites bon voyage, parvint-elle à dire d'une voix éteinte.

Il s'inclina cette fois, mais garda le silence. Des sanglots nouèrent la gorge de Viola. Détournant les yeux, elle suivit Serena.

— Ser, dit-elle alors qu'elles montaient à l'étage. J'aimerais une nouvelle robe. Peut-être plusieurs. Y a-t-il une boutique dans les environs ?

— Bien sûr, tu auras autant de robes que tu en voudras. Mais il n'est pas question d'aller dans une boutique. Nous ferons venir la couturière d'Avesbury. Elle fait les plus jolies robes de tout le Devonshire. Ce sera amusant : je t'habillerai, comme quand nous étions enfants. À l'époque, tu te moquais de ce que tu portais, tant que tes vêtements étaient confortables et que tu pouvais courir.

— J'aimerais aussi que tu m'apprennes à être une vraie dame.

— Mais Vi, tu es déjà…

— Non. Visiblement non. J'ai sans doute su un jour ce qu'une dame doit savoir, mais j'ai tout oublié. J'aimerais apprendre à me comporter comme une dame, ensuite je déciderai si cela me convient ou non, conclut-elle en redressant les épaules.

— Si cela te convient ? Tu penses donc repartir en Amérique ? Bientôt ?

Viola prit les mains de sa sœur.

— Non, non. Je n'ai rien décidé, je t'assure. J'aimerais rester ici avec toi. Mais tu vois, j'ai laissé toute ma vie derrière moi. Mon navire, mon équipage, et… Peu importe. Tu dois m'enseigner à être une dame, Serena. Je te promets d'être une élève appliquée.

Elle apprendrait, comme elle avait appris à hisser une voile et manœuvrer un bateau. Quinze ans plus tôt, cela lui avait permis de supporter la perte de sa famille et de sa vie à Glenhaven Hall.

À présent, elle pouvait devenir une dame dont Serena serait fière. Pas une femme qui dormait sur le canapé, s'habillait comme un homme et renversait du thé sur les domestiques. Et en entreprenant cette immense tâche, elle oublierait peut-être un certain regard d'un bleu de cristal, et l'étreinte enivrante d'un homme auquel elle avait eu la sottise de donner son cœur.

— Elle est incroyablement jolie, dit Yale à mi-voix, les yeux sur la porte que lady Savege et Viola venaient de franchir. Vraiment.

Jin croisa le regard du valet et lui fit signe de sortir.

Le Gallois poussa un soupir.

— Ah, nous ne sommes pas là pour parler des jolies filles, n'est-ce pas ? Quel dommage.

Il se rassit. Mince, brun, il incarnait à la perfection une élégance distinguée mêlée d'indolence. Mais Jin ne se laissait pas duper par cette posture.

— Tu auras amplement l'occasion de faire la cour à Mlle Carlyle quand je serai parti.

— Mais ce serait beaucoup plus drôle de la courtiser en ta présence. J'aime voir souffrir les autres hommes.

Jin ne prit pas la peine de protester. Yale avait toujours eu un sens de l'observation très développé. C'était une des raisons pour lesquelles il avait confiance en lui. Et une des deux raisons qui le poussaient à quitter Savege Park aussi vite. La deuxième était inavouable. Il était incapable de réprimer son envie de toucher Viola quand elle était près de lui. Mais il ne pouvait plus poser la main sur elle.

Il avait à faire ailleurs. Maintenant que son premier objectif était atteint, il devait songer au deuxième.

— Toujours dans le pétrin, Wyn ?

— Pourquoi crois-tu que je t'aie répondu aussi vite ? J'espérais que tu aurais vingt-cinq livres à me prêter, évidemment.

Jin s'appuya à la desserte.

— Constance m'a écrit. Elle s'inquiète pour toi.

— Naturellement. Il faut qu'elle s'inquiète pour quelqu'un, et elle ne peut plus le faire pour Leam. Colin, le grand chef, ne confie aucune mission à une femme, et de toute manière il est trop occupé à échanger des lettres avec lady Justice. Quant à toi, tu as été absent si longtemps que personne ne se rappelle à quoi tu ressembles. Donc, il ne reste plus que moi.

— Quel discours.

Jin prit sa tasse de café. Le breuvage avait tiédi, mais il faisait déjà doux dehors, et il n'aurait pas froid sur la route. Une route qui l'éloignerait définitivement de Viola Carlyle.

— Il n'est pas dans la nature de Constance de s'agiter pour rien. A-t-elle une raison particulière de s'inquiéter ?

Yale pivota vers lui en étrécissant les yeux.

— Ne peux-tu le vérifier par toi-même, mon ami ?

— Je ne te fais pas suivre, si c'est ce que tu insinues.

— Ah ? C'est une première.

— Je n'ai lancé qu'une seule fois quelqu'un sur ta piste.

— Et je suppose que tu vas prétendre que tu étais inquiet pour moi et Leam, cette fois-là ?

— En effet.

Yale le dévisagea d'un air songeur.

— Tu ne mens jamais, n'est-ce pas, Jinan ?

— Puis-je t'aider de quelque façon, Wyn ? As-tu vraiment besoin d'argent ?

Le Gallois pianota sur la table.

— J'ai surtout besoin d'un verre.

— Ce qui explique la lettre que Constance m'a envoyée.

— Tu sais quoi, Jinan ? Je viens d'avoir une idée merveilleuse. Constance a besoin de s'inquiéter pour un homme, et tu vis dangereusement. Tu devrais l'épouser et ainsi me débarrasser d'elle.

Jin haussa les sourcils.

— Non ? Écoute, reprit Yale avec un sourire sardonique. Une héritière mariée à un aventurier. Ce serait le couple parfait. Elle pourrait s'inquiéter pour toi jusqu'à la fin des temps. Pourquoi pas ?

— Et pourquoi ?

— Quoi ? Son extraordinaire beauté et sa dot considérable ne suffisent pas à te décider ? dit-il en croisant les bras. Je suppose qu'une dame doit aussi savoir commander un navire pour séduire le Faucon de Mer ?

Jin s'écarta de la desserte et gagna la porte. Yale rit doucement et ajouta d'un ton plus sobre :

— Colin a besoin de toi et de ton navire en Méditerranée. À Malte, apparemment.

— Malte ? répéta Jin en s'arrêtant devant la porte.

— Je crois, oui. Il s'agirait d'un complot visant à chasser les Britanniques. Une héritière s'est enfuie et ses parents l'ont reniée, mais elle doit être retrouvée au plus vite avant d'être prise entre deux feux. Il m'a demandé de me rendre sur place, et souhaite que tu m'y conduises.

— Je te ferai connaître ma réponse.

Jin se dirigea vers le hall et sortit dans l'allée où son cheval l'attendait, chargé de ses sacs de voyage. Sans un autre coup d'œil à la maison ni à la terrasse où Viola prenait son petit déjeuner, il enfourcha sa monture et s'éloigna.

Il avait un évêque à voir à Londres, et un coffret à récupérer. Il logerait dans son appartement de Piccadilly, rendrait visite à Colin Gray et à un amiral ou deux. Puis il tenterait de récupérer la boîte ayant appartenu à sa mère.

Mais il était oppressé.

Quelque chose lui disait que ce voyage était inutile, qu'il errait sans but précis. Alors que la distance entre lui et la femme qu'il devait fuir augmentait, Jin eut l'impression, pour la première fois depuis vingt ans, d'être perdu en mer.

20

Au début, Viola aima l'idée de devenir une dame. La couturière étala devant elle des gravures de mode, des tissus, des dentelles. Elle s'extasia sur sa silhouette, tout en regrettant que son teint soit gâché par le soleil. Puis Viola fut recouverte de soie, de taffetas et de mousselines aériennes. Elle fut mesurée, criblée d'épingles, traitée comme un mannequin. Des jupons et des rouleaux de tissus furent exposés dans la chambre. Ainsi que des petites vestes, des corsets, des châles garnis de franges, des gants de toutes les couleurs, et toute une panoplie de chapeaux.

Viola prit un papier et une plume, et nota le nom de chaque article afin de s'en souvenir plus tard. Cela lui rappela les premiers mois qu'elle avait passés en mer. Elle avait noté le nom de toutes les vergues, des voiles et des armements, et les avait appris par cœur. Elle se rendit compte en écrivant que son journal de bord lui manquait. Elle y consignait chaque soir les moindres événements de ses journées. Hantée par ces souvenirs, elle ne put apprécier pleinement la séance d'essayage. Mais celle-ci réjouissait visiblement Serena, et Viola ne voulait pas priver sa sœur de ce plaisir.

Quand M. Yale pointa son nez dans l'embrasure pour leur demander où elles en étaient, la couturière le chassa. Un homme n'avait rien à faire dans le boudoir d'une dame. Viola se demanda ce que penseraient Serena et Mme Hamper si elle leur disait qu'elle avait invité un homme dans son « boudoir ».

Ce soir-là, Viola dormit de nouveau sur le canapé, en se promettant d'essayer le lit la nuit suivante. Le bruit des vagues sur la plage, en contrebas, la réconfortait.

Un deuxième jour d'essayage succéda au premier. Mme Hamper retoucha une robe de mousseline sur elle. Viola accepta de se faire coiffer, ce que Jane fit avec enthousiasme. Au matin du jour d'après, elle descendit dans la salle du petit déjeuner en présentant toute l'apparence d'une dame digne de Savege Park.

Mais les habits ne suffisaient pas à faire une dame.

— Laquelle dois-je utiliser pour les œufs ? demanda-t-elle à voix basse à son voisin de table.

M. Yale se pencha vers elle et répondit sur le même ton :

— La cuillère à œufs.

Serena était assise de l'autre côté de la table, et un valet se tenait devant chaque porte.

— Et quelle est la cuillère à œufs ?

— La plus petite, chuchota M. Yale.

— Vous avez l'air de deux nigauds, lança Serena. Je me demande ce que George et Albert pensent de vous.

M. Yale pointa l'index vers la petite cuillère et se cala dans son fauteuil.

— Nous devrions leur demander. George, Albert, pensez-vous que nous sommes des nigauds ? Soyez francs.

George fronça les sourcils sous sa perruque blanche.

— Eh bien… je ne sais pas, monsieur.

— Réponse évasive. Et vous, Albert ?

— Wyn, cessez de taquiner les domestiques.

— Albert ? répéta M. Yale.

Le jeune valet répondit en toute franchise.

— Je trouve étrange, monsieur, qu'il y ait une cuillère destinée uniquement aux œufs à la coque. Cela m'a toujours intrigué.

— Ah, vous voyez, madame ? Albert est du même avis que votre sœur et moi. Nous avons beaucoup trop de cuillères dans la haute société.

— J'aimerais savoir lesquelles utiliser selon les circonstances, déclara fermement Viola. Hier soir au dîner, je ne savais plus quoi faire. Je crains d'avoir utilisé la cuillère à soupe pour la gelée, ou peut-être l'inverse.

Serena posa son journal.

— La cuillère que nous utilisons n'a pas d'importance, Viola. N'est-ce pas, monsieur Yale ?

— Absolument aucune.

— Mais cela en a pour moi, protesta Viola. Tu as promis de m'apprendre à être une dame, Serena. Tu dois tenir parole.

— Très bien, si c'est ce que tu souhaites.

— Tout à fait.

— Puis-je participer à ce projet ? suggéra M. Yale en piquant un morceau de bacon du bout de sa fourchette. J'ai désespérément besoin de rafraîchir mes connaissances sur l'art de se tenir à table.

— Monsieur Yale, je suis sérieuse. Je ne voudrais pas que ma sœur ou lord Savege se sentent embarrassés à cause de moi.

— Et je désire sincèrement vous aider, mademoiselle Carlyle. Si vous voulez être une dame aux yeux de la société, vous le serez.

— Merci, répondit-elle.

C'était au moins la centième fois qu'elle remerciait quelqu'un en quatre jours. Le seul à qui elle n'avait pas dit merci était Jinan Seton. L'homme qui avait insisté pour qu'elle retrouve sa famille en Angleterre. L'homme qui avait accepté son pari idiot, et lui avait fait l'amour avec une passion qu'elle n'aurait jamais crue possible.

L'homme qui l'avait quittée sans même un mot d'adieu.

Il ne méritait pas d'être remercié. Il n'était qu'une canaille. Lui qui se vantait de ne jamais prendre ce qui ne lui appartenait pas, il lui avait volé son cœur. Comme un pirate. Il ne valait même pas la peine qu'elle se souvienne de lui.

Quand Viola fut vêtue convenablement – dans des habits très inconfortables –, Serena et M. Yale lui firent découvrir tout ce qu'une jeune fille bien éduquée devait connaître. Le dessin, la peinture, le chant, la musique, quelques mots de français et d'italien. Toutefois, il devint vite évident qu'elle devait d'abord apprendre certaines choses basiques.

— Je sais comment marcher, grommela-t-elle. Il suffit de mettre un pied devant l'autre.

— Ah, oui, dit M. Yale en lui faisant quitter sa chaise pour la conduire au milieu de la terrasse. Mais quand on est une dame, on a une démarche moins décidée que sur le pont d'un bateau. Il faut s'efforcer de glisser sur le sol comme un ange.

— Un ange ? s'exclama Viola avec un grand rire.

— Absolument. Tout le monde vous prendra pour un ange, jusqu'à ce qu'on vous voie marcher sur l'ourlet de votre robe ou vous esclaffer de cette manière.

— Les dames n'ont-elles pas le droit de rire ?

— Bien sûr que si, affirma Serena. Mais pas avec autant d'entrain. C'est une règle idiote, si tu veux mon avis.

— Sans doute, mais je ne l'ai pas inventée, déclara M. Yale avec une moue.

Il prit la main de Viola et s'écarta légèrement.

— Et maintenant, mademoiselle Carlyle, faites quatre pas en laissant un écart de dix petits centimètres entre chaque pied.

— Dix centimètres ?

— Pour commencer, répondit-il, les yeux brillants.

— Je dois apprendre à faire des pas minuscules comme une femme dans un harem ?

Serena laissa fuser un grand rire.

— Certainement pas, grommela M. Yale. Nous commençons en exagérant un peu les règles, puis nous adapterons celles-ci de façon appropriée.

— Je vois.

Elle fit un pas, et il secoua la tête.

— L'écart était au moins de vingt centimètres. Et, au fait, les dames ne font pas allusion aux harems.

— C'est ridicule, marmonna Viola en faisant encore un pas.

— Quinze centimètres.

— Ce n'est pas drôle ! J'aimerais encore mieux changer les couches de Maria.

— Encore quinze.

— Bon, voilà !

Soulevant légèrement la masse de ses jupons de dentelle, elle fit le pas le plus délicat qu'on puisse imaginer.

— Ah. C'est beaucoup mieux. Et bien sûr, une dame ne doit jamais soulever sa jupe au-dessus du pied.

— C'est vrai, Ser ?

— J'en ai peur.

Serrant les dents, Viola fit encore un pas.

— Elle apprend vite, commenta M. Yale.

— Elle a toujours été douée, répondit Serena.

— C'est impressionnant.

— En effet.

Viola émit un petit sifflement.

— Je suis là, vous savez ?

— Une dame ne doit jamais s'insinuer dans une conversation sans qu'on l'y ait invitée. Et elle ne doit pas siffler.

— Ce n'est pas drôle.

— La plupart des dames ne le sont pas.

Viola regagna son fauteuil à petits pas. Elle se laissa tomber sur les coussins avec un grand soupir, attrapa un gâteau sur le plateau et le dégusta avec plaisir. C'était une délicieuse récompense pour son application.

Au bout de quelques secondes, le salon lui parut très silencieux. Elle leva les yeux. M. Yale et Serena regardaient d'un air désolé le sucre répandu sur sa jolie robe verte.

— Oh, zut !

La leçon suivante porta sur les couverts, puis sur la façon de donner le bras à un gentleman, et la suivante encore, sur le langage.

— Je sais que j'ai l'accent américain. Un peu. Mais je ne vois pas ce qu'il y a de mal à cela.

Viola maintint d'une main son chapeau sur sa tête. La brise marine était assez forte sur la route longeant la côte. Elle était un peu perturbée de voir la croupe des chevaux d'aussi près, mais M. Yale maniait les rênes avec facilité, et Serena semblait à l'aise. D'après eux, elle devait s'habituer à voyager dans ce genre de véhicule.

— Votre accent est charmant, mademoiselle Carlyle.

— Alors, qu'est-ce qui ne va pas dans ma façon de parler ?

— Vous devriez éviter d'abréger les mots.

M. Yale lui donnait toujours ce genre de conseil avec le même charme, qu'il soit sobre ou éméché. Il n'avait pas encore bu aujourd'hui, mais il le ferait sans doute dès qu'ils rentreraient de promenade. Toutefois, cela ne semblait pas affecter ses manières. Il était clairement admiratif, et jamais menaçant. Pourquoi aurait-il dû paraître menaçant ? Viola n'aurait su le dire. C'était un vrai gentleman, et elle n'en avait pas rencontré un seul depuis son enfance. D'autre part, il était très séduisant.

— Quel est le problème avec les mots abrégés ?

— Il n'y en a pas, répondit-il. Mais si vous voulez avoir l'air à la mode, vous devez les éviter.

Les leçons de maintien alternaient avec les visites à la nursery, au cours desquelles elle jouait avec sa petite nièce, et aussi avec des séances de torture infligées par Jane et la femme de chambre de sa sœur. Viola n'avait pas une très haute opinion de cette femme qui lui avait épilé les sourcils, avait demandé aux servantes de lui frotter les pieds à la pierre ponce, puis de lui couper les ongles et de les lustrer. Quand elle suggéra de lui couper les cheveux, Viola finit par regimber.

— Mes cheveux resteront comme ils sont ! Quand il y a du vent, je dois pouvoir les attacher en queue de cheval.

— Ils sont parfaits ainsi, en convint Serena.

Une fois que Viola eut appris à manier les fourchettes, cuillères et couteaux, et à servir le thé, elle se sentit prête à des épreuves plus difficiles. Apparemment, elle faisait preuve d'un peu trop d'ambition.

— Mes mains ne sont pas faites pour la peinture.

Ses doigts glissèrent sur le pinceau. Une tache bleue prenait toute la place sur le papier posé face à elle sur un chevalet.

— Sans doute. Quoi qu'il en soit, énonça M. Yale, une dame ne doit jamais parler de ses mains.

— Pourquoi ?

— Parce que cela donne aux messieurs des idées qu'ils ne doivent pas avoir en société.

Serena écarquilla les yeux, et Viola sourit.

M. Yale haussa les sourcils d'un air innocent.

— Je croyais que nous devions être francs, afin de faire l'éducation de Mlle Carlyle.

— En effet, admit Serena. Mais Wyn, vraiment…

— Madame, étant donné que votre époux fut autrefois un des plus grands libertins qui ait honoré de sa présence les salons londoniens, je m'étonne de votre pruderie.

— Mais il s'est amendé, répliqua Serena en clignant des paupières.

Viola appliqua un peu plus de peinture sur le papier, et pencha la tête de côté. Son bateau ressemblait à un tapis.

— Il a raison, Ser, dit-elle en soupirant. C'est pas comme si…

— *Ce n'est pas* comme si.

— Ce n'est pas comme si je ne savais pas à quoi pensent les hommes. J'ai vécu entourée de cinquante-quatre hommes à bord ..

— Cinquante-quatre ? Seigneur !

— J'ai côtoyé ces hommes pendant dix ans. Les hommes ne s'intéressent qu'à une seule chose.

Comme celui dont elle était bêtement tombée amoureuse, et qui n'avait voulu d'elle que pour cette chose… avant de la ramener en Angleterre.

— Non, pas tous les hommes, répliqua Serena en essuyant sa toile à l'aide d'un chiffon. M. Yale a passé une semaine à nous aider à parfaire ton éducation sans penser une seule fois à ce genre de chose. N'est-ce pas, Wyn ?

Serena et Viola se tournèrent vers lui, attendant une réponse.

— Tout à fait, dit-il d'un ton plat.

— Tu vois ? fit Serena en reportant son attention sur la toile.

Le gentleman eut un sourire en coin, et fit un clin d'œil à Viola. Celle-ci se mit à rire.

— Ne vous tracassez pas, monsieur Yale. Je sais que vous ne vous intéressez pas à moi.

— Je vous demande pardon. Je suis aussi sensible que n'importe qui à un joli minois et une belle silhouette…

— Viola, tu es délicieusement franche ! s'exclama Serena en riant. Je t'adore.

— Étais-je aussi sûre de moi quand nous étions enfants ?

— Absolument. Même au moment où ces marins sont venus vers nous, sur la falaise. Tu as battu des cils en les regardant d'un air effronté, avant de leur demander comment ils s'appelaient et ce qu'ils faisaient sur les terres de ton père. Ils étaient tellement ahuris que si nous avions pensé à fuir, nous aurions eu une belle avance sur eux.

— Mais nous n'avons pas eu la présence d'esprit de le faire. Et maintenant, je suis là à apprendre l'aquarelle, alors que je devrais connaître toutes les techniques de peinture depuis dix ans.

— Vous n'y seriez jamais arrivée, assura M. Yale en venant regarder par-dessus son épaule. Vous n'avez pas le moindre talent pour l'aquarelle. Quelqu'un a envie de jouer du piano ?

Serena soupira.

— Quel soulagement ! Je déteste la peinture.

— Alors pourquoi diable..., s'étonna Viola.

— Tu voulais être une dame accomplie, lui rappela sa sœur en gagnant la porte. Le piano est dans le salon, ainsi que la harpe. Et le thé sera servi dans un quart d'heure.

Viola regarda sa sœur disparaître dans le couloir en mâchonnant le bout de son pinceau. Son regard se reporta sur son aquarelle, et ses épaules s'affaissèrent. Une semaine à peine s'était écoulée, et elle en avait déjà assez. Elle aurait aimé que tout cela soit aussi facile que de manier un voilier.

M. Yale se leva et lui offrit le bras. Elle poussa un soupir exaspéré.

— Je n'ai pas besoin de vous donner le bras pour aller jusqu'au salon, n'est-ce pas ?

— Cela vous fera un entraînement.

— Vous êtes vraiment désintéressé, monsieur Yale ?

— Je ne dirais pas cela, mademoiselle, répondit-il d'un ton posé. Je suis simplement loyal envers un homme qui m'a sauvé plusieurs fois la vie.

Elle le regarda, bouche bée.

— Les dames n'ouvrent pas ainsi la bouche.

Viola se ressaisit et se leva. Les yeux baissés, elle regarda les chaussures vernies de M. Yale.

— Redites-moi comment vous avez fait sa connaissance.

— Je ne suis pas libre de vous révéler cette information, répliqua-t-il en lui prenant la main pour la glisser sous son bras. Mais si vous lui posez la question, il sera peut-être enclin à vous le dire. En fait, je pense qu'il le fera.

— Et que vous a-t-il dit sur moi ?

M. Yale la regarda un moment avant de répondre.

— Il ne m'a rien dit. Ce n'était pas nécessaire.

— Vous vous trompez. Mais de toute façon, je ne pense pas que je le reverrai un jour pour lui demander quoi que ce soit.

— Je regrette d'insister, madame, mais il est probable que vous serez détrompée par les événements.

— Voyez-vous, monsieur Yale… je crois que la plus grande difficulté dans le fait de devenir une dame est d'accepter que les gentlemen prétendent en savoir plus que moi. En fait, je suis persuadée que je ne m'y ferai jamais. Aussi, je ne serai sans doute jamais une vraie dame, en fin de compte. Quel soulagement ! ajouta-t-elle en souriant. Je commençais à m'inquiéter.

Sur ces mots, elle dégagea son bras, tourna les talons et sortit sans son aide.

— Son Excellence refuse de vendre.

Le vicomte Gray était assis en face de Jin. Le soleil de fin d'été projetait une lumière jaune sur la table du pub. Ils étaient les seuls clients de l'établissement, situé dans un quartier tranquille de Londres. Comme Jin, le vicomte s'était habillé simplement pour leur rendez-vous. Mais son expression volontaire et son regard direct trahissaient sa place dans la société.

— Le secrétaire de l'évêque m'a assuré que rien ne pourrait le convaincre de se séparer d'une partie de sa collection d'art oriental. Et surtout pas de cet objet.

Gray souleva sa chope de bière.

— Qu'y a-t-il dans cette boîte, Jin ?

— Rien de spécial.

— Alors pourquoi me demandes-tu mon aide ?

Sa voix était douce, sa posture détendue. Mais Colin Gray n'était pas idiot.

— Cela me paraissait la façon la plus sûre d'acquérir ce coffret, répliqua Jin.

— Bien sûr.

Il était inutile d'en dire plus. Plusieurs membres du conseil de l'Amirauté tenaient Jin en grande estime, mais Gray avait davantage de relations.

— Cependant, reprit le vicomte, étant donné que j'ai accepté de t'aider sans poser de questions, tu pourrais me donner une explication.

— Ton aide ne m'a rien fait gagner. Et si tu ne voulais pas m'aider, rien ne t'y obligeait.

Jin fit mine de se lever. La main du vicomte s'abattit sur son poignet et le serra comme un étau.

— Tu as fait appel à moi car tu désirais garder l'anonymat. Je veux savoir pourquoi.

— Retire ta main, Colin. Si tu ne veux pas que je la coupe.

— Tu n'es pas armé.

— En es-tu certain ?

Gray le relâcha.

— Il y a sept ans, quand nous avons commencé, je ne comprenais pas pourquoi Blackwood avait une telle confiance en toi.

— Vraiment ? Alors pourquoi m'as-tu gardé tout ce temps dans le Falcon Club ? Tu tiens tes amis près de toi, et tes ennemis encore plus près ?

— Peut-être, au début. Tu étais un atout remarquable, avec tes contacts dans les ports, et dans toutes les couches de la société à Londres. Et ton navire.

Jin se renversa dans son fauteuil et croisa les bras avec nonchalance.

— J'ai donc mon utilité ?

— Mais j'ai vite vu ce que Leam savait depuis longtemps, continua Gray. Nous n'avons jamais été d'accord, toi et moi. Tu es imprévisible, et tous tes actes semblent ne servir que tes objectifs. Mais les apparences sont parfois trompeuses. Tu es le seul homme, en dehors de Leam, à qui je confierais ma vie sans hésiter, déclara Gray en soutenant son regard. Parle. Je pourrai peut-être t'aider.

Jin observa l'aristocrate. Rien n'obligeait Gray à poursuivre sa mission au sein du Club. Il avait un titre et disposait d'une grande fortune. Pour lui, chaque agent était un être précieux. Leam, Wyn, Constance, et même lui... Gray considérait qu'ils étaient tous sous sa responsabilité.

— Il n'y a pas que moi que tu veux aider, n'est-ce pas, Colin ?

— Blackwood. Et Yale. Je sais mieux que personne ce que tu as fait pour eux. Je sais que tu as protégé Leam quand il voulait quitter le Club. Tu es parti en mer du Nord pourchasser ces rebelles écossais, alors que tu avais un voyage en projet.

Jin ne nia pas. Gray était avisé.

— Yale n'a jamais dit un mot à ce sujet, mais je sais que tu étais présent le soir où il a tiré sur cette fille. Je sais aussi que Constance t'a demandé ton aide.

— Tu sais tout cela ? Et quelle est ta conclusion ?

Gray se massa brièvement la nuque.

— Seigneur, j'ai l'impression d'avoir eu une discussion avec toi. C'est un progrès. Pendant un an et demi, je t'ai envoyé des lettres auxquelles tu n'as pas répondu, ajouta-t-il en se levant. Jin, si tu as besoin de mon aide, tu l'auras. En attendant, le directeur doit savoir s'il peut compter sur toi pour les problèmes que nous avons à Malte. J'espère que Yale t'en a touché un mot ?

— Il m'en a parlé.

— Es-tu avec nous, ou vas-tu faire comme Blackwood ? Constance dit que tu fais toujours partie du Club. Mais je veux l'entendre de ta bouche.

Pourquoi pas ? Il pouvait fort bien traverser la Méditerranée et remplir une nouvelle mission pour le roi et le Falcon Club. Pour la première fois en deux ans, il n'avait rien d'autre à faire, et il serait content de mettre de la distance entre l'Angleterre et lui. Le coffret et la femme qu'il convoitait n'étaient pas à portée de main.

— Je te contacterai.

— J'espère avoir bientôt de tes nouvelles, répondit Gray en tendant la main.

Jin la serra. Il hésita, puis les mots franchirent ses lèvres sans qu'il sache très bien d'où ils venaient.

— Colin… Merci.

Une étincelle passa dans les yeux sombres du vicomte.

— Je t'en prie.

Jin demeura seul quelques instants dans le pub, avant l'arrivée de Mattie et Billy.

— Matouba dit qu'il n'est pas bien vu dans ce pub, il a préféré nous attendre à bord, annonça Billy en s'asseyant.

— Nous avons vu le vicomte partir, grommela Mattie. Il avait l'air aussi sombre que Matouba. Vous l'avez contrarié ?

Jin le regarda, impassible.

— Vous avez pu apprendre quelque chose d'intéressant ?

— Oui, grâce à un valet. L'évêque possède beaucoup d'objets auxquels les domestiques n'ont pas le droit de toucher. Ce ne sera pas facile de dérober cette boîte.

— Cela ne nous a jamais arrêtés, remarqua Billy en souriant de toutes ses dents.

Mattie haussa les épaules et prit son verre.

— Comment s'appelle ce valet ? demanda Jin.

— Hole Pecker.

— Son emploi du temps est régulier ?

— Il quitte la maison à 22 heures, quand l'évêque rentre, déclara Mattie en posant les mains sur la table. Écoutez. Billy, Matouba et moi, nous allons faire ça à votre place.

— Je n'ai pas encore l'intention de faire quoi que ce soit. Je me renseigne simplement sur le personnel de l'évêque.

Billy élargit les yeux. Mattie se renfrogna.

— Écoutez, capitaine, vous ne pouvez plus faire ce genre de chose.

— Il a raison, renchérit Billy.

— Comme je viens de vous le dire, je ne vais rien faire. D'ailleurs, ce…

— Il va prétendre que ce ne sont pas nos affaires, Bill, grommela Mattie. Mlle Carlyle avait raison quand elle disait que nous avions le plus arrogant et le plus entêté des capitaines.

— C'est vrai.

Billy hocha pensivement la tête, et Jin ne put réprimer un sourire.

— Cette dame me manque beaucoup, ajouta Billy en rougissant. Comment va-t-elle, maintenant qu'elle est dans cette grande maison, capitaine ?

— La dernière fois que je l'ai vue, elle allait très bien.

— Je parie que lady Savege lui fait porter des jupes, des rubans et des fanfreluches.

Certainement. Et le seul endroit où il avait envie de se trouver, c'était à côté d'elle. N'importe où, avec elle. Vêtue comme elle en avait envie.

— Messieurs, le bateau est-il prêt à partir ?

— Paré à larguer les amarres. Nous allons lever l'ancre ?

— Peut-être.

Mattie fit la moue.

— Vous n'allez pas soudoyer Pecker pour qu'il vole cette boîte ? Ou pour qu'il vous ouvre la porte de derrière, afin d'aller la voler vous-même ? Je pensais que c'était votre idée.

— Je n'ai rien de spécial en tête, Matt. C'était juste de la curiosité, dit Jin en se levant.

Il quitta les deux hommes, et sortit dans les rues encombrées par les attelages, les piétons, les colporteurs, les marchandes de fleurs. Le tourbillon londonien qu'il avait découvert des années plus tôt, la première fois qu'il était venu en Angleterre – le pays d'une partie de ses ancêtres.

Gray avait raison. Il s'était frotté à toutes les couches de cette société londonienne. Depuis les lords qui siégeaient au Parlement, jusqu'aux types qui leur faisaient les poches pour nourrir leurs enfants affamés. La vie qu'il avait menée l'avait satisfait.

C'était terminé. Il était sur des charbons ardents ; rien ne l'apaisait. Car il n'avait plus de but, et l'espoir qu'il avait nourri un moment s'était éteint. Son père avait peut-être été un gentleman fortuné. Peut-être. Sans cette boîte, il ne le saurait jamais.

Il s'arrêta pour glisser une guinée dans la poche d'une mendiante aveugle. Vive comme l'éclair, elle lui agrippa la main.

— Dieu vous bénisse, mon fils, dit-elle d'une voix éraillée.

Ses yeux opaques étaient agités dans son visage émacié.

— Je ne suis le fils de personne, grand-mère, dit-il doucement. Mais j'accepte votre bénédiction.

Il relâcha la main osseuse de l'inconnue, et replongea dans la cohue qui ne recelait plus pour lui le même attrait qu'autrefois. Il préférait ne pas se questionner sur ce changement, ne pas se demander ce qui s'était passé en lui. Il n'avait pas envie de s'aventurer sur ce chemin. Il n'était pas assez fou pour cela.

Malte le tentait de plus en plus.

21

— Lady Savege, je crains que votre sœur ne soit pas douée, dit l'épouse du pasteur d'une voix sourde.

— Vraiment, madame Appleby ? répondit Serena.

— Elle a les doigts assez durs pour pincer les cordes, voyez-vous, mais...

Cachée derrière la porte dans le corridor, Viola ne voyait pas Mme Appleby, mais elle savait qu'elle se tordait les mains. Elle n'avait cessé de le faire pendant chaque leçon de harpe. C'était une musicienne dont les talents étaient reconnus, mais une personne triste et effacée.

— ... mais elle n'a pas la délicatesse nécessaire.

— La délicatesse ?

— La grâce que doit avoir une harpiste.

— Je n'ai pas de grâce naturelle, murmura Viola à l'intention de Wyn Yale qui se tenait derrière elle.

— Je ne dirais jamais cela, chuchota-t-il.

— Non, mais vous le pensez très fort.

— Je préférerais être battu plutôt que de l'admettre.

— Vous êtes vraiment bizarre, monsieur Yale.

— Jamais une dame ne m'avait dit cela. On m'a dit que j'étais beau et chic. Aimable, oui. Mais bizarre, jamais.

— Eh bien, d'après Mme Appleby, je ne suis pas une dame. Donc, ce que je dis ne compte pas.

Serena et l'épouse du pasteur se tournèrent vers la porte. M. Yale lui prit le bras et franchit le seuil du salon avec elle.

— Ah, madame Appleby, nous serons très tristes de ne plus vous voir, mais Mlle Carlyle s'est blessé le petit doigt avec... euh..., bredouilla-t-il en lui pressant délicatement la main.

— Une poulie ! Je veux dire... avec un caillou !

— Ah oui, un caillou, répéta-t-il en lui lançant un regard de connivence. Elle ne pourra pas continuer de prendre des leçons avec vous.

Il relâcha Viola, et agrippa le bras de Mme Appleby.

— Permettez-moi de vous escorter jusqu'à la voiture de lord Savege. Albert va vous raccompagner.

Ils sortirent, tandis que M. Yale continuait :

— Oh, Albert ? C'est un garçon formidable, vous savez. Il ne comprend pas à quoi servent les cuillères à œufs, mais je ne peux le lui reprocher le moins du monde...

— Wyn est complètement loufoque, dit Serena en riant. Et je crois qu'il t'admire beaucoup. Il serait reparti à Londres depuis longtemps si tu n'étais pas là.

— Il est très gentil. Je ne me souvenais pas que les gentlemen pouvaient être aussi... aussi...

— Jeunes et beaux ?

— J'allais dire idiots. Mais je me rappelle que le baron jouait à des jeux ridicules avec nous, n'est-ce pas ?

— C'est vrai, admit Serena d'un ton grave. Je m'en souviens très bien.

Un domestique apparut à la porte et s'inclina.

— Madame, un gentleman vous attend dans le salon bleu. Il a demandé que son nom ne soit pas annoncé, et il désire vous voir en tête à tête.

— Comme c'est étrange. Vi, je vais voir de quoi il s'agit. Je reviens dans un instant. Le jardinier a coupé des douzaines de fleurs, et je me disais que nous pourrions faire des bouquets.

— Tant que je ne suis pas obligée de coudre ou de jouer d'un instrument de musique, tout va bien.

Viola s'approcha de la fenêtre et regarda l'océan qui s'étendait jusqu'à l'horizon. Le vent s'était levé, laissant prévoir un orage d'été. Si elle avait été à bord de son navire, elle aurait fait fermer les écoutilles et replier les voiles, n'en laissant que quelques-unes pour les guider sous le vent. Elle aurait envoyé les hommes en bas et établi des équipes de garde. Une fois la tempête passée, elle aurait ouvert des bouteilles de rhum ou de vin de Madère, Becoua aurait joué de la mandoline, Frenchie aurait chanté. Et ils auraient fêté cette nouvelle victoire sur les éléments.

Elle soupira, et de la buée apparut sur la vitre. Cela faisait deux mois maintenant qu'elle était séparée de son bateau et de son équipage, et… et ils ne lui manquaient pas.

Sauf Crazy, qui était son plus vieil ami. Et aussi la bonne humeur de Sam et de Frenchie. Et le petit Gui, qui avait pleuré à chaudes larmes quand elle avait quitté Port-d'Espagne. Sa cabine douillette lui manquait. Et elle se demandait ce que faisaient ses hommes à Boston, en ce moment. Mais la vie en mer ne lui manquait pas.

Elle avait adoré commander son bateau, longer les côtes du Massachusetts pour capturer des navires pirates. Elle était restée à des centaines de kilomètres d'Aidan parce qu'elle ne voulait pas renoncer à cette vie. Et maintenant, cette vie ne lui manquait pas.

En revanche, Jin lui manquait. Beaucoup.

Son projet de devenir une dame n'était pas suffisant pour l'effacer de ses pensées. Dans son cœur, une douleur sourde subsistait et lui rappelait qu'il avait mis sa vie sens dessus dessous.

Elle joua du bout des doigts avec les rubans de son corsage, essayant de respirer à fond malgré son corset. Ses pieds étaient prisonniers de ces ridicules petites mules, et elle était lasse de rester une heure devant son miroir chaque matin pendant que Jane la coiffait.

— À partir de demain, murmura-t-elle en soufflant encore de la buée sur la vitre, je me ferai une queue de cheval. Cela fera sourire Serena et mettra Jane en colère. Et moi, je serai beaucoup plus à l'aise, déclara-t-elle en effaçant la buée du bout du doigt.

— Vi ?

Sa sœur se tenait sur le seuil.

— Oui ? Qui était le visiteur ?

— Je crains que tu ne sois fâchée, dit Serena en croisant les mains. Il a appris par les domestiques que tu étais là, et il m'a écrit. Je lui ai répondu qu'il devait attendre que tu sois prête. Mais tu ne parlais pas de lui et je ne voulais pas te bousculer…

— C'est le baron, n'est-ce pas ?

— Il a très envie de te voir.

Viola traversa le salon, en respirant autant qu'elle le pouvait malgré ce maudit corset qui lui comprimait la poitrine.

— Il ne faut pas le faire attendre, déclara-t-elle en prenant la main de sa sœur.

Elle longea le corridor d'une démarche guindée, comme Serena et M. Yale le lui avaient appris, mais ses mains étaient moites. Serena fit signe au valet d'ouvrir la porte.

Le gentleman qui se tenait au milieu du salon n'était pas du tout assorti au décor. Entouré des dorures et des tentures de velours bleu nuit, il faisait l'effet d'un épouvantail de cordes et de chiffons. Maigre, les tempes dégarnies, il était simplement vêtu. Mais ses yeux n'avaient rien perdu de leur douceur, et ils étaient emplis de larmes.

Viola sentit sa gorge se nouer.

— Viola ?

— Bonjour, monsieur, dit-elle en esquissant une révérence.

Le front parcheminé du baron se plissa.

— Tu tiens donc à faire des cérémonies avec moi ? Ma petite fille est devenue une dame du monde, qui refuse de venir prendre ma main ?

Viola s'approcha de lui et posa les mains entre les siennes. Des larmes roulèrent sur les joues du baron, puis sur celles de la jeune femme.

— Vos mains sont toujours les mêmes, chuchota-t-elle.

Chaudes, rassurantes. Comme elles étaient restées dans son souvenir au cours du premier mois à bord, puis toutes les nuits par la suite quand elle songeait à sa vie passée et se demandait si son papa allait se lancer à sa recherche. Ensuite, Fionn lui avait dit qu'ils la croyaient tous morte, et elle avait cessé de rêver. Les rêves étaient bons pour une fille comme Serena, pas pour une aventurière comme elle. Son papa aurait voulu qu'elle soit courageuse.

Et donc, elle l'avait été. Mais maintenant, elle tremblait de nouveau comme une fillette de dix ans.

— Tu es aussi belle que ta mère.

Un bon sourire se dessina sur le visage du baron, creusé par les ans.

— Ma petite fille. Ma Viola. Comme je t'ai pleurée.

Elle s'était donné tellement de mal pour oublier l'affection de ceux qu'elle aimait.

— Vous m'avez manqué aussi, papa.

Il resserra les doigts sur les siens, et Serena ravala un petit sanglot.

— Vi, ils sont là ! s'exclama Serena depuis la porte de la cuisine.

— Ils ? répéta Viola.

Elle posa une branche de romarin et ôta son tablier.

— Alex et ses amis. Il a quatre invités.

Le cœur de Viola tressauta. Quatre invités ? Était-il possible que…

Il ne fallait pas s'emballer. Elle jeta un rapide coup d'œil aux herbes qui séchaient sur les plateaux. Dans son apprentissage pour devenir une dame, c'était la tâche la plus anodine qu'elle avait accomplie jusqu'à présent, et aussi sa préférée. Mais les herbes pouvaient attendre.

Elle s'en voulut d'éprouver de l'espoir. Mais cela ne l'empêcha pas de se précipiter avec sa sœur à l'entrée de la maison, où les domestiques transportaient déjà malles et sacs de voyage. Les valets et les servantes s'étaient mis en rang dans le hall pour accueillir leur maître. Grand, bien bâti et remarquablement séduisant avec ses cheveux châtains, il lança à la cantonade :

— Où est mon épouse ?

— Je suis là, milord.

Viola n'avait jamais entendu Serena s'exprimer avec une telle douceur. Lord Savege posa les yeux sur elle, et ses traits se détendirent.

— En effet, elle est là.

Il vint vers elle, lui prit la main et l'embrassa.

— Comment allez-vous, ma chère ? Et comment va notre fille ?

— Nous allons très bien, toutes les deux. Maria fait la sieste, expliqua Serena en glissant un bras sous le sien. Alex, permettez-moi de vous présenter ma sœur, Viola.

— Mademoiselle Carlyle, dit-il en s'inclinant. Soyez la bienvenue.

Trois dames et un gentleman entrèrent dans le hall. Viola ne connaissait aucun d'entre eux. Le valet referma la porte derrière eux et elle sentit son cœur sombrer, tout en se reprochant d'avoir espéré.

Au cours des minutes suivantes, elle comprit pourquoi sa sœur était tombée amoureuse du comte de Savege. Il n'était pas du tout guindé, comme elle avait pensé que l'étaient tous les comtes. Il avait des manières détendues, et beaucoup de charme.

— Ma sœur Kitty, lady Blackwood, voulait faire votre connaissance, révéla-t-il. Mais elle est restée en ville avec son nouveau-né, en espérant que nous nous y rendrons tous prochainement. En attendant, elle a envoyé ses amies pour la remplacer.

Une jeune fille mince comme une liane, avec des yeux sombres et des cheveux soyeux, fit la révérence.

— Je suis Fiona Blackwood, dit-elle avec un léger accent écossais. Kitty, la sœur de lord Savege, est l'épouse de mon frère. Vous êtes très jolie.

Une autre jeune femme s'approcha. Elle avait une chevelure d'un blond très pâle, et elle examina Viola à travers ses lunettes à monture d'acier.

— Comment allez-vous, mademoiselle Carlyle ? Mon nom est Emily Vale, mais je préfère que vous m'appeliez Lysistrata.

— Vous avez encore changé de nom, milady ? lança M. Yale en entrant dans le hall. Vous vous êtes lassée de Boadicée, j'imagine ?

— Boadicée était le nom qu'Emily s'était choisi, avant Lysistrata, chuchota lady Fiona à l'oreille de Viola.

— Je ne m'en suis pas lassée, protesta Emily. Mais je suis déjà lasse de vous, et pourtant vous n'êtes là que depuis dix secondes.

Elle observa une pause et reprit :

— Quinze secondes, maintenant, et je suis de plus en plus lasse.

Sa pique fit rire M. Yale.

— Ne faites pas attention à ma petite Emily, chère mademoiselle. Elle n'aime pas les longs voyages en voiture.

Une élégante dame vêtue de noir, de blanc et de rouge, embrassa Viola sur les joues, l'enveloppant d'un nuage de parfum français.

Deux ravissantes fossettes creusèrent les joues de lady Fiona.

— Mademoiselle Carlyle, je vous présente Mme Roche, dit-elle. Elle est la dame de compagnie de lady Emily, et souvent très drôle. Mais je vois que vous bénéficiez déjà d'une compagnie distrayante.

Son regard se posa sur M. Yale.

Serena poussa devant elle un homme mince, aux cheveux clairs et aux yeux bleus.

— Viola, voici notre beau-frère, sir Tracy Lucas.

— Appelez-moi simplement Tracy, dit-il en s'inclinant. Ce sera un honneur pour moi de vous appeler ma sœur.

— Quelle adorable compagnie, n'est-ce pas, mademoiselle Carlyle ?

Un sourire illumina les traits de lady Fiona. Elle était encore plus grande que Serena, et vêtue de mousseline blanche.

— Je suis enchantée de faire votre connaissance. Je sais que lady Emily – ou plutôt Lysistrata – le sera aussi quand elle aura oublié les désagréments du voyage.

Elle lança un coup d'œil à M. Yale.

— Croyez-vous que nous pourrons danser ?

Viola haussa les sourcils.

— En fait, je ne sais pas danser…

— C'est merveilleux ! Je vais vous apprendre.

Brusquement, la maison devint très joyeuse et animée. Une telle agitation ne gênait pas Viola. Ces Londoniens n'étaient pas comme sa sœur, ni comme le baron. Ils ressemblaient davantage à M. Yale. Ils étaient brillants, à la mode, et toujours très courtois. Cependant, la jeune femme s'éclipsa plus d'une fois pour aller se promener au bord de la falaise. Loin au-dessous d'elle, les vagues recouvraient la plage d'écume et les mouettes poussaient des cris perçants. Elle respirait l'air iodé, le soleil lui brûlait les joues, et elle était presque heureuse. Mais la sensation de vide dans son cœur ne semblait pas vouloir la quitter.

M. Yale demeurait doux et attentionné. Pourtant, il semblait moins à son aise.

— Lady Fiona vous admire, dit Viola.

Viola lança un coup d'œil à la jolie jeune femme penchée sur le piano. Elle jouait un air mélodieux et sa voix douce rappelait le chant des oiseaux.

— Oui, répondit-il en avalant une gorgée de porto. Si je laissais faire son frère, il me passerait la corde au cou.

— Je pensais que lord Blackwood était l'un de vos bons amis.

— Précisément.

Elle observa ses yeux gris, parfaitement clairs malgré les trois verres de vin qu'il avait bus pendant le dîner.

— Vous ne vous intéressez pas à elle ?

— Elle est absolument adorable.

— Mais…

— Mademoiselle Carlyle, il m'est impossible de poursuivre cette conversation. Je vous prie de m'excuser.

— Monsieur Yale, après avoir passé trois semaines en ma compagnie, vous devriez mieux me connaître et savoir que je ne renonce pas.

Il ne put réprimer un léger sourire.

— Ah. Disons les choses différemment. Je ne m'intéresse pas aux jeunes filles fraîchement sorties de l'école.

— Et pourtant, vous taquinez lady Emily chaque fois que l'occasion se présente. Elle n'a pas plus de vingt ans.

— Elle est différente.

— Elle vous considère comme un dandy indolent. L'êtes-vous ?

— Vous devrez vous faire votre propre opinion.

— Je ne dispose pas de beaucoup d'éléments de comparaison. Je ne connais que lord Savege, sir Tracy, et lord Carlyle.

— Vous avez omis de la liste notre ami commun. Jin Seton n'est-il pas un gentleman, mademoiselle Carlyle ?

— Je ne vois pas ce que vous voulez dire, répondit-elle en rougissant.

— Voilà, vous avez réussi ! s'exclama-t-il avec un grand sourire. Vous êtes devenue une vraie dame.

Elle ne savait si elle devait rire avec lui ou pleurer. Le monde qu'elle avait connu pendant quinze ans avait-il disparu en quelques semaines ? Si elle revêtait de nouveau son pantalon, se sentirait-elle comme avant ?

Les volants d'une robe blanche apparurent dans son champ de vision, telles les ailes d'une mouette.

— Monsieur Yale, dit lady Fiona en battant des cils. Si je joue demain, apprendrez-vous à danser à Mlle Carlyle ? Lady Savege m'a dit qu'il y aurait une réception à la fin de la semaine, et que tous les voisins seraient invités. Mais Mlle Carlyle ne sait pas danser, et il est hors de question qu'elle reste assise pendant que nous nous amusons. Elle est beaucoup trop jolie pour cela, ajouta-t-elle en prenant les doigts de Viola. Avec votre aide, je suis sûre que Mlle Carlyle sera prête pour notre petite fête. Qu'en dites-vous, monsieur ?

— Mademoiselle Carlyle, me ferez-vous cet honneur ?

— Eh bien… pourquoi pas ?

Elle ne pourrait pas faire pire qu'en peinture ou en musique.

Elle fit pire encore.

— Oh ! Je suis désolée.

— Ne vous excusez pas, ma chère, c'est ma faute.

Lord Savege eut un sourire espiègle. Viola fronça les sourcils et lui marcha encore une fois sur les pieds.

— C'est sans espoir.

— Les dames ne marmonnent pas sur la piste de danse, décréta M. Yale en la soustrayant aux bras de son cavalier.

— Je suppose que les dames n'ont pas non plus envie de déchirer leur corset pour respirer plus à leur aise ?

— Oh là ! s'exclama Mme Roche en riant. Mlle Carlyle est *vraiment charmante*, n'est-ce pas ? dit-elle en français.

— Absolument, répondit M. Yale avec une parfaite sérénité.

Serena rit doucement. Une délicieuse mélodie s'échappait du piano. Lady Emily elle-même, assise à l'écart avec un livre, ne put s'empêcher de sourire. Une brise d'été pénétrait par les fenêtres du salon, soulevant les tentures et les jupons de Viola. Elle ne pouvait pas ne pas se sentir heureuse. Elle était bien en compagnie de ses nouveaux amis, avec une foule de défis à relever et de talents à acquérir, dans la somptueuse maison de sa sœur. Ce vide qui persistait au plus profond d'elle-même semblait ridicule.

Lady Fiona fit courir ses doigts sur le clavier, et Viola effectua de nouveau les pas avec application. Tournoyant sur elle-même, elle se retrouva face à la porte du salon.

Il était là.

Jin. Il était arrivé sans prévenir. Toujours aussi beau, il l'observait.

Brusquement, elle sut qu'elle ne s'habituerait jamais à ce vide intérieur. Pas même si elle essayait de faire le tour du monde en bateau.

Car il n'existait pas d'aventure plus périlleuse que d'aimer Jin Seton sans être aimée de lui en retour.

22

Il ne pouvait pas la quitter des yeux. C'était plus fort que lui. Tandis qu'elle trébuchait, se prenait les pieds dans sa jupe, marchait sur les orteils de son partenaire et gâchait complètement l'harmonie de cette danse, il sentit le nœud qui s'était formé dans sa poitrine au cours du dernier mois se défaire doucement. Elle était belle. Aussi belle, coiffée et habillée comme une dame, qu'elle l'avait été dans ses habits de marin. Elle souriait, riait, exprimant son plaisir avec spontanéité. Elle dansait de tout son cœur, comme elle avait dirigé son bateau.

Enfin, son regard se posa sur lui. Elle ouvrit grand les yeux, et il en eut le souffle coupé. Elle trébucha de nouveau.

— Jinan, vous êtes revenu ! s'exclama lady Savege en tapant dans ses mains.

Son époux pivota sur lui-même et sourit. Il vint vers lui à grandes enjambées, la main tendue.

— Je ne t'embrasserai pas devant les autres, dit doucement le comte. Je sais que tu ne me le pardonnerais pas. Mais sache que si je pouvais le faire, je le ferais.

Jin s'autorisa un sourire. La dette qu'il avait contractée vingt ans plus tôt envers cet homme était enfin remboursée. Son cœur était allégé d'un grand poids.

Alex secoua la tête en riant et enchaîna :

— C'est donc là que tu étais pendant tous ces mois, alors que nous n'avions pas de nouvelles de toi ? Tu recherchais une jeune fille que tout le monde croyait morte ?

— Il me semblait que ce but en valait un autre.

— Et comment va mon bateau ? Ou plutôt, le tien ?

— Il est au fond des mers, Alex.

— Coulé ? Mais comment ? Par qui ?

— Par une dame.

Son regard se porta sur Viola. Alex écarquilla les yeux.

— Oui, confirma Jin en souriant. Elle est... remarquable.

Serena s'approcha.

— Bienvenue, Jinan ! Permettez-moi de vous présenter. Lady Emily...

— Nous nous sommes déjà rencontrés chez mes parents il y a deux ans, dit lady Emily sans quitter son fauteuil. Comment allez-vous, monsieur Seton ? J'espère que vous emmènerez M. Yale en partant, cette fois ?

— Cette dame est toujours aussi charmante, marmonna le Gallois. Tout s'est bien passé en ville, Seton ?

— Très bien, merci. Lady Emily, quel plaisir de vous revoir.

Il lança un coup d'œil à Viola. Ses yeux violet sombre étaient brillants, elle entrouvrit les lèvres. Il avait parlé sans réfléchir, dans le seul espoir d'attirer son attention.

Une fois de plus, un sentiment de panique s'insinua en lui. Il n'aurait pas dû venir. Mais il était trop tard. Il se ressaisit, se tourna vers la dame de compagnie de lady Emily et s'inclina.

— *Madame Roche, j'espère que vous allez bien*, dit-il en français.

— *Je vais très bien, monsieur. Merci.*

Mme Roche fit une révérence et désigna la jeune fille debout près du piano.

— Vous connaissez Mlle Fiona, la sœur de votre ami lord Blackwood, je suppose ?

Il s'inclina, et la jeune fille fit la révérence, en battant coquettement des cils.

— Et, bien sûr, je n'ai pas besoin de vous présenter ma sœur, s'exclama Serena en prenant le bras de Viola. Allons prendre le thé. Cette danse m'a donné soif.

— Ma chère, dit Alex, veuillez nous excuser. Je dois vous enlever ces messieurs un moment et leur proposer un remontant un peu plus fort que du thé. Seton, Yale, Lucas, voulez-vous me suivre ?

— Magnifique suggestion, murmura Yale.

Jin s'inclina devant les dames, et le suivit vers la porte. Rêver d'une femme, de ses yeux, de ses lèvres et de ses caresses, alors qu'elle se trouvait à des kilomètres, était une chose. Se trouver dans la même pièce qu'elle, sentir ses reins s'embraser et tenter de garder la tête froide, en était une autre.

Il était revenu. Viola n'avait pas été prévenue. Il n'avait été annoncé par aucun domestique.

Il avait fait son apparition en plein milieu du menuet, surgissant silencieusement sur le seuil du salon, comme s'il observait le petit groupe depuis des heures sans se montrer. Et maintenant, alors que tous les invités se regroupaient dans le salon avant le dîner, il se tenait près du piano. Lady Fiona minaudait en lui montrant ses partitions. Mme Roche restait à côté d'eux, mais la Française trois fois veuve et d'âge indéterminé, enveloppée de flots d'organza noir, n'inquiétait pas Viola en dépit de son élégance. Seule la ravissante Fiona la tracassait un peu. Elle aimait beaucoup cette jeune fille et était triste de l'envier en ce moment. Lady Fiona captait l'attention de Jin, et cela la rendait malade.

Il portait une veste foncée, un pantalon de daim et une chemise blanche. Il était impeccable. Mais il était toujours apparu ainsi à bord, parfaitement à l'aise et maître de lui.

Viola avait du mal à respirer normalement.

Elle surmonterait cette épreuve. Elle avait sa famille autour d'elle. L'affection de sa sœur, du baron, de ses nouveaux amis. De plus, elle avait la force de lui résister. À la Trinité, elle avait été aveuglée par ses sentiments. Mais aujourd'hui, elle était consciente du danger. Elle se battrait, même sans poignard et sans pistolet. Et si cela ne marchait pas, elle serait capable de sortir ses armes de sa malle et de le menacer de la pointe de sa dague pour le faire partir.

Serena et M. Yale parlaient de plantes en pot. Et la belle-fille du baron, Diantha Lucas, semblait s'intéresser à leur discussion.

— Lord Abernathy et lord Drake ont misé des orchidées rares lors d'une partie de cartes, mais ils ont fait match nul, déclara-t-elle en faisant tressauter ses boucles brunes. Je l'ai lu dans la rubrique des potins mondains du *Times*.

— Quelle excentricité ! remarqua Serena en riant.

M. Yale esquissa un sourire que Viola reconnut. Il semblait dire : « J'ai ingurgité une bouteille de brandy cet après-midi et rien ne peut m'atteindre. Même pas le fait que des aristocrates idiots misent des plantes exotiques. »

— Je trouve admirable que vous lisiez le journal, mademoiselle Lucas, dit-il simplement.

— Papa n'aime pas cela, mais j'ai appris à apprécier la lecture du journal à l'école Bailey.

— Bien entendu.

— Monsieur Yale, vous devriez boire moins et lire le journal plus souvent.

— Diantha !

— Tout ce que je veux dire, Serena, c'est que les beaux et jeunes messieurs ne devraient pas gâcher leur vie de cette manière.

— Pour une dame de… Quel âge avez-vous, mademoiselle Lucas, si je puis me permettre ?

— Seize ans et demi.

— Pour une demoiselle de seize ans et demi, mademoiselle Lucas, vous avez des opinions bien affirmées.

— Pourquoi pas ? rétorqua-t-elle en feignant l'innocence.

— Pourquoi pas, en effet, admit Yale. Je trouve cela admirable.

— Il y a un instant, cela vous semblait impertinent.

— Jamais de la vie.

— Vous n'êtes pas sincère, riposta-t-elle en fronçant les sourcils.

— Je ne le suis presque jamais, avoua-t-il. Mais je trouve en effet qu'un esprit informé est admirable, mademoiselle. Même si cela va de pair avec une certaine impertinence.

Avec un léger sourire, il s'inclina devant les deux jeunes femmes, puis s'éloigna.

Serena tapota le bras de sa demi-sœur.

— Ne fais pas attention à lui, Diantha.

— Mlle Yardley de l'école Bailey dit que les gentlemen boivent souvent beaucoup trop. Je lui ai dit que papa ne buvait pas, mais mon vrai père buvait. Mlle Yardley a peut-être raison, pour certains gentlemen.

Elle regarda M. Yale, les yeux brillants de curiosité.

Lady Fiona se mit à jouer au piano, et Viola reporta les yeux vers elle.

Jin la regardait.

Elle se détourna. L'impression de vide n'avait jamais été aussi forte. Par les fenêtres ouvertes, elle vit les nuages s'amonceler au-dessus de l'océan. Le soleil couchant les éclairait de ses rayons dorés. Elle sortit sur la terrasse. Le paysage était saupoudré de rose, et elle s'efforça d'apprécier la beauté du monde, comme elle le faisait toujours depuis son bateau.

— Le gaillard d'avant vous manque ?

Sa voix grave résonna près de son épaule. Elle se tourna vers lui.

— C'est votre faute.

— C'est un plaisir de vous revoir, Viola, dit-il en s'inclinant.

— Vous attendez-vous à ce que je fasse la révérence ?

— C'est la coutume, il me semble.

— J'ai appris, vous savez. Ainsi que beaucoup d'autres choses que doivent savoir les dames.

— Je n'en doute pas.

— Pourquoi m'avez-vous suivie jusqu'ici ? Pour me tourmenter ?

— Simplement pour vous saluer.

Il fit glisser sur elle un regard appréciateur, s'attardant sur ses cheveux et ses épaules.

— Ne me regardez pas ainsi.

— Comment ? Comme une belle femme qui se trouve devant moi, et... Il me semble que nous avons déjà eu ce genre de conversation.

À l'auberge, à leur arrivée à Port-d'Espagne, avant que toute sa vie bascule.

— Vous me regardez ainsi parce que j'ai été coiffée, poudrée, et que je suis méconnaissable.

— Tout à fait reconnaissable. Et déraisonnable.

— *Je vous en prie,* dit-elle en français.

Elle fit la révérence, déplia son éventail, et heurta le bout de son nez sans le vouloir. Il eut un sourire en coin.

— Vous avez appris le français ?

— *Où peut-on danser ?*

— Vous savez ce que cela veut dire ?

— Oui. Les seules autres phrases que j'ai mémorisées sont : *Les crevettes sont délicieuses* et *Allons-nous jouer aux cartes ce soir.* Si nous devions danser, je vous piétinerais sans doute les orteils, ce qui me procurerait une grande satisfaction. Pourquoi dites-vous que je suis déraisonnable ?

— Vous savez bien que je vous trouvais belle avant tout cela. Je vous l'avais dit.

Elle se tenait face à lui, le corps enflammé – ce qui était très inconvenant pour une dame –, dévorée par l'envie de se presser contre lui.

Elle devait dire quelque chose pour le repousser, avant d'oublier toute fierté et de se jeter à son cou.

— M. Yale a une façon beaucoup plus subtile de conter fleurette aux dames.

— Je ne vous conte pas fleurette, Viola.

Oh, pourquoi était-il revenu ? Elle souffrait et ne savait comment apaiser cette douleur.

— Il m'appelle Mlle Carlyle.

— Voulez-vous que je vous appelle ainsi ?

— Non.

— Viola…

Quelque chose, dans le ton de sa voix, lui fit battre le cœur.

— Quoi ?

Il haussa les sourcils, parut sur le point de répondre. Puis il se ressaisit et pinça les lèvres.

— Non.

Que voulait-il dire ? Pourquoi avait-il renoncé à parler ? Elle se mit à trembler.

— Non… quoi ?

— Je suis venu ici pour vous saluer et voir comment vous allez.

— Vraiment ?

— Oui.

Le soleil sombra, le rose disparut et le ciel, les pelouses et les murs austères de Savege Park furent enveloppés d'une fade lueur grise. Mais les yeux de Jin étaient toujours aussi beaux, et Viola eut la sensation de fondre. Elle esquissa une moue.

— Je suis certaine que vous pouvez trouver une meilleure compagnie à l'intérieur, lança-t-elle d'un ton léger.

— Je n'en doute pas.

— Ma sœur, par exemple. Elle semble beaucoup vous apprécier. Dieu sait pourquoi. Et, bien sûr, lady Fiona.

— Apparemment, vous me congédiez comme si j'étais encore votre second.

— Vous êtes congédié comme un homme avec lequel une dame n'a pas envie de parler.

Il finit par sourire. Un sourire éblouissant.

— Pourquoi souriez-vous ?

— Parce que vous êtes vraiment… unique.

Tournant les talons, il se dirigea vers les portes-fenêtres. Elle eut envie de lui prendre le bras, de le retenir dans la douce lumière du soir. De le toucher, tout simplement. Elle n'en avait jamais eu autant envie.

— Qu'avez-vous fait à Londres ? lança-t-elle.

Il la regarda par-dessus son épaule.

— Rien d'important.

— Je croyais que vous aviez une affaire à régler là-bas. Pourquoi êtes-vous revenu en Angleterre ?

— Pour rembourser une dette.

— À lord Savege. Cela me concerne, bien sûr. Mais Alex était à Londres. Vous ne l'avez pas vu en ville ?

— Non.

Il revint sur ses pas et s'arrêta tout près d'elle. Elle leva le menton pour le regarder. La brise du soir soulevait les boucles retombant sur son front. Elle le vit inspirer longuement.

— Êtes-vous heureuse ici, Viola ?

— Je ne peux pas croire que vous attachiez de l'importance à ce détail.

— C'est pourtant le cas.

— Si c'était vrai, vous ne m'auriez pas obligée à revenir.

— Le pari, dit-il à voix basse. C'était votre idée.

Ses joues étaient brûlantes. Comme tout le reste de son corps. Il se tenait trop près, mais elle ne parvenait pas à s'écarter. Elle aurait plutôt voulu se rapprocher davantage. Il émanait de lui une telle tension qu'elle eut l'impression qu'il la touchait. Elle ne pouvait détacher les yeux de ses lèvres ; elle avait envie de l'embrasser, de faire l'amour avec lui. Elle n'avait jamais éprouvé cela avant lui.

— Êtes-vous heureuse ? répéta-t-il doucement.

Elle fit un pas en arrière, et croisa les bras.

— Vous voulez réellement le savoir ?

— Oui, sinon je ne vous le demanderais pas. Mais apparemment, la petite Elle capricieuse est de retour et je n'obtiendrai pas de réponse.

Il s'éloigna.

Elle aurait voulu crier qu'elle n'était pas une enfant, qu'elle était une femme et qu'elle souffrait. Mais elle se ressaisit. Une vraie dame pouvait-elle avoir envie de mourir à cause d'un homme ?

Si elle avait été sur son bateau... elle ne lui aurait pas permis de la réprimander, ni de lui tourner le dos.

Elle le suivit. Sans doute en eut-il conscience car, arrivée devant les portes aux vitres biseautées, elle vit qu'il l'attendait.

— Je n'ai pas l'habitude de rester aussi longtemps au même endroit, avoua-t-elle.

Autant lui laisser croire qu'elle lui en voulait d'avoir changé sa vie. Et rien d'autre.

— C'était à prévoir.

— Vous ne dites pas que je finirai par m'y habituer ? Que j'oublierai ma vie d'avant ?

— Pourquoi dirais-je cela ? Je n'ai jamais souhaité que vous soyez malheureuse, seulement que vous retrouviez votre famille. Si vous voulez reprendre votre ancienne vie en Amérique, je ne vous en empêcherai pas. Lady Savege et les autres non plus, je pense. Ils vous aiment tous et ne veulent que votre bonheur.

Il dit cela sans croiser son regard. Ses yeux étaient fixés sur sa joue, et sur sa bouche. Elle se rappela le goût de sa langue sur ses lèvres. Elle baissa les paupières, sentant ses genoux se dérober sous elle.

— Jin, je suis désolée d'être aussi contrariante…

— Viola, dit-il d'une voix rauque. Je ne pourrai pas rester longtemps. Mon bateau…

— Il est amarré à Londres ?

— Oui.

Elle agrippa le chambranle, les doigts tremblants.

— Mattie, Billy et Matouba sont là-bas ?

— Oui. Je dois me rendre à Malte.

— Malte ?

Non. Oh, non ! Comment pouvait-il envisager de partir si loin ? Sans elle ?

— Viola, je…

— J'espère ne pas interrompre votre conversation ?

Jin se tourna vers le baron, mais Viola ne put détacher les yeux de lui. Elle voulait savoir ce qu'il avait été sur le point de dire. À bord de son navire, ils n'auraient pas été interrompus. Mais elle ne pouvait pas ordonner au baron d'aller voir ailleurs.

— Monsieur le baron, dit Jin en s'inclinant.

— Je suis heureux d'avoir une opportunité de vous parler, Seton.

Il prit la main de Viola et la cala sous son bras.

— Vous nous avez ramené ma fille. Je vous en remercie sincèrement.

— Ce fut un honneur pour moi, monsieur.

— D'après ce que je sais, vous êtes un marin.

— Oui, monsieur.

— Et vous connaissez mon gendre depuis des années ?

— En effet.

Viola regarda Jin, mais celui-ci concentrait son attention sur le baron.

— Maintenant que ma fille est revenue dans la famille, je suppose que la marine a de nouveau besoin de vos services ? ajouta le baron d'un ton prudent.

— Je dois partir sous peu en Méditerranée. Votre fille s'est montrée très bonne envers mes hommes d'équipage pendant le voyage, et je voulais lui transmettre leurs meilleurs vœux pour son avenir en Angleterre.

Il dit cela avec une telle aisance qu'elle faillit le croire.

— Dans ce cas, vous quitterez bientôt Savege Park. Avant le début de l'hiver, je suppose. Vous ne nous rendez qu'une brève visite avant le départ, ajouta le baron en hochant la tête d'un air satisfait. Mais je suis heureux d'avoir pu vous exprimer ma gratitude.

Jin s'inclina de nouveau.

— Voilà le majordome, enchaîna le baron d'un ton plus léger. Le dîner est servi. Et grâce à vous, monsieur Seton, j'ai le plaisir d'avoir ma fille à mon bras.

Il sourit à Viola, et l'entraîna à l'intérieur. Elle jeta un dernier regard à Jin par-dessus son épaule, mais il contemplait la terrasse.

Non, pas la terrasse, en réalité. C'était la mer qu'il contemplait.

23

À Lady Justice
Chez Brittle & Sons, imprimeurs, Londres

Très chère madame,

Dans ce modeste courrier, vous ne trouverez pas cette fois de nourriture terrestre, ni une sirène censée vous ressembler. Ces preuves de mon affection ont manqué leur but. Je vous donne donc aujourd'hui ce que tout gentleman offrirait à une dame qu'il admire : de la poésie. Un poème de Samuel Taylor Coleridge, pour être précis.

Voici donc La Complainte du vieux marin *:*

« Qu'il soit calme ou courroucé,
La lune est son guide.
Vois, frère, vois avec quelle grâce
Elle laisse tomber sur lui ses regards ! »

Madame, laissez tomber sur moi un regard plein d'indulgence et ne me renvoyez pas cet humble présent, je vous en prie.

Bien à vous,

Faucon Pèlerin, secrétaire du Falcon Club

À Faucon Pèlerin

Arrogant ! Vous vous ferez pincer. Je n'ai qu'une chose à vous dire : « Le jeu est fini ! J'ai bientôt gagné ! »

Lady Justice

24

M. Yale partit le lendemain. Viola l'accompagna dans le hall. Il lui prit la main et l'approcha de ses lèvres.

— Ce fut un immense plaisir, mademoiselle Carlyle. J'espère vous revoir en ville.

— Merci. Vous avez été très gentil.

— La gentillesse n'a rien à voir avec cela. Vous êtes charmante, mademoiselle.

— Je vous remercie de votre aide. Même si je ne sais toujours pas quel verre il convient d'utiliser, ni comment agrafer mes jarretelles.

— Ni quels sujets il convient de ne pas aborder avec un gentleman, apparemment, répondit-il, les yeux brillants de malice. Mais ne vous inquiétez pas. Un valet sera toujours là pour vous désigner le bon verre, et un autre homme sera sans doute heureux de vous aider pour les jarretelles.

Les joues de Viola s'enflammèrent.

Il mit son chapeau en riant, et sortit.

Lady Emily, qui se tenait près de la porte du hall, s'avança. Elle tenait un livre dans sa main.

— Il est parti pour de bon ? demanda-t-elle d'une voix enjouée.

— Oui. Il aime vous taquiner. Comment cela se fait-il ?

— Parce qu'il n'a rien dans la tête. Je préfère M. Seton. Il n'ennuie pas les dames avec un bavardage idiot.

Depuis leur conversation sur la terrasse, Jin Seton n'avait plus du tout agacé Viola par son bavardage. Et pour cause : elle ne l'avait pas revu.

— M. Seton est taciturne, murmura-t-elle.

— Non. C'est un homme qui réfléchit, mademoiselle Carlyle. Il ne faut pas croire que ces hommes-là sont taciturnes.

— Un homme qui réfléchit ?

— Il lit.

Elle ouvrit son livre, comme pour y chercher quelque chose.

— « Qui n'a pas peur d'agir ne craint pas une parole. » C'est de Sophocle. Je l'ai croisé ce matin dans la bibliothèque, confortablement installé avec un volume d'Hérodote.

Hérodote ? Viola tressaillit. Ce pouvait être une coïncidence. Mais alors, pourquoi son cœur battait-il comme le soir où il s'était présenté à la porte de sa cabine, lorsqu'elle l'avait touché pour la première fois ?

Elle afficha un air innocent.

— Hérodote ? Est-ce un gentleman qui vient d'arriver à Savege Park et que je n'ai pas encore rencontré ?

— Hérodote est mort en Grèce il y a plus de deux mille ans, énonça Emily d'un ton docte. J'espère qu'il ne hante pas cette maison.

Viola éclata de rire, et lady Emily la regarda en étrécissant les yeux.

— Vous le saviez. Vous êtes presque aussi taquine que M. Yale, mademoiselle Carlyle, dit-elle en souriant.

— Vous ne le détestez pas vraiment, n'est-ce pas ?

— Malheureusement, je ne le peux pas. Il m'a aidée alors que j'étais dans une situation difficile avec mes parents, et je ne peux l'oublier. Pour moi, c'est une sorte de grand frère agaçant.

— Cela me fait plaisir. Je l'aime bien. Il s'est montré bienveillant envers moi.

Lady Emily baissa de nouveau les yeux sur son livre.

— Je ne pense pas que cela lui ait demandé un trop grand effort, mademoiselle Carlyle. Il est facile de vous aimer. Si les autres dames vous ressemblaient, je ne verrais pas d'inconvénient à fréquenter la bonne société.

Sur ces mots, Emily s'éloigna, la tête dans son livre.

Après le déjeuner, lors duquel les gentlemen ne se montrèrent pas, Viola se rendit dans la bibliothèque pour chercher quelque chose à lire.

Et se dit qu'elle était la plus grande idiote sur terre. Il n'était pas là, bien entendu.

Dans le salon, Fiona annonça que les gentlemen étaient sortis se promener à cheval. Viola songea à aller à l'écurie pour seller un cheval… et y renonça. Elle n'aurait pas su comment s'y prendre.

Les hommes rentrèrent juste avant le dîner. Sir Tracy lui débita quelques sottises, mais elle ne s'en formalisa pas. Lui au moins parlait avec elle.

Pendant le dîner, et par la suite dans le salon, la conversation fut assez animée. Jin ne s'approcha pas d'elle. Elle connaissait désormais suffisamment les bonnes manières pour savoir qu'elle ne pouvait pas quitter son fauteuil et aller vers lui. Mais elle l'aurait fait, s'il avait semblé en avoir envie. Ce qui n'était pas le cas. Il paraissait préoccupé, et son regard se portait fréquemment du côté de la terrasse.

Viola dormit mal. Elle entendait les ronflements de Mme Roche dans la chambre voisine de la sienne. Mais où se trouvait la chambre de Jin ? Peut-être était-il encore en train de boire un verre, ou de jouer au billard avec Alex et sir Tracy ? À cette pensée, elle fut presque tentée de s'habiller pour partir à sa recherche. Mais sa fierté en souffrirait trop. Il ne voulait pas d'elle.

Le jour suivant, Serena suggéra aux dames de venir déjeuner à Avesbury, dans un charmant petit établissement situé à côté de la boutique de la couturière. Après le repas, Serena prit Viola à part et l'entraîna dans l'atelier de couture.

Viola examina la minuscule pièce encombrée de rubans, de dentelles et de coupons de tissus.

— Que faisons-nous ici, Ser ? Mme Hamper a fait livrer toutes les robes directement à... Doux Jésus ! C'est pour moi ? s'exclama-t-elle en plaquant une main devant sa bouche.

— Elle te plaît ?

Viola caressa du bout des doigts la robe de soie brodée de perles et de sequins. La jupe, d'une légèreté aérienne, avait la couleur du ciel après l'ondée.

— Comment pourrait-elle ne pas me plaire ? Mais...

— C'est pour la réception de demain. Les robes que nous avons déjà commandées sont superbes, mais elles ne conviennent pas pour une grande occasion.

Viola écarquilla les yeux.

— Ne me dis pas que tu donnes cette fête en mon honneur ?

— Bien sûr que si. Tout le monde, dans les alentours, a appris que tu étais revenue. Ils sont fous de joie à l'idée de te revoir, après toutes ces années. Mais... tu ne veux pas de cette fête ?

— Oh... si, bien sûr.

Non, elle n'en voulait pas. L'idée même d'être au centre de l'attention la glaçait. Elle allait sûrement faire quelque chose de terriblement déplacé, qui ferait honte à Serena, à Alex et au baron.

— Merci, Ser. Tu es très généreuse, et je serai heureuse de revoir nos amis. Je me demande si je me souviens de tout le monde.

Peu lui importait, en réalité. Elle ne désirait que la compagnie d'un seul homme, et elle serait bientôt privée de sa présence à tout jamais.

Malte...

Quand elles rentrèrent, elle se rendit dans la bibliothèque. Jin n'y était pas, mais elle trouva un atlas. Elle ouvrit l'énorme volume, repéra l'Angleterre et traça un chemin maritime du bout des doigts, jusqu'au sud de l'Italie et l'île de Malte. « Seigneur », songea-t-elle en soupirant. Jin avait raison, elle agissait comme une enfant. Une larme roula sur sa joue.

Elle l'essuya du dos de la main, referma le livre et le remit à sa place sur l'étagère.

Peu lui importait où il allait, ce qu'il faisait. Elle s'en moquait. Elle vivrait très bien sans lui. Et quand elle serait lasse de jouer à être une dame, elle rentrerait chez elle à Boston. Si Alex acceptait de lui faire un prêt, elle achèterait un nouveau bateau et se lancerait dans de nouveaux projets. Elle pourrait louer son navire à l'un de ces marchands outrageusement riches, comme M. Hat, et rembourserait son beau-frère en un an. Si tout allait bien. Avec un navire solide, elle pourrait revenir en Angleterre de temps en temps pour voir sa famille.

Ce serait formidable. L'activité lui convenait mieux que cette vie oisive. Elle détestait rester assise, à attendre que d'autres personnes prennent des décisions et organisent des réceptions. Et qu'un homme daigne la regarder et lui exprimer son désir.

Pressant les paumes de ses mains contre ses yeux, elle inspira en tremblant. En réalité, elle n'avait pas envie de reprendre la mer, ni de retourner à Boston. Tout ce qu'elle voulait, c'était Jin. Mais elle ne pourrait pas l'avoir. Il fallait qu'elle se ressaisisse.

Redressant les épaules, elle gagna la porte, l'ouvrit… et se heurta à un torse viril.

Jin lui agrippa les épaules pour l'empêcher de trébucher. En un instant, elle fut perdue. Elle sombra dans le plaisir de ce contact, sentant une vague de chaleur la submerger. Soulevant à grand-peine les paupières, elle vit sa superbe bouche près de la sienne. Un nerf tressautait sur sa joue.

« Embrassez-moi, supplia-t-elle en silence. *Embrassez-moi…* »

Il l'écarta, tourna les talons et disparut dans le corridor. Viola resta clouée sur place, éberluée, et furieuse. Pour la première fois de sa vie, elle ne parvenait pas à dire à un homme exactement ce qu'elle pensait.

Maussade, elle alla retrouver Serena pour l'aider à préparer la réception du lendemain. Ce grand événement qui la lancerait dans la haute société alors que tout ce qu'elle voulait, c'était s'asseoir sur le gaillard d'avant de son vieux navire au coucher du soleil, avec un pirate égyptien.

Sa sœur se reposait dans un fauteuil. Vêtue d'une robe de chambre bleue, elle tenait son bébé dans ses bras.

— Tu es très détendue, pour quelqu'un sur le point de donner une réception.

— Je savoure un moment de tranquillité. J'ai passé la journée à accueillir tous les invités qui resteront ici cette nuit, et à superviser tout ce qui devait l'être. À présent, mon époux se charge du reste. Il est très doué pour organiser les fêtes.

Elle eut un petit sourire entendu, et Viola éprouva une légère douleur dans la poitrine.

— Papa en a-t-il voulu à maman, ou seulement à Fionn ? demanda-t-elle.

— Je ne pense pas qu'il en ait voulu à l'un ou à l'autre.

— Je suis sûre qu'il détestait mon père.

Viola joua du bout des doigts avec le ruban de son éventail blanc et or, orné d'oiseaux exotiques. Serena le lui avait offert, après que Jane avait lacé sa jolie robe et coiffé ses cheveux.

— Papa s'est montré assez désagréable envers M. Seton, l'autre soir, précisa-t-elle. Surtout quand il a prononcé le mot « marin ». Son amertume était évidente.

— Vraiment ? dit Serena en se mordant les lèvres. Finalement, ce n'est pas si surprenant, étant donné l'attachement que maman avait pour Fionn.

— Cet amour, qui a duré des années malgré la séparation, est impressionnant.

Elle n'avait pas vu Jin de la journée, et pourtant elle était sur des charbons ardents à l'idée de passer la soirée près de lui. Les soixante-dix autres invités n'avaient aucune importance à ses yeux.

— Ils n'auraient même pas dû se rencontrer, soupira Serena. Mais Fionn n'a jamais pu renoncer à elle, ni elle à lui.

— Je comprends pourquoi papa déteste les marins.

— Tu navigues sur les mers, toi aussi, et pourtant il t'adore.

— Puis-je entrer ?

Dans son costume de soirée, le comte était l'image même de l'élégance masculine. Viola avait appris par Mme Roche que, dans le passé, beaucoup de dames avaient cherché à attirer l'attention d'Alex Savege. Comment sa sœur, si douce et si rêveuse, avait-elle pu épouser un tel bourreau des cœurs ? Toutefois, sa fidélité envers Serena était indiscutable, et l'amour qu'il lui portait était bien visible.

— Entrez, répondit Serena en caressant le duvet blond qui couvrait la tête de Maria. Votre fille vient de s'endormir, ne faites aucun bruit. Vous êtes très beau ce soir, monsieur.

— Je dois faire un effort pour être digne de vous, ma chère. Je ne voudrais pas vous faire honte.

— Je crains de ne pas être à la hauteur, marmonna Viola en fronçant le nez.

— Allons donc ! Tu es très belle, et tu as retenu presque toutes les leçons de M. Yale.

— Presque. J'ai marché sur les pieds d'Alex quand nous dansions.

— Si vous n'avez pas envie de danser ce soir, vous n'êtes pas obligée de le faire, remarqua celui-ci.

— Si je pouvais danser uniquement avec vous, ou papa, il n'y aurait pas de problème. Mais je préfère éviter d'écrabouiller les orteils d'un inconnu.

— Jin n'est pas un inconnu. Tu peux lui marcher sur les pieds, cela ne le gênera pas. De même pour Tracy.

Le comte s'adossa à la porte.

— C'est un miracle que Jin accepte d'assister à une telle réception. Quand Yale a annoncé qu'il partait, je m'attendais à ce qu'il prenne la route avec lui. Je suis stupéfait qu'il soit resté.

— Cela fait presque deux ans que vous ne vous étiez pas vus, répliqua Serena.

— Pour lui, cela importe peu. Il garde sa loyauté et son affection à ses amis, quelles que soient les circonstances. Mais je ne l'avais jamais vu aussi nerveux. Il n'est plus lui-même.

— Peut-être a-t-il besoin d'activité ? Son bateau doit lui manquer. À toi aussi, Viola ?

— Un petit peu.

— Serena, reprit le comte, ne soyez pas étonnée s'il repart aussi brusquement qu'il est arrivé. Il peut décider de nous quitter demain, comme la semaine prochaine.

— Je m'y attends. Je connais les lubies des marins, mon cher.

Une lueur malicieuse passa dans ses yeux, et Alex sourit. Le cœur serré, Viola se leva.

— Je vais finir de me préparer.

— Mais tu es déjà...

Elle s'enfuit. Elle ne pouvait supporter l'idée que Jin s'en aille. Pas si vite. Car alors, ce serait vraiment un adieu. Elle ne le reverrait plus jamais, et s'en porterait sans doute beaucoup mieux.

Maudit. Maudit soit-il pour être revenu et l'avoir bouleversée à ce point ! Elle était désorientée, et persuadée que lorsqu'il partirait, son cœur finirait par se briser.

Des invités étaient arrivés toute la journée. Lorsque le soleil se coucha, plongeant dans l'océan rose et or, la maison était en effervescence. Mais ce n'était pas une très grande réception, affirma Mme Roche.

— Juste une *petite fête,* précisa-t-elle en français. Pas plus d'une centaine de personnes.

Cela paraissait pourtant beaucoup à Viola. Tous étaient richement vêtus et parlaient de la prochaine saison mondaine. Des domestiques passaient dans la foule avec des plateaux, les dames bavardaient en petits groupes, et les gentlemen buvaient du vin et de l'alcool. Lady Fiona jouait du piano dans le salon, accompagnée par une autre jeune femme qui chantait. Puis un quatuor joua dans la grande salle, un buffet fut servi, et enfin le bal commença. Des chandeliers scintillaient, des rires résonnaient sur la terrasse éclairée par des lanternes de papier. Des danseurs sortirent en virevoltant dans la touffeur de la nuit. Partout, il n'y avait que sourires et gaieté.

Viola essaya de se cacher. En vain.

Elle reconnaissait peu de gens. Les dames les plus âgées s'extasièrent devant elle, affirmant qu'elle avait été une ravissante petite fille.

— Et pleine d'entrain ! s'exclama l'une d'elles avec un grand sourire. Vous vous rappelez, Amelia, quand un dimanche à l'église elle a voulu baigner un chaton dans les fonts baptismaux ?

— Elle prétendait qu'il fallait de l'eau bénite pour guérir le bobo qu'il avait à la patte, répondit la dame en hochant la tête. Et la tarte aux crapauds qu'elle avait apportée pour le thé chez Mme Creadle ? J'ai toujours dit à cette chère Maria que sa petite était une sauvageonne, énonça Amelia comme si Viola n'avait pas été assise à côté d'elle.

— Et pourtant, elle a vécu si discrètement à Boston avec sa tante, pendant toutes ces années, qu'aucune de nous ne savait qu'elle se trouvait là-bas. Quelle adorable jeune femme elle est devenue, n'est-ce pas, Amelia ?

— D'une beauté remarquable, ma chère Hester. Je félicite sa tante américaine.

Viola ignorait d'où sortait cette rumeur, mais elle ne pensait pas qu'elle ait été répandue par Alex et Serena.

Soudain, elle fut lasse de faire comme si elle n'avait jamais passé quinze ans en mer. La seule personne ici qui connaissait toute la vérité était un ancien pirate. Mais, à le voir, personne ne s'en serait douté. Ce soir, il était superbement vêtu d'une veste et d'un gilet sombres. Une épingle ornée d'une pierre rouge était piquée dans sa cravate. Il était parfait, et il restait à bonne distance d'elle.

Elle décida de faire comme s'il n'était pas là. Elle tenta de ne pas regarder dans sa direction. Sans succès.

De toute évidence, lady Fiona avait décidé de faire le contraire. M. Yale étant parti, Jin était devenu le centre de son attention. Avec un sourire engageant, elle se lança dans une conversation avec lui, qui ne sembla pas l'ennuyer le moins du monde. Il ne leva pas une seule fois les yeux au ciel et ne fronça pas les sourcils.

— Ce n'est pas une fille pour lui, *ma chère,* déclara Mme Roche en agitant un doigt devant les yeux de Viola.

Celle-ci cligna des paupières.

— Je vous demande pardon ?

Les lèvres rouges de la Française esquissèrent un gentil sourire.

— Mlle Fiona n'est pas celle qu'il lui faut. Oh non, pas du tout, dit-elle en agitant un mouchoir noir et parfumé. Elle est très jolie, mais il n'est pas amoureux d'elle.

— Comment le savez-vous ?

— Parce qu'il n'a pas cessé de vous regarder pendant toute la soirée.

Sur ce, Mme Roche s'éloigna dans un flot de dentelle. Le cœur de Viola battait à tout rompre. Elle leva les yeux et constata que Jin la regardait.

Alors, pourquoi ne l'avait-il pas embrassée dans la bibliothèque ? Pourquoi lui avait-il tourné le dos ? Pourquoi s'était-il enfui ? Et pourquoi ne venait-il pas lui parler, maintenant ?

Elle passa dans une autre pièce et trouva trois vieux gentlemen auxquels elle raconta sur son passé des histoires extraordinaires qu'elle avait presque toutes inventées. S'ils étaient mariés à ces vieilles dames qui colportaient des mensonges sur elle, ils ne feraient sans doute pas la différence.

Elle dansa avec le baron, puis avec sir Tracy, et une fois avec l'un des vieux gentlemen. Elle parvint à ne pas trop leur marcher sur les pieds. Plusieurs jeunes messieurs vinrent l'inviter, mais elle refusa en souriant.

— Vos chaussures sont trop brillantes, je ne voudrais pas les érafler avec mes talons.

Elle ne cessa de sourire, de rire et de plaisanter. Légère en apparence.

Très tard dans la nuit – ou peut-être très tôt le matin –, quand Viola se disait qu'elle allait devoir enlever les mules qui lui blessaient atrocement les pieds, les invités commencèrent à prendre congé. Ceux qui n'habitaient pas loin prirent leur voiture, et les autres gagnèrent leur chambre en chancelant, s'égarant dans le dédale de couloirs.

— Tu as conquis tout le monde ! s'exclama Serena en l'embrassant sur la joue. Et tu semblais t'amuser. Je suis contente.

— Merci pour cette merveilleuse soirée, Ser. C'était splendide.

Et enfin terminé. Elle allait pouvoir regagner sa chambre et passer le reste de la nuit à pleurer pour un homme dont elle était sottement tombée amoureuse. La dernière fois qu'elle l'avait vu, lady Fiona avait refermé les doigts sur son bras et deux autres jeunes femmes la regardaient avec l'envie évidente de l'imiter. Viola n'était donc pas seule à être jalouse, et cette idée lui donna la nausée.

— Viens, dit Serena. Je vais te border dans ton lit.

— Oh, non ! Tu dois encore aller voir Maria avant de te coucher, et je suis sûre que tu es épuisée.

— Nous pouvons monter ensemble. Mon époux va nous escorter, n'est-ce pas, Alex ?

Le comte approcha et prit la main de Serena pour l'embrasser.

— Je dois surveiller la partie de cartes qui continue. Comme si je n'avais pas une jolie femme qui m'attend dans mon lit ! Certains de ces gars ne comprendront jamais rien à la vie.

— Mais vous êtes leur hôte, répondit Serena, entraînant Viola dans l'escalier.

Parvenues au troisième étage, Viola lui lâcha le bras.

— Merci. Maintenant, va voir Maria.

Serena sourit, et s'éloigna.

Viola avança péniblement dans le corridor obscur, regrettant de n'avoir pas pris une lampe ou une bougie. Dans le fond, cela valait sans doute mieux. Elle était si fatiguée et si malheureuse qu'elle devait avoir un air effroyable. Parvenue au milieu du couloir, elle croisa deux dames aux cheveux gris qui bavardaient, penchées l'une vers l'autre. Elle leur souhaita bonne nuit, et elles lui firent signe sans cesser de parler à voix basse. Elle continua d'avancer à petits pas.

Cinq minutes plus tard, elle se rendit compte qu'elle s'était encore perdue. Des appliques projetaient une lueur orangée à intervalles réguliers. Elle ne reconnaissait rien. Ni les guéridons ni les tableaux. Elle n'était jamais passée dans ce couloir. Des voix lui parvinrent, au loin.

Elle s'arrêta et se retourna. Jin se dirigeait vers elle. Son cœur fit un bond.

— Combien de chances y avait-il pour que je me perde et que vous surgissiez de nulle part pour me ramener chez moi ? chuchota-t-elle.

— Aucune. Je vous cherchais, dit-il en s'approchant.

— Moi ? Êtes-vous certain que vous ne cherchiez pas lady Fiona ?

— Tout à fait certain.

— Elle s'intéresse à vous, murmura-t-elle, essayant de le repousser par des paroles.

— Je ne veux pas d'elle. C'est vous que je veux.

Il lui agrippa les bras, se pencha et, enfin, il l'embrassa.

25

Après des jours de séparation qui lui avaient paru une éternité, Jin l'embrassait enfin. Il n'était ni tendre ni hésitant. Il était sûr de lui et savait qu'elle allait lui rendre son baiser. Elle le fit avec passion, cherchant sa bouche comme une noyée luttant pour respirer. Car sûrement, cet amour allait la tuer. Mais elle ne pouvait tout simplement pas le repousser.

Il glissa une main sur sa nuque et la maintint comme il l'avait fait la première fois. Il prit possession de ses lèvres et elle s'offrit sans réserve.

Puis, avec un grognement, il s'écarta.

— Je te veux, Viola, dit-il contre ses lèvres.

— Moi, je ne te veux pas.

Il glissa les doigts dans son corset et tira sur la robe, dénudant ses seins.

— Il va falloir que tu me donnes une preuve plus convaincante.

Elle baissa les yeux et vit les pointes de ses seins dressées. Son corps la trahissait.

— Ce n'est que du désir.

— Il t'en faut plus ?

Plus ? Elle voulait tout de lui. Tout ce qu'il ne voulait pas lui donner. D'après Mattie, il n'était pas du genre à s'attacher. Son comportement avec elle l'avait prouvé. Alex avait dit qu'il partirait bientôt, et cette idée la terrifiait.

— Tu n'es qu'un voyou arrogant, murmura-t-elle, essayant de se convaincre elle-même.

Mais les mots n'eurent aucun effet. Le regard ardent qu'il posait sur elle ne changea pas.

— Pourquoi n'es-tu pas venu parler avec moi ? demanda-t-elle. Pourquoi ne m'as-tu pas embrassée hier, dans la bibliothèque ?

— J'essayais d'être fort.

Il enfouit les doigts dans sa chevelure, la dévorant des yeux.

— Et maintenant ?

— Maintenant, j'ai passé la soirée à regarder Viola Carlyle dominer une maison pleine d'invités comme elle domine un équipage de marins : en charmant tout le monde. Diable ! J'ai renoncé à être fort.

Elle noua les bras autour de son cou et le laissa l'embrasser et lui caresser les seins, l'encourageant par de doux gémissements. Elle n'aurait pas dû faire cela. À bord de son navire, elle était capitaine et libre de faire ce qu'elle voulait. Mais une vraie dame comme Fiona Blackwood n'aurait jamais laissé un homme lui caresser les seins dans le couloir de la maison d'un comte.

Toutefois, Viola n'était pas une vraie dame. Et cela, ils le savaient tous les deux.

Il passa la langue sur ses lèvres, les caressant en même temps que son pouce et faisant surgir des flèches de plaisir. Elle se plaqua contre lui. Alors il l'embrassa plus fort, lui agrippant les hanches et la pressant contre son ventre pour lui faire éprouver la force de son désir. C'était bon. Trop bon. Un peu désespérant, car il ne la voulait que pour cela. Mais c'était mieux que rien, et il la désirait vraiment, avec la même force que la première fois à bord du navire. C'était le paradis. Ou du moins, un chemin vers le paradis. Car les portes du ciel lui resteraient sans doute fermées.

— Viens dans ma chambre, chuchota-t-il contre sa bouche.

— Je n'obéis pas...

— Tu n'obéis pas aux ordres, je sais, grommela-t-il en l'embrassant encore. Ta chambre, alors ?

Elle se pressa désespérément contre lui.

— Mme Roche occupe la chambre voisine de la mienne. Je ne peux pas...

Il lui saisit la main, l'entraîna dans le corridor, et ouvrit la première porte qui se présenta.

— Un placard à linge ?

Pourquoi pas ? Après tout, ils avaient déjà fait l'amour dans une coursive. Délicieusement. Jin l'attira à l'intérieur, ferma la porte et prit de nouveau ses lèvres en enfouissant les doigts dans sa chevelure. Elle lui rendit ses baisers. Puis il l'adossa au battant de bois et plaqua son corps dur contre le sien.

Sa bouche était dans son cou, ses mains agrippaient sa jupe pour la relever.

Elle tira sur les boutons de sa chemise, et posa les mains sur son torse.

— N'arrête pas de me toucher, murmura-t-il en lui agrippant les hanches. Mon Dieu, cela fait des semaines que j'ai envie de te tenir ainsi...

Viola songea qu'elle aurait dû pouvoir répondre, se moquer de lui. Mais elle ne pouvait que le toucher, sentir avec adoration sa peau brûlante et la force de ses muscles sous ses doigts. Elle le laissa l'embrasser autant qu'il le voulait, sa bouche et ses mains faisant naître en elle un besoin désespéré. Quand elle n'y tint plus, elle s'offrit pour qu'il la pénètre.

Sa jupe relevée jusqu'aux hanches, le corps en feu, elle répondit à chaque coup de reins, jusqu'à ce que le plaisir déferle et la laisse pantelante.

— Viola, chuchota-t-il en faisant peser son corps contre le sien. Viola...

Sa voix était différente, passionnée et grave. Leur étreinte était différente. Elle le sentait au fond de son âme. Elle s'abandonna dans ses bras en soupirant.

Ils demeurèrent un moment front contre front, immobiles, haletants. Puis il s'écarta délicatement, et elle reposa les pieds sur le sol. Détachant les bras de son cou, elle lissa sa jupe et ses cheveux. Il boutonna son pantalon, puis il la reprit dans ses bras.

Elle ne s'y attendait pas.

Pressant le visage au creux de son épaule, elle inhala l'odeur de sa peau.

— Reste avec moi cette nuit, chuchota-t-elle, redoutant sa réponse. Reste avec moi.

Ses mains retombèrent.

— Viola...

— Cette soirée n'a pas été facile pour moi. Tu es la seule personne à pouvoir le comprendre, expliqua-t-elle précipitamment. Juste cette nuit. Pour me réconforter. Tu n'auras pas besoin de me refaire l'amour.

Elle mentait effrontément. Elle le voulait près d'elle pour toujours, et pas seulement pour la réconforter.

— Je veux que tu me tiennes dans tes bras, insista-t-elle.

Il la regarda un long moment, les yeux brillants comme du cristal dans la pénombre, redevenant soudain distant. Viola sentit son cœur sombrer.

— Si je devais te tenir dans mes bras cette nuit, dit-il enfin à voix basse, je ne pourrais pas m'empêcher de te faire de nouveau l'amour.

— Eh bien, nous pourrions ne pas faire de bruit…

— Je ne crois pas que ce soit possible pour toi.

— Crétin, répliqua-t-elle, la gorge nouée.

— Mégère. Où est ta chambre ?

— Je ne sais pas. Je me suis vraiment perdue.

Il lui prit la main et entrouvrit prudemment la porte.

— Je suis là pour t'aider à la retrouver. La voie est libre.

Il l'entraîna dans le couloir, et la relâcha. Elle prit le couloir dans le sens inverse à tout à l'heure, troublée. Elle voulait qu'il lui fasse l'amour, et elle voulait encore plus qu'il la tienne par la main. Elle chercha la sienne, et il referma ses doigts puissants sur les siens. Son cœur battait à tout rompre.

Mais au bout de quelques secondes à peine, il se dégagea en entendant des voix résonner, au loin dans le corridor. Il avait l'oreille très fine. Un gentleman apparut, puis un autre.

— Le voilà ! s'exclama sir Tracy en faisant un geste de la main. Seton, notre hôte m'a envoyé à ta recherche. Nous avons besoin d'un quatrième. Bonsoir, mademoiselle Carlyle. Comment allez-vous ?

Jetant un coup d'œil à l'ami qui l'accompagnait, il ajouta :

— J'espère que vous êtes jaloux, Hopkins. Tout le monde ne peut pas se vanter d'avoir une aussi jolie demi-sœur.

Ils rirent, et Jin eut un sourire contraint.

Viola les aurait volontiers envoyés au fond de l'océan.

— Qu'en pensez-vous, Seton ? Vous voulez perdre quelques guinées pour une bonne cause ? dit M. Hopkins en tapotant la poche de son gilet.

Sir Tracy se pencha en avant et dit, sur le ton de la confidence :

— Il a en vue un couple de pur-sang qui seront vendus aux enchères la semaine prochaine. Mais il n'a pas encore les moyens de se les offrir. Je lui ai confié que vous étiez une bonne affaire à la table de jeu, Seton. J'aimerais bien mettre la main sur ces bêtes moi aussi, vous savez, ajouta-t-il avec un clin d'œil.

— Mlle Carlyle ne retrouve plus sa chambre. Permettez-moi de la raccompagner, et je vous rejoindrai ensuite, messieurs.

— En fait… nous sommes arrivés devant ma porte. Merci, monsieur Seton, déclara Viola.

Et voilà. Il ne la tiendrait pas dans ses bras, et ils ne feraient pas l'amour. Il ne reviendrait pas. Il avait déjà eu ce qu'il voulait.

Jin s'inclina.

— Bonne nuit, mademoiselle Carlyle.

Elle fit un signe de tête à sir Tracy et son ami, et entra dans sa chambre. Une fois la porte refermée, elle posa le front contre le battant et essaya de respirer. Elle se sentait mal à cause de ce maudit corset qui la comprimait. Probablement. Elle s'allongea sur son lit et contempla le plafond en écoutant les ronflements de Mme Roche dans la chambre voisine.

C'était mieux ainsi. Elle ne pouvait s'empêcher de pousser des soupirs quand Jin lui faisait l'amour. Ils n'auraient pas eu assez d'intimité ici.

Elle ferma les yeux. Même s'il venait la retrouver, ils ne pourraient pas faire l'amour. Le lit grinçait à chaque mouvement. Et de toute façon, il ne viendrait pas. Elle devrait se contenter du souvenir de leur étreinte dans le placard à linge.

Entrouvrant les yeux, elle jeta un coup d'œil au tapis placé devant la cheminée. Elle s'y était assise l'autre jour pour ôter les poils de chats collés à son châle, après être allée voir une portée de chatons dans la grange. Elle avait toujours aimé les chatons. Et le désordre des granges, qui réservaient toujours des surprises. L'*Orage d'Avril* lui rappelait un peu une grange. Une grange flottante. C'était peut-être la raison pour laquelle elle n'avait jamais mis ce vieux rafiot au rebut.

Elle se leva, et drapa la courtepointe sur ses épaules. Une servante avait allumé le feu, le tapis était doux et chaud. Elle s'agenouilla, puis se coucha sur le côté et ramena la courtepointe sur elle. Dans un demi-sommeil, elle imagina qu'un beau pirate lui faisait l'amour toute la nuit.

Elle dormait comme un marin, profondément et sans bouger. Mais elle avait l'allure d'une dame, avec ses mains fines glissées sous sa joue et les épingles qui scintillaient dans sa chevelure. Elle portait encore la robe de soie chatoyante qui avait attiré les regards de tous les hommes ce soir, de dix-huit à quatre-vingts ans. Le large décolleté laissait apparaître ses seins bombés.

Jin se dit qu'il avait déjà vu son corps, qu'il l'avait possédé. Il n'aurait donc pas dû être aussi troublé. Il avait essayé de se persuader qu'elle n'était qu'une femme parmi d'autres. En vain.

Il s'accroupit et lui toucha la joue. Ses cils noirs frémirent. Il glissa alors les doigts dans les boucles sombres qui tombaient sur son front, et elle ouvrit les yeux.

— Tu es revenu.

— Tu n'as pas attendu longtemps avant de t'endormir. Ton manque de passion me déçoit, dit-il en souriant.

Elle cligna des paupières.

— Combien de temps ? demanda-t-elle en étouffant un bâillement.

— Environ trente minutes.

— Vous n'avez pas joué longtemps. M. Hopkins pourra-t-il acheter ses chevaux ?

— Je m'en moque, Viola. Je vais te laisser dormir.

Elle se redressa.

— Non ! protesta-t-elle en refermant les doigts sur son poignet. Ne pars pas.

S'il le pouvait, il ne partirait jamais.

Elle humecta ses lèvres du bout de la langue. Jin ne put détourner les yeux. Rester loin d'elle était le défi le plus difficile qu'il ait jamais eu à relever. Il n'avait pas besoin que le baron de Carlyle lui rappelle qu'il n'était pas le parti idéal pour elle. Il le savait depuis le début. Mais elle le désirait, et il ne lui refuserait pas la seule chose qu'il pouvait lui donner.

— Tu es revenu pour me faire l'amour ?

— Oui.

Il fit glisser ses doigts sur sa joue soyeuse, dans son cou, entre ses seins.

— Mais..., murmura-t-elle en fermant les yeux. Il faut que je boive quelque chose d'abord. Du vin.

— Il le faut ?

— J'ai la gorge sèche. Il y a une bouteille sur la table.

Il se leva et alla prendre le flacon de liqueur. Quand il se retourna, elle se tenait debout face au feu. Ses cheveux tombaient en cascade dans son dos, sa robe dessinait les contours de ses hanches, et il distinguait son profil délicat. Il n'avait jamais connu de femme aussi belle, et il avait du mal à croire à sa propre chance.

Elle le regarda par-dessus son épaule et les flammes projetèrent dans ses yeux des reflets dorés. Elle prit le verre, avala une gorgée de liqueur, puis le reposa sur un guéridon.

Le pouls de Jin battait follement. Il lui prit les épaules, l'amena contre son torse et inhala l'odeur enivrante de son cou.

— Dis-moi où tu veux que je te touche.

Il lui lissa les cheveux en arrière et posa les lèvres au creux de son cou. Elle était parfaite.

Sa respiration était saccadée. Il pouvait la troubler d'une simple caresse. Il pouvait presque croire qu'elle était faite pour ses mains. Des mains qui avaient été brutales autrefois.

— Que veux-tu dire ? chuchota-t-elle.

— Une dame mérite d'être caressée où elle en a envie, murmura-t-il en contemplant les pointes roses de ses seins. Seulement où elle en a envie. Alors dis-moi où, Viola.

— Partout.

Il s'agenouilla.

— Pose la main sur mon épaule.

Elle obéit. Il lui souleva le pied, lui enleva une chaussure, puis l'autre.

— Oh, oui. Je déteste ces mules. Vraiment.

— Nous les brûlerons quand nous aurons fini.

Il lui caressa le mollet, puis la cuisse.

— Je ne veux pas que ce soit fini. Je veux dire… Oh…

Il avait simplement voulu défaire ses jarretelles. Mais il était fou de désir et se laissait emporter. Elle était la beauté incarnée et déjà prête à le recevoir. Elle se pressa contre ses doigts.

— Là, chuchota-t-elle en fermant les yeux. Je veux que tu me touches *là*.

Il la caressa doucement, et elle écarta les genoux en soupirant. Puis elle le supplia. Tout se passa très vite, et quand il vit l'extase sur son visage, ses reins s'embrasèrent. Elle poussa un cri, et s'abandonna.

— Je... je ne veux pas faire encore ça debout, et tout habillée.

— J'essayais justement de t'enlever tes vêtements.

— Eh bien, tu n'y réussis pas très bien, répliqua-t-elle en dégrafant les boutons de son gilet. Les dames et les gentlemen portent trop de vêtements, dans ce pays.

— Peut-être pour les décourager de se livrer à ce genre d'activité.

Il se débarrassa du gilet, et elle fit passer la chemise par-dessus sa tête. Puis elle plaqua les mains sur son torse et le contempla.

Il n'avait jamais autant désiré une femme. Même pas la première fois qu'il l'avait possédée.

— Oh, Jin... Si tous les hommes étaient faits comme toi, les dames devraient porter beaucoup plus d'habits pour ne pas être tentées de se déshabiller dans la rue !

Il eut un petit rire étranglé.

— Je suppose que je dois te remercier pour le compliment.

Alors qu'elle explorait sa poitrine du plat de la main, quelque chose lui parut différent. Il lui prit le poignet et examina sa paume à la lueur des flammes.

— Ta peau...

— Mes mains ont été adoucies, dit-elle. Une dame ne doit pas avoir de cals. Mais je n'arrive pas à enlever cette maudite robe toute seule. Jin, déshabille-moi, je t'en prie.

— C'est demandé si gracieusement…

Il passa les mains dans son dos, et défit une par une les minuscules agrafes.

— Ah, merci, dit-elle avec soulagement. Tu vas beaucoup plus vite que Jane.

— Il y a sans doute une bonne raison à cela.

Il lui embrassa le cou et fit glisser la soie et la dentelle entre ses doigts. Quand elle ne porta plus que sa fine chemise de batiste, il la lui enleva et la jeta de côté.

— Enfin ! s'exclama-t-elle. Maintenant, je n'ai plus besoin de toi… dans ce domaine.

Assise à califourchon sur lui, elle était presque entièrement nue. Seuls restaient ses bas et ses jarretelles. Jin la regarda, et s'aperçut qu'il tremblait. Cela ne lui était jamais arrivé.

— Viola ?

— Oui ? chuchota-t-elle, faisant glisser un doigt sur la ceinture de son pantalon. Quoi ?

— Quoi que tu me demandes… je te le donnerai.

Elle battit des cils, puis le toucha.

Et pour la première fois de sa vie, il s'abandonna totalement à une femme.

Tout d'abord, elle traça les contours de chaque muscle de sa poitrine et de ses bras. Ce qui lui donna envie de le goûter du bout de la langue. Ce qu'elle fit. Comme cela semblait lui plaire, elle le poussa en arrière pour être plus à l'aise. Il était beau comme un dieu. Ou plutôt comme le pharaon dont elle gardait la statuette près de son lit. Le fait de le toucher, de goûter sa peau brûlante, l'enflamma comme une torche.

— Viola…

Elle leva vivement les yeux. Il avait renversé la tête en arrière et fixait le plafond.

— Quelque chose ne va pas ? demanda-t-elle en embrassant ses mâchoires couvertes d'une ombre de barbe.

— Au contraire. Mais, au risque de paraître impatient, je...

— Impatient ?

Sans répondre, il posa une main sur sa nuque, l'attira vers lui et l'embrassa.

— Ce n'est pas le moment de discuter, murmura-t-il.

Il la relâcha, afin d'enlever son pantalon.

— Je discuterai si j'en ai envie, ou s'il y a une bonne raison de le faire, ou...

Il la fit remonter sur ses genoux, et brusquement, elle n'eut plus du tout envie de discuter.

Ils faisaient l'amour. Il ne la taquinait pas, ne la faisait pas souffrir. Il voulait lui donner ce dont elle avait envie.

Elle fut émerveillée par la beauté de ses yeux alors qu'il la touchait. Il n'y eut plus de rires, de répliques spirituelles, d'exigences. Uniquement des soupirs de plaisir, et les battements de deux cœurs au bord d'un précipice.

Viola sombra volontiers dans ce précipice. En vérité, elle y était tombée des mois plus tôt, et elle comprenait maintenant qu'elle n'en sortirait plus. Jin la tenait solidement ; il avait refermé les bras sur elle et enfoui le visage au creux de son épaule. Elle fit glisser ses doigts dans son dos.

— Jin ?

Il la regarda droit dans les yeux, et l'intensité de ce regard lui coupa le souffle. Elle perçut une certaine distance, et décela de la souffrance.

— Jin ? s'exclama-t-elle, affolée.

Il la fit rouler sur le dos, et la pénétra d'un puissant coup de reins. Il se retira avec un grognement, puis la pénétra de nouveau.

Elle lui agrippa les épaules, répondant à chaque assaut, allant à sa rencontre. Encore, et encore. Les mains crispées sur le bord du tapis, elle arqua son corps, tenaillée par un désir aussi fort que le sien. Puis, lui agrippant la taille, elle l'attira en elle.

Quand le plaisir déferla, il fut profond, étourdissant, et se répandit dans tout son être.

Jin frémit, ses muscles durs comme la pierre, alors qu'elle tremblait entre ses mains.

Haletante, elle passa les bras autour de ses épaules et sentit avec délices son corps retomber sur elle.

Il ne resta pas longtemps ainsi.

— Je t'écrase.

— Ça m'est égal.

— Quand même.

Il se redressa, sans la quitter du regard.

— Mademoiselle Carlyle, vous êtes belle, dit-il simplement.

À la fois épuisée et comblée, elle eut un sourire effronté.

— Je sais que les gentlemen sont des coquins et des flatteurs, monsieur. Vous dites cela dans l'espoir que je vous invite dans mon lit.

Il la souleva dans ses bras.

— Mieux vaut tard que jamais.

Il la déposa sur le lit, et elle se pelotonna sous les couvertures, frissonnante maintenant que le feu s'éteignait. Il allait s'habiller, dire quelque chose de parfaitement raisonnable, et sortir. Alors elle passerait les quarante prochaines années à raccommoder les morceaux de son cœur.

Mais il ne sortit pas. Il s'allongea à côté d'elle, et comme il l'avait fait à l'auberge, il ferma les yeux. Cela lui paraissait sans doute la chose la plus naturelle du monde.

Les nerfs à vif, Viola demeura éveillée, le contemplant. Le sommeil n'adoucit pas ses beaux traits virils. À la lueur des braises, ils paraissaient encore plus sévères. Et peu à peu, elle distingua ce qu'elle n'avait encore pas vu. Un homme méfiant, sur la défensive, comme si dans le sommeil il ne pouvait cacher ce qu'il dissimulait éveillé.

Cette vision lui serra le cœur. Elle voulait savoir ce qui le tourmentait. Elle voulait toucher cette bouche délicieuse, faire disparaître la tension de ses mâchoires, l'entourer de ses bras et lui dire que, quel que soit le problème qu'il devrait affronter, il ne serait pas seul.

Mais cela ne lui plairait sûrement pas. Cet homme n'avait besoin de personne. Elle commençait à l'admettre, et la douleur qu'elle ressentait à cette idée dépassait tout ce qu'elle avait imaginé.

Elle se pencha vers lui, tentée de lui caresser la joue.

— As-tu toujours autant de mal à t'endormir ? grommela-t-il, la faisant tressaillir.

— Je croyais que tu dormais.

— Tu devrais dormir aussi.

— Si je m'endors, je crains de ne plus te trouver à mon réveil, chuchota-t-elle.

Il ouvrit les yeux, et elle eut l'impression qu'il pénétrait non seulement son cœur, mais aussi son âme. Il se tourna sur le côté, posa une main sur sa joue, lui caressa les lèvres de son pouce.

— Je ne partirai pas.

— Tu l'as fait, les autres fois.

— Si tu ne le veux pas, Viola, je ne partirai pas.

Voulait-il parler de cette nuit ? de cette semaine ? du reste de leur vie ? Elle aurait voulu lui poser la question.

Mais le courage qui l'avait soutenue jusqu'ici, lui permettant d'affronter un enlèvement, des tempêtes, le chagrin et la solitude, la déserta. Elle ne voulait pas entendre la réponse, car elle la redoutait. Ce soir, pendant un moment très précieux, elle voulait croire que leur amour durerait toujours.

Elle posa les lèvres sur les siennes. Il lui rendit son baiser avec douceur, avec tendresse, comme s'il l'aimait réellement. Il fallait qu'il ait un cœur bien noir pour chercher à l'embobiner de cette façon. Si elle avait été une femme fragile, elle aurait été dévastée par son prochain départ.

Mais elle avait un caractère bien trempé. Elle s'écarta, remonta les couvertures sur son menton et finit par s'endormir, le cœur lourd.

26

Jin l'éveilla avant l'aube en l'embrassant. Sur la bouche, sur les joues, dans le cou. Quand il prit un sein au creux de sa main, elle sortit complètement du sommeil. Il caressa la pointe du bout des doigts, puis de la langue. Avec un soupir, Viola ferma les yeux, lui entoura la taille de ses bras et l'attira à elle.

Cette fois, leur étreinte fut différente. Leurs corps se connaissaient. Ils se joignirent lentement, savourant ce moment exquis. Il n'y avait aucune hâte : seule comptait la perfection de leur union.

Du moins, au début. Très vite, la passion resurgit et ils s'y abandonnèrent en dépit de l'heure matinale et du manque de sommeil.

— Je... je n'avais pas l'intention d'aller si loin, dit-il.

— Vraiment ?

Elle fit courir ses mains le long de son dos. Elle aurait voulu le garder toujours entre ses jambes.

— Le lit n'a pas cogné contre le mur comme je le craignais. Tu as remarqué ?

— Je n'ai rien remarqué, à part toi. Je voulais seulement t'embrasser, ajouta-t-il avec un sourire en coin.

— Avoue que près de moi, tu ne contrôles plus tes actes, lança-t-elle avec une pointe d'audace.

— C'est exact. Mais je garde assez de sang-froid pour m'éclipser avant l'arrivée d'une servante.

Il s'écarta, enfila son pantalon, ramassa sa chemise et retourna s'asseoir à côté d'elle sur le matelas.

— Tu es satisfaite ?

Elle écarquilla les yeux et il sourit, précisant :

— Satisfaite que je ne t'aie pas laissée dormir seule ?

Non, elle ne l'était pas du tout.

— Oui, merci, répondit-elle cependant.

Si elle avait osé, elle l'aurait agrippé, ramené vers elle et gardé prisonnier de ses bras, pour qu'il ne la quitte jamais. La servante venue rallumer le feu les aurait trouvés ensemble, Alex et Serena auraient exigé qu'il l'épouse. C'était ce que faisaient les gentlemen quand ils compromettaient une dame. C'était la règle.

Mais Viola s'était compromise depuis longtemps. Et Jin savait qu'elle n'était pas une vraie dame. Il n'était pas obligé de suivre les règles.

Il enfila sa chemise et se pencha sur elle.

— Non, mademoiselle Carlyle, dit-il en l'embrassant sur la joue. C'est moi qui vous remercie.

Elle lui saisit le poignet. Un geste impulsif, stupide. Malgré tous ses efforts, elle ne pouvait s'empêcher d'être elle-même.

— Si tu me dis que tu quittes Savege Park ce matin, Jin Seton, je vais prendre mon pistolet dans ma table de toilette et te tuer d'une balle en plein cœur.

Il lui sembla qu'une foule d'émotions passaient dans ses yeux bleu clair. La surprise, la satisfaction, l'espoir. L'assentiment. Aussitôt supplantés par la prudence et la méfiance.

Elle le relâcha, le cœur serré.

— Je t'ai dit que je ne partirais pas, fit-il en regardant ses doigts sur la courtepointe.

— Et un marin est fidèle à sa parole, n'est-ce pas ?

Il se leva, gagna la porte et marqua une pause, la main sur la poignée.

— Il fait ce qu'il a promis, déclara-t-il.

— Il rend à sa famille une fille disparue, c'est cela ?

Il posa sur elle un regard grave. Puis, sans ajouter un mot, il sortit.

Viola revêtit une jolie robe, attendit en sifflotant que Jane ait fini de la coiffer et fut incapable d'avaler une bouchée de son petit déjeuner à 10 heures du matin. Elle ignorait si Jin se trouvait toujours à Savege Park ; elle ne voulait pas y croire, mais l'espérait de tout son cœur.

Quand elle finit par descendre au rez-de-chaussée, les pieds encore meurtris par ses mules de bal, elle découvrit une maison en effervescence. Les invités, hagards et les yeux rouges, se traînaient vers les carrosses qui les attendaient dans l'allée. Valets et servantes couraient en tous sens, chargés de malles et de sacs.

Trois gentlemen et deux dames franchirent alors la porte d'entrée.

Viola éprouva des picotements dans la nuque, et s'arrêta pour regarder les gentlemen ôter leur chapeau. Son cœur sombra. Un frisson de panique lui parcourut le dos. Elle ne put faire un pas de plus.

Comme frappé par son immobilité au milieu de toute cette agitation, Aidan leva les yeux. Il eut un sourire enchanté en la découvrant, et se dirigea vers elle.

— Bonjour, Aidan.

— Violette. Pardon… mademoiselle Carlyle, comment allez-vous ? dit-il en s'inclinant.

— Vous pouvez m'appeler Violette, comme vous l'avez toujours fait depuis que nous nous connaissons.

— Mais vous êtes une dame, maintenant. Je ne devrais pas être aussi familier.

— C'est ridicule. Mais…

Elle jeta un coup d'œil à ses compagnons. Seamus esquissa un salut narquois. Les autres, un couple plus âgé accompagné d'une jeune fille à peine sortie de l'école, la dévisageaient en écarquillant les yeux.

— Aidan, que faites-vous ici ? demanda Viola.

— Nous l'avons invité, bien sûr, dit Serena en dévalant l'escalier. Monsieur Castle ? Votre famille vous accompagne, n'est-ce pas ?

Elle alla vers eux, et les attira à l'écart de l'agitation qui régnait dans le hall.

— Monsieur et madame Castle, je suis enchantée de faire votre connaissance.

— Tout le plaisir est pour nous, lady Savege.

La mère d'Aidan avait une voix douce et agréable. Aidan avait hérité d'elle ses yeux noisette et sa bouche bien dessinée. Visiblement, il tenait de son père son nez et sa carrure.

M. Castle s'inclina.

— Madame, nous sommes honorés d'être vos invités. Notre fils nous a beaucoup parlé de son amitié avec Mlle Carlyle et son père. Nous sommes contents de faire enfin sa connaissance. Mademoiselle Carlyle, comment allez-vous ?

— Je vous présente ma sœur, Caitria, dit Aidan en désignant la jeune fille. Et mon cousin Seamus.

— Comme vous pouvez le voir, la maison est sens dessus dessous, dit Serena. Entrez donc prendre des rafraîchissements au salon, pendant que la gouvernante fait préparer vos chambres. Caitria, quel joli nom ! La sœur de mon mari s'appelle Katherine, mais tout le monde l'appelle Kitty.

Aidan et Seamus restèrent un peu en arrière.

— Vous avez une jolie maison, Violette, dit l'Irlandais en faisant un clin d'œil à une servante qui passait.

— Ce n'est pas ma maison. C'est celle de ma sœur et du comte. Je suis en visite chez eux.

— Comment s'est passé votre séjour ? demanda Aidan en lui prenant la main. Êtes-vous heureuse d'avoir retrouvé votre famille ? Je n'ai pas reçu de lettre de vous. Aussi, quand l'invitation de lady Savege est arrivée, j'avoue avoir sauté sur l'occasion de venir vous voir. J'aurais aimé venir plus tôt.

Il y avait dans son regard un mélange d'espoir et de reproche.

— Vous auriez pu m'écrire, dit Viola en retirant sa main.

— J'en avais envie, mais je craignais que cela ne vous déplaise.

— Pourquoi donc ? Nous nous sommes écrits pendant des années. Vous êtes mon plus vieil ami.

Mais il n'était plus son amant, et son cœur ne lui appartenait plus. Il ne lui avait jamais appartenu complètement, irrémédiablement, comme il appartenait à Jin.

— Vous avez changé, Violette… Viola, rectifia-t-il avec un petit rire gêné. Tellement changé que je ne sais même plus comment vous appeler. Vous avez vraiment l'air d'une dame.

— Je n'ai pas changé, au fond de moi.

— Je suis votre plus vieil ami, en effet, et je vois bien qu'il y a quelque chose de différent chez vous, répondit-il en secouant la tête.

— C'est ridicule. Venez prendre le thé au salon. J'aimerais parler avec vos parents et Caitria.

— Et ils ont hâte de bavarder avec vous.

— Je vais faire un tour à l'écurie, annonça son cousin. Je dois m'assurer que quelqu'un s'occupe des chevaux.

Seamus gagna la porte d'un pas nonchalant. Il croisa une servante en chemin, et sa main disparut dans les plis de son jupon. La servante poussa une exclamation, baissa la tête, et s'enfuit en courant.

Viola se rembrunit.

— Pourquoi est-il venu ?

— Nous allons repartir aux Antilles. Nous embarquons à Bristol lundi prochain.

— Déjà ?

— Quand je rentrerai chez moi, j'aurai été absent pendant quatre mois. Les réparations auront été effectuées, et les prochaines récoltes déjà semées. Je dois rentrer avant que mon régisseur et sa femme aient pris l'habitude de dormir dans la chambre du maître, ajouta-t-il en souriant.

Elle ne put croiser son regard. Mais elle accepta de lui donner le bras pour se rendre au salon.

Jin fit arrêter son cheval au bord de la falaise. Les rênes étaient humides sur le cou de l'animal et de la buée s'échappait de ses naseaux. Il était bien le seul à avoir apprécié cette course matinale.

Les vagues grises roulaient sur la plage au-dessous d'eux. L'air salin était lourd, et le soleil jouait à cache-cache avec les nuages gris qui s'amoncelaient. Le temps était instable, comme lui. Instable et hors de contrôle. Viola l'avait déboussolé. Il ne voulait pas éprouver ce besoin d'être avec elle, cet attachement presque violent. Cela ne pouvait aboutir à rien de bon. Comme cet autre attachement qu'il avait connu autrefois, et qui avait été réduit à néant.

Sa mère l'avait gardé près d'elle, lui interdisant de s'aventurer hors de ses quartiers, de crainte qu'il soit découvert. Mais il savait qu'il était son fils et qu'il était aimé. Son mari était connu pour ses accès de colère. Tout petit, Jin savait déjà ce qui pouvait arriver si la vérité était révélée.

Et elle le fut. Par un domestique qui souhaitait se faire bien voir par le maître. En un instant, elle l'avait abandonné. Son amour pour lui n'était pas assez fort. Il avait vu du chagrin dans ses yeux, mais n'y avait pas cru. Arraché au monde qu'il connaissait, enchaîné, battu, il avait pensé qu'elle ne souffrait pas de le voir emmener.

Après cela, chaque fois qu'il en avait eu l'occasion, il avait déversé sa colère sur le monde. Une colère née de la panique de n'avoir droit à rien, de la certitude que la paix et la bonté n'étaient pas pour lui.

À présent, la panique resurgissait, venue du plus profond de lui. Viola se trompait. Volontaire, têtue, passionnée, elle lui offrait ce qu'il ne pouvait concevoir. Ce qu'il ne pouvait accepter. Car elle méritait mieux que lui. Beaucoup mieux. Et elle pouvait l'obtenir.

Mais la vérité était très simple et s'imposait à lui. Il avait peur. Il connaissait le monde, et tous les chemins qui menaient en enfer. Il avait lui-même pavé ces chemins de ses actes. Mais il ne connaissait pas celui qui s'ouvrait à présent devant lui et menait à un autre royaume. Un royaume brillant et parfait. Et cela l'effrayait.

Depuis des années, il n'avait plus éprouvé la peur ; il avait même oublié son existence.

Il fit avancer son cheval au hasard le long de la falaise. Les nuages gris annonçaient l'orage qui éclaterait plus tard dans la journée, sous l'effet de la chaleur. Pareille à la chaleur qu'il trouvait en elle. Il la voulait, avec sa langue bien pendue, ses discussions à n'en plus finir, sa méfiance, son courage, son grain de folie. Pendant des années, il avait cherché le pardon d'une puissance supérieure, en croyant que c'était tout ce qu'il désirait. Mais maintenant, il ne désirait plus qu'elle. C'était effarant.

Toutefois, parcourir la campagne jusqu'à ce que son cheval tombe d'épuisement ne résoudrait rien. Il caressa l'encolure de l'animal, et repartit vers l'intérieur des terres. Les dépendances de Savege Park s'étendaient au milieu des haies et des bosquets, loin de la côte. L'écurie était un immense bâtiment contenant des enclos, des stalles, et de vastes salles pour les voitures. Jin entra par une porte arrière, loin des allées et venues des invités. Il mit pied à terre, puis ôta son chapeau et ses gants.

Il n'y avait aucun valet en vue. Il ôta lui-même la selle de son cheval, et fit glisser les rênes par-dessus ses oreilles. Le mors tinta en passant entre les dents de l'animal. Puis, dans le silence, il entendit les cris.

Un frémissement lui parcourut le dos. Les cris étaient étouffés. C'étaient ceux d'une femme dans une stalle à quelques pas de là.

Il se mit à courir. Les chevaux tournèrent la tête à son passage. Parvenu à la septième stalle, il voulut prendre son poignard, mais sa main se posa sur sa poche vide. Il n'avait pas emporté d'arme. Toutefois, ses poings ne l'avaient jamais trahi. Il poussa la porte de la huitième stalle.

La chemise de l'homme était tachée de sang, ainsi que l'intérieur des cuisses de la jeune femme.

L'inconnu avait plaqué une main sur son visage strié de larmes et la maintenait allongée sur la paille, tandis qu'il reboutonnait son pantalon de sa main libre.

— Tais-toi, sinon je recommencerai demain, dit-il en la repoussant brutalement. Et si tu cries comme un cochon qu'on égorge, je dirai à ton maître que c'est toi qui m'as provoqué.

— Son maître ne vous croira pas.

Seamus Castle se retourna brusquement. Jin pénétra dans la stalle et s'adressa à la jeune servante.

— Allez voir Mme Tubbs et dites-lui ce qui s'est passé.

Comme elle ne bougeait pas, il lui tendit la main.

— Allons, venez.

Elle laissa échapper un sanglot, et lui prit la main. Il l'aida à se relever.

— Allez vite voir Mme Tubbs. Dites-lui que c'est moi qui vous envoie.

La fille s'enfuit à toutes jambes. Seamus ricana.

— Vous êtes touchant, Seton. Je savais que vous aviez un faible pour les esclaves, mais j'ignorais que vous serviez de nounou aux servantes.

Le poing de Jin s'abattit si fort sur la mâchoire de l'Irlandais que le craquement des os retentit dans toute l'écurie. Seamus s'écroula dans la paille, et prit son visage à deux mains en lançant un juron. Jin s'avança vers lui et il rampa à reculons, le menton et la chemise trempés de sang. Mais il trouva la force de rire encore.

— Qu'est-ce qui vous irrite, Seton ? Violette ne vous a pas satisfait ? Vous voulez cette petite servante rien que pour vous ?

Jin serra les poings. L'Irlandais continua de ricaner en se relevant. Jin le frappa de nouveau.

Puis il le projeta à terre sous une pluie de coups de poing.

27

Jin faisait les cent pas dans le bureau d'Alex, sans parvenir à oublier le bruit qu'avaient fait les os de Seamus Castle en se brisant. Il s'était lavé les mains pour se débarrasser du sang et avait changé de vêtements. Mais cela ne faisait pas de différence. L'animal qui était en lui aurait pu être vêtu comme un roi, ce n'était rien d'autre qu'un animal.

Alex entra et referma la porte derrière lui.

— Il vivra. Je crois.

Jin se tourna vers la fenêtre, d'où on apercevait la mer sous un épais rideau de pluie.

— Le médecin a presque fini, ajouta Alex. Il l'a recousu et a redressé les os qui pouvaient l'être...

— Je ne veux rien savoir.

Derrière lui, il entendit un tintement de verres.

— Je t'ai dit qu'il te fallait un brandy.

— Va au diable avec ton brandy. Comment va la fille ?

— Mme Tubbs et Serena s'occupent d'elle. Elle est sous le choc, mais le médecin est optimiste, dit Alex en lui mettant un verre dans la main. Bois. Ensuite, je t'en servirai un autre. Tu peux boire toute la bouteille, si tu veux.

— Ne sois pas condescendant, Alex. Sinon, tu seras le troisième patient du docteur aujourd'hui.

— J'aimerais bien voir ça.

Le comte s'appuya à son bureau d'acajou surmonté d'un plateau de marbre. Comme tous les meubles de la maison, celui-ci était destiné à un aristocrate. Jin n'avait pas sa place ici. Il posa son verre.

— J'ai failli le tuer. Je ne suis pas passé loin.

— Le fait que tu ne l'aies pas fait, alors que tu en avais la possibilité, est un bon point pour toi. Je sais pourquoi tu as fait cela, enchaîna Alex en croisant les bras.

— Non, tu ne le sais pas.

— Je pense être le seul à pouvoir comprendre. J'ai connu Frakes, si tu te souviens bien.

— Tu es loin de tout savoir, rétorqua Jin, les mâchoires serrées.

— Je sais ce qu'il faisait aux filles qu'il transportait enchaînées dans son navire, dit Alex d'un ton plat. C'est toi qui me l'as dit. J'avais douze ans et je n'avais jamais entendu parler de ces choses-là. Mais toi, à neuf ans, tu avais vu. Enchaîné toi aussi, tu ne pouvais rien faire contre lui. Je comprends ce que tu as dû ressentir.

— Mais tu ne sais pas ce que je lui ai fait.

— À Frakes ? Quand ?

— Quatre ans plus tard.

Il y eut une pause, puis Alex demanda :

— Tu as retrouvé sa trace ?

Jin crispa les mâchoires. Alex le connaissait bien. Peut-être pas aussi bien que Mattie, mais assez bien tout de même.

— Je l'ai pourchassé, et j'ai fini par le retrouver.

— Tu l'as tué de sang-froid.

— Lui ? Non. Je l'ai castré, dit Jin en regardant la pluie qui battait les vitres. J'ai pensé que c'était ce qu'il méritait.

— Seigneur, Jin... Tu n'avais que treize ans.

— J'étais fort et malin, pour un garçon de treize ans. Et comme le disait Frakes, j'étais un animal sauvage. Je lui ai prouvé qu'il avait raison.

— Tu étais en colère. Tu n'as pas vraiment compris ce que tu faisais.

— J'aurais fait la même chose à Seamus Castle aujourd'hui, si j'avais eu un poignard.

— Non, tu ne l'aurais pas fait.

— Bon sang ! s'écria Jin en s'efforçant de réprimer la fureur et le désespoir qui le dévoraient. Oui, je l'aurais fait.

Il plaqua les mains devant ses yeux, mais il ne pouvait se cacher de lui-même. Il n'avait jamais pu le faire, malgré les mers qu'il avait traversées, les esclaves qu'il avait libérés.

— C'est l'homme que je suis, dit-il en abaissant les mains.

— Tu es quelqu'un de bien, Jin.

— Et toi, mon ami, tu vis dans un monde imaginaire. Castle va-t-il porter plainte ?

— Cela m'étonnerait. Son oncle et son cousin sont furieux. Ils ont honte de ce qu'il a fait. Et comme Carlyle est le magistrat du comté...

— Ce n'est pas toi ? s'étonna Jin.

— Non. Mais Carlyle fera passer ta parole et celle de la fille avant celle de Castle. Il n'y a pas à s'inquiéter.

— Je n'en suis pas certain.

— Tu peux être tranquille. Carlyle est un homme raisonnable.

— Je ne peux pas rester ici.

Il prononça ces mots comme pour s'obliger à quitter Savege Park, mais il n'en avait pas envie.

— Je ne dois pas rester, et j'ai à faire ailleurs.

— À Londres ?

— Ailleurs, dit-il en gagnant la porte.

— Franchement, je suis surpris que tu sois resté à terre aussi longtemps.

La main sur la poignée de la porte, Jin fit une pause et se tourna vers son ami.

— Alex… je suis amoureux de Viola.

Le comte hocha lentement la tête.

— Ah. Cela explique tout. Carlyle la protège, naturellement. Lui as-tu donné une raison de…

— Non.

— Très bien. Ce sont tes affaires. Mais je ne vois pas en quoi le fait de partir t'aidera à atteindre ton but.

Des coups légers furent frappés à la porte, puis celle-ci s'ouvrit et Viola entra. Elle s'arrêta devant lui et détourna les yeux.

— Alex ? Serena vous cherche.

Le comte s'approcha.

— Il vaut mieux ne pas la faire attendre. Ma femme sera désolée de ton départ, Jin.

La porte se referma sur Alex.

— Tu pars ? demanda Viola, les joues blêmes. Pour aller acheter un nouveau gilet à Avesbury, car le tien est trempé de sang ? Ou bien tu pars… *vraiment* ?

— Il est temps que je quitte cette maison, Viola.

— Alors que tu m'as dit il y a quelques heures que tu ne partirais pas si je ne le voulais pas ? C'est-à-dire que tu peux battre un homme à coups de poing, le laisser pour mort, et seller tranquillement ton cheval pour partir le jour même ? Ce n'est pas sérieux.

— Il a violé une servante.

— Je sais ! Je viens d'entendre toute l'histoire de la bouche de Jane, qui le sait par la troisième femme de chambre, qui l'a appris par la fille de cuisine, qui elle-même l'a su par Cook. Celle-ci le sait par Mme Tubbs, à qui la pauvre servante a tout expliqué. Et sais-tu pourquoi l'histoire est passée par toutes ces personnes avant d'arriver jusqu'à moi ? Parce que tout le monde dans cette maison croit que je suis vierge. Comme toutes les dames célibataires de la haute société !

Brusquement, elle se calma et ses épaules s'affaissèrent.

— Je suis désolée. Je suis bouleversée, comme tous les autres. Aidan et ses parents, et Serena, bien entendu, car elle les a invités en pensant que je…

— Tu as le droit d'être bouleversée. Tu connais Seamus depuis des années.

— Dès qu'Aidan avait le dos tourné, Seamus me poussait dans un coin pour me peloter les seins. Quelqu'un devrait le punir, quelques coups de poing ne suffisent pas. Il devrait être cast…

— Non, Viola !

— Non, quoi ? Seamus Castle est quelqu'un de mauvais. Je n'ai jamais pu dire à Aidan ce que je pensais de lui, car ils étaient très proches. Mais cette famille aurait intérêt à le laisser tomber. Ou à l'envoyer dans la marine, où il aurait une vie misérable.

— Tu ne sais rien de cette vie.

— Pardon ?

— Tu ne sais rien. Rien, dit-il doucement. Et cela vaut mieux. Tu n'as jamais voulu savoir. Tu restais en dehors de cela, quand Fionn et son équipage assuraient ta sécurité.

— Quoi ? De quoi parles-tu ? Tu ignores ce que faisaient mon père et son équipage.

— J'ai passé un mois en mer avec des hommes qui te connaissent depuis des années. Tu crois que je n'ai rien appris sur Violette Daly et son père ?

Les joues de la jeune femme s'empourprèrent.

— Que veux-tu dire ?

— Je sais que Fionn voulait que tu reviennes ici. Il a fait tout ce qui était en son pouvoir pour te protéger des dures réalités de la vie et te rendre l'existence dont il t'avait privée. Mais toi, avec ton entêtement, tu ne voulais pas. Chaque fois qu'il t'a donné une occasion de revenir, tu as refusé.

— Qui t'a raconté de tels mensonges ?

— Ce ne sont pas des mensonges. C'est la vérité, rapportée par des hommes restés fidèles à leur capitaine. Il voulait ce qu'il y a de mieux pour toi. Ils le voulaient tous.

— Tu insinues que si j'ai pris si peu de butin en deux ans, c'est parce que mon équipage m'a dupée ? Tu mériterais que j'enfonce mon poignard dans la partie la plus délicate de ton anatomie !

— Ton père a fait promettre à Castle qu'après sa mort il t'épouserait et te ramènerait en Angleterre. Il pensait que si tu revenais dans ton pays, tu retournerais de toi-même vers ta famille.

— Non. C'est ridicule, il n'a pas pu faire ça.

— J'ai en ma possession une lettre de ton ancien lieutenant. Ton père lui avait laissé des instructions. Il devait dire à Aidan la vérité sur ta famille une fois que vous seriez mariés, et l'encourager à revenir en Angleterre. M. Crazy est-il un menteur, Viola ?

— Une lettre ? Pourquoi aurais-tu une lettre de Crazy ? Tu nous as espionnés ?

— Cela fait partie de mes nombreux talents.

— Crazy a dû mal comprendre. Mon père aimait inventer des histoires. Il n'était pas marin pour rien.

Mais elle semblait faire un violent effort pour ne pas y croire. Il voyait dans ses beaux yeux sombres qu'elle repensait à toutes les fois où Fionn l'avait encouragée à repartir en Angleterre. Cela suffisait à Jin : il avait atteint son but.

Mais l'éloigner de lui était encore plus dur qu'il ne l'avait cru. Et il ne voulait pas la jeter dans les bras d'Aidan Castle.

— Savais-tu qu'Aidan prévoyait de revenir en Angleterre ?

Elle se rembrunit.

— Je pensais qu'il resterait aux Antilles. J'ai été étonnée qu'il prenne cette décision si vite après l'incendie.

— Aussi étonnée que lui, je présume.

— Que veux-tu dire ? Il t'a confié quelque chose ? Ce jour-là à l'auberge, après l'incendie, je vous ai trouvés bizarres, tous les deux. Il t'a dit quelque chose, n'est-ce pas ?

Il choisit soigneusement les mots qui allaient sceller son destin.

— Viola, je t'ai menti dès le début. Tu n'aurais pas dû avoir confiance en moi.

— Je ne comprends pas. Tu ne m'as pas menti.

Elle tremblait, son cœur battait la chamade. Il posa sur elle un regard froid. Puis il franchit la porte et disparut.

Pendant un moment, elle demeura clouée sur place. Abasourdie. Puis elle sortit et arrêta un valet dans le couloir.

— Avez-vous croisé M. Seton ?

L'homme lui désigna une direction.

Elle le rattrapa à l'extérieur, alors qu'il gagnait l'allée. Celle-ci était vide, et les champs s'étendaient à perte de vue, parsemés de moutons. Il pleuvait. Elle courut sans prendre garde aux flaques.

— Tu ne vas quand même pas partir après avoir prononcé ces paroles incompréhensibles !

— Je n'ai rien dit d'incompréhensible. Mais si cela peut t'aider, je vais le répéter. Je t'ai menti. Un certain nombre de fois. Est-ce assez clair ?

Elle croisa les mains pour s'interdire de le toucher.

— C'est clair. Mais je ne vois pas en quoi c'est important.

— Tu ne sais pas, répondit-il en passant une main sur son visage. Viola, retourne dans cette maison. C'est là qu'est ta place.

Elle comprit que cette discussion ne concernait pas Aidan, pas plus que Fionn, son équipage ou son bateau. Il était question de cet homme, de la vie qu'il avait eue et qu'il souhaitait continuer de mener. Une vie différente de tout ce qu'elle avait connu, et qui l'effrayait un peu. Mais Jin, lui, ne lui faisait pas peur. Il était une partie d'elle-même.

— C'est à cause de Seamus ? Jin, si je l'avais vu faire cela, je l'aurais battu moi aussi. C'est-à-dire… si j'en avais eu la force…

Il vint se camper face à elle, si près qu'elle voyait les gouttes de pluie couler sur ses mâchoires et sur ses lèvres.

— Pourquoi as-tu voulu faire ce pari avec moi, Viola ? Après quinze ans passés à naviguer, tu ne connais toujours pas les hommes comme moi ?

Il n'existait pas d'autre homme comme lui. Personne ne lui ressemblait.

— Je t'ai lancé ce défi parce que… parce que je voulais rentrer chez moi, admit-elle d'une voix tremblante. Est-ce ce que tu as envie d'entendre ? Ma famille me manquait, même si je prétendais le contraire. J'avais besoin d'eux.

Comme elle avait besoin de lui.

Mais elle le perdait de nouveau. Il ne voulait pas devenir un gentleman. Il avait pourtant les manières et l'éducation d'un aristocrate, mais il ne choisirait pas cette vie-là. Et même si elle décidait de retourner en mer, il ne choisirait pas non plus d'être avec elle.

— Pourquoi es-tu revenu à Savege Park, si tu savais que tu repartirais ?

— Je suis revenu car je ne pouvais rester loin de toi. Et maintenant, alors même que des affaires m'attendent ailleurs, tu me retiens ici. Toi seule me retiens.

Il ne lui avait jamais parlé aussi froidement. La colère perçait dans ses paroles et ses yeux clairs lançaient des éclairs. Malgré cela, elle eut l'impression de fondre.

— Tu ne sembles pas vouloir être près de moi en ce moment, parvint-elle à chuchoter.

Il posa les mains sur ses bras et pencha la tête.

— J'ai d'abord cru que tu étais folle. Mais maintenant, je sais que c'est moi qui le suis. Tu es simplement naïve.

— Naïve ? Comment peux-tu penser cela ? J'en sais plus sur le monde que toutes les dames que j'ai rencontrées en Angleterre.

— Tu ne comprends pas pourquoi je ne suis pas un homme pour toi. Cela fait de toi quelqu'un de naïf.

Il la désirait, mais il luttait contre ce désir. C'était clair. Une panique glacée l'enveloppa.

— Tu t'en vas vraiment ? Maintenant ?

Il la relâcha et hocha la tête.

— Tu partiras de Londres ? Ton bateau se trouve là-bas ?

— Oui.

— Comment peux-tu…

— Viola, dit-il d'un ton impatient.

— Où iras-tu ?

Elle avait perdu. Mais cette perte était plus douloureuse que tout ce qu'elle avait connu.

— À Boston, pour prendre ton nouveau bateau ? Ou à Malte ?

— Je partirai en Orient.

— Quand tu auras réglé tes affaires là-bas, tu reviendras en Angleterre ? Mais tu pourrais retarder ton voyage de quelques jours. Serena et Alex pensent recevoir d'autres invités bientôt et…

— Viola, arrête.

Elle pinça les lèvres.

— Tu peux dire que tu ne m'aimes pas. Vas-y. Tu as la même expression que le jour où tu as gagné le pari.

— Mes sentiments n'ont pas changé.

Le cœur de Viola se serra, et le chagrin la submergea.

— Tu as le droit d'avoir des sentiments, quels qu'ils soient, murmura-t-elle.

Elle redressa les épaules, mais son corset la gênait ; elle se sentait prise au piège, au bord des larmes. Pleurer devant lui serait désastreux.

— Eh bien… au revoir, Seton. Je te souhaite d'être heureux.

Elle tendit la main, mais il ne fit pas mine de la prendre.

— Aidan Castle ne te mérite pas.

— Aussi étonnant que cela puisse vous paraître, monsieur, votre opinion sur le sujet ne m'intéresse pas.

Elle pivota sur ses talons, retenant les larmes qui lui piquaient les yeux. Il lui prit le poignet pour la retenir, et porta sa main à ses lèvres.

— Un jour, un homme viendra qui vous méritera, Viola Carlyle. Ne vous contentez pas de peu.

Il lui embrassa les doigts, puis le front. Elle inhala son parfum, s'enivra de sa chaleur. Enfin, il la relâcha, tourna les talons et se dirigea vers l'écurie.

Viola rentra, monta s'enfermer dans sa chambre et pleura si longtemps que ses larmes auraient pu faire déborder l'océan Atlantique.

28

Le lendemain matin, avec l'aide de Jane, Viola parvint à se rendre présentable malgré ses yeux gonflés et ses joues pâles, pour rejoindre les autres dans la salle du petit déjeuner.

— J'espère que votre migraine a disparu, mademoiselle Carlyle, dit gentiment Caitria. Lady Fiona et lady Savege se sont inquiétées pour vous. Maman et moi aussi. Ainsi que mon frère, bien entendu.

Viola lança un coup d'œil à Aidan, de l'autre côté de la salle. Il semblait fatigué, mais il lui sourit.

Un peu plus tard, il vint la retrouver dans la bibliothèque.

— Rien de tel qu'un bon livre et une tasse de thé lorsqu'il pleut, dit-il en venant vers elle.

Elle referma le livre dont elle n'avait pas lu une seule ligne en une heure, et le regarda prendre place dans un fauteuil. Il était agréable, rassurant, et elle comprenait pourquoi elle s'était crue amoureuse de lui pendant toutes ces années. Elle avait besoin d'un ami, et elle ignorait à l'époque ce qu'était l'amour.

— Que lisez-vous ? demanda-t-il en lui prenant le livre des mains. Virgile ? Mais c'est en latin !

— Oh, vraiment ?

Elle lissa sa jupe froissée. Aidan posa le livre et lui prit la main.

— Viola, nous traversons des moments difficiles, avec ce qu'a fait Seamus. J'ai demandé pardon à lady Savege d'avoir emmené mon cousin chez elle, et elle s'est montrée bienveillante. Mais...

— Mais ?

Peu lui importait, en réalité. Elle avait envie qu'il la laisse tranquille. Quelque part dans la maison, lady Fiona et Mme Roche apprenaient à Caitria comment faire un chignon à la française, et lady Emily donnait sans doute son avis, un livre à la main. Serena devait être à la nursery avec le bébé. Et Viola voulait être seule pour lécher des plaies qui ne guériraient jamais.

Aidan resserra les doigts sur les siens.

— Seamus ne repartira pas aux Antilles. Néanmoins, je dois prendre le bateau qui part de Bristol dans six jours. Et je veux que vous veniez avec moi. Comme mon épouse.

— Vous me demandez de vous épouser maintenant ?

— Je sais que nous avons attendu longtemps. Mais j'ai toujours su que vous deviendriez ma femme, Viola. Toujours.

Elle retira sa main.

— Aidan, pourquoi avez-vous quitté la Trinité il y a deux mois et demi ? J'imagine qu'il n'était pas facile de laisser quelqu'un d'autre se charger des réparations, à la suite de l'incendie. J'ai été surprise que vous décidiez brusquement de rendre visite à votre famille.

Il posa sur elle un regard empreint de tendresse.

— Je suis venu car je ne voulais pas être séparé de vous.

— Nous avons vécu séparés pendant des années, et soudain vous ne le supportez plus ? Aidan, mon père vous a-t-il donné de l'argent pour votre plantation à condition que vous m'épousiez et me rameniez en Angleterre ?

La mine d'Aidan s'allongea.

Elle se leva, le cœur lourd. Y avait-il un homme au monde qui ne lui mentait pas ? Ils l'utilisaient tous pour leurs propres objectifs. Son père s'était servi d'elle pour tenter de reconquérir sa maîtresse. Le baron souhaitait voir revivre cette même femme à travers elle. Et Jin l'avait utilisée pour son plaisir. Le fait qu'elle l'ait désiré ne la rendait que plus pathétique.

— Le jour où vous m'avez demandé pardon d'avoir embrassé Mlle Hat, à Port-d'Espagne, Jin venait de vous révéler la vérité sur ma famille. Toute ma famille. N'est-ce pas ?

— Violette, dit-il en se levant, je vous aime depuis toujours. Oui, j'ai promis à Fionn de vous ramener en Angleterre, mais j'ignorais tout de votre famille, et je vous aurais épousée de toute façon. Quelle importance ? ajouta-t-il avec un geste d'impatience. Mettons le passé derrière nous et bâtissons notre avenir ensemble.

Viola avait la gorge serrée, mais les yeux secs.

— Non, Aidan. Je ne veux pas vous épouser. Je suis désolée de vous décevoir, mais je ne suis plus la jeune fille que j'étais il y a dix ans. J'ai changé.

— Je vois. J'ai donc laissé passer ma chance. J'arrive trop tard.

Elle ne répondit pas ; c'était inutile.

— Si vous souhaitez être débarrassée de moi, reprit-il avec raideur, je peux partir dès cet après-midi. Mes parents et Caitria attendront que Seamus soit suffisamment rétabli pour voyager. Mais je partirai, puisque c'est ce que vous voulez.

— Ce n'est pas nécessaire.

À vrai dire, elle se moquait qu'il soit là ou non. Il la salua à regret et sortit.

Mais sa froideur persista les jours suivants. Viola fut soulagée quand Serena suggéra d'aller à Londres.

— Papa ne te manquera pas trop ?

— Pas trop.

— Quand partons-nous ?

— Mardi. Fiona, Emily et Mme Roche ont hâte de retourner en ville. Tracy viendra avec nous, et nous nous amuserons bien.

— Cela me paraît charmant.

Viola regarda Aidan s'éloigner seul, à cheval, dans l'allée. Il avait fini par se résigner à son refus. Malgré ses blessures, Seamus refusa de rester après le départ de son cousin, et toute la famille Castle prit donc congé.

Le jour suivant, cinq voitures chargées de domestiques, de gentlemen et de dames prirent la route de Londres. Le voyage se fit par petites étapes. Ils firent halte dans de charmantes auberges et dînèrent joyeusement chaque soir tous ensemble. Viola avait choisi de faire le voyage dans le même carrosse que lady Emily, qui avait toujours le nez dans ses livres. Le silence lui rendait le trajet plus supportable.

La ville de Londres était très étendue, avec des rues interminables, une foule dense, et toutes sortes de bruits assourdissants, depuis le claquement des sabots jusqu'aux cris des vendeurs de rue. L'atmosphère était lourde, chargée de l'odeur âcre du charbon. Viola regarda par la fenêtre en enlevant son châle et ses gants.

— L'air de la ville est particulièrement insalubre en automne, mademoiselle Carlyle, dit lady Emily en fermant enfin son livre. Mais il y a toutes sortes d'endroits où les dames peuvent profiter des plaisirs de la vie, ajouta-t-elle, les yeux brillants.

— Lady Fiona m'a parlé de Gunter, pour la mode, répondit-elle distraitement.

Très loin sur la droite, des mâts apparaissaient derrière des maisons. Elle éprouva un léger soulagement. Londres n'était pas une ville complètement étrangère.

— Je faisais allusion aux musées, aux expositions et aux conférences.

— Sommes-nous près du fleuve ? J'aperçois des bateaux.

— La Tamise est plus au nord. Vous aimez naviguer, mademoiselle Carlyle ?

— Un peu.

Imposante, élégante et extraordinairement grande, la demeure d'Alex et Serena se trouvait à l'angle d'un square. Elle comprenait plusieurs salons, une salle de réception, une salle à manger, un vaste hall, une petite salle de bal à l'arrière, un jardin, et un nombre incalculable de chambres à l'étage. Serena l'avait meublée simplement, et l'ensemble était confortable. Viola se dit qu'elle devrait sans doute s'habituer à tant de beauté. Malgré son titre, Serena était toujours la même, et Alex était particulièrement bienveillant. Au fond, elle était la femme la plus heureuse du monde.

Mais, loin de la mer, elle devint vite nerveuse. Elle s'ennuyait. Quand sir Tracy lui proposa une promenade dans son nouveau cabriolet, elle accepta avec joie. Lady Emily l'invita à une conférence donnée par une femme écrivain, et elle accepta aussi, avec moins d'enthousiasme. Mais elle ne regretta pas d'y avoir assisté. La fameuse écrivaine employait certains mots grossiers que Serena et M. Yale lui avaient strictement interdit de prononcer. Le sujet de la conférence portait sur les professions que les femmes pouvaient exercer comme les hommes. Plusieurs dames sortirent en chuchotant derrière leur éventail d'un air indigné, mais Viola se sentit revigorée.

Toutefois, il n'en fallut pas beaucoup pour l'abattre de nouveau. Elle accepta à contrecœur une invitation de lady Fiona et Mme Roche pour une partie de cartes.

— Mais, ma chère demoiselle, vous jouez moins bien ce soir que chez votre sœur à la campagne, chuchota Mme Roche.

— Je ne suis pas très à l'aise. Les épingles qui retiennent mon ourlet me piquent les mollets. Cela m'apprendra à marcher sur ma jupe en descendant de voiture.

Mme Roche posa sur la table le roi et la reine de cœur.

— Le cœur ! Il arrive qu'il soit blessé, dit-elle d'un ton mystérieux.

Viola craignait fort que sa sœur et ses amies sachent très bien quelle était l'origine de sa mélancolie. Leurs multiples attentions et leur sollicitude devenaient agaçantes. Elle avait besoin d'activité pour chasser son ennui.

Quatre jours après leur arrivée à Londres, elle accompagna Serena et Alex dans une réception. Elle dansa. Marcha sur les pieds des gentlemen. Aucun d'eux ne rit ou ne la taquina. Et quand la musique s'arrêta, elle ne vit pas l'homme le plus parfait du monde surgir dans le couloir pour la prendre dans ses bras et lui faire l'amour.

Il était parti. Elle vivait comme une dame, bien qu'elle n'en fût pas une, et elle avait perdu le contact avec tout ce qui avait été sa vie pendant des années. Quel gâchis.

Le soir suivant, assise devant la fenêtre du salon, elle regardait les rayons du soleil couchant jouer dans les volutes de fumée qui s'échappaient des cheminées. Elle était confortablement installée dans un fauteuil, un ouvrage de broderie sur les genoux, un livre posé à côté d'elle. Et elle regrettait de ne pas être sur le gaillard d'avant de l'*Orage d'Avril*.

Serena lui posa doucement la main sur l'épaule. Elle tressaillit, et son ouvrage glissa sur le sol.

— Je suis désolée.

Sa sœur s'assit à côté d'elle, vêtue d'une splendide robe de soie bleu ciel brodée de perles.

— Vous sortez ?

— Oui. Je t'ai parlé de ce concert, ce matin au petit déjeuner. Je venais te dire que la voiture serait là dans un moment. Mais je vois que tu n'es pas prête.

— Je suis désolée, Ser. Je ne suis pas d'humeur à aller dans le monde, ce soir.

— Vi, est-ce que tu te sens mal ? Je veux dire... es-tu heureuse ?

— Je suis heureuse d'être ici avec toi, Serena. Et avec Alex, et Maria. Demain, nous verrons Kitty et lord Blackwood. Après tout ce que j'ai entendu sur la sœur d'Alex, il me tarde de faire sa connaissance.

— Mais es-tu heureuse ?

— Il m'a emmenée ici, murmura-t-elle, la gorge serrée. Et tu as fait de moi une dame. Mais je n'en serai jamais une. Pas vraiment. Malgré tous mes efforts. Je peux avoir une apparence soignée, essayer de jouer de la harpe, mais au fond de moi je reste un marin. Pourtant, je ne peux pas retourner à mon ancienne vie, ajouta-t-elle en contemplant le paysage citadin teinté de rose et de gris. Oh, Ser, où est ma place désormais ?

— Tu ne veux pas de cette vie ?

— Si, bien sûr, mais... je le veux encore plus, lui, avoua-t-elle en baissant la tête.

— Lui, tu veux dire M. Castle ? suggéra Serena, sceptique.

— Je veux dire M. Seton.

Il y eut un silence.

— Oh, Viola...

— Je sais, grommela-t-elle en se levant pour aller à la fenêtre. Oui, je sais. Mais pour lui, je n'étais qu'une sorte de butin, pour remplir ses poches.

Et prendre un moment de plaisir. Elle lui avait au moins donné cela. Mais elle n'aurait plus ce bonheur.

— Un butin ?

Viola se laissa tomber sur la banquette, devant la fenêtre.

— Alex l'a payé pour me retrouver et me ramener à la maison.

— Alex n'a pas fait cela, Viola !

— Bien sûr que si.

— Non. Même si Alex lui avait proposé de l'argent, Jinan ne l'aurait pas accepté. Il est riche comme Crésus. Probablement plus riche que mon mari, étant donné toutes les nuits qu'Alex a passées à la table de jeu autrefois. Tu ne le savais pas ?

— Non, répondit Viola d'une voix étouffée. Mais alors, pourquoi a-t-il passé tous ces mois à me chercher ? Pourquoi a-t-il déployé tant d'efforts pour me persuader de revenir, si ce n'était pas pour de l'argent ?

Serena s'assit à côté d'elle.

— En fait, Jinan pensait avoir une dette envers Alex.

— Une dette ?

— Ce n'est pas à moi de révéler tout cela, mais je crois qu'il faut que tu le saches. Quand il était enfant, Jinan a été esclave pendant deux ans. Alex, qui n'était pas beaucoup plus vieux que lui à l'époque, l'a libéré.

— J'ignorais qu'Alex avait joué un rôle dans l'histoire.

— Jinan t'a recherchée car il pensait que c'était la seule manière de rembourser sa dette. Alex ne lui avait rien demandé, bien sûr. Jin n'était pas du tout obligé de le faire.

Viola se leva brusquement et fit quelques pas dans le salon.

— Et pendant tout ce temps, j'ai cru…

Son retour en Angleterre était donc plus important pour lui qu'elle ne l'avait imaginé. Il était conscient de l'amour que son ami portait à son épouse, et aussi du lien qui unissait Viola et Serena. Il avait tenu à rembourser sa dette. Car Alex lui avait donné ce qu'il y avait de plus précieux. La liberté.

Elle avait le cœur serré en pensant à l'enfant qu'il avait été, et à l'homme qu'il était devenu. Et elle l'aimait plus que tout.

— Viola, veux-tu t'habiller pour sortir ? insista Serena.

— Ser, je n'ai pas vraiment envie…

— Habille-toi. En fait, j'aimerais rendre visite à Kitty avant la réception de ce soir. Tu n'as pas besoin de t'habiller pour le concert. Nous te ramènerons ici après avoir vu lady Blackwood.

— Très bien.

Elle gagna la porte, la tête lourde. Peu lui importait où ils allaient.

Jane lui fit revêtir une robe adaptée aux visites, tout en marmonnant qu'elle ferait mieux de mettre des tranches de concombre sur ses yeux la nuit, pour les faire dégonfler. Viola l'ignora et alla retrouver sa sœur et Alex dans le hall. Ils bavardèrent de choses et d'autres en se rendant chez lord et lady Blackwood, dont la maison, bien que plus petite que la leur, était très élégante.

La jeune femme qui les reçut était aussi raffinée que le décor qui l'entourait. Grande, élancée, avec des cheveux sombres et des yeux gris comme ceux de son frère, elle portait une ravissante robe bleue. Elle prit les mains de Viola et l'embrassa doucement sur les joues.

— J'avais hâte de faire votre connaissance, dit-elle d'une voix mélodieuse. Je suis si contente que vous soyez revenue !

— Merci, madame.

— Appelez-moi Kitty. Et je vous appellerai Viola. Vous serez la sœur que je n'ai jamais eue. Ma deuxième sœur, précisa-t-elle en souriant à Serena. Leam n'est pas à la maison, dit-elle à Alex. Il est sorti pour la soirée. Il espère retrouver la trace de Wyn, qui a disparu de la circulation depuis quelque temps. Et que vous avez tellement charmé, Viola, qu'il prétend qu'il ne posera plus jamais les yeux sur une autre femme, à moins qu'elle ne connaisse parfaitement la mer et refuse de peindre des aquarelles.

Viola parvint à esquisser un sourire.

— J'espère qu'il va bien.

— Il se fait très discret ces jours-ci, donc nous ignorons comment il se porte, et cela nous inquiète un peu. Mais avant de disparaître, il nous a raconté son séjour à Savege Park et nous a parlé de vous. Naturellement, il était plus bavard que Jinan, que je soupçonne d'avoir beaucoup d'histoires à raconter mais qui est toujours très réservé. On ne sait jamais ce que pense Jin, ni ce qu'il fait. N'est-ce pas, Alex ?

Le comte s'adossa au manteau de cheminée en croisant les bras.

— Rarement, admit-il en regardant Viola.

Celle-ci eut la nette impression qu'ils s'attendaient à ce qu'elle parle. Et donc c'est ce qu'elle fit, maîtrisant sa voix au prix d'un effort certain.

— Je suppose qu'il avait son départ à préparer. Maintenant qu'il est en mer, peut-être aura-t-il le temps d'écrire...

Un silence plana dans le salon. Kitty regarda Alex en fronçant les sourcils. Il fit un signe de tête.

— Viola, dit Kitty, Jinan n'est pas en mer. Pas encore. Il est ici, à Londres.

— Ici ? À Londres ? répéta-t-elle, éberluée.

— Oui.

— Il m'a dit qu'il allait prendre la mer pour se rendre à... Il m'a donc menti.

— Peut-être pas. Cela doit faire partie de ses projets... pour plus tard.

— Et en attendant ? Que fait-il à Londres ?

— Il recherche sa famille, Vi, dit doucement Serena.

— Sa famille ? À l'en croire, sa mère est morte il y a longtemps.

Serena secoua la tête, et haussa les épaules. Alex et Kitty ne dirent pas un mot.

— Je suis soulagée de constater que je ne suis pas la seule personne à laquelle il ne confie rien, finit-elle par marmonner.

— Je sais que c'est difficile, Viola, répliqua Kitty. Mais Jinan est quelqu'un de bien. Il fait ce qu'il pense être juste. Si vous l'appréciez, il faut que vous lui fassiez confiance.

Une heure plus tard, Viola faisait les cent pas dans sa chambre en repensant aux paroles de Kitty. Peut-être faisait-il ce qu'il pensait être juste, mais pourquoi le faire seul ? Il ne l'aimait sans doute pas, mais elle l'aimait et voulait l'aider.

Serena et Alex ignoraient où il se trouvait. Kitty et lord Blackwood aussi. Apparemment, il vivait comme une ombre. Mais Viola connaissait l'univers des quais. Si le bateau de Jin était là, elle le trouverait. Toutefois, elle ne pouvait pas aller fureter dans ce quartier, vêtue comme Viola Carlyle.

Elle alla fouiller au fond de sa garde-robe et retrouva son pantalon, sa chemise et son gilet. Le plus dur serait de quitter la maison sans se faire remarquer par les domestiques empressés de sa sœur. Elle était en train de mettre sa chaussure gauche, tout en regardant par la fenêtre pour examiner le treillis qui courait le long de la façade, quand Jane entra.

La servante étouffa un cri.

Viola laissa tomber sa chaussure.

— Où allez-vous ? demanda la servante en pinçant les lèvres.

— Sur les quais.

— Vous n'y arriverez pas.

— Bien sûr que si, répliqua Viola en sautillant sur son pied nu. Et vous allez m'aider.

— Oh, non !

— Oh, oui. Si vous ne le faites pas, je dirai à lady Savege que vous avez volé une des cravates de M. Yale et que vous la cachez dans vos vêtements.

Jane plaqua une main sur sa bouche.

— Vous ne feriez pas cela !

— J'en suis capable. Alors ? Soit vous m'aidez maintenant, soit vous ne retrouverez plus jamais d'emploi dans la bonne société. Choisissez.

Jane lui lança un regard noir. Mais elle finit par céder.

Viola se dit qu'elle commençait à utiliser les méthodes des dames de qualité.

Le valet que Jane avait soudoyé trouva rapidement un fiacre pour Viola. Celle-ci se glissa par la porte de derrière tandis que Jane et le valet détournaient l'attention des autres domestiques. Le voyage jusqu'aux quais fut très rapide, dans les rues désertes.

Rabattant son chapeau sur son visage, elle entra dans le premier pub qu'elle vit. Matouba était là. Debout près du bar, il se distinguait de la foule par sa peau d'un noir d'ébène. Ses yeux se posèrent directement sur elle. La chance de son père irlandais était avec elle, ce soir. Ou peut-être était-ce lui en personne qui la guidait. Fionn avait été assez rusé pour enlever une petite fille à un baron, après tout.

Elle se faufila entre les clients.

— Je suis contente de te voir. Où sont Mattie et Billy ? Et surtout, où est-il ?

Matouba souleva respectueusement son chapeau, avant de lui agripper le bras et de l'entraîner à l'extérieur sans lui demander son avis. Elle se dégagea. La lumière du pub se répandait sur les pavés. Les voix et les rires résonnaient dans toute la rue. Ce quartier était celui des marins, et elle s'y sentait parfaitement à l'aise. Mais visiblement, sa présence ne plaisait pas à Matouba. Il se tint près d'elle, d'un air protecteur.

— Où est-il, Matouba ?

— Eh bien, mademoiselle, je ne peux pas vous le dire.

— Pourquoi ? Parce que je ne suis pas censée le savoir ?

— Parce qu'il ne le sait pas, dit une voix derrière elle.

Elle se retourna et se trouva face à Mattie. Billy était à côté de lui, et souriait de toutes ses dents.

— Ça fait plaisir de vous revoir, capitaine.

— Merci, Billy. Tu sais où il est ? demanda-t-elle au timonier.

Mattie secoua la tête.

— Nous ne savons rien, capitaine, assura Billy. Il ne nous dit pas ce qu'il fait.

— Et comment communiquez-vous avec lui ? Il vous dit quand et où le retrouver, n'est-ce pas ? s'exclama-t-elle, les poings sur les hanches.

— Je vous demande pardon, mademoiselle, reprit Mattie, mais nous savons où il n'est pas, ce soir. Là où nous pensions aller nous-mêmes. En fait, nous aurions bien besoin d'un marin qui sait parler comme une dame.

Le bruit de chopes s'entrechoquant s'échappa du pub. Un musicien se mit à jouer du violon, une charrette passa en cliquetant, soulevant de la poussière. Et Mattie lui fit un clin d'œil.

Le cœur battant, elle tendit la main.

— J'en suis.

Une main osseuse, parsemée de taches de rousseur, tapa dans sa paume.

— Moi aussi, capitaine.

Une grosse main s'abattit sur celle de Billy.

— Moi aussi, mademoiselle.

La main de Mattie se joignit aux autres. Large, brune et réconfortante.

— Allons-y !

29

Dans la profonde nuit londonienne, parfaitement immobile dans un fauteuil de son appartement, Jin contemplait le plafond. Son corps était torturé par le désir, mais aucune femme ne l'attendait dans la chambre à coucher. Viola Carlyle était à deux ou trois cents kilomètres de là.

Elle lui avait pris son cœur, et il était certain de ne pas pouvoir vivre sans lui. Il ne pouvait pas non plus vivre sans elle. Alors, autant s'exposer au danger. Si des troubles éclataient à Malte, tant mieux. Pour mourir, cette île en valait bien une autre. Après tout, il finirait peut-être par se faire tuer, et mettre fin à la torture d'être séparé d'elle en sachant qu'un autre homme l'accueillerait dans son lit.

Elle méritait mieux qu'Aidan Castle, en tout cas. Elle méritait ce qu'il y avait de mieux.

Réflexions inutiles. Elle aurait ce dont elle avait besoin, que ce soit avec Castle ou un autre, assez chanceux pour obtenir sa main. Et il resterait seul. Ou bien il serait mort.

Il était venu à Londres et s'y attardait, repoussant sans cesse son départ pour effectuer une mission du Falcon Club, parce qu'il voulait cette maudite boîte. Il avait fait une deuxième tentative pour l'acheter, puis une troisième, de façon anonyme, par l'intermédiaire de son homme d'affaires, trois jours plus tôt. Puis aujourd'hui, en passant par l'agent de Blackwood. L'évêque demeurait inflexible. Et maintenant, l'intérêt manifesté pour ce coffret le rendait méfiant. Il ne vendrait pas.

Mais Jin devait obtenir cet objet. Il ne pouvait penser à rien d'autre, en dehors de Viola. Il ne serait jamais quelqu'un de bien, son passé lui collait à la peau. Mais il s'était juré de ne pas renoncer complètement à elle avant de savoir qui il était vraiment. Il devait en avoir le cœur net.

Les bruits de la nuit montaient par la fenêtre ouverte. Il entendit le cri du veilleur de nuit. Mais il attendit encore. Il ne déroberait pas la boîte dans la maison de l'évêque, et il ne ferait de mal à personne pour l'obtenir. Il en avait fini avec ces violences. Le visage ensanglanté de Seamus Castle l'avait définitivement calmé. D'autre part, il ne voulait plus jamais entendre Viola prendre sa défense pour ce genre d'action. Elle se salissait elle-même en le faisant. S'il pouvait obtenir sa main, s'il avait la moindre chance d'y parvenir, il fallait avant tout qu'il nettoie son âme de sa noirceur.

Il finit par se lever, et alla enfiler des vêtements adaptés à son projet. Il n'avait pas encore parlé avec le jeune valet de l'évêque. Il l'avait simplement observé chaque soir, pendant deux semaines. Dans une heure, le garçon quitterait la maison de son employeur. Comme tous les soirs, il se rendrait dans son débit de boissons préféré, à trois rues de là, où il boirait deux verres de Blue Ruin. Ensuite, il passerait quinze minutes dans l'arrière-salle avec la prostituée rouquine, puis il rentrerait chez lui. Si la rouquine ne travaillait pas ce soir, il choisirait la blonde plutôt que la brune.

Il se rendit jusqu'à la maison de l'évêque, qui n'était pas très loin de son logement de Piccadilly. L'animation nocturne de la ville lui donnait de l'énergie. Il revoyait en esprit le ravissant visage d'une petite femme aux yeux violet en costume de marin.

Dès son arrivée, il perçut un changement. Les fenêtres, d'ordinaire sombres à cette heure de la nuit, ne l'étaient pas toutes. Au rez-de-chaussée, un rai de lumière passait à travers les rideaux. La lumière vacilla, puis disparut.

Quelqu'un se déplaçait dans la maison avec une lampe, mais ce n'était pas Pecker. Depuis l'endroit où il se tenait, tapi dans l'ombre, il vit le valet passer dans l'étroite ruelle qui longeait la maison de l'évêque. Pecker sifflotait joyeusement en faisant sauter quelque chose au creux de sa main. Un rayon de lune fit scintiller l'objet, et Jin se figea.

Une pièce d'or. Sa récompense pour avoir laissé entrer quelqu'un ?

Jin frémit de colère. Ce matin encore, ses hommes avaient essayé de lui extorquer la permission d'entrer dans la maison pour dérober le coffret. Matouba était calme mais ferme, et Billy enthousiaste. Mattie l'avait simplement regardé de haut, en déclarant d'un ton déterminé :

— Bon sang. Il est temps.

Et donc, ils avaient dû entrer malgré son interdiction formelle. Ces hommes étaient des marins, habitués à agir en mer, à prendre des navires à l'abordage, non à se faufiler en douce dans les appartements d'un évêque. Ils allaient se faire prendre, et il ne pouvait le tolérer.

Il traversa promptement la rue et se glissa dans la ruelle. La porte de la maison était ouverte. Il entra avec précaution dans un étroit couloir et gagna l'étage. Pas de domestique en vue. C'était étrange. Mais il était tard, et le vieillard avait coutume de se coucher tôt. Deux portes donnaient sur un salon et une salle à manger. La maison de l'évêque Baldwin était encombrée de toutes sortes d'objets, empilés dans tous les coins. Des statuettes, des boussoles, des pendules, des livres, des bijoux sur des présentoirs, des instruments de musique, et des centaines d'autres bibelots.

De la lumière passait sous une porte. Derrière le battant, il entendit des bruits. Des meubles furent poussés sur le sol, du verre se brisa ; il y eut un cri, puis un bruit sourd.

Jin ouvrit la porte. Dans l'obscurité, il distingua une lampe brisée sur le sol, près d'un épais tapis. Une silhouette fine se tenait penchée au-dessus de la lampe, serrant un coffret entre ses bras.

L'émotion le frappa de plein fouet, tel un coup de vent. Il reconnut le coffret émaillé comme s'il l'avait vu la veille, posé sur la table de toilette de sa mère dans sa chambre jonchée de coussins et de soieries. Et il aurait reconnu Viola Carlyle n'importe où, quelle que soit la lumière ou son accoutrement.

Son regard se posa sur lui, puis elle leva la tête vers le plafond. Des pas résonnèrent au-dessus d'eux.

— Bon sang, grommela-t-elle.

Il ouvrit plus largement la porte et recula en lui faisant signe de le suivre. Ils auraient du mal à s'échapper. Leurs poursuivants – trois hommes au moins – étaient déjà sur le palier supérieur. Mais il devait essayer, forcer son esprit à fonctionner. La tête lui tournait. Et l'objet de tous ses désirs se dirigeait maintenant vers lui.

C'est à peine si elle lui jeta un coup d'œil en s'engouffrant dans le couloir. Il la suivit. De la lumière surgit dans l'escalier, se rapprocha, accompagnée de pas précipités.

— Hé, vous ! Halte !

Elle dévala l'étroit escalier, Jin sur ses talons. Billy surgit d'un passage et se rua vers la porte de derrière où Matouba attendait, encadré par deux hommes en uniforme.

Ils étaient pris. Jin tendit la main et agrippa l'épaule de la jeune femme.

Billy s'arrêta brusquement au bout du couloir, et Jin ramena Viola contre sa poitrine.

— Ne dis pas un mot, lui chuchota-t-il à l'oreille.

Une vague de joie et de soulagement la submergea quand elle se retrouva contre lui. Puis il la relâcha, et il y eut un grand remue-ménage. Des hommes en livrée ou en uniforme surgirent avec des lampes, des bougies, et même un tisonnier. Un vieillard au long nez crochu, avec un bonnet de nuit posé de guingois sur ses cheveux gris, se détacha du groupe et avança vers eux.

— Ah, ah ! Je vous ai pris la main dans le sac !

Il brandit sa bougie sous le nez de Viola, répandant de la cire sur sa veste.

— Je vous ai tendu un piège ! J'ai laissé cet imbécile de Pecker prendre votre argent, espèce de petit morveux. Mais je vous tiens, maintenant !

Passant sa chandelle à un valet, il voulut s'emparer du coffret.

— Vous n'aurez pas ma cassette, et vous allez écoper de dix ans à Newgate !

Viola refusa de lâcher la boîte.

— Laissez-la-moi, méchant vieil homme. Je vous payerai.

Il y eut des exclamations parmi le petit groupe.

L'évêque arrondit les yeux de surprise.

— C'est une fille !

— Je ne suis pas une fille. Et vous êtes un misérable égoïste. Pourquoi ne voulez-vous pas vendre cette boîte ?

— Parce que je me la suis procurée de façon honnête et que je ne vends pas mes trésors, jeune demoiselle. Vous croyez sans doute que je ne vous livrerai pas à la police car vous êtes une femme ? Vous vous trompez. Dieu pardonne aux scélérats repentants, mais auparavant la loi les punit pour l'exemple.

Il lui arracha la boîte des mains.

— Officiers, je lui rendrai visite demain dans sa cellule de Newgate pour entendre ses excuses. Emmenez-la, ainsi que ses complices. Je retourne me coucher. Avec ma cassette.

— Elle n'est pas responsable, monseigneur.

Viola tressaillit. La voix de Jin, toujours aussi belle et grave, était teintée d'un léger accent. Un peu comme celui de Billy.

— Oh, vraiment, jeune homme ? Alors qui est le responsable ? Vous ?

— Eh bien, voyez-vous, c'est ma sœur le trublion, monseigneur.

Il se balança d'un pied sur l'autre, comme s'il était mal à l'aise. Viola en était bouche bée. Sa sœur ? Où voulait-il en venir ?

— Cette femme est votre sœur ?

— Non, monsieur, répondit Jin d'un air timide. Ma sœur est la femme de chambre de cette dame.

— Cette dame ?

L'évêque reprit la chandelle et la tint de nouveau devant le visage de Viola.

— Oui, m'sieur. Elle est la sœur d'un lord comme vous...

— Eh bien, il est vrai qu'elle n'a pas l'air d'être une fille de mauvaise vie. Mais elle a tout de même une drôle d'allure.

Jin acquiesça d'un hochement de tête.

— C'est sûr, ce n'est pas une dame comme les autres. Mais jetez un coup d'œil à ses mains.

— Montrez-moi vos mains, mademoiselle, ordonna l'évêque, l'air soupçonneux.

Elle obéit.

L'homme changea d'expression et se pencha vers le valet qui était à côté de lui.

— Clément, ces mains vous semblent-elles appartenir à une dame de qualité ?

— Oui, Excellence. Je crois bien.

— Mais alors, que fait-elle chez moi, avec ma cassette ?

— Eh bien, monsieur, je veux cette boîte, expliqua Jin. Et ma sœur... est une peste. Et cette dame...

Toute son attitude dénotait l'embarras. C'était ahurissant.

— Cette dame aime bien s'amuser, vous voyez. Aussi, quand ma sœur l'a mise au défi de dérober cet objet, elle s'est dit que ce serait une farce amusante.

— Et vous êtes venu avec elle pour l'aider à me voler ?

— Je ne pouvais pas la laisser seule, m'sieur. C'est une dame, après tout...

Viola faillit tomber à la renverse. Il rougissait ! Elle n'aurait jamais cru cela possible. Elle éprouva une légère nausée à l'idée qu'il pouvait aussi bien jouer la comédie.

L'évêque hocha la tête.

— Dans ce cas, c'est vous qui irez à Newgate, jeune homme. Pour avoir prêté main-forte à un vol, et ne pas avoir su faire entendre raison à votre sœur. Ève représente le sexe faible, enclin au péché. Le rôle d'Adam est de soumettre son esprit égaré, et de lui montrer d'une main forte sa supériorité et sa miséricorde.

— Mais il n'a pas…

— Taisez-vous, mademoiselle. Quel est le nom de son frère ?

— C'est le comte de Savege, monseigneur, répondit Jin.

— Savege ? Un libertin. Un homme devrait savoir mieux tenir sa famille.

— Mais…

— Silence, mademoiselle, si vous ne voulez pas que je vous envoie à Newgate avec ces voleurs ! Officiers, je vous verrai demain à la prison. Clément, emmenez la sœur de lord Savege dans le salon, et faites appeler ma voiture.

Des hommes saisirent Jin par le bras.

— Attendez ! s'exclama Viola. Non…

— Viola, dit Jin d'une voix redevenue normale. Si tu ne rentres pas chez toi sur-le-champ, je jure que je ne t'adresserai plus jamais la parole.

— Cela signifie que tu avais l'intention de me parler de nouveau ? le taquina-t-elle.

— Sors, grommela-t-il.

Les policiers l'entraînèrent, avec Billy et Matouba. Où était passé Mattie ? Elle n'en avait pas la moindre idée. Mais elle les ferait tous sortir de prison. Alex s'en chargerait. Pendant qu'on leur passait les menottes, elle rejoignit l'évêque dans le salon.

Peu avant l'aube, Mattie se présenta devant le sinistre bâtiment de pierre. La prison de Newgate, qui semblait imposante de l'extérieur, était sale et puante à l'intérieur. Avec un sac rempli de pièces, Mattie parvint à soudoyer l'officier posté à l'entrée, le gardien d'une des ailes, et celui des cellules.

L'homme contempla les deux guinées qui brillaient au creux de sa main, tout en se curant les dents avec un os. Il ouvrit la porte de la cellule.

— Ravi de vous avoir vu, monsieur Smythe. Revenez quand vous voulez. Avec des amis.

Il s'inclina avec un sourire narquois et cracha sur le sol.

Le ciel était encore sombre et le vent d'automne glacé quand Jin sortit par la porte principale de la prison, comme s'il n'avait pas été accusé de vol par un homme d'Église quelques heures plus tôt. La richesse avait ses avantages.

Ses vêtements trempés de sueur lui collaient à la peau. Il avait passé plusieurs heures dans cette cage immonde, ravalant sa terreur. Heureusement, Viola n'avait pas eu à endurer la saleté d'un cachot, et les dangers auxquels une femme devait faire face dans ce genre de lieu. Les habituées de la prison ne connaissaient ni la honte, ni la pudeur, ni la pitié. Elles n'auraient fait qu'une bouchée de Viola Carlyle. À moins qu'elle n'ait réussi à les duper, comme elle avait toujours dupé tout le monde, à l'exception de l'évêque.

Jin inspira l'air du dehors.

— Vous n'allez pas nous expliquer ? grommela Mattie.

Matouba et Billy les suivaient en silence. Jin les avait laissés se débrouiller avec les autres prisonniers.

Ils méritaient bien quelques moments difficiles, pour avoir entraîné Viola dans cette aventure.

— Je n'ai rien à dire que vous ne sachiez déjà. As-tu mis une pièce de côté pour un fiacre, ou dois-je rentrer chez moi à pied ?

Mattie fit tinter les pièces qui restaient dans la bourse, et Jin prit celle-ci.

— Inutile de me remercier, bien sûr, marmonna le timonier.

Jin s'arrêta et se tourna vers les trois hommes.

— Mattie, donne-moi ton poignard.

Trois paires d'yeux le fixèrent. Les joues de Matouba prirent un ton grisâtre. Jin leva les yeux au ciel.

— Le mien a été confisqué par les gardiens, précisa-t-il. Tu en as un autre à bord du navire.

Il prit la lame et la glissa dans sa botte.

— Si je voulais vous tuer, je l'aurais fait depuis des années.

— Nous sommes désolés que Mlle Viola ait laissé tomber cette lampe, capitaine, dit Billy d'une voix hésitante. Elle se débrouillait très bien jusque-là.

— Bande d'amateurs. Vous devriez avoir honte.

— Nous n'avons jamais voulu qu'elle entre dans la maison. Nous avons tout fait pour l'en dissuader, mais elle a insisté, marmonna Mattie.

Jin réprima un rire.

— Vous êtes des imbéciles.

— Peut-être, concéda Mattie en croisant les bras. Mais nous ne sommes pas aveugles comme vous.

Pendant un moment, Jin regarda ses hommes d'équipage en silence. Puis il héla un fiacre et rentra chez lui pour dormir.

30

Il s'éveilla au milieu de l'après-midi, se lava pour se débarrasser de l'odeur de la prison et expédia un message par coursier.

Puis il attendit.

Trois quarts d'heure plus tard, la réponse arriva. Pecker lui expliquait, dans une orthographe approximative, qu'il avait profité de l'absence de l'évêque ce matin – celui-ci s'étant rendu à Newgate pour voir les prisonniers – pour prendre le coffret dans la chambre de son maître et le cacher. Toutefois, il avait hâte de se débarrasser de l'objet. Jin lui donna rendez-vous sur les quais afin d'échanger le coffret contre quelques pièces d'or.

Le lieu de rendez-vous était le poste d'amarrage de son bateau.

Retirant le poignard de Mattie de sa botte, il le posa sur la table. Il ne désirait pas blesser de nouveau quelqu'un.

Il prit son cheval pour se rendre sur les quais, le laissa dans une écurie et fit le reste du chemin à pied. Il ne put s'empêcher de sourire en regardant son bateau. Avant leur séparation à Savege Park, Viola n'avait pu s'empêcher de s'étonner du montant exorbitant que devait lui coûter son bateau, amarré à Londres depuis des semaines. Elle avait un esprit vif, infatigable. Quoi qu'il arrive, que cette boîte contienne ou non la réponse à ses questions, il ne renoncerait pas à elle. Il n'était pas question de la perdre.

Le calme régnait sur les quais à ce moment de la soirée. Des hommes transportaient des caisses dans des bateaux qui partaient le lendemain, et des marins s'affairaient sur les ponts. Le valet de l'évêque n'était nulle part en vue. Mais un marin se tenait adossé à la passerelle du bateau voisin de celui de Jin. Les traits qui apparaissaient sous le bord de son chapeau offraient une vague ressemblance avec ceux de Pecker.

— Je me doutais bien que c'était vous, dit-il en voyant Jin. Mon frère m'a envoyé, mais il se méfiait. Il avait peur que je ne veuille prendre l'argent.

L'homme portait un manteau volumineux, et on devinait une bosse d'un côté de sa poitrine.

— Je ne ferais pas cela à mon frère, vous voyez.

— Est-ce que je vous connais ?

— Non. Mais moi je sais qui vous êtes, monsieur Smythe. Je devrais dire, Pharaon. Vous avez racheté une fille à un gars avec qui je travaillais il y a quelques années. Une jolie petite. Elle criait beaucoup. Vous vous êtes bien amusé avec elle ?

— Vous avez apporté le coffret ?

L'homme se redressa.

— Ne prenez pas vos grands airs avec le vieux Muskrat. On ne peut pas reprocher à un gars de vouloir faire un brin de causette, avant de conclure une affaire comme celle-ci.

— Votre frère s'est mis d'accord avec moi sur le prix. Donnez-moi le coffret, et je vous donnerai l'or.

Muskrat gratta brièvement ses favoris, l'air songeur.

— Voilà mon problème, monsieur Smythe. Mon frère n'est pas un génie. C'est moi qui ai pris toute l'intelligence dans la famille, vous voyez ? Et j'ai besoin de régler une petite affaire, mais... ce vieux Muskrat n'a pas le cœur à le faire, ajouta-t-il en secouant tristement la tête.

— Je n'ai pas le temps de jouer aux devinettes. Que voulez-vous ?

— J'ai un petit problème... qu'il faudrait liquider, si vous voyez ce que je veux dire. J'ai entendu dire que vous étiez doué pour faire disparaître les petits problèmes.

— Je ne fais plus ce genre de travail. D'ailleurs, je suis venu sans arme.

L'aveu était follement imprudent.

— C'est pas vrai ?

Muskrat se gratta de nouveau le menton. Puis il désigna un garçon assis avec une lanterne, à côté de la passerelle du bateau de Jin.

— Ce garçon s'appelle Mickey. C'est notre petit frère. Mickey va vous emmener jusqu'à l'endroit où mon petit problème est en train d'ingurgiter du gin. Vous allez vous occuper de mon problème, et quand vous aurez fini, ce vieux Muskrat vous attendra ici avec la boîte. Que dites-vous de ça ?

— Je dis que vous ne savez pas à qui vous vous adressez.

— Il paraît que vous êtes un vrai dur.

— C'est vrai.

— Et aussi que vous n'avez plus fait de mal à une mouche depuis des années. Mais je croyais que vous étiez motivé...

— Donnez-moi ce coffret, Muskrat. Tout de suite.

— Sur mon âme. Le puissant Pharaon me demande un service, sans même avoir un pistolet ou un poignard ?

— J'ai toujours mes poings. Donnez-moi cette boîte, et vous n'aurez pas besoin de vous inquiéter pour votre âme tout de suite.

Muskrat lança un regard de côté. Le garçon se leva d'un bond, et la lueur de la lanterne se répandit sur le quai.

— Ça, par exemple ! Les anges viennent vers moi, dit soudain Muskrat en haussant les sourcils. C'est mon jour de chance.

— Non, pas aujourd'hui, j'en ai peur.

La voix de Viola s'éleva juste derrière Jin. Puis elle apparut à côté de lui. Elle portait une robe vert pâle, un châle et des gants de dentelle. Sa chevelure était cachée sous un joli chapeau. Il ne lui manquait plus qu'une ombrelle pour aller se promener dans le parc. Jin n'avait jamais vu une femme aussi belle, et son cœur n'avait jamais battu aussi fort.

— Vous n'étiez pas invitée à ce rendez-vous, madame, dit-il en s'efforçant de maîtriser sa voix. Je vous suggère de vous retirer.

Elle posa sur lui un regard sombre.

— L'évêque est fou de colère. Vous auriez dû le voir rentrer chez lui ce matin, en exigeant que justice soit faite. Apparemment, il s'est rendu à Newgate. En découvrant votre absence, il a décidé d'accuser Alex de trahison envers l'Église et la Couronne. Alex a déclaré qu'il n'avait jamais vu l'évêque, alors qu'ils s'étaient parlé quelques heures plus tôt, au milieu de la nuit ! J'ignorais que mon beau-frère était un acteur aussi accompli. Tout comme vous, d'ailleurs. Quoi qu'il en soit, Alex a assuré que j'avais passé la nuit au chevet de notre chère vieille tante mourante. Les joues de l'évêque sont passées par plusieurs teintes de rouge. Quand il est parti, ses idées étaient complètement embrouillées. Tout cela était très drôle.

— Ne me dites pas que vous êtes venue seule jusqu'ici ?

— Naturellement. Comme je ne voulais pas mêler une fois de plus Billy, Mattie et Matouba à cette histoire, je ne leur ai pas dit que j'avais payé M. Pecker pour qu'il me raconte tout. C'est ainsi qu'il m'a parlé de votre rendez-vous ici avec son frère Muskrat. Quel drôle de prénom, n'est-ce pas ? Mais je craignais de ne pas arriver à temps.

— Violette, partez.

— Non. Je suis là pour vous aider.

— Pourquoi faut-il que vous vous mêliez de tout ?

Elle glissa une main dans sa poche et en sortit une dague.

— Tenez. Billy m'a dit qu'ils avaient confisqué vos armes à Newgate. Alors j'ai apporté ceci.

Muskrat repoussa un pan de son manteau, révélant la poignée d'un pistolet glissé dans sa ceinture.

— Et j'ai apporté mon pistolet. Nous allons pouvoir nous amuser.

Viola posa les mains sur ses hanches.

— Pistolet ou pas, donnez-lui le coffret. Sinon, il vous tuera.

— Vous avez choisi une poupée pour faire le travail à votre place, Pharaon ?

— Mademoiselle Daly, dit Jin à voix basse. Partez, il est temps.

— Je ne suis pas une poupée. Je suis la fille du baron de Carlyle, et je vous promets que vous aurez beaucoup d'ennuis si vous ne lui donnez pas cette boîte sur-le-champ.

Muskrat ricana.

— Si vous êtes la fille d'un baron, alors je suis Bonnie Prince Charlie !

— Je suis honorée de faire votre connaissance, se moqua-t-elle en faisant une révérence. Maintenant, donnez le coffret.

— Si vous êtes vraiment la fille de Carlyle, pourquoi le Pharaon vous a-t-il appelée Daly ?

— Tout le monde sait qu'on peut avoir un nom différent de son titre, ignorant. Mon nom est Carlyle, et M. Seton m'appelle Daly pour préserver mon identité. Mais comme cela m'est égal, tout va bien.

— Viola, vous ne m'aidez pas, marmonna Jin.

— Vous ne voyez pas qu'il est sur le point de céder ?

— J'avoue que cela m'avait échappé.

— Vous êtes moins observateur que moi.

— Ça dépend des sujets.

Le regard de Muskrat passait de l'un à l'autre.

— Vous faites allusion à Aidan, et à son désir de s'assurer une place dans la bonne société ? J'ai fini par m'en rendre compte.

— Je me demandais quand cela arriverait.

— Il n'est pas méchant. Contrairement à vous. Et il n'est pas compliqué. Contrairement à vous.

— Devons-nous discuter de cela maintenant, Viola ?

— C'est vous qui avez abordé le sujet.

— Elle a raison, Pharaon.

Viola haussa les épaules.

— Parfois, il n'est pas très malin…

Jin leva les yeux au ciel, inspira, puis se jeta si brusquement sur Muskrat que Viola ne vit rien venir. L'homme tomba lourdement sur les planches. Sans lui laisser le temps de reprendre ses esprits, Jin saisit son foulard et serra. Muskrat se débattit, et le coffret s'échappa de son manteau. Viola se précipita, mais l'homme agitait les bras et les jambes. Le garçon de tout à l'heure s'approcha, se jeta sur le coffret et partit à toutes jambes avec.

— Jin ! Le coffret !

Le gamin s'enfuit, tenant avec peine le coffret et la lanterne entre ses petits bras. Il se retourna pour regarder ses poursuivants, trébucha contre une passerelle, et le coffret et la lanterne s'envolèrent. Le coffret tomba dans la Tamise. La lanterne atterrit sur le pont d'un bateau, où elle se brisa. En un instant, la flamme se répandit.

Viola plaqua une main sur sa bouche.

— Doux Jésus. Ce n'est pas votre bateau, Jin ?

Muskrat se releva et s'enfuit à son tour, suivi du gamin, se frayant un chemin entre les hommes qui accouraient pour maîtriser le feu.

Viola voulut se joindre à eux, mais quand elle atteignit la passerelle les flammes étaient déjà éteintes, et une fumée noire s'élevait au-dessus du pont. Les dockers et les marins repartirent en saluant respectueusement Jin au passage.

Elle leva les yeux vers celui-ci et porta de nouveau les mains devant sa bouche.

— Le coffret ! Oh, Jin, je suis désolée… Il a disparu.

— Je n'en veux plus. Je n'en ai pas besoin.

— Non ? Mais…

— J'ai besoin de toi, Viola. Seulement de toi.

— Tu te répètes. Tu essayes de te convaincre ?

— Tu es vraiment impossible. Je te déclare mon amour, et tu me cherches querelle !

— Eh bien, si tu avais tout de suite parlé d'amour, je ne…

Il la fit taire d'un baiser, qui se prolongea un long moment.

Brusquement, il s'écarta et la tint à bout de bras.

— Je t'aime, Viola. Je te veux. Je veux te garder toujours, déclara-t-il d'une voix étranglée. Dis-moi que tu m'aimes aussi.

— Je n'obéis pas aux ordres.

— Ce n'est pas un ordre. C'est une prière.

Elle déglutit, incapable de prononcer un mot.

— Viola, je vais mourir sous tes yeux. Mourir... Dis quelque chose.

Elle hocha la tête.

— Qu'est-ce que cela signifie ?

Elle hocha de nouveau plusieurs fois la tête.

— Tu m'aimes ? Pourquoi ne parles-tu pas ?

— Je... je ne peux pas, balbutia-t-elle, posant une main sur sa gorge.

— Parle, murmura-t-il en traçant un sillon de baisers brûlants le long de son cou. Parle. Je veux entendre ces mots. J'en ai besoin.

— Je t'aime, chuchota-t-elle d'une voix à peine audible.

Ce fut suffisant pour lui. Il l'entoura de ses bras et la serra étroitement contre sa poitrine.

— À Savege Park, tu as dit que tes sentiments n'avaient pas changé, murmura-t-elle.

— C'était vrai.

— Mais... alors... tu étais amoureux de moi ? À la fin des quinze jours ?

Il lui saisit les poignets. Son regard était brillant, mais il ne dit rien.

— Et tu m'as laissée croire... Mais alors, j'avais gagné le pari ?

— Oui.

— Tu m'as menti, afin de rembourser ta dette envers Alex ?

— C'est ça. Et aussi parce que je pensais que ta place était ici.

— Mais tu m'as brisé le cœur !

— Viola, tu étais amoureuse d'un autre homme, à l'époque.

— Je... je ne l'étais peut-être pas. À l'époque.

L'espace d'un instant, il écarquilla les yeux. Puis il sourit. Glissant les bras autour de sa taille, il lui embrassa le cou.

— Je ne suis pas un gentleman, Viola. Je n'en serai jamais un.

— Non, je le vois bien.

— Épouse-moi tout de même.

— Je vais y réfléchir, répondit-elle d'une voix tremblante.

— Je t'aime. Plus que tu ne l'imagines.

— J'ai réfléchi. Ma réponse est oui.

Il rit et l'embrassa sur les lèvres. Échappant à son étreinte, elle ôta son chapeau, son châle et ses gants. Puis ses mules.

— Garde-moi ça, dit-elle en les lui donnant.

— Pardon ?

Elle l'embrassa sur la joue, lui tourna le dos, fit trois grandes enjambées et plongea dans le fleuve.

L'eau était plus sombre et plus froide qu'elle ne s'y attendait. Toutes sortes de déchets flottaient à la surface, qu'elle ne regarda pas de trop près. Ses jupons la gênaient. Il y avait plus de profondeur qu'elle ne l'avait cru, et l'eau était chargée de vase. Il lui fallut un moment pour repérer le coffret.

Elle remonta à la surface, pour respirer. Jin, qui avait plongé à son tour, l'attrapa et la maintint au-dessus des eaux boueuses en l'embrassant. Puis deux dockers la soulevèrent. Elle garda la petite boîte serrée contre elle, jusqu'à ce qu'il la rejoigne sur le quai et l'enlace de nouveau.

— Tu es folle.

— Non. Je suis amoureuse de toi, et je veux que tu sois heureux.

— Je n'ai plus besoin de cette boîte pour être heureux. Plus maintenant.

— C'est bien de l'avoir tout de même, non ? Au fait, Jin, qu'y a-t-il à l'intérieur ?

31

À Lady Justice
Chez Brittle & Sons, imprimeurs, Londres

Très chère madame,
Je suis porteur d'une triste nouvelle. Faucon de Mer a quitté le Club. Le nombre de membres diminue donc encore. Nous ne sommes plus que trois. Si vous vous décidiez à cesser votre campagne contre notre petite association, je continuerais de vous considérer comme l'adversaire le plus formidable que j'aie connu, et je chanterais vos louanges.
Toutefois, j'admets que si vous le faisiez, je regretterais de vous avoir perdue.
Bien à vous,
Faucon Pèlerin, secrétaire du Falcon Club

À Faucon Pèlerin

Vos cajoleries n'ont aucun effet sur moi. Je n'aurai pas de répit. Que vous soyez trois, deux, ou même un seul, je vous trouverai et je vous démasquerai. Prenez garde, monsieur le Secrétaire. Le jour du jugement approche !
Lady Justice

P.-S. : Merci pour les harengs au sel. Vous auriez dû commencer par là. J'adore les harengs au sel. Crétin.

Épilogue

Le coffret doré incrusté d'émail était posé sur le guéridon, le couvercle soulevé. Il était vide. Les mains qui tenaient les lettres qu'il avait contenues étaient pâles et tremblantes sous la dentelle qui les couvrait en partie.

— Ils s'étaient mariés en secret, dit la vieille dame d'une voix ténue. Le pasteur n'approuvait pas leur union mais il voyait leur amour, et c'était une bonne âme.

Le front de la vieille dame se plissa, et elle poursuivit :

— Mais elle n'était pas aussi courageuse qu'elle l'aurait souhaité. Plus tard, quand son père voulut lui faire épouser l'homme qu'il avait choisi, un homme puissant et influent, elle n'osa pas s'y opposer. Elle voyait le danger pour elle et pour mon frère, et elle craignait plus la punition de son père que la désapprobation de Dieu.

— Elle s'est mariée une seconde fois ? murmura Viola, abasourdie.

La vieille dame hocha la tête.

— Elle considérait qu'il n'existait pas vraiment de lien sacré entre elle et son nouveau mari. Mon frère lui a écrit chaque mois, après son départ d'Alexandrie. D'abord de Grèce, puis de Prusse. Et enfin, d'ici.

Elle lissa de ses doigts frêles les feuilles de papier. Ses yeux bleus étaient très doux.

— Il ne voulait pas quitter l'Égypte, mais elle avait insisté. Elle lui disait qu'elle avait perdu l'enfant et qu'elle ne pouvait plus le voir, car si son mari les découvrait ensemble il les tuerait tous les deux. Mais elle mentait. L'enfant n'était pas mort.

Jin prit une profonde inspiration. De l'autre côté du salon, meublé avec simplicité et élégance, sa tante lui sourit avec bonté.

— Elle voulait seulement protéger ton père. Mon frère était jeune, il avait toute la vie devant lui. Elle lui a dit de retourner en Angleterre, de l'oublier, de se dire qu'elle était morte, de se marier et de fonder une famille.

— Mais il ne l'a pas fait, n'est-ce pas ? demanda Viola. Il ne s'est pas remarié.

— Jamais. Il était le cinquième fils d'un baronnet. Nos frères avaient déjà de nombreux fils, et nos parents ne l'ont jamais poussé à se marier. Je m'étais retrouvée veuve très jeune, et sans enfants. Aussi, quand mon frère me demanda de venir vivre auprès de lui, je fus contente de tenir sa maison. Nous menions une vie tranquille. Il ne cessa jamais de lui écrire, par l'intermédiaire du pasteur qui les avait mariés. En espérant qu'elle recevait ses lettres. Puis, un jour, elle finit par lui répondre.

Viola se pencha en avant.

— Quand ?

— Quand son mari m'a chassé, lança Jin en regardant sa tante. C'est cela ?

Elle fit un signe affirmatif.

— Elle a parlé de toi à mon frère. Elle lui a avoué la vérité qu'elle cachait depuis des années. Elle l'a supplié de te retrouver, car elle ne pouvait le faire elle-même. Elle était prisonnière dans la maison de son mari. Elle prenait même un très grand risque en envoyant cette lettre.

Pendant un moment le silence plana dans le salon. Des grains de poussière flottaient dans les rayons de soleil qui pénétraient par les hautes fenêtres du manoir.

— A-t-il fait ce qu'elle lui demandait ? questionna enfin Jin, d'une voix étouffée.

— Oui. Il a avoué la vérité à nos frères, puis il est parti à ta recherche. Il voulait à tout prix retrouver son fils. Il m'a écrit pendant quelque temps, me rapportant avec optimisme ses diverses démarches. Puis plus rien. Des mois plus tard, nous avons appris que le bateau à bord duquel il voyageait était porté disparu. Il ne revint jamais.

Elle posa les lettres, s'approcha de Jin et prit sa main.

— Mais maintenant, tu es là, dit-elle avec un petit sourire. Bienvenue chez toi, Jinan.

Jin referma la portière du carrosse et prit place à côté de Viola. Sa main trouva la sienne, et leurs doigts s'entrecroisèrent. La voiture se mit en route. Il garda les yeux fixés droit devant lui, l'air lointain.

Elle posa tendrement la main sur sa joue, et il l'embrassa.

— Elle n'est pas du tout comme je l'imaginais, dit-elle en souriant.

Il lui prit la main et la serra dans la sienne.

— Combien de temps aimerais-tu rester ? demanda-t-il en lui caressant doucement la paume.

— Nous pouvons rester autant que tu voudras. Ta tante nous a invités jusqu'à Noël. Ce sera une longue visite, qui te permettra de faire la connaissance de tes oncles, tes tantes et tes cousins. Elle est très gentille. Et elle semblait regretter de te voir partir pour l'après-midi. Au fait, Jin, pourquoi sommes-nous partis ?

— Parce que je voulais pouvoir faire ceci, dit-il en l'attirant sur ses genoux.

— Oh ! Tu froisses ma robe. J'ai essayé toute la journée de rester impeccable. Je voulais tellement faire bonne impression.

Il passa les doigts dans ses cheveux, faisant tomber son chapeau.

— Tu l'as impressionnée, rassure-toi. Mais surtout, tu m'impressionnes beaucoup. Beaucoup trop.

Elle renversa la tête en arrière pour qu'il l'embrasse dans le cou, ce qu'il s'empressa de faire. Avant d'insinuer une main sous son manteau.

— Viola, je vais te faire l'amour…

— Quoi ? Ici ? Dans la voiture ?

— Oui, ici, répondit-il en lui relevant ses jupes.

— Tu ne peux pas attendre ?

— Non, je ne peux pas.

Elle l'aida à faire remonter le tissu sur ses hanches.

— Ce n'est pas convenable.

— Comment sais-tu ce qui est convenable ou non ?

— J'ai pris des leçons, dit-elle en lui dégrafant son pantalon. Et j'ai lu des livres sur l'étiquette, dans lesquels il est spécifié qu'une dame ne doit pas autoriser son mari à lui faire l'amour dans un carrosse.

Il posa les mains sur ses hanches.

— Les livres se trompent. Tu es une dame, Viola Seton, dit-il en l'embrassant avec une infinie tendresse. Ma dame… et mon capitaine.

Et elle lui prouva qu'elle était tout cela à la fois.

Note de l'autrice

Après la longue lutte des abolitionnistes et le travail de remarquables parlementaires, l'Angleterre mit fin au commerce d'esclaves en 1807. Toutefois, c'est seulement en 1833 qu'une loi abolit l'esclavage. Mais la Grande-Bretagne était en avance sur son temps. D'autres nations poursuivirent le trafic d'être humains pour s'enrichir.

À la fin du XVIIIe siècle, il aurait été exceptionnel de trouver un garçon à la peau claire comme Jin sur le marché aux esclaves. Cela n'était possible que si ses ravisseurs, et ses propriétaires, considéraient avoir affaire à un métis. Ainsi Frakes, l'esclavagiste, avait menti sur les origines de Jin, prétendant sans doute qu'il était le fils d'une esclave africaine et de son maître blanc. De tels mensonges étaient courants dans le commerce des esclaves.

Je remercie sincèrement Eleanor Mikucki, dont la relecture de ce manuscrit a été précieuse. De grands mercis également à Gail Dubov du Avon Art Department, dont le travail sur les couvertures est toujours spectaculaire. Sa représentation de Viola et de Jin m'a littéralement coupé le souffle.

J'ai l'honneur d'avoir pour amis des érudits d'une remarquable générosité. Les vastes connaissances des professeurs Vincent A. Brown et Laurent M. Dubois au sujet des Antilles, du commerce des esclaves, et de nombreux sujets concernant les XVIIIe et XIXe siècles m'ont permis de planter le décor de l'histoire de Viola et de Jinan. Le savoir étonnant du professeur Michael Jarvis concernant les routes maritimes de l'époque m'a permis de tracer l'itinéraire de mes deux héros. Stephanie W. McCullough m'a encore une fois fait bénéficier de ses connaissances nautiques. Le Dr Marie Claude-Dubois m'est venue en aide pour le français. Enfin, Georgann Brophy et Marquita Valentine m'ont confié leur conception d'un véritable héros, aidant ainsi Jin à devenir le meilleur homme possible.

À toutes ces personnes, je présente mes sincères remerciements.

Aventures & Passions

5 juillet

Betina Krahn

La famille Bumgarten — 3 — Le retour du duc

Inédit

Après une déconvenue lors de sa première saison, Sarah Bumgarten se réfugie à Betancourt, un domaine appartenant au duché de Meridan. Là, elle tente de retrouver la paix en remettant en état la propriété laissée en déshérence depuis longtemps. Un jour, la jeune femme est attaquée par trois inconnus mis en déroute par un certain Michael Grant, nouveau venu dans la région. Les jours suivants, une succession d'événements inquiétants oblige Sarah à faire appel à son mystérieux voisin, dont la séduction la trouble de plus en plus. Ce que Sarah ignore, c'est que Michael n'est autre que le vrai propriétaire de Betancourt, le sixième duc de Meridan, revenu incognito pour reprendre son bien…

✦

Anna Bradley

La société secrète — 4 — Les disparues de King's Place

Inédit

Membre d'une société secrète en quête de justice, Miss Emma Downing se fait engager au domaine de Lymington Court pour enquêter sur la disparition de trois jeunes servantes : Amy, Kitty et Caroline. Immédiatement, les soupçons d'Emma se portent sur lord Lovell. Mais la jeune enquêtrice se heurte aux menaces du marquis de Lymington qui mène secrètement ses propres recherches. Si le marquis ne comprend pas pourquoi la jeune effrontée s'acharne sur son cousin Lovell, il est contraint d'admettre que le joli minois de cette nouvelle recrue le laisse de moins en moins indifférent.

Mia Vincy

Longhope Abbey — 4 — La femme de ma vie

Inédit

Juno Bell est une artiste indépendante. Portraitiste de renom elle s'est installée à Vienne après sa rupture avec Leopold Halton, son premier amour. Lorsque ce dernier débarque avec une demande en mariage, Juno refuse. Dévasté, Leo se jette dans la débauche et, par dépit, épouse une princesse Hongroise avant d'en divorcer. Quatre ans plus tard, les deux jeunes gens se retrouvent à Vienne où ils décident de passer ensemble une seule et unique nuit. Au matin, Juno part définitivement pour Naples et découvre sur le quai… Leo qui lui demande de porter son nom !

✦

Eloisa James

Les plaisirs — 1 — Passion d'une nuit d'été

Sur le point de faire ses débuts dans le monde, Charlotte Calverstill quitte Londres pour un court séjour à la campagne chez son amie Julia. Pour profiter de cette parenthèse, Julia suggère de se rendre au bal masqué de Stuart Hill. Ces réjouissances populaires sont certes inconvenantes pour des jeunes filles de la bonne société mais, sous leurs dominos, personne ne pourra les identifier… Charlotte n'avait certes pas prémédité de perdre son innocence ce soir-là. C'est pourtant ce qui advient dans les jardins où l'entraîne un inconnu. La voilà irrémédiablement compromise… Tant pis, elle restera célibataire ! Or, trois ans plus tard, Charlotte reconnaît en la personne d'Alexander, duc de Sheffield, son amant d'un soir…

Grace Burrowes

Les MacGregor — 1 — Ian et Augusta

Inédit

Ian MacGregor doit épouser une riche héritière et ainsi garantir la sécurité de sa famille. C'est pourquoi il se retrouve à courtiser la jolie Eugenia qui, à tous égards, n'est pas faite pour lui. En revanche, sa jeune chaperonne, la fascinante Mlle Augusta, lui fait beaucoup plus d'effet. Hélas ! Cette demoiselle est pauvre et, malgré l'amour naissant entre eux, il faut que Ian assume ses responsabilités de chef de famille. Mais lorsqu'un complot à l'encontre d'Augusta est découvert, ses résolutions s'en trouvent bien ébranlées…

✦

Renee Ann Miller

Les fripouilles — 5 — Le fantôme des beaux quartiers

Inédit

Olivia Michaels, dame de compagnie d'une effroyable maîtresse, est une jeune fille banale qui passe inaperçue. Or, c'est précisément ce qui lui permet de détrousser les jeunes nobles qui maltraitent les femmes à leur service. Hélas, une malencontreuse erreur impliquant Anthony Trent la laisse sans emploi. Bientôt à la rue, Olivia se présente à sa porte et exige un travail – ce qu'il lui trouve, auprès de sa propre grand-mère. Ainsi plongée au cœur de la famille Trent, Olivia se tait et observe. Et elle sent que, sous ses airs de débauché au sourire ravageur, ce jeune lord avec lequel elle passe de plus en plus de temps cache quelque chose.

Pamela Clare

La famille Blakewell — 1 — L'amour sans entraves

Pour une poignée de livres, Cassie Blakewell achète à un trafiquant d'esclaves Cole Braden, un forçat anglais condamné pour viol, rongé par la fièvre. Émue par sa faiblesse et, peut-être aussi par sa beauté, Cassie le soigne, avant de le faire entrer à son service sur sa plantation de tabac. Sitôt rétabli, Cole veut échapper à sa servitude : il prétend s'appeler en réalité Alec Kenleigh et avoir été sauvagement agressé à Londres, puis s'être réveillé aux colonies, sous une autre identité. Cassie ne sait que croire. Mais si elle écoute son cœur, elle comprend vite que celui-ci bat désormais pour Cole. Et elle ne se doute pas que des ennemis veillent dans l'ombre…

13830

Composition
FACOMPO

Achevé d'imprimer en Italie
par GRAFICA VENETA
le 7 mai 2023

Dépôt légal : juin 2023
EAN 9782290371992
OTP L21EPSN002448-404259

ÉDITIONS J'AI LU
82, rue Saint-Lazare, 75009 Paris

Diffusion France et étranger : Flammarion